天暗下来，你就是光

李 鹏 —— 著

中国出版集团 现代出版社

追随是改变的开始

追随是一个人的官能。它是你的触觉——在困顿无助之际扶到一根坚实的砥柱；它是你的听觉——在人声鼎沸之处辨听穿越时空的回响；它是你的视觉——在黯淡无光之所发现一缕希望的曙光；它是你的嗅觉——在茫然失措之时闻到出口的花香；它是你的味觉——在酸甜苦辣之中品享独特的人生。

追随是一个人的本能——当你不能独立的时候，它就是一种模仿；追随是一个人的技艺——当你要实现某个目标的时候，它就是一种学习；追随是一个人的品格——当你要塑造和实现自我的时候，它就成为一项事业。

我们每个人从呱呱坠地就开始了追随。追随我们的父母、我们的师长、我们的朋友、我们的偶像。追随就成了我们每个人一生的宿命。我们用自己的脚步，循着历史的痕迹去印证。

在历史的泥土里，总会有一些深沉、坚定的足迹，风沙不能掩埋，岁月不能消磨，记忆不能腐蚀。那串足迹不仅仅是路标，更是人类智慧取之不尽的宝藏、用之不竭的珍存。它属于每个人，却注定只有少数人才知道它的珍贵。

这串足迹就是支撑起人类文明的伟大的名字，就是亘古常新的传奇，就是代代相传的故事，就是铭刻青史的符号。这串足迹的主人，有开疆拓土、文治武功的王者，有驰骋商海、纵横财富王国的英雄，有守护高贵、播种思想的圣徒。正是这样一群人，放大了我们作为追随者的意义，使得我们的追随超越了偶然选择，而内化为人生孜孜以求的必然命运。

追随他们，就是要我们学会模仿——学会模仿就是学会谦卑，在高贵的精神面前我们必须学会低下自己的头颅；追随他们，就是要我们学会学习——学会学习不是记住简单的结论，而是学会认识自己，以人为镜，照出自己的缺失；追随他们，就是要我们学会完善自我——就是学会把自己的一生当成严肃的事业来经营，没有任何一项工作和一个职业能比得上这项事业。

当我们走在这条追随的路上时，我们会发现这既是一条康庄大道，也是一条布满荆棘的坎途。那一个又一个伟人和他们的成就，既给我们的前行树立了路标和指灯，又给我们的行进设置了障碍和阻挠。他们代表着高远的目标、执着的追求、不折的毅力、坚强的意志，同时也代表着严苛的标准和超凡的要求。他们是狂风暴雨，涤荡我们的灵魂，也摧折我们的信心；他们是迷狂的烈酒，催化我们的勇气，也醉惑我们的清醒。我们聆听他们的训教，也经受他们的考验。只有在这种双重的洗礼中，我们才能获得纯粹的升华。

记住那些伟大的名字吧！他们尽管情趣各异，个性分殊，生活在不同的时代，说着不同的语言，却都有一个共同的本质——那就是他们都是人类文明史上的伟人和丰碑！

他们是为了崇高的目标而奋斗的人，是切实地影响和塑造了我们人类文明的人，是指明了历史前进方向的人，是让自己的影响深入人心的人。而在这之中最重要的又是，他们都是有坚定信仰的人，是能够为了信仰献身的人，是献身而不求名利的人，是不求名利却能流芳千古的人。

今天，信仰似乎离我们越来越遥远并且越来越模糊，听起来甚至显得有些空洞，如果这真的是我们今天的现实写照，那么可以断言：这样的生活将越来越卑微而琐碎，这样的世界将越来越功利而无情，这样的文明将越来越黯淡而失去光彩。

无论对于一个人还是对于一个民族，甚至人类世界，信仰都将是洞彻千古、烛照四方的"太阳"，它照亮心灵，也照亮历史和文明。缺乏信仰的头脑就犹如没有蜡烛的灯笼，丧失信仰的文明也将犹如神像缺位的寺庙。

在朝向信仰的路上他们举步维艰，却从未放弃目标和行走，每一步都那么坚定，每一步都那么深沉，在历史的长河中激荡着永久而凝重的回音，像轰鸣来自寂静的远方……

作家普鲁斯特说过："幸福的岁月是失去的岁月。"同样，最值得我们追随的人就是那些逝去的先贤。像云追随着风，像小溪追随着海洋，我们追随着人类历史上最伟大的人，追随着信仰，最终会找到我们心灵的家园，找到我们理想的终点。

目 录

CONTENTS

001 | **玄 奘**
从山到海，由佛至心的朝圣者

012 | **希波克拉底**
医学闪光之处便是人性闪光之处

024 | **苏格拉底**
西方的孔子

035 | **但 丁**
尘世的引路人

048 | **荷 马**
用七弦琴吟唱世界的诗人之王

057 | **切·格瓦拉**
理想主义者的精神导师

069 | **贝多芬**
被命运玩坏，却用痛苦换来欢乐的音乐巨子

082 | **米开朗琪罗**
把灵魂赠予上帝，将肉体留给尘土

091 | **列夫·托尔斯泰**
柔软是人性中最美好的部分

104 | **文森特·凡·高**
不疯魔不成活

118 | **贞 德**
在权力的游戏中守护信仰的法兰西圣女

128 | **特蕾莎修女**
终身侍奉贫穷，毕生为爱而行

139 | **哥白尼**
改变人类对宇宙认知的孤独勇士

152 | **爱因斯坦**
活着就是为了改变世界

166 | **南丁格尔**
不忘初心的白衣天使，义无反顾的提灯女神

177 | **马丁·路德**
拯救信仰的使徒

187 | **卡夫卡**
独特又迷人的"异类"灵性作家

201 | **伦勃朗**
命运多舛的纸上魔法师

213 | **陀思妥耶夫斯基**
对人性最具洞察力的文学大师

227 | **武 训**
唯一被写入正史的奇丐

238 | **尼　采**
　　　最孤独的心，最热烈的爱

248 | **安东尼·高迪**
　　　享受过程不问结果的惊世建筑鬼才

261 | **法布尔**
　　　昆虫史诗的忠实撰写者

274 | **甘　地**
　　　向死而生的圣雄

284 | **阿尔伯特·史怀哲**
　　　20 世纪人类良知的代言人

297 | **居里夫人**
　　　在科学领域拥有无上荣光的伟大女性

309 | **斯蒂芬·霍金**
　　　果壳里的宇宙之王

319 | **罗曼·罗兰**
　　　唯其向往崇高，才痛感丑恶渺小

332 | **亨利·梭罗**
　　　同代人眼里的异端，后世心中的伟大隐者

343 | **诺贝尔**
　　　秉承和平主义的"炸药之父"

353 | **安徒生**
　　　亿万人童年的筑梦人

363 | **老　子**
　　　古老东方哲学的思想源头

玄奘

XUANZANG

从山到海，由佛至心的朝圣者

（602 — 664）

......

在神话世界中，他的肉可以让人长生不老；

在现实世界里，他的精神却能让人永生。

玄奘大师一生的行持是人类精神炳耀的巅峰，

其浩阔壮伟的历程，

让所有后世的笔墨只能淡染写意而无法浓彩工描，

那是史学家语言无法到达的精神巅峰。

他是一个弃绝功利穿越生命极致的人，

他那崇高无畏的生命信仰

能让每一个人的身心在行愿实践中直接抵达真理。

玄奘，一个被神化千年的僧人，用自己的脚步丈量与真理的距离，用瘦弱的身体抵抗重重险阻，用"宁向西天一步死，绝不东归半步生"的坚定信念考验意志。他的脚步踏破了天地的界限，他的信念穿越了文化的鸿沟和历史的沧桑，也挣脱了私欲对生命的束缚。

这个从13岁就皈依佛门的少年，"不满足于为众生带来只能维系一世生命的清水；也不满足于济人伦心灵于混沌寡薄的迷信之酒；他要志求为饥渴的生命浇灌彻底解放和幸福的甘露"。于是，他踏上了历劫行愿、殉道的壮伟道路。传说中的九九八十一难，与玄奘的现实经历相比也显得过于单薄。他孤征八百里沙海大漠，一日即不知要临遇百千次生死。一个外表柔弱的僧人沿着隐现的故人白骨，在大漠焦渴的土地上默默前行……

他不单单是像马可·波罗那样的伟大旅行家，也不单单是像圣·托马斯那样的高贵神学家；他一生的跋涉、修学、行持、弘法从未背离神圣的信仰，他满腔浩气热血，矢志一生，投身万死之地，实践菩萨为众生行愿的宏誓。他是人类历史上不可迫视的璀璨星宿，更是人类生命精神路向的至上导师。任何一个时代，人们从玄奘法师的一生中始终会看到神性与人性的和谐、完美、温润的光泽，那是与宇宙相辉映的永恒的生命之光。

仰望圣灵，不能不感叹现代人的生命的靡败和脆弱。在今天这个信仰乏力的时代，不要忘记玄奘，正如一位哲人所说的那样，"忘记玄奘就是一种耻辱"。请记住，在那片荒芜的大漠，曾有一个孤独的、心怀众生的英雄以每一秒的生死为功课，在生与死之间穿行，为人类开辟一条通向真理的道路。

玄奘之路

公元7世纪之初，古老的丝绸之路上，盗匪横行、尸横遍野。在亚洲的东部，一个叫"唐"的王朝刚刚崛起，边疆未定，饥荒遍地。一位勇敢的僧人从丝绸之路的起点——东方的长安城出发，独自踏上西行取经的冒险旅程，开始了一段史无前例的乱世孤旅……

玄奘，俗名陈祎，公元602年生于一个贵族家庭。据史料记载，陈家是汉末太丘令陈寔之后，玄奘的高祖是北魏清河太守陈湛；他的曾祖父陈钦，曾是北魏时期的上党太守、征东将军；他的祖父陈康因为学业优秀出仕北齐，官至国子博士、国子司业和礼部侍郎，在当时是非常有名望的官员。而就在陈康这一代，陈家从祖籍许昌迁徙到偃师缑氏县，陈祎就出生在这里。陈祎兄弟四人，他排行第四，自幼聪慧超群。据说在8岁的时候，他听父亲讲《孝经》，讲到"曾子避席"的地方，他突然整襟而起，父亲问他原因，他回答说："曾子闻师命避席，某今奉慈训，岂宜安坐？"

陈祎13岁那年，朝廷要在洛阳选度27个和尚，当时候选的有好几百人。由于陈祎年纪太小，没有报名参加，只是站在一旁观看。奉旨前来选拔的大臣突然发现陈祎眉清目秀，器宇轩昂，谈吐不俗，深为嘉许，于是就许陈祎破格剃度出家，法名取作玄奘。这位大臣说："出家的人独有风骨最难得。这孩子将来一定是佛门有名的人物，可惜我同诸公都不及亲自看见了。"

到了唐贞观元年，玄奘在长安大觉寺学法，前辈僧人都对玄奘特别赞赏，称他是佛门的"千里驹"，此时的他已经成为全长安城闻名的人物。但玄奘并不满足，他遍谒众师，将各家学说与经典对照，结果发现众说纷纭，莫衷一是，他发誓一定要去西方佛祖所在的地方寻求这些疑惑的解答。

玄奘下定决心之后，就开始做各方面的准备。他先是学习西域各国语言和天竺梵文，再征求志同道合的僧友。唐太宗贞观二年即公元628年，他正式向朝廷提出赴印度取经的申请，但未获批准。因为当时国家政权刚刚建立，疆域还没扩大多少，为防止突厥的侵犯，朝廷下诏禁止任何百姓走出国境线。另外，在那个时候，佛教尚未被刚刚当政的唐朝统治者重视，玄奘的请求自然也就被驳回了。原本想与他同去取经的僧侣也纷纷告退，只有玄奘决定独自上路。

第二年秋天，河南、关中、陇右等地大片地区闹饥荒，朝廷准许僧道俗众可到丰收地区去就食。他借着这个机会混杂在逃难的灾民中间，悄悄地离开了长安，开始了孤身求法的西行历程。这一年，他28岁。

经过数日的奔波，玄奘到了兰州和凉州（今甘肃武威），应当地人的邀请，在此讲了一个多月的佛经。在那里参加听讲的西域各国商人，对他十分钦佩。这些商人回国后，把玄奘西行求法的事，在西域各国都传开了。

当时唐朝的西北一带边境，常常遭受西突厥的袭扰，所以朝廷封锁了边境，不准人们私自出国。玄奘在一位僧人的帮助下，秘密跋涉，到达了瓜州。而缉捕他的公文也到了瓜州，并张贴在城门上，上面写着："有僧玄奘，欲入西蕃，所在州县，宜严候捉。"幸好瓜州州使李昌信佛，帮助玄奘逃离了瓜州。后来，玄奘又遇到一个叫石盘陀的胡人，为他带了一段路。出于对官府和险恶旅程的恐惧，石盘陀最终还是逃走了。此时，只留下玄奘一个人，孑然一身，进入茫茫无际的大沙漠，开始了他的漫漫征程。

玄奘单身独行，穿越古称流沙河、人称连鸟都飞不过的莫贺延碛。

黄沙茫茫，长途漫漫，渺无人烟，甚至没有方向，只能沿着有动物白骨和粪便的地方走。一连四五天，他没有喝一滴水，加上沙漠里的阵阵热风，使他的身体衰弱至极。第五天傍晚，他只能仆倒在沙漠里，但他毫不畏缩，告诫自己宁向西天一步死，绝不东归半步生。幸亏他骑乘的老马，发现了一个救命的水洼。经过十天艰苦卓绝的跋涉，玄奘才走出八百里流沙，到达伊吾（今新疆哈密一带）。

崇信佛法的高昌国王麴文泰得知玄奘到此，兴奋不已，他由侍从陪同，亲自迎接玄奘。出于对玄奘的敬重，他规劝玄奘能够长期住下来，然而遭到了玄奘的拒绝。玄奘说："我来到此地是为西行求法，今天受到你的阻碍，大王只可留下我的尸骨，我求法的意志和决心，大王是留不住的。"此后便绝食三天以示抗议。麴文泰被玄奘西行求法的决心所感动，只好放他西行。两人还在王母面前结为兄弟，麴文泰要求玄奘从印返唐路过高昌国时，留住三年，受王供养，还要求现在讲经一个月，玄奘一一答应。玄奘开讲时，国王、大臣等三百余人前来听讲，国王麴文泰亲执香炉并低跪为蹬，天天如此。讲完佛经以后，玄奘离开了敬重他的高昌国，又踏上了万里征途。历尽艰辛，踏过二十多个国家的国土，经过一年的时间，终于到达北印的滥波国。

玄奘从滥波国向南行，经那揭罗喝国到达无著、世亲等佛教大师的出生地犍陀罗国，玄奘在此把麴文泰送给他的金、银等物分送给各大寺院。他从犍陀罗国往东南行，经咀叉始罗等国，到达迦湿弥罗国。玄奘在这里停留了两年，把第四次佛教结集的三十万经论全部学完了。

玄奘来到中印度后，在这里游历了三十多个国家，沿途不断向名僧学习佛教经典。可以说，他走到哪里，就学到哪里。对玄奘影响最大的是那烂陀寺，他在此拜戒贤为师，向他学习唯识教义。那烂陀寺僧人已经久闻玄奘的声名，寺院的住持戒贤是全印度最有学问的僧人，已年过百岁。相传在玄奘抵达寺院的前三年，戒贤曾"患困如刀刺"，难受无比，便欲绝食而死，后来梦见一个自称是文殊菩萨的金色人对他说："你不能寻死，有一个中国人要来此求学，已经在路上了，三年后即可到达，到时你要好好向他传授佛法。"为此，戒贤大师坚持活了下来，也终于等到了万里求学的玄奘。

在当时，那烂陀寺是印度佛教界的最高学府，玄奘抓紧时间学法，广泛研习佛典和印度文化。当时印度的乌苌王朝正处于学术和宗教都较为发达的时期，宗教界的学术讨论和思想争鸣非常活跃。曾经有一位远道而来的僧人，到那烂陀寺挑战。他写了40条关于经义的辩论题目挂在寺门，扬言如果能有人通过辩论使他折服，他愿割头认输。很长时间，寺里无人应战。终有一天，玄奘揭下战书。经过几个回合的辩论，玄奘将对方驳倒。这个僧人很是佩服，只好惭愧地离开了。但玄奘并不以此为满足，他在那里学习了五年之后，又背起行囊到处游学，曾经游历数十个国家，虚心向名师请教。经过数年之后，玄奘重返那烂陀寺，向他的老师戒贤大师汇报了他一路的所见所闻，得到了戒贤的赞赏。

公元642年，戒日王（印度戒日王朝的建立者，印度古典文化的集大成者，在统一印度文化方面影响甚大）在曲女城举行了佛学辩论大会，请玄奘为论主，当时有5000多人参加了这场盛会，他们不断向玄奘发问，然而却没有一个人能问倒玄奘。一时间，玄奘的威名传遍天下，他被大乘众尊为"大乘天"，被小乘众尊为"解脱天"。此时的玄奘已经准备归国，但戒日王千方百计地挽留他，迦摩缕波国的鸠摩罗王表示，只要他肯留在印度，就为他造一百座寺院，然而这些优厚待遇没能动摇玄奘回国的决心。

公元645年，玄奘一行用了三年从印度平安回到长安，受到了朝廷及长安僧俗群众数十万人夹道欢迎，盛况空前。玄奘带回佛教经典657

部，一尊摩揭陀国的金佛像和一尊鹫峰山金佛像，由20匹马驮回。后来朝廷专为保留他带回的佛经和佛像修建了大雁塔。此后，玄奘留居在长安，在青灯古卷间又辛苦工作了19年，共译出经典75部，1335卷。

当时大唐王朝的封建政权正如日中天，统治阶层也理解了佛教的全面功能。所以英明的唐太宗给予玄奘无上荣耀，唐高宗对玄奘也是恩宠有加，礼遇有加。两位帝王给唐代礼佛定下了基调，由此佛教在大唐王朝得到了飞速发展，同时也给大唐帝国带来了无限福德。

公元664年，玄奘在玉华寺圆寂。玄奘圆寂后，当时的皇帝唐高宗深为哀恸，连说："朕失国宝矣！朕失国宝矣！"甚至为之罢朝。后来人们将玄奘安葬于长安城东的白鹿原，京城邑及各州县五百里以内前来送葬的人就达百万之众，当天穿着孝服露宿在玄奘墓所边的人就有三万余人。

一个真理的朝圣者

> 不计利害的担当，不惧生死的勇气，舍生忘死追求真理智慧的执着，成就了玄奘这位真理朝圣者的完美形象，他的精神也最终成为不朽品质的永恒源泉！

人类文明的历史就是一次寻求真理的艰难旅程。早在两千多年前，伟大的学者亚里士多德就提出，人类光辉灿烂的未来只有通过坚持不懈的求知实践，逐渐积累知识才能达到。在这条充满艰辛的道路上，从不缺乏求知者踽踽独行的身影，他们怀着对真理的渴求与虔诚，历经磨难，九死一生。

在朝着真理之路进发的人群中，有一个人经受了常人无法想象的痛苦与磨难，他只身穿过流沙大漠，翻越雪原荒岭，不惧山高水深，战胜肉身所能承负的最大苦楚，去遥远的国度寻找他心中的救世真经。他历经整整十九个寒暑，终于完成了人类历史上最伟大的一次征程；他不仅丰富了印度的历史，还改变了当时世界上最强悍的大唐王朝，而他本人也成为大唐帝国的象征。他就是玄奘，一个真理的朝圣者。

　　在人类每一次伟大的、艰苦卓绝的行为中，几乎都可以看到伟大求知者的精神。如将哲学从天上拉回尘世，为正义殉道的苏格拉底；因创立日心学说而遭到封建神权疯狂迫害的哥白尼；还有为了捍卫自己的信念和真理，在异国他乡流浪20多年，又度过了长达八年之久的监狱生活，历尽折磨，最后被宗教裁判所处以火刑的布鲁诺……与他们相比，玄奘是幸运的。他以疲惫之双足，跋涉于通往天竺国的大地上，从村至村，从国至国，他的信念没有休歇，他的脚步没有停留。每当遇见可以学习的人，他都虚心请教，聆听他们的教导。最终他从菩提树下、遥远的天边，取回了渡人济世的真经。

　　然而，幸运的玄奘并未停止迈向伟大的脚步，回归故土的玄奘更是一部传奇。在那浊恶之世中，他以自己的默默坚守，为佛法之传续作出了伟大的贡献！他没有权势的趋求，没有五欲的奢望。唐太宗李世民多次以高位重权相许，劝说他还俗从政，但他一再婉言谢绝。自高其格，自洁其行，而转与众生作同事利行（此处"同事""利行"均为佛教用语，同事指同心协力做事情，利行谓有益于他人的行为），践履"不为自己求安乐，但愿众生得离苦"的救世之道。

　　正是这份不计利害的担当，这份不惧生死的勇气，这份舍生忘死追求智慧的执着，成就了玄奘的圣洁形象，诠释了他一心向佛的伟大精神，他的精神也最终成为不朽品质的永恒源泉！

人们常常从"超凡"的角度去赞誉玄奘，佛教徒尊称他为"大乘天""解脱天"。印度的僧人和学者不仅赞美他的修持，而且也赞美他对印度佛教和历史所作的贡献，印度孟加拉僧伽大会秘书长达摩帕尔就说："玄奘依然活在每一个印度人的心灵深处，倘若没有他字字珠玑般的著作，我们印度的历史就不会完整。"伟大的文学家和思想家鲁迅称赞他为中华民族的"脊梁"，梁启超说他是"千古之一人"。他的弟子道宣律师则用这样一段话完美地概括了玄奘："听言观行，名实相守；精厉晨昏，计时分业；虔虔不懈，专思法务；言无名利，行绝虚浮；曲识机缘，善通物性；不倨不诌，行藏适时；吐味幽深，辩开疑议。实季代之英贤，乃佛宗之法将矣。"

德国文艺批评家莱辛曾说："人的价值并不取决于是否掌握真理，或者自认为真理在握；决定人的价值的是追求真理的孜孜不倦的精神。"生活在1300多年前的玄奘大师，就是这句话最完美的证明。

信念是生命的光焰

玄奘大师不是神话和传说，而是一个用信念创造奇迹的人。他的远行绝不像现代的冒险家或登山家那样，是为了追求生理极限的个人超越，他在追求真理的同时，也在真理之中追求生命的真谛。

玄奘大师是一个以信仰为生命，以生命为实践，贯彻一生乃至每一念的雄杰、卓伟、善美无瑕的人。他不仅是人类生命的典范，还是耸立在人类精神之路上的一座丰碑。世间有一些人，注定要背负为苍生寻找真理和福音的命运。对于大多数求索者来说，这是一个精神上不断寻觅和超越的痛苦过程。而对于玄奘来说，他的彼岸和理想，恰恰在此世一个遥远的地方，于是他选择了更真实的追寻和超越，抛开恐惧和诱惑，放下生命的负累，毅然踏上未知的险恶路途。他不是神话和传说，而是一个用信念创造奇迹的人。他的远行绝不像现代的冒险家或登山家那样，是为了追求生理极限的个人超越，他在追求真理的同时，也在真理之中追求生命的真谛。

对于普通人来说，尽管年代和信仰不同，但玄奘带给我们的激励和启示毋庸置疑。然而，在这个年代，正如玄奘的形象已被解构成一个简单的符号一样，信仰和信念似乎正在无情的嘲笑中贬值，每个人都有自己的一套为人处世的理论和哲学，信仰在物欲横流之中筋疲力尽。我们为欲望引导的目标行动，却常常会由于信念的缺失而导致人格曲解，因为些许的获得而变得轻浮和空虚。

这个世界和吴承恩所描绘的世界并无不同。道德为力量所左右，规则靠强权来安排，法力高强、手眼通天即可包打天下。即使佛祖使孙猴子皈依，也得先用法力制服他，让他跳不出手掌心。然而一旦力量成为标准，所有人又都可能成为弱者，因为他总会遇到更强大的力量。

是不是每个人都要因此必然承负作为弱者的痛苦呢？并非如此。唐太宗在《大唐三藏圣教序》里这样写道："桂树生长在高岭之上，云露才能滴落在它的花上；莲花从绿波中长出来，飞尘才无法将它的叶子污染。并不是莲花的性情自洁而桂树的本质就贞洁，而是因为它依附的地方高则微小的物质就不能烦累，所凭借的东西清净则污浊的东西就不能沾染，微末的东西不能成为其累赘。"这段话告诉我们，人如同莲花和桂树一样，只要将心托在高处，放在净处，排除一切困扰去获得强大的力量，就可以摆脱世俗的束缚，不被其左右，而成为真正的强者。

力量也许需要天赋异禀，智慧也许需要环境造就，法力也许需要机缘巧合，然而，缺少这些机会的人不等于没有机会成为强者，他们内心同样有通往强大的出路。玄奘孤身一人，没有神通广大的徒弟相助，没有似法显法师身边结伴同行的僧众，也没有受汉明帝之命去西域取法的蔡愔身边的侍从……他仅有的就是从行修持的体验中把握并体证了崇高无畏的生命信仰。也是这种信仰，让他完成了五万里的远行，成就了凌越千古的伟业。

我们不应该忘记，有一种非凡的力量来自信仰，它可以来源于每个人的内心。信仰、敬畏和热爱，未必使每个人变得伟大，但可以使人生渐趋完满，让自然赋予我们的生命历程丰满而充盈。

希波克拉底

医学闪光之处便是人性闪光之处

HIPPOCRATES

（约前460 — 前377）

......

两千多年前，

希波克拉底以圣徒般的德与行，

将保持医生职业荣誉作为世代传承的高尚传统。

他那刚劲而不朽的誓言，犹如一支永不熄灭的火炬，

而成为职业道德、事业良知的代名词。

他让后世的行医者有了比从事其他行业者

更加高贵而神圣的责任感，

同时也领导他们走上了一条光荣之路！

在光辉的古希腊时代，群星璀璨：伯里克利给艺术以新的鼓舞，希罗多德和修昔底德写下了不朽的历史巨著，菲狄亚斯在大理石上雕刻了理想的希腊美的纯正形象，索福克勒斯和欧里庇得斯凭借悲剧震撼了普通人的灵魂……整个希腊好像是充满了一种朝向崇高、壮丽以及寻求自由和美好的冲力。这时更产生了一位极其聪明而且医术高明的医生——希波克拉底，他领导着当时的学派和医生，正如上面所叙述的那些大人物一样，把自己不可泯灭地镌刻在自己的民族历史和艺术史上。他超出了僧侣医学，也超出了经验医学，并使以往数世纪的知识全部理想化。他提出了新的研究方法和新的观念，使自己成为古希腊最重要和最完美的医学代表人物。

英国人罗伯特·玛格特在《医学的历史》中这样称赞希波克拉底："希波克拉底以他杰出的才智和能力赢得了无可匹敌的名声，他凭着关于人类疾病的渊博学识，致力于让医生为病人服务，用他的话说，就是'医生的岗位就在病人的床边'。他向人们表明，巫术在减轻病痛上帮不上一点忙，而必须求助于卫生和有效的治疗。他将医学引入一个崭新的历史决定性方向，抛弃了神的作用，而代之以临床的观察研究。"

希波克拉底被称为"西方医学之父"。在他以前，医学则源于巫术和宗教医术，被巫师或僧侣阶层垄断，因而是一种经验的僧侣医学。而他完全超越了经验医学与僧侣医学，创造了一种全新的医学，并把医学发展成一种纯个性化的行业。

更重要的是，希波克拉底深刻地影响了人类对职业道德的认知，他以医学为中心阐发了许许多多的道德原则，他的那些格言与他的誓言交相辉映，照亮了人类道德的暗域。传说在公元前5世纪末，希腊立志从医的年轻人都要在梧桐树下宣誓，那段誓词就是希波克拉底的誓言。他的誓言为不灭的道德火炬补充了能源，接续了光明，时至今日还在激荡着人类的心灵。

医 学 之 父

希波克拉底在父母去世后，开始游历各国，行医治病，并从各地的医学中
萃取精华。他行经小亚细亚、里海沿岸、北非各地，精诚地为病人治病，从不
接受各种额外的报酬。他获得了不朽的荣光，后世的人们都尊称他为"医学
之父"。

关于希波克拉底的生卒年代主要有两种说法：一是意大利著名医学
历史学家阿托罗·卡斯蒂廖尼在其所著的《医学史》中说，希波克拉底
生于公元前460年或公元前459年，卒于公元前355年，活了104岁；另一
种说法来自伯恩特·卡尔格−德克尔著的《医药文化史》，说希波克拉
底生于公元前460年，卒于公元前377年，活了83岁。无论哪种说法是正
确的，都表明这位伟大的医学之父是长寿的。他所提倡的健康的生活方
式，特别是运动在生活中的重要性，也许正是他长寿的秘诀。

希波克拉底所处的年代，正是神学统治一切的时代。神主宰一切，
人是毫无价值的，人是神的奴仆，神的羔羊，只能忠顺地听从神的摆
布。在那个年代，科学被认为是对神的侮辱，最有"学问"的是祭司。
因此，当时的医学也自然受到宗教迷信的禁锢，一方面成了特权阶层的
专利，另一方面也必然停滞不前。那时还没有"医生"这个称呼，有的
只是巫师和僧侣。人们患病时，也只能依靠这些人来医治。然而，这些
人却不懂如何医治病痛，只会用念咒文、施魔法、进行祈祷等办法为人
治病。这种方法对病人自然是毫无帮助的，因此，许多病人不仅被骗去

大量钱财，而且往往因为延误了治疗而丧命。

根据公元2世纪的希腊妇科医师索拉努斯的记载，希波克拉底生于小亚细亚科斯岛的一个医生世家，他的父亲赫拉克莱提斯也是一位医生，传说赫拉克莱提斯曾是医神阿斯克雷庇俄斯的后人。希波克拉底的母亲费娜雷蒂是一个贵族的女儿。在古希腊，医生的职业是父子相传的，所以希波克拉底从小就跟随父亲学医，可以说，父亲就是希波克拉底走进医学领域的启蒙老师。除此之外，希波克拉底还拜古希腊著名哲学家德谟克利特、最著名的智者高尔吉亚为师，从他们那里学习哲学。由此推断，希波克拉底的家境优裕，因为当时高尔吉亚的收费是很高的，平常百姓人家根本支付不起这笔学费。

希波克拉底跟父亲学习了几年后，又被送到科斯岛上的阿克波里斯神殿（亦译为医神神殿）里接受培训，并在那里得到了来自色雷斯的医师希洛地卡斯的指导。数年后，希波克拉底学业有成，开始云游四方，足迹最远可达色萨利、色雷斯及马尔马拉海。希波克拉底一边行医，一边拜访各地名医。这极大地丰富了他的医学知识，使他逐渐成为一个著名的医师。

希波克拉底不仅是一位杰出的医生，而且还是一个著名的医学教育家，他的学生为数众多，后人统称之为"希波克拉底派医生"。按照当时流行的方式，他常常带着学生在游历中传授医术。希波克拉底的两个儿子及女婿波吕波斯都是他的学生，根据罗马医生盖伦记载，波吕波斯得到了希波克拉底的真传，成为其真正的继承者。希波克拉底的著作被后人汇编为《希波克拉底文集》。但是，其中并非全是他本人的作品，有的作品是他的学生写的，有的甚至可能是同代或后代医学家附会之作。事实上，《希波克拉底文集》是公元前5世纪前后古希腊医学知识的集锦。

希波克拉底在云游的过程中结识了许多哲学家，这些智者的独到见解对他深有启发。古希腊哲学家已经提出世间万物是由土、气、火、水四种元素组成的，这种学说被称为"四根说"，它也构成了希波克拉底医学理论的基础。他认为组成人体的是血液（相当于火）、黏液汁（相当于水）、黄胆汁（相当于气）和黑胆汁（相当于土）四种体液，它们分别具有不同的性质，由于体液组成比例不尽相同，因此人就有不同的先天素质。这是对人的先天素质进行的最早科学分类之一，受到后世伟大生理学家巴甫洛夫的高度评价，后者关于人的四种神经活动类型的学说，也许就是受了希波克拉底的启发。

希波克拉底对哲学相当重视，他曾说过："医生而兼通哲学，那就是神了。"可以说，希波克拉底就是一位哲学素养颇高并能深刻影响哲学的名师，或者说他首先是一位哲学家。哲学高度的思辨性与构思的逻辑性，使希波克拉底创造了一种全新的医学。

公元前430年，雅典发生瘟疫。这场瘟疫给雅典人带来巨大恐慌，当地的医生束手无策，而且大多数医生因接触到病人也纷纷死去。无法救治这一严酷现实，彻底摧毁了雅典人的意志和信心。对这种索命的疾病，人们避之唯恐不及。但此时的希波克拉底却冒着生命危险，带着自己的学生，毅然前往雅典。他一面调查疫情，一面探寻病因及解救方法。希波克拉底不顾个人安危在全城巡视，向病人询问病情。不久，他发现全雅典城只有一种人没有染上瘟疫，那就是每天和火打交道的铁匠。他由此设想，或许火可以防疫。于是，他命令自己的学生们在全城各处点起火堆，最终希波克拉底消灭了这场可怕的瘟疫。消灭瘟疫的所有开支，完全由希波克拉底个人负担，他没向雅典城要一分钱，当然也没向任何获救的人及因火除瘟疫而幸存下来的人要一分钱。雅典人为纪念这位伟大无私的医学家竖起一座铸铁肖像，上面镌刻着这样一段铭文："谨以此纪念全城居民的拯救者和恩人。"

希波克拉底终其一生，皆在教授及钻研医学。他不仅医术高明，而且超越了巫术医学即经验医学和僧侣医学，改变了整个世界。更重要的是，因自身美好的品质、完美的德行，也让后人永远铭记那段传唱至今的誓言——希波克拉底誓言：

仰赖医神阿波罗、阿斯克雷庇俄斯及天地诸神为证，鄙人敬谨宣誓愿以自身能力及判断力所及，遵守此约。凡授我艺者敬之如父母、作为终生同业伴侣，彼有急需我接济之。视彼儿女，如我弟兄，如欲受业，当免费并无条件传授之。凡我所知无论口授、书传俱传之吾子、吾师之子及发誓遵守此约之生徒，此外不传于他人。

我愿尽我力之所能与判断力所及，遵守为病家谋利益之信条，并检束一切堕落及害人行为，我不得将危险药品给予他人，并不作该项指导，虽有人请求亦必不与之，尤不为妇人施堕胎手术。我愿以此纯洁与神圣之精神，终身执行我职务。凡患结石者，我不施手术，此则有待于专家为之。

无论至于何处，遇男遇女，贵人及奴婢，我之唯一目的，为病家谋幸福，并检点吾身，不做各种害人及恶劣行为，尤不做诱奸之事。凡我所见所闻，无论有无业务关系，我认为应守秘密者，我愿保守秘密。使我严守上述誓言时，请求神灵让我生命与医术能得无上光荣，苟违誓言，天地鬼神共灭之。

希波克拉底的这段誓言撼动人心，在当时它是行医者对神的誓言，如今已经成为医生们行医济世的指引明灯。"视彼儿女，如我弟兄"，这充满着同理心的誓词，淋漓展现了希波克拉底那种医者父母的宽大仁心。

希波克拉底死于何时何地，众说纷纭，今天人们已经无法查证。不过，在今天的科斯岛上以希波克拉底命名的医学学校，仍以他的这段誓言作为校训，所有的医务工作者都会在走上岗位前宣誓。这段誓言已经被医生作为道德自律的守则，而且它远远不限于科斯岛上，而是扩散到全世界。

伟大来自品行与美德

希波克拉底用医术照料着他人的身体和生命，他也用自己的执业精神，照料着自己的内心。他的一生展示了希腊人理想的灵魂的善，也告诉我们，造福社会的，永远都不只是技艺，重要的是良心。

在人类历史上，医学与巫术的较量从来就没有中断过。可以说，巫术统治医学的时间比科学引领医学的时间要长得多。公元前5世纪时，医学与巫术还是很难分开的。直到伯里克利时代，情况才发生了变化。有一个人让医学从巫术中解放出来从而归属了科学，这个人就是希波克拉底。

希波克拉底不仅让医学变成了科学，还将行医变为一项神圣的职业。希腊人自荷马时代以来就以身心的全面训练和全面发展为最高理想，哲学家主要负责人的心，医生主要负责人的身。如果对于希腊人来说，最重要的莫过于这两个方面，那么他们把哲学家和医生奉若神明就是完全可以理解的。当人们把自己肉体交给医生时，也就等于把自己的身家性命全部交给了他。因此，医生接受的不仅仅是一具肉体，更不是某个生病的器官，而是世界上最宝贵的东西——生命。当人们无限信赖地把自己一生只能拥有一次的东西交给医生时，医生在他的心目中就是神。

希波克拉底的道德誓言作为职业道德的圣典，2400多年来，一直被白衣天使们奉为规范自己职业行为的圭臬。简短而洗练的誓言，向世人公示了五条戒律：第一，尊敬授业恩师；第二，凭良心行医，不做任何违背誓言、良心和医德的事情；第三，竭尽所能为患者利益着想，不做任何有害患者健康的事情；第四，替患者保守秘密；第五，不为人堕胎。1948年，世界医学会通过了著名的医学界宣言，即《日内瓦宣言》。从这个宣言的具体内容来看，无疑是对希波克拉底誓言的再现和升华。

希波克拉底极力主张医生要博学，要求"把学问引进医学，或把医学引进学问。因为医生是学问的情人，也是神仙的情人。在学问和医学之间没有不可逾越的鸿沟"。在希波克拉底看来，从医的人首先应当关心自己内心世界的建设，只有这样，才能辨别是非、懂得善恶，成为有道德的人。有道德的人才能有责任感，才能对病人负责。希波克拉底说："生命是短暂的，医术是永恒的，病痛是暂时的，经验是有风险的，抉择是艰难的。医生绝不能只准备做有利于自己的事，更要为病人着想。"在希波克拉底的心目中，医生应当具有哲学家的一切品质：利他主义、热心、谦虚、有高贵的外表、严肃、冷静的判断、遇事沉着果敢、日常生活纯洁简朴。他的医术建立在高度教养的基础上，不仅要有医学知识，而且要认识自然，认识社会，摒弃一切恶事恶念，以平和之心待人。

希波克拉底主张所有行医者都应具备以上这些美德，他的主张体现了"反对贪婪""反对劫掠""反对无耻"等伟大品格。正如他自己说的那样："医生全部医术的首要目标就是治好有病的人。如果可以通过不同的方法达到这一目标，那么应该选择最简便易行的方法。这样，医生才能与好人、精通医术的名声相称，而不是一心贪图那些低成色的普通硬币。"

如此看来，希波克拉底首先是一个哲学家，然后才是一个医生，他像一个哲学家那样地生活着。按照亚里士多德的说法，那是"一种高于人的生活，我们不是作为人而过这种生活，而是作为在我们之中的神。他和组合物的差别有多么巨大，这种活动和其他德行的活动的差别也就有多么巨大。如若理智对人来说就是神，那么合于理智的生活相对于人来说就是神的生活"。这是人的生活的最高理想，也是希波克拉底一生的形象写照。

可以说，希波克拉底以自己的行动实践着他同一时代的伟大思想家苏格拉底"美德就是知识"的重要思想。他和那些伟大的哲学家一样，关注的就是两件事，即身与心，他理想的生活就是身心俱美。于是，他把心交给了哲学，以哲学的最高理念——善的理念，作为行医的依据。

今天，哲学大约已经失去了往日的光辉，人们不再认为它可以管理灵魂，而且灵魂问题在今天也不大被人提起了。但是，人们却依然把自己的身体与生命托付给医生。医生在人们心目中依然是神圣的，而且他本身就应该是神圣的。每个人把自己的生命和健康托付给医生时，都热切地希望，同时也相信，医生能"凭自己的良心和庄严来行医"，希望他们能不论出身、国籍、信仰、政治观点、宗教、社会地位，一视同仁地为病人着想；无论自己能否被治愈，都相信，也希望医生能够最大限度地尊重生命，因为医学这个字眼就意味着尊重生命。世界上有各种管理者，而医生则是最特殊的管理者，因为他们管理的是人的生命。

几千年前，希波克拉底在诸神面前立誓，意味着当每个病人把身体托付给医生的同时，医生也就把自己的灵魂袒露给神。他凭着医生的良知，运用自己精妙的技艺为人类的生命行程保驾护航，也向神证明了医生这一职业的神圣和伟大。亚里士多德在诠释"伟大"时说："凡具有最高能力足以完成其作用的城邦，才可算是最伟大的城邦。希波克拉底常以'伟大'见称正是这样的命意，作为一个医师，不是作为一般的人，他比任何体格较他更为大的人总是更为'伟大'。"伟大意味着能够拥有最高能力，不辱使命。这种最高能力不仅包括精良的技艺，还有高尚的人格和完美的道德。

神圣的良心

> 上帝赋予我们以双重的正直：一个是良心的正直，用以正确地判断；一个是道德本能的正直，用以正确地想望，它的职能是警惕邪恶，督促向善。人人都有责任不断地增加认知，培养正确的良心，力求能作出更良好的抉择，成为善良的人，成为希波克拉底誓言的虔信者、践行者和传承者。

希波克拉底2400多年前的誓言时至今日仍然影响着西方医学界；作为职业道德的圣典，它的规范作用又远远超出医学界，成为适合一切人类社会组织抑制人性之恶的道德规范。希波克拉底誓言的生命力，就在于它揭示了职业道德的灵魂，颂扬了职业的尊严、职业的良心、职业的风范、职业的特质。希波克拉底誓言实践者的英雄业绩告诉我们：每个人都有自己的职业，每种职业都是有风险的，所谓"职业道德"，既是指"泰山崩于前"时的临危受命、忠于职守，更是指平时的点滴积累和自我约束、自我激励。于是就有了超越医学界的众多的希波克拉底式誓言，如约瑟夫·罗特伯雷特写的《科学家的希波克拉底誓言》，如律师的誓言、教师的誓言、法官的誓言……

在我们的灵魂里，可以说有一种天生的神圣感，它统治着我们精神的城堡，支配着我们对善恶的判断。我们可以判断一个特殊行为是正当还是不正当，使我们能够这样做的就是良心。这个判断可能出错，因为它判断出的正当或不正当可能是恰恰相反的。但是人有一种能力，这种能力告诉我们必须避免所有不正当，绝不能作恶。这种能力被称为"道德本能"，它不可能出错，它是无误的，不灭的。用波拿文都拉的话说就是："上帝赋予我们以双重的正直：一个是良心的正直，用以正确地判断；一个是道德本能的正直，用以正确地想望，它的职能是警惕邪恶，督促向善。"

世间的英雄之所以伟大，除却他们的丰功伟绩之外，还有他们能自始至终坚守自己的使命，并凭借道德本能的正直，作出忠诚的判断。这是一种人格的伟大，道德的伟大，因为它的支柱是良心。希波克拉底的医术已经被后人所超越，但是，他所倡导的医学道德，至今依然是每个从业医师最高的道德信条；居里夫人在了解到镭在商业上的用途后，并没有从中牟利，而是毫无保留地将镭的制造方法公之于世，她认为，借此求利，不仅违反科学精神，更违背了自己的良心；爱因斯坦在完成了原子弹的开发之后，立即建议美国政府停止制造和使用这种武器，虽然未能最终实现这一愿望，但这位科学巨人将后半生的大部分精力都用来纠正他所犯的这个"最痛心的错误"……他们的人生，是用饱蘸真善美的心灵之墨写就的。他们始终把个人荣誉同社会责任紧密联系起来，自觉践行社会公德、职业道德、家庭美德，克己奉公、舍生取义、扶贫济困、克勤克俭、慈孝礼让已深深融入他们的血液。他们的魅力，就其实质而言，正是高尚道德的魅力。

今天，一些人对待自己的职业，欠缺了这种神圣感，仅仅把职业当作牟利的工具，当作每天得过且过、月底能拿点薪水的生活方式，从没有把职业与自己的生命追求联系起来。在现实的生活中，我们还难免见到违背良心的人。那些损公肥私、损人利己者，那些好大喜功、弄虚作假者，那些见利忘义、跑官买官者，就是这类人的代表。他们以自我为核心，信仰的缺乏导致了他们心中天生的神圣感丧失殆尽。

良心应该受到教育，受过良好教育的良心是正直和诚实的。只有服从良心的正确命令，才能使人过上美好、自足而幸福的生活。人人都有责任不断地增加认知，培养正确的良心，力求作出更完善的抉择，成为善良的人，成为希波克拉底誓言的虔信者、践行者和传承者。

西方的孔子

苏格拉底

（约前469 — 前399）

......

苏格拉底，古希腊最伟大的哲人。

就像耶稣一样，

和他巨大的声名形成反差的是，

他没有写过任何东西，平生不着一字，

其事迹、言论只见诸弟子的记述。

他是一个绝对真实的影子，

一个匿迹于字里行间的"纸上的灵魂"。

苏格拉底拥有西方文明不朽圣人的地位，高踞于西方思想的起点之上。他生活在人类文明最单纯、最新鲜的年代。他在那里造就了哲学的发端，把哲学从天上引进尘世，是他的哲学开始让人们直面生存与死亡，思考正义与美德。没有哪位哲学家像苏格拉底那样痴迷于过一种正义的生活。他一生都在身体力行，并进行着诘问和反思：究竟何种人生才值得一过。这是一个迄今让我们不断思考的问题。

他是第一个，也是彻头彻尾的思想殉道者。面对来自精神对手的判决，他只要稍稍变通一下，就很可能保全自己的生命，但他没有那样做。他对法官们说："你们错了……如果你们认为一位值得尊重的人应该花费时间来权衡生与死的前景有何不同的话，告诉你们，我在作出任何行动的时候，考虑的永远只有一条，那就是我的行为是正义的还是非正义的。"

他的殉道，为思想和思想者赢得了尊敬，激发了无数后来者对这个行当的强烈志趣，并为此追求，终生不渝。尽管对于何为正义，后世人依然深陷迷惘，无从找到真正的答案，但殉道者以宝贵生命为代价提出的问题，召唤着更加严肃和虔敬的深思。

精神上的助产士

苏格拉底生命中的大部分时光似乎都消磨在与其他人的对话和论辩上。他到处走访，着手探究人类的灵魂，他时而对一些不太确定的假说进行确实性的论证，时而对一些确定无疑的事情进行并不成立的质询。他依靠这种方式将自己塑造成为雅典城邦公民公认的"精神助产士"。

苏格拉底生于雅典，他出生的年代正是雅典天才辈出的辉煌时期，伯里克利开创了雅典的民主制度，造就了雅典的黄金年代。那些对西方文明影响深远的巨星们在雅典娜神庙的上空冉冉升起，理性精神正体现出肇始时期应有的活力与繁荣。

苏格拉底的名字上没有任何世俗的荣光，他出身低微——父亲是石匠，母亲是接生婆。但他从未在意过这些，他的智慧使他在雅典拥有了不俗的声望。苏格拉底曾说："我的母亲是个助产婆，我要追随她的脚步，我是个精神上的助产士，帮助别人产生他们自己的思想。"

苏格拉底在青少年时期曾跟父亲学过手艺，后来熟读荷马史诗及其他著名诗人的作品，靠自学成了一名很有学问的人。他以传授知识为生，30多岁时做了一名不取报酬也不设馆的社会道德教师。许多有钱人家和穷人家的子弟常常聚集在他的周围，跟他学习，向他请教。苏格拉底却常说："我只知道自己一无所知。"

后人依据想象为苏格拉底塑造了雕像，看上去他其貌不扬。对于他的言行、个性、思想的描写，主要见于柏拉图、与他同时期的喜剧作家阿里斯托芬、他的学生色诺芬以及柏拉图的学生亚里士多德的文字。在阿里斯托芬那儿，他是一个热心的天才，体格健壮，身体有很强的忍耐力，似乎还有些滑稽；在色诺芬那儿，他又是一个高贵的战士，充满激情地探讨着道德所必需的东西；他的学生柏拉图，大多数时候将他作为自己的代言人，把他描写成一个有着深深使命感和道德绝对纯洁的人。无论何种描绘，有一点毋庸置疑，苏格拉底的生活方式与众不同。正如尼采所说："苏格拉底的生活方式有着神性般的质朴和稳固。"

我们可以想象一下，苏格拉底总是衣冠不整，头发蓬乱，从不带钱，也不在意下一顿饭的着落。洗澡绝不是他的一种日常习惯，甚至就连他最好的朋友也承认说，见到他身上洗得干干净净，脚上穿着鞋子，是一件不寻常的事。

苏格拉底曾三次参战，当过重装步兵，不止一次在战斗中救助受了伤的士兵。在战友的印象中，苏格拉底是一个怪异的人。一天早晨，苏格拉底开始全力思考有关日出的一些问题，并陷入了沉思，在答案得出来以前，他一直站在那里思考，而且拒绝放弃。时间慢慢过去，中午时分，士兵们开始相互议论，苏格拉底为何从黎明起就一直站在那里思考。最后，到夜幕快要降临时，一些来自爱奥尼亚地区的士兵吃过饭后，把他们的睡具都搬了出来……这其中有部分原因是想看看苏格拉底是否将在那里站一整夜。直到早晨，他仍旧站在那里。太阳再次升起，他朝着太阳祷告了一番才离开。

他的学生美诺曾对苏格拉底说："你从来不航海，也不离家远行，我想你这么做是很对的；因为如果你像这样到随便哪个其他城市里做陌生客，你很可能被当作男巫而捉起来。"然而，是什么样的才能和品质使得这位其貌不扬、言行殊异的思想家成为深受希腊优秀青年爱戴的良师益友呢？当然不仅仅是他看似怪异的举止。

他的学生阿尔比亚德斯曾这样说："我的心，或我的思想，或你喜欢去称呼它的一类东西，被苏格拉底的哲学征服了。他的哲学就像一条蝰蛇一样能把它所吸引的任何年轻而富有天才的头脑紧紧缠住。"美诺也曾用有些戏谑的口吻评价苏格拉底："如果确实可以让我开个玩笑的话，我认为不论你的外表还是其他方面，你都极像一条扁平的海鱼，谁走近一碰就麻谁，我发现你现在对我做的就是那么一回事，因为说实话，我感到我的灵魂和舌头都麻木了。"在邋遢生活的背后，苏格拉底不仅拥有智慧绝伦的头脑，极富吸引力的思想，而且具有强大的精神穿透力或者称之为煽动力。

苏格拉底生命中的大部分时光似乎都消磨在与其他人的对话和论辩

上。他到处走访，着手探究人类的灵魂，他时而对一些不太确定的假说进行确实性的论证，时而对一些确定无疑的事情进行并不成立的质询。如果有人不假思索、口无遮拦地去大谈正义，他就平静地问："正义又是什么？"

两千多年来，我们似乎仍然可以看到他那笨拙的体态总是包裹在常年不换、皱巴巴的宽大外袍里，优哉游哉地穿过古希腊的公民大会堂，对政治喧嚣不闻不问，只是逢人便强留住对其侃侃而谈。就这样，他把年轻人中的有识之士聚拢在自己的周围，然后率领他们来到神殿柱廊某些遮阴的角落，叫他们在争论之前先对自己的用词加以限定和说明。

根据色诺芬的回忆，苏格拉底的对话艺术举其大者共有两端：其一，当别人与他的观点相反并发生争论时，他往往回到争论的源头，提出一连串"什么是"的问题，对讨论的主题进行追问，并一步一步地给予回答；其二，当他自己提出一个问题，并与一个被动的听者进行交谈时，他则从人们一般接受的观点出发，以达到一种超乎寻常的一致。苏格拉底就是这样对成见、对人们习以为常的"真理"进行巧妙质疑的。

公元前399年，苏格拉底以"败坏青年"及"苏格拉底说不要信神"等莫须有的罪名被控告。起诉他的是三个雅典城邦的公民，而审判他的是由501位雅典普通公民组成的陪审法院。两千多年后，历史学家对于这场审判所作的评价是：在西方文明史上，除了对耶稣的审判和处死之外，再也没有任何的审判和处死，给人留下如此深刻的震动。

苏格拉底在雅典接受对他的"最后审判"时，在自辩词中说："我从来没有生活在平庸的安静生活之中，我从不在意大多数人刻意追逐的东西，诸如赚钱、拥有一个舒适的家、拥有较高的军衔或公民身份以及所有其他在我们这个城市正在进行着的活动。"

面对死刑，苏格拉底说，他将"有机会去见在过去的时代死于不公正审判的英雄们，然后把我的遭遇和他们的放在一起比较一下，这将是相当有趣的事情"。苏格拉底在最后的演讲中把自己比作一只牛虻："事实上，打个玩笑的比方，我是受神灵委派附在这个城邦身上的，这座城就像是一匹良种马，由于身躯太大，容易懒散，需要牛虻蜇一蜇。如果你们听从我的意见，就会让我活下去。但是，我猜想，不久你们就会从瞌睡中醒来，听从阿尼图斯（当时代表手工艺者和政治家起诉苏格拉底的起诉官）的话，伸出巴掌把我打死，然后再接着睡。"

当苏格拉底离开法庭时，一位崇拜者呜咽着说，他最难以忍受的事情是苏格拉底被不公正地判处了死刑。"什么，"苏格拉底一边调高声音提问，一边尽量地去安慰他，"你愿意我被公正地判处死刑吗？"苏格拉底的一个学生在最后一个晚上见到了他，建议他越狱，因为不公正的判决是无须理会的，狱卒已经买通，逃亡路线已经安排好。苏格拉底拒绝了，这位在法庭上因为放肆而激怒陪审团的被告人竟然认为必须尊重法庭的判决，哪怕判决是不公正的。在狱卒和他学生的注视下，老人坦然地喝下了毒酒，身体慢慢僵硬，脸上残存着微笑。

"孩子，哲学是一种伟大的音乐。"在最后的对话中，这位伟大的导师给他的学生上了最后一课。

苏格拉底之死

人类思想和智慧的意义，并不在于提供更多确定无疑、主宰一切的东西，而是要提供反思与批判，包括更为切近精当的思想方法。这就是苏格拉底所开启和为之殉道，并令后人为之前赴后继的哲学的精神核心与疆界。他的死源于一场精神和信念上的对抗，他必须去刺痛所有庞大的、自满而懒散、自认为无懈可击的东西，唤起众人的警醒和自审，因为这是哲学的使命和意义。

为什么一个毕生没有留下任何文字，只热衷于辩论和谈话的人可以获得生前身后如此非凡的声望？为什么崇尚理性和民主的雅典要违背这个城市自我标榜的信念，处死一个以思索和认识美德及正义为使命的人？为什么苏格拉底放弃了为自己辩护的机会，为什么他要用强势的辩词去激怒法庭和整个雅典？作为一个肉体凡胎的苏格拉底，在公元前399年那场审判中，刻意而决断地选择了死亡，坦然与微笑后面，隐匿的到底是什么？是为了弘扬学说而杀身成仁，还是为了嘲讽所谓雅典城邦民主模式的虚伪？而自认为一直在智慧女神的荫庇下、以民主政治为政体的雅典，为什么要判一个70岁的哲学家、在雅典城受人尊重的老人死刑呢？

苏格拉底所处的时代过于动荡，但他始终抱着坚定的信念，追求清高朴实善良的人生。对普通人来说，这些理想太崇高了，但是这种决心却在苏格拉底心中萌芽滋长。虽然面临时代的考验，他仍不改初衷，严格要求自己，决不动摇。

正是这些品质使得这位其貌不扬的思想家成为深受希腊优秀青年爱戴的良师益友。那些聚集在他身边的帮他创立了欧洲哲学的人中，三教九流应有尽有：有像柏拉图和亚西比得那样的富家子弟，津津有味地听他对雅典民主制所做的讽刺性分析；有像安提西尼那样的社会理想主义者，喜欢老师的安贫乐道；甚至还有一两个像亚里斯提帕斯那样的无政府主义者，憧憬着一个没有主仆之分，人人都像苏格拉底一样无忧无虑，生活自由自在的世界。所有那些使当时社会感到激动的，并为青年人提供不断争论的材料的问题，同样使那些思想家和健谈者也感到激励。他们和自己的老师都认为生活中若没有坐以论道的畅谈，生而为人就没有多少价值。

苏格拉底的思想都是展现在论辩的背景中的：前提被要求，结论被考察，定义被精化，推断被演绎，假设被驳斥。这是合理对待人应如何生活这一问题唯一足够严肃的方法。对苏格拉底而言，负责任的规劝必须体现在有理有据的论辩中。只有当心灵转而直面自己，省察自身的时候才会出现真理。因此苏格拉底才会说："未经审视的生活是不值得过的"，"如果有任何人宣称知道善，我将质问他、审查他和考验他"。

苏格拉底以雅典所有宣称知道善和最高价值，自诩拥有国家、正义和美德真谛的人为思想对手，包括贵族、政客，以及民主政体的倡导者和拥护者，以古老神话为题材的诗人和剧作家，以售卖和教导真理为赚钱行当的智术师等。苏格拉底以精妙的思辨、有力的反诘击碎他们企图让人们去推崇备至的东西。

苏格拉底不仅是古代最令人不解的现象，也是"人类历史中的一个转折点和旋涡"。苏格拉底是理性主义的创始者，并且在理性主义中看到人类历史上最为致命的悖谬之处。正是因为苏格拉底看到了这一点，并穷己一生，对此刨根问底，毫不留情，决不姑息地把问题剥开，打开了认识世界的另外一扇窗口，他才能够成为那个时代最有智慧的人，才能成为那个时代最伟大的思想者的代表。

人类思想和智慧的意义，并不在于提供更多确定无疑、主宰一切的东西，而是要提供反思与批判，包括更为切近精当的思想方法。这也许就是他所开启和为之殉道，并令后人为之前赴后继的哲学的精神核心与疆界！

通过这些我们就不难理解苏格拉底为什么会慷慨赴死了，那是一场精神和信念上的对抗。苏格拉底的信念如他自己所言是牛虻的信念。他必须去刺痛所有庞大的、自满而懒散、自认为无懈可击的东西，唤起众人的警醒和自审。因为这是哲学的使命和意义。

　　苏格拉底拒绝了辩护，拒绝了减刑，拒绝了逃亡。第二次面对陪审团时，苏格拉底显得更加无礼，甚至可以说是在挑衅，他建议：对于他的刑罚应该是宣布他是雅典城的公民英雄，并宣告在他的余生中，有权在市政厅免费享用一日三餐。对雅典的民主政体深信不疑的人们更加被激怒了，认为苏格拉底是在蔑视法庭的威仪，挑衅法官们的智慧与耐心。在第二次投票中，决定对苏格拉底处以死刑。

　　苏格拉底以这场名垂后世的审判和个人的生命，维护了哲学的意义，维护了哲学家作为反思者的尊严，证明了独立思想的价值，使当时民主政体的崇拜者们犯下了无法自我辩解的错误。他们对苏格拉底的处死，否定了他们所标榜的正义和美德的理念，打破了他们盲目的自信，在这个意义上，苏格拉底以一己之力击败了当时的整个雅典。

　　按今天来看，苏格拉底几乎是策划了自己的死亡方式，以一场浩大的审判，以法律正义的名义，判处自己死刑，把自己生命的终结过程，凝成一个死亡之谜，人们将因为好奇而探寻他的死亡的原因，也正因为探寻而发现并惊叹于他的哲学理念的先知力。这种敬重、好奇、惊叹和探寻，直接开启了哲学的国界之门和人类文明的前进之路。

理性的审视

　　哲学给苏格拉底以坚定的信仰，使他面对千夫所指能够保持合乎理性而不歇斯底里的自信。这种思想的独立性给我们以启迪和激励，它向我们展示了一种力量，可以抗衡在行动和思想上曲意迎俗的习性。

苏格拉底是思想者的先导和始祖。对思想者而言，思想不是某种工作或某项职业，它是一种生活方式，能够让思想者直面生存与死亡。尼采曾告诉人们：你应如此活着，一如你愿意这样的生命可以永恒地重复。那似乎有点苛求了。然而，哲学确实构成一种生活方式，值得延续至其终结，一如苏格拉底最初向我们示范的一样。古希腊把美德分为五种：勇敢、节制、虔敬、智慧和正义。苏格拉底的使命，就是劝说人们通过努力去理解和获取这些品质来照看好自己的灵魂。

苏格拉底也许相信最终有完美和全能的知识，它能最终给人类带来福祉，给每个人带来幸福，然而，在最终发现这种完美和全能之前，任何自称完善的东西都必须经过思想的考证和驳诘。苏格拉底是理性主义的创始者，他不仅在理性主义中看到人类思想深处最为致命的尴尬和困境，他更要通过追问把人类最本质的美德和力量挖掘出来。他用尖锐的刺痛方式引导人思考有关本性、真理和善的问题，他为理智的探寻发展了一个新的方法。

然而，他教导我们的不纯然是他的方法，更是他身上那种不懈探索所塑造的人格。苏格拉底一生不断追求的就是这种人格：丝毫不取媚于人，丝毫不奉承神，而只是要求人们服从他的召唤，服从理性的召唤。他以平易近人、循循善诱的姿态引导人，以自己理性的灵魂影响人，面对好恶毁誉，淡然处之，宁冒生命危险，不改初衷。在人类不断自我沉沦时，他殚精竭虑，欲鼓超越自我的风帆，在世界混乱无序时，他呕心沥血，力挈改变世界的方向。苏格拉底以他整个人教导我们，一如佛陀及耶稣。在所有哲学家中，只有苏格拉底如此实践哲学。

今天我们读苏格拉底，之所以使我们感到震撼，不仅是来自他思想的高深，而且源于他独立思想所体现的力量。如今我们已经不由自主地习惯了一种生活，一种被权威的、世俗的、普遍的标准或评价体系所笼罩的生活。我们为了心灵的稳妥拼命去抓牢其中的某一句，并不断放弃自己真实的想法。

在生活中，苏格拉底式的特立独行和我们的行为形成鲜明的对比。我们在与人谈话时总是重视取悦于人甚于讲真话，为了讨好别人我们常常为索然无味的笑话而大笑。对待陌生人，我们常采取饭店守门人对待有钱人的那种奉承的态度——那是出于讨好所有人的欲望而表现出的过分殷勤。我们从不对大多数人认同的观点公开表示怀疑，我们努力博取大人物的赏识，每当同他们见过面后，总要久久地心怀忐忑，担心他们是否看得上自己。

而哲学给苏格拉底以坚定的信仰，使他面对千夫所指能够保持合乎理性而不歇斯底里的自信。这种思想的独立性给我们以启迪和激励，它向我们展示了一种力量，可以抗衡在行动和思想上曲意迎俗的习性。如果我们做不到这样的泰然自若，如果我们听了几句对我们的性格或业绩的严厉批评就忍不住掉眼泪，那可能是因为我们相信自己正确的基础主要是由他人的赞许构成的。我们对于不惹人喜爱很在意，不仅是出于实用的理由——例如升迁或生存，更重要的是世人的嘲弄似乎是一种信号，毫不含糊地表明我们已误入歧途。

在人类刚刚开始用智慧、知识和理性懵懵懂懂地建构文明生活的时候，苏格拉底第一个将审慎、理智，具有反思精神的思想方式解剖给世人，并用自己生命的膏腴使之成为一种绝不苟且的信念。在人类还在宗教神话延伸出来的绝对权威的笼罩下匍匐爬行的时候，苏格拉底第一个将哲学从天上唤到尘世，他甚至把哲学引入寻常人家，迫使哲学追问生活与习俗，追问好与坏。他不仅告诉人们要对看似完美的、毋庸置疑的东西保持足够的怀疑和思辨，同时使之升华为要用生命去维护和坚持的信念。

（1265 — 1321）

......

阿利吉耶里·但丁，

生活在中世纪的最伟大诗人，意大利民族诗人之冠。

他坎坷的一生所呈现出来的是至纯至善的灵魂，

他将一生的命运与民族的前途联系起来，

在那个昏暗的时代发出了足以湮没阿波罗的光芒。

在13世纪佛罗伦萨的平地上骤然竖起了一座高塔，一下子被隔开的是新旧两个世纪断章。在高塔的顶端闪着新世纪的曙光，光芒熠熠生辉，人们驻足停望，看到的却只是一个人的身影，他就是阿利吉耶里·但丁。

这个伟大的流亡诗人犹如尘世间的基督，因与命运进行着激烈的对抗，无奈地漂泊在异国他乡。在那段远离故土的艰难岁月中，他也曾一次次回头张望，可换来的却是独裁者一道道的追捕密令，而且一旦被捕，任何一名士兵都有权将其烧死。

最终，这个坚强的诗人选择了一条无比艰辛的路，他"走遍几乎所有说这种语言（指意大利语）的地方"，像"既无帆，又无舵手的船，被凄楚的贫困吹来的干风刮到不同的港口、河口和海岸"，"别人家的面包味道是多么咸，走上走下别人家的楼梯，路多么艰难"……但这又是一条伟大的精神朝圣之路。

尘世没有归宿，他便选择天堂。但丁，这个伟大的游子赤脚踩着地狱的荆棘，血污的额头却浴着天堂之光。他一边艰难地行走，一边开始了自己的抒情；他在诗中梦游地狱、炼狱，抨击丑恶与肮脏，在千难万险中描绘美德与圣洁；他穿越地狱和炼狱的昏惑，穿越人生的迷途，他的精神最终以绝望的形式获得救赎。

在但丁被放逐多年之后，佛罗伦萨政府同意把他召回，但要求他必须接受一个屈辱性的条件，但丁回信写道："难道我在别处就不能享受日月星辰的光明？难道我不在佛罗伦萨这个城市和它的人民面前屈身辱节，我便不能思索宝贵的真理吗？"此时的但丁，对无序的政治生活已经失去了残留的热情。他把自己无限的热情都投放到精神这个更广阔的世界之中，他在思考苦难的根源、生命的意义、国家的命运和人类的前途。

作为一名诗人，但丁希望通过一部伟大的作品来完成这一使命，他"要使生活在这一世界的人们摆脱悲惨的遭遇，把他们引到幸福的境地"。但丁为爱和理想而创作的《神曲》，让他走到了这条朝圣之路的终点，也走向了生命的巅峰。

但丁，这个在生命的中途，便已经窥见地狱的熊熊烈火、炼狱的全部艰难的人，在自己的坟墓上写下了这样的铭文："我但丁躺在这里，是被我的祖国拒绝的。"他因那伟大的言说和无畏的朝圣，那美好的抒情，而被人们纳入了圣徒的行列。

从"地狱"到"天堂"

> 人生就是"漂泊"，写作就是"流亡"，如但丁。对于但丁来说，"流亡"是个圣词，是神圣的体验。他注定流亡，注定被永远地放逐！但丁选择了承担，于是他穿越了黑暗的地狱和布满烈火的炼狱，并在那里找到了超然的、纯净的、神秘的信仰和理想，获得了灵魂的救赎和自我的壮大，同时也为这个世界描绘了一幅通往幸福的地图。

1265年5月，但丁出生在意大利佛罗伦萨一个没落的贵族家庭里。传说但丁的母亲在临近分娩的时候做过一个奇怪的梦，她梦见自己坐在高高的月桂树下，看到一个小孩儿爬上桂树摘果子吃，还去摘桂树叶子，又喝清澈的泉水。不料这个小孩儿却不小心从树上摔了下来，变成了一个牧羊人，随后这个牧羊人又变成一只美丽的孔雀。根据意大利作家薄伽丘后来的解释，梦中的小孩儿就是但丁，它预示着但丁日后必将成为一个伟大的诗人。

当时，佛罗伦萨是意大利著名的手工业中心，也是欧洲最富庶的城市之一。由于经济发达，佛罗伦萨成为封建贵族和市民阶级斗争的主要战场。在那里，代表城市新兴市民阶级与城市小贵族的贵尔弗党（教皇派）和代表封建大贵族利益的吉伯林党（皇帝派）的斗争日益激烈，1266年贵尔弗党获得了最后的胜利，佛罗伦萨成为贵尔弗党的坚强堡垒。当时但丁的家族就是贵尔弗党，但在政治上并没有什么地位，经济上也不甚宽裕。

少年时期的但丁好学善思，不过他并没有受过严格意义上的学院教育，而是通过自学接触到了拉丁诗人的作品、法国骑士传奇和普罗旺斯抒情诗。这些作品中对人性的肯定，成为但丁今后创作的思想养分。但丁从18岁开始创作诗歌，他与诗人圭多·圭尼采里结下了深厚的友谊，并经常在一起交流。在但丁早期创作的一首诗中，有一首诗是他为一位名叫贝雅特丽齐的姑娘所写的爱情十四行诗。

这个名叫贝雅特丽齐的小姑娘，是但丁一生中最重要的人。但丁9岁时第一次见到贝雅特丽齐时，心中萌发出一种异样的情感。不过，但丁对这位女子的爱并非世俗的爱，而是一种纯粹精神上的爱，这种爱慕之情陶冶了但丁的情操，洗涤了他的灵魂，使他的心智得到一种升华。不过，但丁并未娶这位姑娘为妻，而是与一位名叫杰玛·多纳蒂的姑娘结了婚。婚后生下了两个儿子——皮特罗和雅各布，一个女儿——安东尼娅。他的两个儿子都是《神曲》最初的传抄者和注释者。贝雅特丽齐出嫁后没多久，便离开了人世。为此，但丁曾一度陷入深深的悲哀之中，他把自己对贝雅特丽齐表示怀念的诗歌和散文串联起来，写了一部散文和抒情诗相结合的作品——《新生》。

在贝雅特丽齐去世后，但丁通过追求真理寻找精神的慰藉。他进入了人生第二个阶段的阅读与思考。这期间他潜心研究哲学问题，阅读了大量哲学著作和诗集，尤其是罗马诗人维吉尔的史诗巨著《埃涅阿斯纪》，给但丁带来了巨大震撼。通过广泛的研读，但丁逐渐成为中古文化领域思想的集大成者。这为他后来创作《神曲》打下了坚实的基础。

但丁绝不是一位书斋里面的学者，他关心政治，热烈主张独立自由。24岁时，但丁作为一名骑兵先锋参加了针对阿雷佐的吉伯林党所属军队的堪帕尔迪诺之战，同年8月他又参加了攻占比萨的卡波洛纳城堡的战斗。从那时起，但丁开始了自己的政治生涯。几年后，但丁成为佛罗伦萨百人会议的成员。30岁那年他正式当选为佛罗伦萨行政官，逐渐走向政治生涯的高峰。

贵尔弗党掌权之后，1294年当选教皇的卜尼法斯八世试图控制佛罗伦萨，而当地一部分富裕市民则希望独立，不愿意受制于教皇，于是这些人成立"白党"。另一部分没落贵族则希望借助教皇的势力翻身，他们成立了"黑党"。两派的斗争重新开始，但丁积极主张独立自由，因此成为白党的中坚，后来被选为最高权力机关执行委员会的六位委员之一。但丁上任后的第一件事，就是秉公处理了两党暴徒的械斗事件，将两党首领各七名放逐边境，包括他的好友、白党领袖卡瓦尔坎蒂。同时他顶住压力，积极反对教皇不断插手佛罗伦萨事务。佛罗伦萨政府强硬的态度激怒了教皇，他下令把在职的行政官逐出教门，由于但丁任期将满，教皇才迟迟没有执行这一命令，使得但丁免遭处罚。

与此同时，黑党为重新上台，加紧了和教皇的勾结。在黑党的请求下，教皇派遣法国国王菲力四世的弟弟瓦洛亚伯爵查理去佛罗伦萨以调解两党争端为名，实际上却是暗助黑党上台。面对这种局面，公元1301年10月，在查理特使到来之前，白党执政政府派遣但丁与另外两名代表去罗马教廷交涉，希望能够挽回危局。然而，就在但丁滞留罗马期间，查理帮助黑党夺取了佛罗伦萨政权，同时展开了对白党的大肆迫害。

1302年1月27日，黑党政府以贪污罪、反对教皇和查理特使罪、扰乱共和国和平罪缺席审判但丁，除了判处他巨额罚金之外，还将其流放托斯卡纳境外两年，永远不许担任公职。在外地的但丁听到这个消息，拒不承认强加的罪名和缴纳罚金。3月10日，黑党再次将但丁改判为永久流放，一旦落入共和国政府手中，他将被活活烧死。从此，意大利诗神但丁开始了长期的流亡生涯。但丁整整漂泊了19年，最终也没能返回自己的故乡佛罗伦萨。

　　被流放的生活是极其艰难的，但丁慨叹自己几乎是一个乞讨者，这种痛苦让他懂得"别人家的面包是多么咸，走上走下别人家的楼梯，路是多么艰难"。但他从未屈服，他一直认为"遭到放逐是光荣的"，因为他是为了维护共和国的独立而遭到迫害的。在最初的流亡日子里，但丁也曾试图重新组织力量打回佛罗伦萨，但是这一计划失败了，但丁最终和这群"邪恶、愚蠢的伙伴"分道扬镳。从此，但丁成了一个独立的流亡者，行踪漂泊不定。按照1303年颁布的一条惩罚但丁的法令，他的儿子在年满14周岁后也要和他一样遭受放逐，但丁就在这样的时期和背景下开始了创作，希望能够以高水平的学术作品来恢复和提高自己受损害的声望，以便重返佛罗伦萨。为此，他在1304—1307年撰写了两部作品《论俗语》和《筵席》。

　　流亡的历程，让但丁广泛接触了社会各个阶层，他的视野从佛罗伦萨扩大到了意大利全国乃至整个基督教世界。他思考着苦难的根源，寻找着意大利政治与道德的复兴之路。作为诗人的但丁，希望通过一部有着巨大感染力的作品来完成这一使命，为此他中断了《论俗语》和《筵席》的创作，大约在1307年，42岁的但丁开始了那部世界名作《神曲》的创作。

　　1310年，神圣罗马帝国皇帝亨利七世的加冕，给但丁带去了重返故土的希望。亨利七世向他的臣民们宣布：消除战乱，实现和平！远在他国的但丁异常兴奋，他迫不及待地给亨利七世写了一封信。可是，但丁的希望很快就成了泡影，因为亨利七世加冕后不久就离开人世。虽然1311年9月，佛罗伦萨政府宣布对流亡者实行大赦，但是但丁并不在赦免之列。

4年后，佛罗伦萨政府又宣布，所有流亡者只要交付少量罚金，并亲自前往圣约翰洗礼堂中把自己奉献给城市的守护神圣约翰，并且于头上撒灰，颈下挂刀，游街一周就可免罪返国。这个消息很快就传到但丁那里，他的朋友劝但丁利用这个机会回到佛罗伦萨，但丁则坚决地拒绝了这一屈辱的认罪条件。他在信中写道："我的父老啊！这条道路可不是我还乡的道路，不过，如果您或者别人找到一条无损于但丁的名望和荣誉的道路，我会迈着不慢的脚步接受它，因为，如果不由这样的道路进入佛罗伦萨，我就永远不再进入佛罗伦萨。为什么这样？难道我在别处就不能享受日月星辰的光明吗？难道我不在佛罗伦萨这个城市和它的人民面前屈身辱节，我便不能思索宝贵的真理吗？我肯定是不会缺少面包的。"

这年9月，佛罗伦萨政府在新的法令中规定，只要肯亲自取保，就可对但丁和其他政治犯把死刑改为流放。但丁并未亲自取保。因此，那不勒斯国王驻佛罗伦萨的代表判处但丁和他的儿子们死刑，自11月6日起，任何人都可以随意侵犯他们的人身和财产而不受惩罚。

但丁继续漂泊，动荡的生活和政治上的挫折，使他对祖国的命运更加忧虑。锦绣河山四分五裂，勤劳勇敢的人们同室操戈。"这就是我的祖国吗？"但丁常常这样愤怒地发问。他把自己所有的精力都投入到《神曲》的创作中去了，经过十几年的锤炼，但丁终于在1321年完成了这部伟大的作品。他在《神曲》中告诉世人："人生有两种幸福，此生的幸福以人间天国为象征，永生的幸福以天上王国为象征。此生幸福须在哲学的指导下，通过道德与知识的实践而达到，永生的幸福则须在启示的指导下，通过神学之德（信德、望德、爱德）的实践而达到。"

也就在这一年，但丁出使威尼斯，不幸在那里染上疟疾，返回后奄奄一息，于1321年9月14日深夜逝世。他的遗体被戴上桂冠，永远地葬在拉文那这座小城。佛罗伦萨曾多次要求归还但丁的骨灰，但都遭到拉文那的拒绝。

精神的朝圣之旅

英雄之所以成为英雄，之所以得到人们的敬仰、拥戴与崇拜，是因为人们从他们身上获得了价值源泉，并使之成为自身生存的根据。但丁，正是这样一个人。这位终其一生流亡在异国他乡的圣徒，通过地狱般的生存体验，为世人描绘了一幅通往幸福的路线图，我们从他那里获得了最真挚最可靠的指引。

历史学家托马斯·卡莱尔说："安放在寂静和鬼火昏暗的殿堂里的方形石棺，每一个都装着受苦受难的灵魂；棺盖是开着的，只有经历了永恒，直到末日审判那天，才能盖棺论定。"但丁，这位以毕生精力向世界作不屈不挠斗争的人，引导世人走向光明和至善、走向复活的人，显然已经无须交由历史去言说了。因为，他早已存于永恒的庙堂之上，随时间而永存。

但丁生前只是一个不甚显要、游荡四方、满怀伤感的人，并不太引人注目。在生活中，他也经历了与一般人相同的命运。由于但丁身处特殊的历史时期，他没能像文艺复兴时期的"美术三杰"那样自由地用艺术宣示自己对新思想的热爱，也没能像莎士比亚那样生前获得巨大的名声，而是通过另一条曲折的路展现出他智慧的光芒。那是一条充满艰苦和辛酸的旅程，犹如耶稣走过的路一样。

历史选择了但丁，最终也造就了但丁。正如托马斯·卡莱尔所说的那样："如果他的一切都能如愿以偿，他就可能当上了佛罗伦萨的最高执政官、市长或者其他什么要职，受到周围人们的拥戴——然而，人间却因此少了一位曾经说唱出这个世界真谛的最杰出的人物。佛罗伦萨会有一位成功的市长，然而，那中世纪的沉寂依旧，即使再倾听千年（以至于超过千年），也听不到他的《神曲》的声音了！所以我们没有什么必要为他抱不平。这位但丁有更为高贵的命运，他像一个被判将钉死在十字架上的人一样，肯定要挣扎一番，他势必要去实现他的命运。由他去选择他的幸福吧！"

19年的流亡生涯，但丁四海为家，到处游荡，不断寻求庇护者，用他自己辛酸的话说就是"路程是多么艰难"。但丁清高寡言，爱挖苦人，又郁郁寡欢，这样的性格注定了他是一个不会讨人欢心的人。据彼特拉克叙述，他在坎格兰德·德拉·斯卡拉的宫廷中，有一天，因他阴郁寡言而受到责问时，他不以廷臣的礼节作答。当时，斯卡拉在群臣簇拥下正在观看一场滑稽表演，非常开心。他转身对但丁说："这些低下的傻瓜都能使大家为他感到欢乐，而你呢，一个聪明的人，却一天天闷坐着，一点也不能为我们逗乐，你不觉得奇怪吗？"但丁讥讽地回答："不，一点也不奇怪。殿下应该记得一句格言：物以类聚。"

这些显然是但丁在流亡途中的"辛酸"体验，受难的人绝不会是快乐的，但许多人却都是因受难而逐渐变得完美起来，可以说，但丁就是这么一个人。

他人的嘲讽让但丁逐渐感到在这个世界里已无立足之地，再也没有获得恩泽的希望。没有一个热心肠的人钟爱他，他面临极度的不幸，得不到一点安慰。他只能到处流浪，因为尘世已经将他抛弃。此时，唯有地狱、净界和天堂可供选择。于是，但丁走进了自己永恒的世界。他开始以敬畏之情默默无声地思索人生，体验平民阶层的疾苦，并最终在"生命的中途"获得了醒悟，成功地结出了"神秘莫测的歌曲"之果——《神曲》。

但丁一边在尘世间穿越黑暗的地狱和布满烈火的炼狱，一边用笔塑造地狱、炼狱和天堂的形象，借此将生命死亡后的末日判决及体悟，以象征隐喻的方式昭告世人，从而唤起人们在面临艰难而又充满矛盾时的心灵感应，最终引导人们走向"善"和"爱"的理想境界。他坚信人类能够在信仰光辉的指引下，忍受生存的苦难，忏悔自己的罪行，最终到达幸福者的最后居所。世间的恶行也必将受到惩罚，那些真诚而坚定的信仰者一定会领受暖流般的神恩。

托马斯·卡莱尔把但丁看成中世纪的代言人，"他把中世纪赖以生存的思想，以永恒的音乐表达出来，既恐怖又优美"，"他具有一种兄弟般的友谊之情，他的思想充满着深厚的真诚，他的痛苦和希望都同样表示出真诚"。

今天，我们则更愿意把这位伟大的诗人看成一个为人指路的引路人，他用极其伟大的诚实，道出了人类的心声；他的目光从来不停留于事物的幻象，也绝不允许自己受任何虚假事物的欺骗；他倾注全部心血不断地追根寻底，力图洞察事物的核心与本质。他以敏锐而诚实的目光看穿了人世的变幻无常，为生存的无意义而感到极度痛苦；他非要找到生存的目的与终极根据不可，否则他就会被空虚与痛苦折磨而死。

正是这种真诚而坚毅的追求，使得他能超出传统的偏见与世俗的法则，紧紧抓住生存的真谛。而一旦他把握了事物的真理，便以无畏的勇气坚持不懈地为真理而奋斗。他不能容忍那些践踏真理的罪恶，他决意铲除人间的一切虚伪与恶行，为此他敢于冒犯强大的社会习俗，冒犯所有的人，忍受着深沉的孤独与命运的打击，甚至不惜献出自己的生命。世间还有什么能与但丁的功绩相比，他像是有一支喷火的笔，向世人表述了最崇高的人类精神。《神曲》中所描述的一切，他都经历过。和那些远去的先知们一样，但丁一路走来，最终获得了极致的幸福，到达了天堂的门口。

无论怎样，我们不能以所谓对世界的作用，或凭我们自己的判断，来衡量一个人及其成就的大小。英雄之所以成为英雄，之所以得到人们的敬仰、拥戴与崇拜，是因为人们从他们身上获得了价值源泉，并使之成为自身生存的根据。但丁，正是这样的一个人。这位终其一生流亡在异国他乡的圣徒，通过地狱般的生存体验，为世人描绘了一幅通往幸福的路线图，我们从他那里获得了最真挚最可靠的指引。这位历经磨难的引路人，完全有资格被冠以"伟大"这个名号。

观照自己的灵魂

我们时常因盲信而犯错，因虚荣而作假，因欲望而迷失自我。有的人继续堕落，让灵魂羞愧；有的人却懂得反省，让不安的灵魂得到安慰。诗人海涅说：反省是一面镜子，它能让我们的错误清清楚楚地照出来，使我们有改正的机会。

没有什么能比死亡更让人懂得生命的意义，死亡会让生命变得透明。但丁显然是用死亡的方式来诠释生命，以唤起人们对自己复杂人生的反省与追问。他以死亡为利刃，撕开那被世俗搞得云山雾罩的生命立体之维。

或者说，但丁把这个世俗想象为一个阴间，要在这个黑暗之墟寻获一线几近不可识别的阳光。但丁向世人预示着人生从一开始就注定要面临艰难而又充满矛盾的心灵选择，告诉人们在面对纵横交错的歧路时该从哪步迈起。照但丁看来，只有将理性和信仰结合起来才能帮助人类走出困境，达到灵魂至善至美的境地。

可以说，《神曲》就是但丁一生寓言式的写照，只是这个寓言是包罗万象的集合，它通过从黑暗的森林到地狱、净界、天堂的一系列过程，以此来告诫世人在有生之年，应竭力去行善以澄清罪恶，去冷静以认清混乱，去思索以得到完善的灵魂，去朝拜以觐见上帝，去虔诚以得到幸福。

但丁在这个已经传唱了700年的诗歌里，一方面大肆描述地狱的悲惨和那些罪恶的人们所遭受的苦痛，另一方面又尽善尽美地描绘天堂的美丽和上帝的慈祥。这无疑是代表但丁希望人们能够通过自我反省，完成由懵懂犯错到自我救赎的过程。但丁希望通过《神曲》来传递他个人的经验和认知，引导人们省察自己的罪恶，以求升入天堂，享受永生的幸福。

但丁生活在一个懵懂和混乱的年代，尔虞我诈，贪婪虚荣几乎成了社会的共同特征，但丁渴望改变这一切，而一切似乎都是每一个人自身的灵魂使然，因而但丁以及《神曲》旨在改变人的灵魂，让每一个人在反省中善待自己。

有人说灵魂的重量是21克，然而反省的力量往往会附加在灵魂上。反省是上帝的慈祥，让你犯错后不至于永不超生，是能够让人性从浑浑噩噩中澄清出来的催化剂，是在命运面前获得宽恕的赦免牌，是撑起生命难以承受的压力的拐杖，是由失败转向成功的转折号……只有懂得反省的人，才有资格对昨天的自己说："欢迎下次再来。"安葬在圣保罗大教堂的法国牧师兰塞姆，在他的墓碑上工工整整地写着他的字迹："假如时光可以倒流，世界上将有一半的人可以成为伟人。"人们解读这句话的意思是：如果每个人都能把反省提前几十年，便有50%的人可能让自己成为一名了不起的人。这句话强调了反省对于一个人的人生具有极大的意义，放弃自省的人也就失去了一半的机会去成就自己。

　　成本最低的财富获取方式是懂得前车之鉴，不需要成本却得到最昂贵的宝物的方法是自省。这是一个怯懦的世界，对着别人说出自己的错误需要很大的勇气，然而还好，我们还可以对着自己的灵魂诉说，这是一种绝对宁静的，完全不需要絮叨，绝对真诚的，绝对没有虚假的倾诉。我们完全不用去埋怨谁，谁对谁错这个时候我们心里最清楚，我们也不会推脱，是是非非在反省的那一刻最为明确。在反省的过程中，我们的灵魂会得到最彻底的净化，我们会变得更加聪慧、清醒，更加理解获得满足的那种快乐。所以不要轻视我们的错误和失败，因为反省之后的人们懂得：在不该做什么的问题上，曾经失败和犯过错误的我们才是权威。

　　这个社会已经快得让我们忘记了停下来，因为停下来就意味着落后，然而，反省有着三倍于付出的意义，让忙乱和烦琐变得井井有条、错落有致，让人不再迷茫而明晰自己的方向，让单薄的信心变成厚重的信仰。因为能够积攒上一次的经验来撑起失败，懂得反省的人不会在黑夜里慌张，也不会在失败面前手忙脚乱。时常自省，细想一下昨天的是非得失，我们就不会因为忙乱而犯错，不会因为虚荣而作假，更不会随意伤害善意的感情，因为反省自我，是对灵魂的观照，它不仅让不安的灵魂得到安慰，还会使我们认识错误与羞愧，从而获得改正的机会。

诗人之王
用七弦琴吟唱世界的
荷马

HOMEROS

（前873 —？）

......

他在大街小巷唱着天神的歌，

他在唱词里说出了美丑善恶，

他令人信服的根据是曲调坚定的抑扬顿挫，

他的歌声荡漾在每一个人的心头，

他用歌声铺成了古希腊的天国，

让大地的臣民们顶礼膜拜。

同时，通过英雄来歌颂人的伟大，赞扬人的力量。

荷马本身就是一个传奇，不论是哪一个时代、哪一个地方的人们都能听得到他竖琴的悠扬，可是不论是哪一个时代、哪一个地方的人们却都没能记住他的模样，而熠熠生辉的《荷马史诗》留下了几十个世纪的争论和想象，是对传奇的崇尚，带着一份固执的迷茫，人们宁愿在争论中去铭记他的力量，也不愿意苟同于某一个不充分的假想。

在古希腊时代，诗歌还只不过处于萌芽的童年阶段，而荷马运用得竟是如此的成熟和大器。在缪斯（缪斯是古希腊神话中的九位女神总称，代表音乐、舞蹈、歌声等）美轮美奂的舞蹈和音乐中，只有荷马才有资格与日月同辉；歌者唱着他的歌，会忘掉所有的不快和失落；诗人读了他的著作，就像甘泉流过干裂的唇。

至于什么是诚实，什么是耻辱，什么是有益，什么是无用，他比谁都清楚。他一边弹着竖琴一边唱着歌，在希腊神话的城墙边传播着快乐。他是诗歌王国的唯一神话，没有可以模仿的前人，也没有可以逾越的来者，他是诗人中的第一人和最后一人，没有什么能得到他和他的作品那样亘古的荣耀，也没有什么能够像他的作品那样千古传诵，更没有什么能够像特洛伊、海伦那样家喻户晓——就算这些战争可能从来就没有发生过，可是每一个读过他诗歌的人，都那么坚定不移地相信着他所描绘的英雄和成功。

荷马以自己的权威给世界创造了无数受人崇敬的神，可是自己却没有得到神的地位。他只是一个贫穷的盲人，在各门学科还没有确定的规则和体系时，他却门门精通，以至后来制定法规的，谋划战争的，传播宗教的，研究不论什么学派的哲学的，热爱艺术的，都把他看作无事不知、无物不精的祖师爷，把他的诗也看作是包罗万象的知识宝库。蒙田这样说："荷马创造出这类空前绝后的杰作，简直违反了自然规律。"

希腊人的老师

他少不更事却有过生与死的抉择，他在最初的绝望中慢慢熟悉黑暗，但他手中的竖琴却弹奏出英雄的颂歌。智慧之神雅典娜、战神阿瑞斯、太阳神阿波罗……在他的吟咏之下被希腊人所熟识。他的歌哺育了这个崇拜英雄的民族，使希腊人摒弃了各种猜忌和仇恨。正如人们常说的："它像一把熊熊之火，照亮了黑暗年代。"柏拉图也说荷马教育了所有希腊人。英国作家基托更表示："拥有荷马是希腊人的幸运，而像他们那么利用荷马则是他们的智慧。"

相传荷马小时候家庭比较富裕，恰逢当时荷马出生所在地——小亚细亚地区正在发生一次大的瘟疫，这是一场惨不忍睹的大灾难，因为不仅遭灾范围广，而且持续了整整有半年的光景。在这场瘟疫中，有超过十分之一的人死去了，而年幼的荷马也不幸染上了病，但是凭借着优越的家庭环境，荷马父母为他邀请了全城最好的医生来医治他，在费尽财力之后，小荷马的生命最终被从去天国的路上截了回来。

然而不幸还在继续着，病魔还是带走了小荷马的视力，可怜的他在绝望和家人的苦痛中，在不知道白昼黑夜的时间河水中随波沉浮。他尝试着去睁开眼睛，尝试着在浸满了泪水的眼眶里找寻哪怕是一丝光亮，那郁郁的沉默，漫无边际的黑，像是汪洋的水，湮没了，吞噬了，他被拉进了那墨色里，险些"溺水"身亡。但荷马是幸运的，因为他有一位爱着他的好母亲，荷马的母亲耐心地开导着小荷马，在濒临绝境的内心深处，轻抚着他。

有一天，荷马的母亲邀请来一位弹奏竖琴的行吟诗人为小荷马表演。悠扬的竖琴声像是来自掺和了七彩的阳光，顿时照亮了荷马的整个胸腔和脸庞；那抑扬顿挫的唱词和诗句又像是一阵暖风，融化了被命运冻结的心房，他的血液在身体里莫名地翻滚起来了，他的泪水也情不自禁地滑落下来了。他说："这是上帝派来的使者，在召唤我。"荷马便要求学习竖琴和唱歌，于是母亲留下了这位行吟诗人来教小荷马，这就是荷马生命的新芽。

经过三年的学习，荷马熟知了竖琴的演奏技巧，并且懂得了如何用诗歌来唱故事。不知是上天的补偿，还是他与生俱来的灵性，他的唱腔和音色总是那么富有感染力，而且经他唱过的故事总是令人百听不厌。年轻的他唱着别人写的诗歌，唱着人人皆知的故事，不久，他便引起了人们的普遍关注，他就这样行走在大街小巷，不用知道时间是清晨还是晚上，也不用知晓地点是地狱还是天堂。

17岁时，为了收集诗歌和故事，荷马决定远离家乡独自远行。开明的母亲懂得这是儿子的抉择，这也是儿子活下去最高尚的理由。从此以后，荷马风餐露宿，行迹遍布整个希腊。他一边走着一边唱着，一边用心记录着一边尽情弹奏着，一边努力地活着，一边快乐着，不知道走了多少路程，也不知道问询了多少歌者。他在市井，在街道，在荒野的某个人家的屋檐下，在雷雨前的某一夜，他像那漫天的雨滴一样，在挨家挨户地寻找属于自己的晴天。

在随后的日子里，荷马将搜集到的故事加以整理，并且通过自己诗化的感悟力，对故事进行整合和编辑，又配以丰富的想象力和创造力，创作出了鸿篇巨制——《荷马史诗》，在其以后的行吟生涯中，荷马吟唱的主要内容都是关于天神以及作为半神的英雄们的故事，他足迹走过的地方，故事就开始在那里传诵，于是人们知道了特洛伊，爱上了海伦。

又不知道过了多少年，经过多少人的口述和丰富，又出现了多少个荷马，而特洛伊的故事以及海伦的美貌在整个希腊广为流传。对于荷马的故事，史书记载各不相同，史学界和诗学界，乃至音乐界对于荷马的理解和认识也差异很大。不过，他留下的《荷马史诗》足够人们臣服于他的伟大。

柏拉图在《理想国》里如是说：荷马教育了希腊人。曾经有一位贵人向一位从事文艺的人要一本荷马的书，那人没有，贵人就掴了他一记耳光。在他看来，从事文艺的人没有荷马的书就好像传教士没有看过《圣经》一样，可见荷马地位之高。

古书《百万年神殿》对荷马的出场就描写得相当传神："荷马身上涂满橄榄油，心满意足地抽着那些放在一只以大蜗牛壳制作的烟斗里的鼠尾草叶。膝上坐着一只毛发黑白相间的猫儿，他有时候对亚眉尼口述《伊利亚特》的诗句，有时候对着一名由拉美西斯机要秘书派遣来工作的书记员吟唱。……摄政王的拜访让诗人觉得很是高兴，他的厨师拿来一只细颈的克里特岛大酒瓶，颈口仅容一小道新鲜和香醇的酒液通过。"

荷马的功绩不在于首创了史诗，而是在于用诗人的情怀，歌者的逍遥，以及自身努力的收集和整理，再通过无与伦比的创作，造就了史诗瑰宝——《荷马史诗》，成为整个欧洲文学的源头。他是一个传奇，承担得起后世人的所有称颂的传说。

为英雄配乐

任何词汇都无法描述荷马一生的伟大，这个为英雄配乐的盲人用美轮美奂、气势雄浑的音乐唱出了人的力量。在这种力量面前，音乐之神——缪斯也得成为听众。荷马，这个凡间的吟游诗人用生命描绘出诸位天神丰满的形象，为希腊人带来了精神的指引。

英雄观念是古希腊精神文化的重要内容，并且表现在绝大多数的文学艺术精品中。天神以及作为半神的英雄们的故事是其中最为重要和时兴的题材，在整个希腊文明中，最集中体现以及最完美地展示英雄观念的就是《荷马史诗》。而它的作者荷马正是一个描写和颂扬英雄的人，他通过描绘英雄来表现当时的英雄主义，这是一种最直白地对英雄的追崇和颂扬。

公元前11世纪到前9世纪被称为"荷马的时代"，就是因为史诗开始产生在这个时代，而它的英雄主题又使得这500年被冠以"英雄时代"的美称。他的《荷马史诗》以古代的一场大规模的战争为主线展开，这场战争的名称就是"特洛伊战争"。据考古证实，在公元前的这个时期，这个地方的确发生过一场浩大的战争，希腊各个部落联合起来攻打小亚细亚沿海地区的富庶的特洛伊城。战争之后在小亚细亚地区就流传着许多歌颂英雄的短歌，这些短歌在诗人的想象和丰富中，再融入了神话传说，于是就给这些英雄人物赋予了神话的色彩。其中最为著名的一例就是"不和的金苹果"：

宙斯爱上了海神的女儿忒提斯，可是他从预言中得知，他与她生的儿子会比自己更强大。为了保住权力，宙斯放弃了忒提斯，并把她嫁给了凡间的一个英雄。

奥林波斯众神都去参加忒提斯的婚礼，只有纷争女神没有受到邀请。为了报复，纷争女神在婚宴中扔下一只金苹果，上面写着"给最美的女神"。天后赫拉、智慧女神雅典娜和美神阿芙罗狄忒都认为自己最美，应该得到金苹果。宙斯将裁判权交给了特洛伊王子帕里斯。三位女神为了得到金苹果，纷纷向帕里斯许愿。美神阿芙罗狄忒许诺道："如果我得到了金苹果，我将把世界上最美丽的女人送给你做妻子。"于是，帕里斯最后决定将金苹果送给美神。得到了金苹果的美神，也如约帮助帕里斯拐走了绝世美女——海伦。

可是海伦是希腊人，天神明目张胆地拐走了她，于是希腊人推选阿伽门农作为联军统帅，前去攻打特洛伊。战争持续了十年，众神各助一方，无数英雄也各显神通。最后，希腊人用著名的"木马计"战胜了特洛伊人，洗劫并毁灭了繁华的特洛伊。

这其实也就是特洛伊战争的神话起源。从这个故事中，我们可以看出荷马的内心世界，他通过人类的英雄来颂扬人的伟大。格调上表现了一种热爱生活、肯定人的力量的积极乐观精神。在荷马看来，人并不是一种消极的因素，也不是命运的玩物，而是一种积极的主动的力量。例如人在战场的厮杀中也能多次战胜神。神也有着和人一样的自私自利、贵贱贫富。赋予英雄力量的同时，也在赞扬人的力量。

如果说一个民族的童年都是在歌唱中度过的，那么荷马的《荷马史诗》就是古希腊民族的童谣。他用歌谣的形式记录下了古希腊民族祖先的生活以及战争的情形。恩格斯说："荷马的史诗以及全部神话——这就是希腊人由野蛮时代进入文明时代的主要遗产。"在这样一份遗产中所体现的又是一个民族的癖好，那就是对于英雄人物的崇拜。

古希腊人是笃信命运的，可是《荷马史诗》里面的英雄阿喀琉斯这样说："如果命运女神不能保护我的亲人和朋友，我宁愿死去。"英雄们绝非是命运的玩物，无论是面对战争还是面对灾难，他们都是一支伟大的并且主动的力量，甚至敢于和天神较量，甚至可以杀伤神。他们绝不会把希望寄存在时光机器里，等着来世来取，他们相信今世的幸福才是真实可以触碰的，他们对于战争、比武、劳动无不抱着莫大的兴趣。这是谁的想法？莫非是那个在城墙脚下弹着竖琴的行吟诗人？

生活是英雄的宣言

生活一方面用苦难来羞辱我们的信念，另一方面又指派英雄来拯救我们，然而当我们心存感激去找寻这些英雄的时候，却在不经意间发现：英雄也是和我们一样的平凡人，一样只是大脑和四肢的合体，只是这些人懂得如何在苦难中自我救赎，于是生活成了英雄的宣言。

    荷马崇拜英雄，同时也造就了许多的神。我们既不是英雄，也不是神。我们是这个大千世界的凡人，而我们所面对的，可能也同样是一个"人神"共处的世界，这里所谓的"人"，是热爱生活和自由，但是常常会迷失的人。所谓的"神"，是在某一个方面尤其出众而心高气傲的人。我们所处的世界甚至比人神的世界还要复杂得多，而我们又该如何去面对周遭世界的人和神呢？荷马给了我们最好的启示。

    荷马把对英雄的崇拜以故事的样式呈现在史诗中，英雄又以现实的人形作用在人们的心目中：奥德修斯为维护个人权利、荣誉而进行的斗争，体现了人的个人意识的觉醒。在这些英雄们看来，与其默默而长寿，不如在带着光环的冒险中追寻激烈而短促的欢乐。这些都表现了热爱生活，肯定和追求人的现世价值的积极乐观的思想，显示了希腊文化乃至整个西方古典文化的一个重要特征：重视生命对于个人的价值，具有很强的个人意识。这种文化价值观念极大地促进了西方社会的发展，但史诗中阿喀琉斯式的自由放任、漫无矩度的个人主义给社会带来了难以挽回的损失，又说明荷马也意识到了个人英雄主义到了尽头而不知自我控制的时候，也是会带来祸害的。那么我们所应区分的人，应该是热爱生活的，充满热情和活力奔放、热爱自由的个体。但因为是人，所以我们更要懂得珍惜，懂得知足，在不着边际的自由上放纵，可能遗失掉自己的灵魂！这样，自由不仅会因为滥用权力而失去，也会因为滥用自由而失去。

　　每个人都是上帝咬过的苹果，有的有缺陷，那是因为上帝格外喜欢他的芬芳。主角之一的阿喀琉斯是一个血气方刚的青年勇士，力气过人，健步如飞，但是性如烈火，易于冲动，他率直执拗，当荣誉和利益受损时，甚至可以和主帅决裂。奥德修斯可以说是荷马最欣赏的英雄人物，他善于克制，顾全大局，懂得谋略，尤其出色的是他的品格和才干，是一个聪明的领导者，勇敢的战士，公平的丈夫，但是又有着极强的私心，对待不忠实的家奴也采取极其残酷的手段。

　　荷马告诉我们：人无完人，就算是英雄也不可能尽善尽美，作为人的最为重要的品德是智慧和善于自我控制。生活在现代的人们，面对竞争与压力，唯有保持对生活的积极热情，保持对美好幸福的不懈追求，保持一颗公平正义、懂得满足的心，才会生活得更加完满、丰富。

（1928 — 1967）

切·格瓦拉

理想主义者的精神导师

CHE GUEVARA

......

切·格瓦拉没有浪漫侠士的萍踪云影，

他经历的是壮士断腕和暴尸郊外的身心历练。

他以亲切的人格让人感受爱和奋斗的存在，

他临刑前目光中的从容和坚忍，

使人们不得不想到遭受俗人唾弃的基督。

准确地说，他是一个20世纪理想主义者的精神导师。

世间很少有哪位英雄能像切·格瓦拉一样，跨越信仰、种族、国界和文化的鸿沟，在充满卑鄙、不公和苦难的世界里不断抗争、战斗，直至牺牲。两千年前，那位年轻的拿撒勒人——耶稣，曾经为了穷苦人履行了一个圣者的使命，勇敢地走向十字架。而在两千年后的切·格瓦拉身上，我们并没有看见救赎的十字架，却感受到一位凡人的激情。他的身世如耶稣降临人世，和人类一起承负苦难，虽然无法使人从现实中解脱，但却以受难和牺牲，完成了对人类心灵的拯救，让人心中的公平正义、纯洁和勇气拒绝死灭。

切·格瓦拉的灵魂得到了宗教般的祭奠，与所有参加暴力革命的英雄主义者不同，切·格瓦拉死后被一切怀揣着理想的青年奉为偶像。他成为一个介于神话和童话之间的英雄，他甚至被奇妙地艺术化了，成为20世纪象征着某种纯粹力量的波普符号，一个性感的圣徒。

切·格瓦拉如此独特，他纯粹、洁净，头上罩着道德光环，散发着理想主义和英雄主义的悲情。他对这个世界的不义充满了愤怒和悲伤，并把自己的生命献给了一个具有使命感却又悲剧意味十足的命运，而这足以让他不朽。切·格瓦拉，是现实世界里的英雄，是一个真正敢于为理想牺牲的人。他率直的天性和对人民的赤子之爱，他超人的意志和勇气，他克己的行为和为理想献身的精神，他圣徒般的容貌和完美的人格魅力，时刻打动着这个麻木冷酷的世界。他的生命与传奇用纯洁和血性织就，纯洁使他不能容忍恶对人间的玷污，疾恶如仇；血性使他勇于抛弃一切、付诸行动。

在球王马拉多纳的手臂上，他是图腾；在许多人的书房里，他的黑白肖像代表着一块精神高地。在全世界为理想而不屈奋斗的人们眼里，切·格瓦拉早已成为一种永恒的精神图腾，成了革命、青春、激情、力量、梦想和乌托邦的代名词。20世纪60年代，在欧美新左翼知识青年运动兴起时，格瓦拉作为新左派英雄备受尊崇。

格瓦拉有这样一句诗：我踏上了一条比记忆还长的路，陪伴我的是，朝圣者的孤独！1967年，在刽子手面前他发出了他一生中最后的慨叹："革命，是不朽的！"他走得太早，世人还没有来得及瞻仰他的神圣，尘世的基督便升入天堂！

美洲大地之子

切·格瓦拉，这位美洲大地之子、人民之子，在世人对英雄的渴望中脱颖而出，以他传奇的生命历程书写了20世纪一首悲情英雄史诗，幻化为一个把现实拉向远方的偶像。他是彻头彻尾的理想主义者，又结合着行动和实践的无畏精神。他对建立公平正义的社会秩序和对个性自由的追求同样强烈。他有着刚毅、饱经风霜的面孔，眼中却充满温柔的悲伤。

格瓦拉生于1928年6月14日，出生在阿根廷罗萨里奥市一个资本家兼庄园主家庭，原名叫埃内斯托·格瓦拉·德拉塞尔纳。人们称他切·格瓦拉，是因为后来在危地马拉的时候，由于格瓦拉常用"切"（表示友好）这个感叹词，战友们就给他起了个绰号"切"。这个绰号成了他战斗的代号，同他的姓名融合在一起。

格瓦拉的父母都来自当地名门望族，他的父亲是阿根廷的著名医师，他的母亲则是漂亮的社交名媛。在优越家庭环境中长大的格瓦拉从小却身体羸弱，他是带着遗传性肺部充血来到人世的。到了1933年时，他几乎每天都会犯病，哮喘病如同魔鬼般跟随和折磨了格瓦拉一生。格瓦拉不向命运低头的个性这时已经显露出来，他拒绝向疾病屈服。在青少年的时候，他明知自己哮喘严重，但却执意要去从事最激烈的橄榄球运动。他自组了一支球队，运动时总是带着药以备急需。在一次比赛中他的病情发作，而急救药却找不到，几乎让他送了命。

由于疾病的缘故，格瓦拉没法像正常的孩子一样上学，他只上了两三年学，后来他的母亲成了他的老师。格瓦拉家里有一个藏书数千册的图书馆，有各种文艺作品，历史、哲学和心理学著作。当他犯病时，只能躺在床上阅读。他读了很多超越他年龄的著作，比如塞万提斯、阿纳托尔·法朗士、聂鲁达、奥拉西奥·基罗加和加西亚·洛尔迦的作品。

格瓦拉对政治的热衷，此时已经初露端倪。当时的西班牙内战对他影响深远，作为一个还不到10岁的男孩，他关注着战争的走向。他在自己卧室里挂了幅西班牙地图，还在自家院子里搭建了一个小型战场，搭设了壕沟和山脉。

高中时一个暗恋他的女同学回忆说："听他的声音，你会发现他很热情，同时却又有些愤世嫉俗，他看似高傲的外表下，隐藏着深刻的智慧。"格瓦拉与她以往认识的那群公子哥儿很不一样。他虽然长相英俊，但完全不在意如何打扮自己，头发乱蓬蓬的，穿着一件破破烂烂的夹克，裤子也很脏。可他那种大大咧咧的气质和激进的语气，对于女孩子们来说，却是一种独特的刺激。

1947年，格瓦拉升入布宜诺斯艾利斯大学医学院开始学医。但他的志趣却是旅行，这块野性的大陆和人们形形色色的生活牢牢吸引着他。1950年，学校放暑假的时候，格瓦拉和朋友一起骑着摩托车去旅行。这次旅行，他走过了阿根廷北部的12个省，跨越了4000多公里距离。这个22岁的青年在他的笔记中写道："要了解一个民族，不能只凭借参观天主教堂、当地的神庙、博物馆甚至是什么圣母显灵地，这些只是最表象的东西。在医院里的病人、监狱里的犯人或是忧心忡忡的路人身上，才会体现出一个民族的真正灵魂，你应该去跟他们交朋友。"

1951年，格瓦拉又开始更远的旅行，而这次的目标是整个拉丁美洲，他希望这是一场真正属于男人的旅行。"我是个梦想家，向往无拘无束的生活，我烦透了医院、学校、考试这些无聊透顶的事情。"他和朋友决定沿着南美的脊梁穿过整个南美洲，途经阿根廷、智利、秘鲁、哥伦比亚，最后到达委内瑞拉。一路上他给农民治病，替牲畜接生，帮士兵写信，照顾麻风病人，当水手、搬运工、村里的足球教练……他接触了许许多多生活在底层的穷苦人。他在日记里写道："在这些没有明天的人身上，我们可以窥见全世界无产阶级所深受的苦难悲剧。在这些垂死者的眼中，我们可以看到他们希望家人原谅的卑微愿望和渴望得到家人安慰的绝望哀求。"

在秘鲁，他们住在麻风病院，结识了秘鲁共产党的一位重要人物佩斯塞医生，他对格瓦拉产生的影响，也许是他本人都始料不及的。十年后，格瓦拉将自己的第一本著作《游击战》寄给了他，在扉页上，他写道："给胡戈·佩斯塞医生，也许他本人也不知道，他是如何影响了我对生活和社会的态度。从此，虽然我的斗争精神一如既往，但我开始懂得如何将目标与拉美人民的需要更切实际地结合起来。"

1952年9月，格瓦拉回到了阿根廷。这次在广阔而充满苦难的南美大地上的旅行已经彻底改变了他。他在日记里写道："这次漫游南美的旅行，对我的改变比我想象中的还要深刻和剧烈。写下这些日记的人，在重新踏上阿根廷的土地时，就已经死去。我，已经不再是我。"1953年6月1日，他正式成为医学博士。等待着他的，将是一个医生的锦绣前程。但1953年7月7日，格瓦拉与朋友一起出发，开始又一次南美之旅。他的母亲在送行时，突然有种不祥的预感："我将要永远失去他了，我再也看不到我的儿子了！"火车开出好久，母亲还紧紧地追在后面，呼喊着孩子的名字。而格瓦拉倚在车门边上，大声喊着："一个美洲的战士，从这里出发了！"

1953年，格瓦拉来到危地马拉。这是促使格瓦拉成为革命家的最重要的地方。在那里，他参加了当地的游击队，但最终革命失败。两年后，他来到了墨西哥，在那里结识了他一生中最重要的战友——菲德尔·卡斯特罗。从此，格瓦拉与卡斯特罗的命运便紧紧地联系在一起。

1956年，切·格瓦拉、菲德尔·卡斯特罗率领一支只有79人的小游击队，从墨西哥出发，乘一条大船悄悄地在东古巴圣地亚哥的一片沼泽地登陆。星星之火可以燎原，三年的游击战争，他们推翻了美国政府支持的腐败的巴蒂斯塔军政权。革命胜利了，古巴政府宣布格瓦拉为古巴公民。格瓦拉先后担任过古巴土地改革全国委员会主任、国家银行行长、工业部部长、古巴统一革命组织全国委员会书记处成员等。1960年5月，格瓦拉的《游击战》一书在哈瓦那出版。

格瓦拉身居要职，可是在他身上没有一丝官僚与腐败的气息。他拒绝领银行总裁的1000元工资，只拿工业部部长的200元薪水——这是他这个级别的领导中，拿到的最低月薪。格瓦拉也同样这样严格地要求家人，他再三叮嘱第二任妻子阿莱伊达，不许她乘公务车去市场买东西。阿莱伊达怀孕期间每次去检查，都只能自己步行去医院。古巴开始实行部分日用品配给制后，格瓦拉无意中发现他们家里的食物数量，竟然高出了应有的级别标准，顿时惶恐不安。后来发现是一个下属自作主张，偷偷将一些食品送到他们家，结果格瓦拉重罚了他。

格瓦拉像机器一样，几乎不眠不休地工作着。正如他自己所说，他从没上过一次夜总会，没看过一场电影，没去过一次海滩，几乎没有睡过一次好觉。除了忙于社会事务的管理，格瓦拉心中仍然有一团火在燃烧。在他看来，革命尚未完成，拉美大多数国家，包括他的祖国仍被独裁者所统治。在他心中，那种泛拉丁美洲，甚至泛全球的革命浪漫主义思想开始增强，认为古巴知识青年以意志力为基础的革命实验，应向所有被帝国主义及独裁者双重压迫的国家推展。在古巴的事业已经不能满足他心中的理想主义的热望后，他酝酿着再一次出发。格瓦拉不甘于像其他一些革命者一样在豪华的汽车里、在漂亮的女秘书的怀抱里丧失了往日的锐气。他选择了继续战斗，像一个真正的革命者那样去寻找一个浴火重生的结局。

1965年4月1日，格瓦拉给卡斯特罗写了封告别信，辞去了党内外的一切职务，放弃了军籍和军衔。为了避免连累古巴，他还宣布放弃古巴国籍。

第二年，切·格瓦拉出现在玻利维亚的丛林之中，与来自玻利维亚、秘鲁、德国和古巴的一些血气方刚的青年一起开展游击战。那段岁月是残酷的，他们在失去古巴的支援又得不到玻利维亚共产党帮助的情况下，孤立无援地坚持战斗了一年多。后来，在美国中央情报局的策划下，玻利维亚军队对他们进行了围剿。由于被当地农民出卖，1967年10月9日，格瓦拉在玻利维亚巴列格兰德地区被俘。玻利维亚政府军和美国中央情报局未经过任何法律程序，在关押了格瓦拉24小时后，于10月10日将其就地枪决。

在即将被处以极刑时，格瓦拉面对美国特工冈萨雷斯的提问"此时此刻，你在想什么"时，安详地回答道："我在想，革命是不朽的。"他还向刽子手说："你是来杀人的。开枪呀！胆小鬼！"之后，那位靠着酒精壮胆才敢来行刑的政府军少尉马里奥·特兰往他身上打了9发子弹……这个像耶稣一样蒙难的拉丁美洲英雄终于倒下了。

最完美的人

> 我不是基督，也不是慈善家。我跟基督恰恰相反，我更愿意给大地带来一个对手，而不是把我自己钉上十字架。一切伟大的事情都来自热情，为了革命，需要极大的热情和勇气。
>
> ——切·格瓦拉

当时代弥漫着庸俗、平淡、虚伪和安于现状的气息，生命的翅膀被束缚和腐蚀的时候，人们对于英雄的名字开始渴求而敬畏。在掠夺、欺诈和交易当道，人们备感虚弱、被更强于己的力量所左右和摆布、找不到自由和尊严的时候，英雄的神话才会照亮梦境。而切·格瓦拉，满足了人们对现世英雄的渴望。

格瓦拉是一个彻头彻尾的理想主义者。为了心中的理想，他从来不惮于放弃所拥有的一切，包括优裕安定的生活，以及金钱和权力。十几岁的时候，虽然家庭十分富裕，但格瓦拉已经开始关心阶级与贫富差距，希望通过身体力行来了解其中的真相。为了计划中的旅行，他曾满怀留恋地与热恋的情人分手。为了寻找理想的人生道路，他毅然放弃了作为一个医学博士的前程。革命在古巴成功后，为了实现理想，他再一次丢弃了浴血奋战得来的高官厚禄。正如格瓦拉在狱中给家人写的信中说的那样："我的命运和古巴革命联系在一起。不是胜利，便是死亡。现在，我已经有了一个女儿，可以把我的生命传至永恒……我不是基督，也不是慈善家。我跟基督恰恰相反，我更愿意给大地带来一个对手，而不是把我自己钉上十字架。一切伟大的事情都来自热情，为了革命，需要极大的热情和勇气。"

当然，这位伟大的英雄绝非仅靠热情完成他的功绩，他的品格更显示出超乎常人的伟大。一位战友描写了格瓦拉的战地生活：他自己展开吊床，自己卷起吊床，不要别人帮忙。他严格遵守规定，吃的绝不比别人多，背的和别人一样沉。有一次涉过一条河流，他的口粮掉进了水里，他没有告诉别人，一天没吃东西。他把这种平等关系和吃苦耐劳当作一种信念，一种检验思想的试金石。格瓦拉纯洁而坚强。

即便是对切·格瓦拉的理想表达不屑的人也对其自我牺牲精神表达了由衷的钦佩，因为他为了理想、为了人类的自由解放而毅然放弃了舒适的家境、放弃了高官厚禄，战斗直至牺牲。法国哲学家萨特称赞切·格瓦拉是"我们时代的完人"。

切·格瓦拉更是一个虔诚到近乎狂热的革命者，一个有勇气和魄力把理想付诸实践的人，一个天生的战士。对于他来说，战斗即是生命的一部分。他似乎从小就坚信武装斗争才是革命者的道路。中学时，他的一位朋友在参加一次学生反武装示威游行时，被当局拘禁。探监时，朋友请格瓦拉再组织一次游行，他回答说："去游行，然后让这帮狗屎把我们也抓进来？绝不。如果我没有一杆枪，我就绝对不会游行。"

在古巴从事游击战的时候，刚刚接触到真实的战争时，格瓦拉甚至感觉到一种狂喜，像是某种刺激的满足。他说："我们大家都等待战斗，就像等待解放一样。一个游击队员，最大的快乐就是战斗，这是生活的最高层次。"他的同志卡斯特罗也这样说："作为一个游击队员，切有阿喀琉斯的天分，他争强好胜，蔑视危险。"他曾领导的战友们都极为崇拜这个阿根廷硬汉。

切·格瓦拉又绝非简单的一介勇夫。他始终对弱者充满怜悯，对社会的不公平无比愤慨，时时表露出一腔柔情和恻隐之心。这也是他革命和理想的出发点。在格瓦拉小时候，他周围既有白人朋友，也有黑人朋友。一个叫扎卡里亚斯的卖糖果的人仍然记得他，"埃内斯托是个完美的孩子，没有一点他们那个阶级常见的骄横。"

在年轻时旅行到智利时，他借宿在一个矿工的家里，晚上下起了雨，矿工一家只有一条毯子，冻得不行，切把自己的毯子盖在了他们身上。那天他在日记中写道："那晚我冻得发抖，但我感到自己是全世界被压迫者的兄弟。"格瓦拉给一个患慢性哮喘病和心脏病的老妇人看病，这次经历也给了他很大震动，他写道："这个可怜的老妇人置身的环境糟透了，满屋子都是汗臭和脚臭味，加上到处飘浮的尘土，她没有哮喘病才怪。此外，她的心脏也很虚弱。这种情况已经超出了一个医生的能力范围，特别容易让医生产生这个社会不公平的念头。"

被敌人称为残忍的格瓦拉总会流露出他的恻隐之心，他自己在日记中写道："我们埋伏了一上午，路上开过敌人军车，车上的敌兵都太年轻，我没有勇气向他们开枪。"

切·格瓦拉更有着非凡的、足以把大众目光吸引在他身上的个人魅力，和他的英雄形象相得益彰。1960年8月8日出版的《时代》杂志，就曾将当时还是古巴领导人的格瓦拉作为封面人物。《时代》说："菲德尔·卡斯特罗是当代古巴的心脏和灵魂；劳尔·卡斯特罗是革命的拳头；格瓦拉则是大脑，他是古巴向左转的主要负责人。"这篇文章还特别描写了格瓦拉的另一个特质，"格瓦拉是最有吸引力，也最危险的人物。他的脸上浮着忧郁而又温柔的微笑，不少女人觉得心都被他勾走了，他冷静而又精明地掌握着古巴的方向。他能力非凡，智慧超群，有敏锐的幽默感。"

他的生命与传奇用纯洁和血性织就，纯洁使他不能容忍恶对人间的玷污，疾恶如仇；血性使他勇于抛弃一切、付诸行动。真正的英雄从来都是义无反顾地完成历史，完成他自己，后人的评说也许从一开始就不是那么重要。

依然活着的格瓦拉精神

没有理想主义者的世界不是完满的世界，格瓦拉那永不磨灭的激情和永不褪色的信念，给当今世界的年轻人树起一面永不倒下的旗帜。格瓦拉虽然离我们很远，但他的精神从未消失，正如我们离理想很远，但要实现理想的愿望从未从我们的心中消失过一样。

英雄永远异于常人，而我们常人永远对这种差异充满疑惑。今天我们注视格瓦拉那饱含悲伤和痛苦、又充满坚毅的眼睛，心中总不由得浮起疑问：切·格瓦拉，他到底代表了什么？反叛精神，还是完美的理想主义精神？他到底是一个什么样的人？切给了我们安身立命的坚强，还是引入愤世嫉俗的偏激？切如此热衷于革命，而他是否有一个理想社会的成熟架构作为革命的目的，抑或只是出于愤怒而想摧毁一切？他理想化的社会是否只是无法实现的乌托邦，而又要卷集更多的人为这个不可实现的理想去承受鲜血和灾难？

最高贵的绅士，能以最不可动摇的决心来选择正义的事业，能完全抵制住最不可抗拒的诱惑，能面带微笑地承受着最沉重的压力，能以平静的心态来面对最猛烈的暴风雨，能以最无畏的勇气来对付任何威胁和阻力，能以最坚韧的个性来捍卫对真理与美德的信仰。切·格瓦拉正是这样的人。所以，请相信这个因穷人的情谊而感动不已的人，请相信这个靠穷人的祝福而跋涉不停的人，请相信这个为穷人的将来而告别过去的人。

今天，我们仍会怀疑他格格不入的人生目标是否发自对道义的真诚，造成这种疑虑的原因，就在于我们根本不相信自己能拥有像他那样无畏的真诚——对真正的公平和自由的向往、对人类生存处境的洞察和悲悯，还有对最宝贵品质的坚持和执着。

切·格瓦拉是一心要摧毁卑鄙年代的英雄，是一个真正敢于追求理想，并愿为之牺牲的人。他的所作所为都是经过深思熟虑的，完全出于一颗善良的心。当切·格瓦拉死去后，人们在他的遗物中发现了一本手抄的诗集，其中有一首是西班牙诗人莱昂·费利佩的诗，人们当时误传为是切写的诗。诗中写道："基督，我爱你，并非因你自一颗明星降临，而是因为你向我揭示：人有热血，泪水，痛苦，钥匙，工具，去打开紧锁着的光明之门。"

1964年，格瓦拉代表古巴在联合国大会上谴责西方国家对刚果（比利时属）的干涉。三个月以后，他从古巴突然消失，秘密地率领一支古巴游击队去了刚果丛林。

在他给卡斯特罗的告别信里说："世界的另外一些地方需要我去献出我微薄的力量。由于你担负着古巴领导的重任，我可以去做你不能去做的工作。我们分别的时候到了……

"我不要古巴负任何责任，我只是学习了古巴的榜样而已。如果我葬身异国，那么我临终时想到的将是古巴人民，特别是你。"

就这样，切放弃了权力，离开了娇妻，离开了儿女，孤身远征去了。

今天，切·格瓦拉的形象仍在这个世界流传，他好像从未死去，依然那样鲜活，如一滴永不枯灭的鲜血，一直流淌在无数人的血管里；如一棵挺拔的松柏，一直茂盛在无数人的心中。他摒弃了一切安逸和享受，似乎一点点的贪图都是对他信念的亵渎，他仿佛天生就是一个斗士，却又如此坚定地去企盼所有人共享的幸福。这就是切·格瓦拉，一个浪漫的游侠诗人，一个永远战斗着的战士，一个不屈的灵魂！

耶稣是两千年前的凡人，格瓦拉是20世纪后半叶的凡人，他们皆因为穷苦人而死，死后成为穷苦人心中的"神"。

贝多芬

BEETHOVEN

被命运玩坏，
却用痛苦换来欢乐的音乐巨子

（1770 — 1827）

......

贝多芬，求索终生，永不满足。

天赋带给贝多芬狂野的力，

他将这"力"奉献于同情、怜悯、自由，

他将这"力"教人隐忍、舍弃、欢乐。

面对苦难的命运，他用"力"去反抗和征服；

面对人类，他用"力"去鼓励，去热烈地爱。

路德维希·凡·贝多芬，没有一个艺术家对道德的修习，像他那样的兢兢业业；也没有一个音乐家的生涯，像他这样的酷似一个圣徒的行为。天赋带给贝多芬狂野的力，他将这"力"奉献于同情、怜悯、自由，他将这"力"教人隐忍、舍弃、欢乐。面对苦难的命运，他用"力"去反抗和征服；面对人类，他用"力"去鼓励，去热烈地爱。所以，他的《弥撒祭乐》里的泛神气息，代卑微的人类呼吁，为受难者歌唱；他的《第九交响乐》里的欢乐歌颂，又从痛苦与斗争中解放了人，扩大了人。在贝多芬的音乐中，人与神明合二为一。在贝多芬的人生中，他的"力"变成了神。

　　路德维希·凡·贝多芬对意志的诠释，让世人开始有了信仰，有了希望。这已不再是宗教朝圣般的虔诚，而是对人性的信心。正如法国著名文学家、音乐史家罗曼·罗兰称他为"胜利的普罗米修斯""正直与真诚的大师"，"依着他的先例，我们应当重新鼓起对生命、对人类的信仰"。

　　音乐家舒曼为怀念贝多芬也说，"以100棵百年以上的大橡树，在大地上写出他的姓名，或者把他雕刻成一个巨大的雕刻像，就像拉戈·玛芝奥尔山的保罗梅安斯大教堂一样，他可以像他生前那样，居高临下地俯瞰群峰。当莱茵河上的船只经过这里的时候，有陌生人问起这个巨人的姓名时，每个小孩都会回答——那就是贝多芬。"而百年后，另一位杰出的德国作曲家理查·瓦格纳则用更直接的方式证明这一点："我只信仰神和贝多芬。"

　　源于平凡而凌越于平凡的贝多芬，在求索的一生中面对挑战并没有慷慨悲歌，而是鼓舞欢欣。世界将他的生活塞满痛苦，而他却还众人一个欢乐的世界。从他的作品中我们可以感觉到，活泼的鼓点、跳跃的弦乐宣告让生活"放马过来"，这是怎样的意志？这是何等的力量？

贝多芬就是浮士德，求索终生，永不满足。也曾历经爱情、肉欲、金钱、荣誉，虽然后来听力全失，在明晰了自我后却放不下普世苍生。意志已然入圣，但却不愿超凡，他源于尘世，也必将回归尘世，给这片土地上的人们带去慰藉与指引。

扼住命运咽喉的勇者

一个不幸的人，贫穷、残疾、孤独，由痛苦造成的人，世界不给他欢乐，他却创造了欢乐来给予世界；他用他的苦难来铸成欢乐，好似他用那句豪语来说明的——那是可以总结他的一生，可以成为一切英勇心灵的箴言：用痛苦换来欢乐。

1770年12月16日，路德维希·凡·贝多芬生于德国波恩莱茵河畔一所破旧的阁楼上。他的祖父与父亲都是宫廷歌手，父亲是当地唱诗班的男高音。在贝多芬的眼中，他的父亲简直就是一个恶魔，每天都喝得酩酊大醉，而且从不关心家里。唯一能让他用心的事恐怕就是逼迫贝多芬学习钢琴，但目的完全为了赚取名利。只要贝多芬使他稍不如意，他就拳脚相加，一顿毒打。在贝多芬的记忆中，他根本就没有享受过父爱。

贝多芬的母亲是一个厨师的女儿，每天兢兢业业为这个清贫的家庭付出所有精力，她对小贝多芬爱护有加，可是就在贝多芬17岁那年，突然撒手人寰，贝多芬从此成了"一家之主"，一方面为怎样挣取每日的面包操心，另一方面还担负起两个弟弟的教育责任。这些还算不了什么，上天又偏偏赐给贝多芬一副粗陋的外表，外加身材矮小粗壮，成年后身高还不到1.6米。

清贫的家庭，粗暴凶恶的父亲，丑陋的外貌，所有这些构成了贝多芬不愉快的童年。唯一值得庆幸的就是，他拥有非凡的音乐天赋，但若没有大师的指点，贝多芬很可能碌碌无为。

命运总是公平的，就在贝多芬12岁的时候，遇见了他人生中的第一位音乐教师内费。贝多芬的父亲为了自己的孩子能够快速成名，把他带到一个老师又一个老师那里，让他学习不同的乐器和作曲技术。这些老师中没有一个好的，直到他遇到宫廷琴师内费。

内费对贝多芬十分喜爱，这对贝多芬来说多多少少是一种幸运。内费看出贝多芬绝不是一个普通的孩子，他对音乐有着异于常人的悟性。在那段日子里，贝多芬有生以来第一次感觉到上课是件愉快的事。内费先生对他很慈爱，不仅教音乐，而且还教他世界上的许多别的事情。内费激发了贝多芬对音乐的热爱与激情，同时也还扩大了他的艺术视野，并奠定了贝多芬最初的音乐风格，使他13岁就成为管风琴师，而且创作了三首奏鸣曲。随着贝多芬一天天长大，内费意识到如果贝多芬能够得到像莫扎特这样的音乐大师的指导，必将成才。于是他建议贝多芬离开家乡，去维也纳拜见莫扎特。

1787年，贝多芬只身来到了音乐之都维也纳，拜见了莫扎特。当时只有17岁的贝多芬还只是一个无名小辈，而莫扎特早已名满欧洲。当莫扎特见到贝多芬时，他并没有对这个长相一般，甚至有些丑陋的小伙子感兴趣。这位音乐大师只是递给贝多芬一张乐谱，让他自己弹奏，随后就走到另一个房间与客人聊起天来。然而，当邻屋那充满灵感和气势的音乐响起的时候，莫扎特突然从椅子上蹦了起来，他连忙跑回钢琴旁，注视着正在演奏的贝多芬。要知道，作为一名伟大的音乐家，莫扎特对于音乐的感悟力是非凡的。他从这个年轻人的琴声中听到了无穷的创造力和灵感，因此当贝多芬演奏完毕时，莫扎特难以控制自己的激动，立即对在场所有人说："请各位注意这个年轻人！有朝一日，他定会震惊世界！"

可是，这段小插曲并未给贝多芬带来多少好运，因为随后传来了贝多芬的母亲辞世的噩耗。这使两位音乐史上最伟大的音乐家遗憾地分手，从此再未谋面。四年后，莫扎特英年早逝，而此时21岁的贝多芬仍在波恩肩负着家庭的重担，奔波忙碌着。

贝多芬的生活似乎没有什么改变，然而命运之神再一次降临在这位音乐天才身上。1792年，贝多芬被帝侯亲王派到维也纳深造，此后在那里永久定居下来。作为卓越的钢琴家，贝多芬受到维也纳上层社会的热情欢迎，同时他在维也纳拜师学艺，其中有著名作曲家海顿。

1795年3月20日，他在维也纳举行的首场钢琴演奏会上一举成名。他对自己充满信心，并在笔记中这样写道："我的天才终究会获胜……25岁！不是已经降临了吗？"他显得很高傲，但他的最亲密的几个朋友知道，他藏在骄傲的笨拙之下的是一颗慈悲的心。他写信给密友韦该勒医生报告他的成功时，第一个念头是："譬如我看见一个朋友陷于窘境，倘若我的钱袋不够帮助他时，我只消坐在书桌前面，顷刻之间便解决了他的困难……你瞧多美妙。"

可就在贝多芬准备大展宏图之际，命运再次向他露出了狰狞的面孔，并且一经附在他身上便永不退隐。1796至1800年间，他的耳朵日夜作响，听觉大大衰退。耳聋，对平常人来说是一部分世界的死灭，对音乐家则是整个世界的死灭。在好几年中，他一直隐瞒着，连对最心爱的朋友也不说。他避免与人见面，使他的残疾不致被人发现。

当时的贝多芬深深地爱恋着一位叫朱丽叶塔的姑娘，著名的钢琴奏鸣曲《月光》就是献给她的。然而，幼稚风流的朱丽叶塔辜负了贝多芬的一番情意，后来竟与一位伯爵订了婚。耳聋的治愈希望日渐渺茫，又痛失心仪已久的恋人，这双重的打击使顽强的贝多芬支持不住了。直到1801年，他才绝望地告诉他的朋友："我的最高贵的部分，我的听觉，大大地衰退了……我不得不在伤心的隐忍中找个地方栖身！""要是干着别的职业，也许还可以，但在我的行当里这是可怕的遭遇啊。我的敌人们又将怎么说，他们的数目又是相当可观……"越来越厉害的耳疾不断地折磨着他，啃噬着他那高贵而富有伟大创造力的官能——听觉。他决定自杀，贝多芬在给两个弟弟的遗书（即著名的"海利根施塔特遗书"）中说："哦，人们，你们认为或者会说我是心怀怨恨的、倔强的或是恨世主义的，你们对我是多么不公道啊！……可是，你们想：六年来我得了不治之症。庸医误人，年年都希望病好起来，结果受骗了，最后不得不背上一个永世的病魔。"贝多芬还在遗嘱后面注明了"等我死后开拆"，他差不多要结束他的生命了。

但是此后贝多芬又活了25年，是音乐艺术让贝多芬放弃了轻生的念头，他不断劝慰着自己："啊！在我尚未把我感到的使命全部完成之前，我觉得我不能离开这个世界。"他呐喊着："我要扼住命运的咽喉。它决不能使我屈服。——噢！能把生命活上千百次是多美！"

经过十年的艰苦探索，贝多芬战胜了命运和感情的双重打击，应和着欧洲革命的蓬勃发展，从1802年开始，贝多芬仿佛浴火重生的凤凰，焕发出巨大的创作热情。这一期间，贝多芬谱写了《命运》和《英雄》等著名的交响曲，作品中洋溢的英雄主义精神正是贝多芬与命运抗争的写照。正如他自己所说："音乐是比一切智慧、一切哲学更高的启示……谁能参透我的音乐的意义，便能超脱寻常人无法振拔的苦难。"

贝多芬的晚年十分凄苦。首先，他的经济陷入困境，维也纳这个城市渐渐地遗弃了贝多芬，认为他的音乐过于"迂腐"。此时，他的朋友和赞助人，或故去，或离开，现实的经济困难顷刻来临，没有固定的收入，没有听众，没有稿约……贝多芬不得不把他宝贵的时间耗费在精打细算的日常生活开支和与厨娘的争吵上。他曾写道："我差不多到了行乞的地步，而我还得装着日常生活并不艰难的神气。"

后来，他的耳朵完全聋了，只能在纸上和人们进行交谈。贝多芬不得不放弃了钢琴演奏和指挥工作。其中最严重的一次打击来自他指挥彩排他的歌剧《菲德里奥》，由于他根本听不见乐队演奏和演唱，整个排练一团糟，重新开始后依然如故。贝多芬从听众难堪的表情中领悟到了原因，回到家中捧着脸一言不发。他的朋友说："在我和贝多芬的全部交往中，没有一天能和这一次相比。他的心灵受到极大的伤害，至死不曾忘记这可怕的一幕。"

此时，沉重的家庭苦难也折磨着贝多芬。贝多芬的一个弟弟于1815年去世，留下八岁的儿子查理。贝多芬收养了小查理，他满以为可以将小查理培养成材。可惜查理根本不具备成为音乐家的天赋，由于贝多芬过于主观和急躁，养成了查理的逆反心理，不断地给贝多芬找麻烦。1826年，查理开枪自杀。贝多芬再一次陷入失去亲人的痛苦之中。在无尽的烦恼、痛苦和忧愁中，贝多芬的创作受到严重的影响，作品很少，贝多芬的敌人甚至断言他已穷途末路。

然而，被苦难浸泡得太久的贝多芬，此时已经不再寻求任何功名，对外界的褒贬根本无动于衷，他只专心致志于自己的艺术，用微笑反抗着不公，以一种惊人的意志力量使自己沉醉在宁静的欢乐之中。就这样，贝多芬创造了他最伟大的作品——《第九交响曲》（俗称《欢乐颂》）。这部作品于1824年在维也纳举行了首演，当激动人心的大合唱结束时，狂热的听众不顾一切地鼓掌，相互拥抱，许多人甚至禁不住失声痛哭，仿佛发生了一场骚乱。他们尤为《欢乐颂》这一为人类祈祷的乐思所感染。贝多芬却依旧木然，女高音卡洛琳只好以不大礼貌的方式，抓住他的衣袖，指一指观众席。患有风湿的贝多芬慢慢转过身来，认真地环视了观众少顷，而后鞠躬致谢。在维也纳这个讲究礼仪的城市，皇族出场不过鼓三次掌，但贝多芬享受了热烈的五次鼓掌谢幕，以至于警察不得不出面干预。

《第九交响曲》获得了史无前例的成功，贝多芬也最终完成了他的使命。1827年3月26日下午五时三刻左右，狂风大作，风雨交加，隆隆的雷声震动着贝多芬的屋子，此时贝多芬的心脏停止了跳动。贝多芬死后，维也纳所有的市民都参加了他的葬礼，著名的作曲家舒伯特等艺术家扶着他的灵柩，在人群中艰难前行。

贝多芬的墓碑上刻着奥地利诗人格利尔巴采的诗句："当你站在他的灵柩前的时候，笼罩着你的并不是志颓气丧，而是一种崇高的感情；我们只有对他这样的一个人才可以说：他完成了伟大的事业。"

欢 乐 英 雄

耳聋的贝多芬，一个最不可能触及听众心灵的作曲家，却实现了他的诺言：它出自心灵，又能直达心灵。他就是浮士德，用无与伦比的强力意志，凭一己之力踏平了命运的崎岖坎坷，为大众开辟了生活的道路。

在德意志这片土地上诞生过太多的英雄，见证了太多的奇迹。这个民族，以其独一无二的个性卓立于世。这种个性，甚至可以从它天作之合的中文译名中管窥一二：德意志，德国意志。而在18世纪这个兵连祸结的年代，这个狄更斯笔下"最美妙的季节，最糟糕的季节"，却是一个所有天才都降于斯的年代。泰戈尔说，一滴水珠可以折射太阳的光辉。那么这一个时代，无疑也是所有时代中力量抗争的缩影。那个年代伟大的英雄内心的自由意志，从未随着变革而丝毫动摇半分，却在烈火的考验中愈显强大。

路德维希·凡·贝多芬，这个音乐天才便是这样一位英雄。他对意志的诠释，让世人开始有了信仰，接着有了希望。这已不再是宗教朝圣般的虔诚，而是对人性的信心。这一点在百年后被另一个典型而杰出的德国作曲家，与尼采有着共同信仰的理查·瓦格纳所点明："我只信仰神和贝多芬。"

罗曼·罗兰在他的《名人传》引言中有这样一段话："我称为英雄的，不是思想或力量上伟大的人，而只是心灵上伟大的人。……没有伟大的品德，就没有伟人，甚至没有伟大的艺术家、伟大的行动者。有的只是虚无的偶像，只配得上低贱的群众：时间会把他们统统摧毁。成功和失败又有什么？主要是成为伟大，而非显得伟大。"

他将《名人传》的首席给予坚强与纯洁的贝多芬，无疑贝多芬正是一个真正伟大的人。除了"英雄"这个词，罗曼·罗兰还时常会用"纯洁"这个词，来描述贝多芬的单纯和真诚。这种纯洁不是少女的天真无邪，而是极宽广的、一望无垠的心胸。你可以想象一个手臂因激动而颤抖的56岁老人，面对浩渺的天空，渴望把自己延展得更广、更大，乃至包容这个世界，拥抱这个世界，然后最亲切地告诉世界自己有多么眷恋它。这种张力，凝聚着贝多芬的意志，一如热情、疯狂的凡·高。

著名翻译家傅雷曾说："疗治我青年时世纪病的是贝多芬，扶植我在人生中的战斗意志的是贝多芬，在我灵智的成长中给我最大影响的是贝多芬；多少次的颠仆曾由他挽扶，多少次的创伤曾由他抚慰。"无穷和坚定的力，是贝多芬对我们心灵震撼的根。这种意志力的背后，是贝多芬对苦难痛苦的承受：耳聋之后的贝多芬极易暴怒，哪怕是乐圣也并不是永远那么积极乐观，他也曾立遗嘱欲自杀，也曾疑好友嫉知音。他甚至比一个最普通的人还不懂礼节，诽谤为数不多的对他忠心耿耿的好友。虽然有着超凡的意志，贝多芬常常表现出让人失去敬畏的平凡。

但是正如罗曼·罗兰在《约翰·克利斯朵夫》中说的那样："平凡从来不等于平庸，真正的光明绝不是永远没有黑暗的时间，只是永不被黑暗所掩蔽罢了。真正的英雄绝不是永远没有卑下的情操，只是永不为卑下的情操所屈服罢了。所以在你要战胜外来的敌人之前，先得战胜你内在的敌人。你不必害怕沉沦堕落，只要你能不断地自拔与更新。"

有许多人把贝多芬看作一个在苦难的命运中不屈不挠斗争的英雄，但贝多芬从来不是一个以苦难对抗苦难的人。漫漫长路上不只有晴天，但你的心却可以驱散万般阴影，可以像贝多芬这样做一个真正的"因心而伟大的英雄"（罗曼·罗兰语），始终积极地求索探微，在困厄中慨然如故，达观依旧。

贝多芬在苦难中浸泡得太久了，苦难给予他多几分，他的音乐才华就增长几分；苦难逼近他的灵魂几分，他灵魂的光彩就会绽放几分。著名指挥家卡拉扬说："是苦难成就了他。"苦难不仅赋予了贝多芬才华，还赠予了他百般柔情。兄弟的早逝让贝多芬承担起教养不成器的侄子查理的重任。他的不弃不离，打动多少后人的心灵。此时的贝多芬犹如雨果笔下的《悲惨世界》中的冉阿让，受命运的苦害，却竭力为善，以最坦诚的胸襟，或易被欺，九死不悔。当一个年轻人去找贝多芬，大声说"我们要让公众看到贝多芬伟大的灵魂"时，老贝多芬潸然泪下；公爵的一句"德意志需要贝多芬的交响乐来唤醒他的人民"，让贝多芬下定决心公演合唱交响曲。

但是生活却不肯放过贝多芬，还想给他施加更多的苦难。然而，贝多芬也不肯放过生活，因为生活中到处是苦难的人们。正如雨果所说的那样："只要这世上还存在着苦难、屈从和绝望，那么这类作品就不会是没有意义的。"《欢乐颂》的诞生，让贝多芬彻底完满了。不朽的贝多芬超越了他心中曾经的英雄波拿巴，在精神上征服了欧罗巴。

我们还能用什么语言赞美贝多芬，赞美他无上的意志？也许只有罗曼·罗兰的那句话吧：用痛苦创造的欢乐！

人类最大的幸运

只要神容许了苦难的存在，便赋予了人类对抗苦难的精神。历史上，许多像贝多芬这样的反抗者都向我们传达了一种希望，在他们身上，人性的力量显得更加真实与具体。他们从不去探究苦难的来源，而是树立了一种克服精神危机、重新确立生存哲学、在艰难岁月中顽强生活的信仰。

历史上，许多像贝多芬这样的反抗者都向我们传达了一种希望，一种来自你我内心的希望，以此来抗拒命运的不公。他们面对苦难，并没有表现出对宗教的皈依，也没有祈求神灵的扶助，他们都不约而同地选择了抗争。在他们身上，人性的力量显得更加真实与具体。他们从不去探究苦难的来源，而是树立了一种克服精神危机、重新确立生存哲学、在艰难岁月中顽强生活的信仰。这种在"人"身上体现出来的希望与信仰，就像贝多芬自己表达的信念一样："我要扼住命运的咽喉！"即使是完全丧失听力也无所畏惧，借助伟大的《欢乐颂》表达了他对苦难的理解，那就是世界不给我欢乐，我就创造欢乐来给予世界。

对于现代人来说，并不是所有人都能懂得贝多芬式的痛苦与欢乐，正如我们不懂得什么才是真正的苦难、真正的欢乐一样。更多的人都是在追求尘世所谓的欢乐的同时，渐渐丧失了对苦难、痛苦的抵抗能力。因此，苦难一旦降临，人们更多的只是追究其原因，而忘记了天生的本能。

如果我们能真正做到审视自己目前的思想状况和生活态度，内心是否会感到沉重？对于一个心智强大的人来说，苦难确实是可以造就精神的贵族。只属于贝多芬的苦难和汹涌的波涛，正是照亮他心房的和煦明媚的阳光，有着扫除一切阴霾的强大的生命力。贝多芬用源于心灵的音乐克服了烦恼与不幸，将精神的欢乐掌握在自己手中。

贝多芬的路程是凡人生活的轨迹，有清新纯洁的幻想，也有不安的紧张和骚动；有对生活的困惑和不满，也有强大意志力的咆哮。他的音乐充满人间的七情六欲，和人生之旅相吻合。贝多芬晚年激越后的超拔，尽管其中仍然带有先前的桀骜不驯，有时又冒出几分老人的火气和乖戾，但这个远离尘嚣的超拔中并没有太大的信仰色彩，也正因如此而显得格外丰富动人。

不是所有人都能成为像普罗米修斯这样凡人式的英雄，不过，这位盗火的英雄最初对于自己遭受的苦难并非毫无畏惧的。对于自己的苦难，他也曾埋怨、无奈，甚至愤怒，把一切归结于宙斯的恩将仇报，直至伊娥的出现使他看到了希望，才振作了精神从而开始了最伟大的反抗。即使是英雄，也有彷徨和犹豫，何况身为凡人的我们？

但我们更应注意到，历史上有多少如普罗米修斯的普通人不断地钟情，如醉如狂地爱着，梦想着幸福，而又不断地经历着希望幻灭的悲哀，承受着痛苦的煎熬。他们爱得越强烈，痛苦就越深切。无论是耳聋的贝多芬，还是精神错乱的凡·高，抑或是歌德笔下的英雄浮士德，当他们的痛苦展现在我们面前之时，它亦开始作为独立之物脱离他们本人，与我们直接对话。也许这些苦难还会扮出各式面孔和各种性格，狡猥地审视我们，我们的选择又是什么？是用逃避、忍耐来麻痹自己与生命割裂？还是将苦难与未来连接，从而获得向上的力量？

如果说，命运不可解释，那么苦难对于人类而言，又从何解释？倘若命运不可扭转、不可改变是人类最大的不幸的话，那么苦难是可以抗争的、可以战胜的，这倒是人类最大的幸运。

（1475 — 1564）

......

米开朗琪罗

MICHELANGELO

将肉体留给尘土
把灵魂赠予上帝，

他在上帝之城的城墙上临摹上帝的指纹，

他让时光之河凝固成大意才情，

他是用大理石解救人心的侠士，

他更是赋予石头生命的上帝。

他眉目间的凿与削早已被确立为美的典范，

他心里的人世间已不那么矫情与诙谐，

他伏在西斯廷教堂上俯瞰人间的善恶真伪，

他就是米开朗琪罗——徜徉在雕刻、绘画、

诗歌艺术殿堂的全人类智慧、天才以及荣耀的结晶体。

米开朗琪罗是文艺复兴时期最为伟大的巨匠之一。他所创作的作品，既可以使时光倒流，也可以使时光停滞；既有贝多芬音乐殿堂的激情和宏伟，也有莎士比亚戏剧世界的曲折和意味；既怜悯人类的悲壮，又颂扬精神的宏大。他在佛罗伦萨黑恶的教士那里犯不着拿出护身符来，他的才情就是他的护身符。他眷顾人间所有的美就好像是上帝眷顾他一样，他活了89岁，足足度过了70余年的艺术生涯。这漫长的艺术创作让他的灵魂释怀，他说："终于从大理石的牢狱中解放出来了。"是的，从此石头都有了喜怒表情，墙壁都有了哀乐色彩。

　　罗曼·罗兰在《名人传》里这么写道："谁若不知道天才是何物，那就看看米开朗琪罗吧！"他以超凡脱俗的创造力和无与伦比的毅力在意大利的历史上刻下了巨人的印迹。他不断地创作，不断地冲动着，他的生命里有着惊人的力量。但凡是天才都有疯狂的偏执，血管里流淌着汹涌澎湃的血液，他就是这样——在夜以继日的工作里，继续兴奋地生活着。

　　这位五百多年前的艺术家，在其一生七十余年的创作生涯中，留给了世人一幅幅气势如虹的大场面，巨型的人物壁画、场景，意味深长的姿势，平平凡凡的表情，宗教世界里的人物，每一个细节无不彰显创作者的伟大，每一个凿点都拿捏得恰到好处，不轻不重的那份坦然，处处都在维护着这位天国的匠工，精湛的技法基于他写实的创作风格，而其作品之中饱含的情怀又得益于他浪漫主义的性情和人文主义的思想。

　　如果说文字是理性的阐述，那么雕塑就是感性的表白。米开朗琪罗用诗人的笔调在人文主义的潮流中激起了跨越时空的涟漪，时至今日，他的作品依然在人们心头荡漾着——这是对天才的讴歌，更是天才对整个人间的洗脱。

仰望天空的人在仰望幸福

米开朗琪罗的一生充满了传奇色彩，疯狂的工作热情，苦行僧般的孤独生活，叛逆与屈从的双重思想，以及浪漫爱神的垂青，构成了这位具有惊人毅力的艺术巨匠的形象。

米开朗琪罗1475年出生在佛罗伦萨附近的卡普雷塞地区，这里是地形崎岖，岩石和山毛榉遍布的亚平宁山脊。出生不久的米开朗琪罗便被送到了一个石匠的妻子那里喂养，他曾经开玩笑地说："我的雕塑家的志向来自这位石匠妻子的乳汁。"其父是当地的一名法官，脾气极为暴躁，甚至因为米开朗琪罗喜欢上了艺术而瞧不起儿子，在家庭里，他所获得的幸福像山脊上的草木寥寥无几。

但是天才是难以驾驭的，天才的血管里流淌着汹涌澎湃的血液，以至于桀骜难驯。他的固执战胜了法官父亲的固执，13岁的小米开朗琪罗被凶神恶煞的父亲送到画匠那里做学徒。当一群学徒在欣赏老师的一幅妇女肖像画时，小小年纪的米开朗琪罗拿起铅笔在画上改了几笔，颜面无存的老师勃然大怒，可当他看完修改之后的肖像时，也不得不承认修改得如此完美。但是最终，米开朗琪罗还是被赶了出来。

从那以后，米开朗琪罗又跟随多纳太罗的学生贝托多学习了一年雕塑，主要以自学为主。后转入圣马可修道院的美第奇学院做学徒，在那儿他接触到了古风艺术的经典作品和一大批哲人学者，并产生了崇古思想。为了完全彻底地掌握人体结构，他曾亲自解剖尸体进行研究。时兴的新柏拉图主义和受到火刑惩处的教士萨伏那洛拉给了他一生最重要的影响。米开朗琪罗最初本无意做一位画家，他的志向是成为一位雕刻家，并且只在意"雕"而不在意"塑"，因为雕刻是一种崇尚形式的自由，是不拘泥的表白，这也正是"新柏拉图主义"的要义。

1492年，年轻的米开朗琪罗在富商洛伦佐的器重下不断成长。当洛伦佐去世的时候，洛伦佐的儿子显然不知道该如何来安排才华横溢的米开朗琪罗的工作，以至于在一个隆冬的雪天里，让他去花园堆一个大雪人。这显然刺激到了一个天才的尊严，他愤然离去，后流落到了罗马，在这里，他完成了他的杰出代表作《哀悼基督》。当这件作品陈列在圣彼得大教堂的时候，全城为之轰动，都认为这是出自某个名家之手，米开朗琪罗只好半夜潜入教堂，在雕塑上刻上了自己的名字，这也是唯一一件刻有米开朗琪罗名字的作品。死去的基督安谧地躺在圣母腿上，像是睡着了一般，圣母略微低下的眼神里还坚守着神明的纯洁，但是其中夹杂着一种不可名状的哀伤，这两个美丽的躯体沉浸在那哀伤之中，悲凉占据了米开朗琪罗的心灵，这悲凉来自现实中罪恶和苦难的景象。它被誉为15世纪最为动人的人性拥抱神性的作品，出示了悲剧却掩饰了悲伤。

1501年，谁也不知道在佛罗伦萨街边的一个院落里到底发生了什么事。人们在院子围墙外经过时，总是能听到铁凿敲打石头的叮当声。有几个邻近的人说里面有一块奇特的大理石，这大理石还是以前的一位雕刻家雕琢报废后扔下的，因为原先的那个雕刻师在石头底部凿开了一个三角形的裂缝，以为石头没有了利用价值。尽管一些雕刻家曾来看过石头，想把它利用起来，但都感到无从下手，又摇着头走开了。

一个寻常的星期一，9月13日上午，一个叫米开朗琪罗的年轻小伙子手持铁凿，大步来到这块大石头跟前。从此，他在那里苦干了两年半的时间，米开朗琪罗将石块上的缺陷都加以利用。石头又高又薄，正好雕刻勇士那高大的身躯；而底部的三角形裂缝，又恰好成了两条粗壮大腿中间的空隙。大卫雄健四肢上的每一块肌肉、每一条血管都雕刻得惟妙惟肖，人们仿佛可以看到热血正在勇士的躯体里奔流。

米开朗琪罗得到的报酬是400个金佛罗林（金币名称，当时30克左右黄金约价值5个金佛罗林）。市政府的官员对作品很满意，决定将它放到市政厅的广场上。四十个人动用绞盘和滚木干了四天，才把这尊叫"大卫"的雕像移到了广场。当时的行政长官看到雕像时，为了表示自己的艺术品位，他说："我觉得大卫的鼻子有点厚了。"米开朗琪罗二话没说，拿着剪刀就爬了上去，他一面用剪刀在鼻尖划弄着，一边撒着石灰粉，过了一会儿他从梯子上下来，行政长官笑着说："你看，你改得多么好，比原先生动真实多了。"米开朗琪罗偷偷地笑了。

1508年，由于一些想看米开朗琪罗出丑的人的挑拨，教皇下令让米开朗琪罗负责教堂的壁画，因为他是以雕刻成名的，绘画并不是他的强项，并且这是一项令人望而生畏的任务。西斯廷教堂像一个黑暗狭窄的盒子，高度超过了宽度。天花板被屋顶天窗分割得支离破碎，形成许许多多不规则的曲线和三角形。所有这八百多平方米的天花板都要绘上拱顶画。为了生存和维护自己的尊严，在四年的时间里，米开朗琪罗攀着梯子爬上脚手架，仰面朝天地躺着作画。他每天工作十几个小时，像服苦役一样地辛勤创作，常常废寝忘食。当1512年底最后完成整个作品时，年仅37岁的米开朗琪罗竟变成了一个弯腰弓背的"老头"。《创世记》轰动了整个意大利，被认为是世界历史上最伟大的美术作品之一。

文艺复兴盛期的艺术活动首先在意大利确立了这样一个事实：艺术家不再是一个工匠，而是一位创造者，和诗人、智者、朝臣一样，他们在依靠他们的行业技术同时也依靠他们的灵性。人们在心目中把艺术家奉为天才的概念由此而生，米开朗琪罗成就了这一观念。

1546年，年过古稀的米开朗琪罗被教皇指派为罗马圣彼得教堂的建筑师，他害怕自己无法在有生之年完成这项任务，但优柔寡断的他最终还是接受了。1564年米开朗琪罗逝世之后，教堂的大半工程尚未完成。1590年，米开朗琪罗设计的圆顶方案由G.波尔塔实施完成。整个教堂综合了几位建筑师的辛勤劳动，属于米开朗琪罗的设计成分比其他几位建筑师的都要多，教堂于1615年最后建成完工。也正源于此，建筑成了米开朗琪罗最为荣耀的艺术表现。

即便如此，晚年的他却显得更加胆怯和疑虑，1562年受邀成为迪亚诺学院（即后来的佛罗伦萨美术学院）名誉院长，但是已经很难再有所作为了。他一辈子都在逃避教皇，但是却从来没有逃避开，年迈的他更是对教皇言听计从，他能够忍受教皇出言不逊的信件，还会卑微地回信，当然有时候，他也会暴跳起来，大声地说话。一直到死之前，他都在挣扎，但无力斗争，他的尊严，也仅仅停留在意念上。

天才的信仰

他是天才，但并不想跟着教皇的手指在舞台上摇摆，他所属的精神世界还在暗暗坚持着自己对于命运的安排，他依旧偏执和狂热的血液里却安于对上帝的信赖，他在暮年的光阴里和上苍相互坦白。他略微悲凉地对人世悯爱，他寄托在宗教里希望神灵来担待。

这位有着极强的宗教信仰的基督徒，虽然一生悲凉，却始终带着一股惊人的热情在艺术创作上，而创作的主题几乎都围绕宗教。

当年过七十的米开朗琪罗被任命为圣彼得大教堂的建筑师的时候，他并没有舍我其谁地一力承担，也不是因为罗马教皇的一再坚持，而是他从中看到了一项义务，一项神的使命。他说："和许多人一样，我也认为，我是被上帝安置在这个位置上的，不管我有多老，我也不愿意放弃他，因为我是由于对上帝的爱服务一辈子的，而现在把我的全部希望寄托在它上面。"他接受了这个职务，拒绝收取任何报酬。直到今天，这座高达133米的教堂圆顶，几乎在罗马城的每个角落都能看到。

天才在社会生活中往往显得迟钝而又有傲性，正如耀眼的流星陨落后只不过是块石头一样，米开朗琪罗就是那又丑又硬的石头，当然他也是天才，也必将有天才自行一套的做法和为人处世之道，而且多数是得罪人的。嫉妒他的那些"敌人"采取各种各样的方法来反对他，诬告，责骂，起诉，不执行等等，但是他从未为此做过多的辩解。他对红衣主教说："我不必把我应该做和想要做的任何事情告诉任何人，您的任务是监督支出，而剩下的，只与我有关。"

他一向骄傲，对于工人们的抱怨，他如是说："你们的任务就是抹灰，凿石，锯木，你们就做你们的事情，执行我的命令就行了，至于我脑子里在想些什么，你们是永远不会知道的，因为这有损我的尊严。"作为一个圣徒，他保持一个自诩的"精神贵族"的姿态，在人们面前不可一世地进行着肆意的讲演。

他就这样默默地坚守着暮年的时光，至死不渝的信仰在星光边缘闪闪发亮，逝去的年华在日渐苍白的岁月里更显得珍贵起来，而站在教堂边指挥建筑的那个糟老头成就了上帝赋予的使命，上帝用自己的方式造人，人以自己的形式成就上帝。

与天才的距离叫承受

所谓天才，就其实质而言，就是对其从事的事业或工作过程的极度热爱；

就其形式而言，是一种超乎寻常的忍耐；就其灵魂而言，就是勤奋；就其过程而言，是伴随着苦难、孤独，使纷繁复杂的事物化为简单明了的道理；就其内涵而言，是思维的独创性和行动的执行；就其外延而言，就是环境和机遇。

不论是早年所遭遇到的不幸，早早地失去母爱和父爱，还是中年所从事的工作的艰辛，经受着风吹日晒还有教皇的淫威，他秉承的天性就是一种对于神和事业的热爱。不管是雕刻教皇陵墓、建筑教堂，还是绘制壁画，甚至是灵性诗歌的创作，米开朗琪罗饱含的热情和毅力，是他成就一切的天机，一切天才的唯一秘密就是汗水和坚持。纵观其一生不难看出，和他出生地——亚平宁山脊一样崎岖的人生道路，既不宽阔也不踏实，风光无限的显赫也不过是在教皇的膝前被役使。能够坚持下来，并且能够有所作为，能够在超越苦难的路途上豪迈地唱着歌谣，悲怆的生命承受下来的磨难，造就的竟是一副铮铮铁骨。

再看看音乐天才贝多芬，扼着命运的喉咙，依然在月光下平和地奏曲；吟游诗人荷马，身残志坚的他留下的是千古绝唱；乃至当代的斯蒂芬·霍金，哪一个不是在承受着常人所不能想象的艰辛，哪一个不是在汗水和孤独中带着一份对事业，对生活的热爱。那一份激情足够撑起肉体上的任何缺陷和伤残，能够弥补物质上的缺乏。但一切都是一个过程，假如你有天赋，勤奋会使它变得更有价值；假如你没有天赋，勤奋可以弥补它的不足。

罗曼·罗兰这样说："天才免不了有障碍，因为障碍创造了天才。"强调的就是外部环境对于一个人成才的作用，这是成立的，而另一个更为重要的方面，还是作为主体的我们的主观能动性。风浪总是给劈浪斩风的航船饯行，给随波逐流的轻舟送葬。该以一种怎样的态度来面对不断出现和不断变化的环境？随着信息社会的发展，人与人之间的关系也更加纷繁和复杂，处理事情和完成任务需要进行的程序和考虑的范畴也不断扩大，遇到的困难和问题也自然而然地增加，然而，即使生活不可能每天都阳光灿烂，但我们却可以每天给自己一个微笑，给生活一缕阳光。

成功的天才总是学会了承受和担当，学会了忍耐和热爱，学会了信仰和朝拜。不是每个人都是天才，但是每个人都有成为天才的潜力。人们每天为了生计和生活努力奔波着，有的人却可以左右逢源，得心应手，工作起来是乐此不疲，你一定要好好学习一下这些人的心态和生活的态度。而不幸之人和事大部分来源于不知满足和不知感恩，无法满足的欲望是龇牙咧嘴的魔兽，吞噬着最初的纯真。

当然，我们不是圣徒，我们的虔诚是忠于幸福的渴望，是基于现实的追求，是在平凡的人世间找寻苦短人生的意义，那么，抬起你的头，看着前方，保持微笑，给自己，也给生活在你周边的人们，这个时候，你就是天才。

列夫·托尔斯泰

LEV TOLSTOY

柔软是人性中最美好的部分

（1828 — 1910）

……

对于我们，

托尔斯泰是一个精神高尚、勇敢和仁爱不可及的榜样。

他以一种英雄的沉着、

一种可畏的仁慈心揭露了社会的罪恶。

托尔斯泰以自己的一生宣扬真诚、正直、

坚定的目的性、刚毅、沉着和始终不渝的英雄主义，

他教导人们应当真实、应当坚强有力。

他本人便充满了这种纯朴，这种真诚。

他那浩瀚无垠的心灵，就是真诚的海洋。

列夫·托尔斯泰是一个上流社会的贵族，他拥有大量的土地和大批的农奴，他可以像任何一个庄园主那样使自己养尊处优地活着。然而，托尔斯泰那由信仰和爱铸造的心魂，却一直驱使着他探索苦难。晚年的托尔斯泰厌弃了自己及周围的贵族生活，直至完全背叛了他的阶层，他不时从事体力劳动，自己耕地、缝鞋，为农民盖房子，摒绝奢侈，持斋吃素。他也改变了文艺观，指斥自己过去的艺术作品，包括《战争与和平》等巨著为"老爷式的游戏"。他被世间的痛苦深深地伤害，为人类寻找出路的热肠又把他折磨得寝食难安。他一面对生命意义做形而上的思考，一面牵挂着每一个农奴的切身贫困与病痛。

　　托尔斯泰是痛苦的。在他的许多作品中，都能够看到这种痛苦求索的痕迹，看到一个个严肃、正直、纯洁、善良，努力探索精神世界奥秘的人。《战争与和平》中的皮埃尔，《安娜·卡列尼娜》中的列文，《复活》中的聂赫留朵夫，这些作品中的主人公之所以出类拔萃，不是因为他们作出了超越拿破仑的史诗般的英雄壮举，而是因为他们本身就是一个个思想者。实际上，这些人就是托尔斯泰自己。

　　身为贵族作家的托尔斯泰一方面深刻地批判那些不劳而获的上等人，一方面用笔和行动传达自己的信仰："当一切人都实现幸福的时候，尘世才能有幸福存在。"他告诫每个人要做一个精神的人，而不是一个兽性的人，做一个为了别人的幸福而牺牲自己的人，这样的人也是找到生命的真正意义的人。他认为，每一个人都应奉行至高无上的爱的律令，并摒弃任何形式的暴力，只有通过这一切才能使自己在道德上日臻完善。

　　罗曼·罗兰曾充满深情地说："我深深挚爱着，我从来没有停止去爱的托尔斯泰。两三年以来，我生活在他的思想氛围中，我同他的作品，同《战争与和平》《安娜·卡列尼娜》和《伊凡·伊里奇之死》亲密无间，胜过与任何一位法国作家的重要作品的关系。这个伟人仁慈、睿智、绝对真实，对我来说，他是我们时代的精神、无政府状态最可靠的向导。"

法国诺贝尔文学奖获得者法朗士也说："对于我们，托尔斯泰是一个精神高尚、勇敢和仁爱不可及的榜样。他以一种英雄的沉着、一种可畏的仁慈心揭露了社会的罪恶。托尔斯泰以自己的一生宣扬真诚、正直、坚定的目的性、刚毅、沉着和始终不渝的英雄主义，他教导人们应当真实、应当坚强有力。他本人便充满了这种纯朴，这种真诚。他那浩瀚无垠的心灵，就是真诚的海洋。"

托尔斯泰的救世情怀，似乎已离当代过于遥远，可为什么依然令人感动？托尔斯泰的博爱之心纯属个人的选择，又为什么能拨动时代的心弦？这就是灵魂的奇迹。托尔斯泰也由此走上了圣徒之路。

人世间，那些为整个人类背负十字架的圣徒永远是极少数。但圣徒的存在，足以使世人感受到精神的伟大，看到人类免于沉沦的希望，圣徒为人性抹上了一丝温暖的彤辉。托尔斯泰天生便具有圣徒的禀赋，他动笔之初就是以圣徒的身份写作的。在这条漫无边际的求索之路上，他孜孜以求，不仅拯救了自己，还使自己成了英雄，甚至成了圣徒。他为这一使命蒙难受苦，使自己成了一切人当中最富有人性的人。

俄罗斯伟大的心魂

50岁之前，托尔斯泰一直无忧无虑、自由自在地创作和生活。从50岁到生命终结这三十年里，他只生活在探索生活的意义和认识生活的过程之中。在他为自己提出这个无法测试的使命之前，他一直生活得十分轻松愉快。现在，

他为真理而奋斗，不仅是为了拯救自己，而且为了拯救全人类。他担负起这个
使命，使他自己成了英雄，甚至成了圣徒。他为这一使命蒙难受苦，使自己成
了一切人当中最富有人性的人。

1828年9月9日，列夫·托尔斯泰出生在俄国图拉省的贵族庄园雅斯
纳雅·波良纳。他的家族是"十分高贵、十分古老的家族，在家谱中记
有亚历山大大帝的侍从，有七年战争中的几位英雄，有对拿破仑数次
战役中的一些英雄，有十二月党人……"（罗曼·罗兰《名人传》）总
之，托尔斯泰带着高贵的血统来到世间。

托尔斯泰对他的父母并不了解多少，他的母亲在其不到两岁的时候
就去世了，他的父亲也在八年后离开人世。托尔斯泰和兄弟妹妹成了孤
儿，两位姑妈成了他们的监护人。一位是塔佳娜姑妈，托尔斯泰曾这样
描述她："她有两个好品德：镇静和爱。"另一位是亚历山德姑妈，她
永远为别人服务，而避免让人服务自己，她也从不雇人，平日里最喜欢
的消遣就是读圣人传。这些崇高的心灵帮助托尔斯泰认识到爱以及爱所
带来的快乐，对他的一生产生了巨大的影响。

1844年，16岁的托尔斯泰进入喀山大学读书。在校期间，他的成绩
平平。青少年时期的他不断地试验各种人生观念和学说，矛盾对立的理
论让他固有的信念动摇了。他几乎丧失了所有信念，他不再去教堂祈
祷。在年轻混乱的心底，一个不变的东西是他最宝贵的精神财富，这就
是他绝对的真诚。有时候，他的脑子里充满了仁慈幻梦，他想卖掉自己
的马车，把卖得的钱分给穷人，还想把自己的财产都拿出来散发给他
们，他想辞掉家里所有的仆人，因为他觉得这些人与他是同样的人，他
坚信"人类的命运是在于不断地完善之中的"。

由于托尔斯泰厌倦了大学生活，于是主动申请退学回到家乡，他想

改变农民的生活，想要成为他们的恩人和教育者。然而，他没有坚持多长时间。1851年，托尔斯泰去了高加索，随同当了军官的哥哥尼古拉服兵役。高加索美丽的自然风光激发了他的艺术天才，他的自传体作品《童年》《少年》等都是这时期的作品。

1853年，克里米亚战争爆发，托尔斯泰应征入伍。他先是在罗马尼亚兵团，后来又到了克里米亚兵团，在炮兵连服役。他勇敢尽职，常处于危险之境。在隆隆的炮声中，在生与死的激烈交锋中，他写作了《塞瓦斯托波尔纪事》，对战争的残酷、俄国士兵的爱国主义思想、对战争中表露出来的人们的复杂心理都做了真实的描绘。在那里，托尔斯泰用那犀利深邃的目光在他的战友们的心灵深处搜寻着，在他们心中以及自己的心中，看到了骄傲和恐惧，不过他也学会了抛弃一切伤感。

1855年底，托尔斯泰从战场上归来，回到了彼得堡，认识了一些文人。但托尔斯泰对他们有一种厌恶和轻蔑的感觉，他们身上的一切都让托尔斯泰觉得是委琐的、虚假的。同时，托尔斯泰的性格也没有赢得这群文人的喜欢。有一次，托尔斯泰还与屠格涅夫发生了激烈的冲突。1857年7月7日，托尔斯泰决定去国外旅行，一路上的所见所闻让他对资产阶级所谓的文明、博爱、民主十分失望。他在瑞士小城卢塞恩看到那些英国富翁们不愿对一个流浪的歌手施舍，明白资产阶级的"文明"不过是华美的谎言，他愤怒地写了短篇名作《琉森》。回到俄国，托尔斯泰重新开始了他的农事改革，希望通过兴办教育来提高农民的觉悟，促进社会进步。

1862年，托尔斯泰与索菲娅·安德烈耶夫娜结婚。幸福的婚姻生活给他带来了新的激情，也将其带入创作的高峰期。那段时间，他完成了自己最伟大的两部作品——《战争与和平》和《安娜·卡列尼娜》，并赢得了巨大的声名。托尔斯泰这个名字响彻整个欧洲，人们把他看成人类的良知。

　　一次偶然的机会，托尔斯泰参加了俄国政府的人口调查工作，他第一次真切地看到了俄国大地上的满目疮痍。从那以后，托尔斯泰决定要用自己额上流着的汗来换取面包，并终生与文明的罪恶和谎言对抗。他开始习惯于关注在农田上辛苦劳作的农民们，这些贫苦可怜的农民让托尔斯泰感到不安与自责。为了减轻自己的内疚感，托尔斯泰开始改变自己的生活方式，甚至开始自我折磨：他变得厌恶人情世故和亲友间的应酬，也拒绝出席贵族的宴会。他经常戴着草帽，穿上旧衣服，脚踏树皮鞋，在农田里干活。到了后来，托尔斯泰想要解放他的那些农民，把田地分给他们。同时，他也打算把他全部著作的版权无偿地献给社会。

　　家里人十分不理解他的这种行为，夫妇之间经常为此争吵。不仅如此，屠格涅夫对此也十分焦虑，他特意给托尔斯泰写了一封长信，让他"重新回到文学上来"。与屠格涅夫有着同样焦虑和祈求的人，还有欧洲的所有艺术家，他们纷纷疾呼："杰作的巨匠，那可不是您的工具……我们的工具是笔，我们的园地是人类的灵魂……"他们想告诉托尔斯泰，不要毁灭自己的艺术天才。

　　但是，托尔斯泰不但没有毁灭艺术，反而把艺术中一向静止的力量激动起来，他的宗教信仰不但没有灭绝他的艺术天才，反而把它革新了。他于1899年创作完成了自己的巅峰之作《复活》，此时已经70岁的托尔斯泰用歌颂人类的最美、最真实的诗，以伟人的姿态注视着他的过去、他的世界。

　　在托尔斯泰去世的前十年间，他将大部分精力都消耗在社会问题的论战中，他反对谎言，反对暴力，抨击各种迷信。最后一段岁月里，托尔斯泰的生活并不美好，周围充满了责难，他的思想和行为也越来越不被人们所接受。1910年11月10日，82岁的托尔斯泰突然离家出走。11月

20日清晨，这位世界文豪和影响深远的思想家在阿斯塔波沃车站与世长辞。临终前，他对身边的人说："大地上千百万的生灵在受苦，为何你们大家都在这里只照顾一个列夫·托尔斯泰？"

一个真正意义上的人

托尔斯泰的伟大之处在于他只不过做了一个真正的人所应该做的事，那就是抑恶从善。他的一生也从未背叛过他的两种信念中的任何一个——理智和信仰。他认为，一个真正的人应是永远根据自己的良知做事，时时刻刻进行自我反省，以避免自己掉入堕落的深渊。托尔斯泰，就是这样一个真正意义上的人。

在悠长的文学史当中，没有人比托尔斯泰更能描绘出生命丰富的内涵。正如伍尔芙所说的那样："似乎没有什么逃得过他的眼睛，没有什么经过他的扫视而不被记录下来……每一条树梢，每一根羽毛都被他的磁石吸住。"

托尔斯泰拥有独特的能力去描绘这个世界，他仿佛是第一个真正看见犁锄翻起坚硬的土块或听见冰块在冻结的河流裂开的人。托尔斯泰的作品之所以使我们感动，就是因为他对现实的忠实，他的作品是跟他自己的人生步调一致紧密联系在一起的。他的所有作品，都是他感受世界与探索人生的结果，但是没有哪一个作家能像托尔斯泰那样给人如此强烈清晰的印象。由于他的天才的传达感官印象的才能，传达感情的才能，他的强烈的自传色彩，使我们每一个人，我们每一个熟悉他作品的人，都可以清晰地感受到一个他眼中的世界，一个聚焦于他兴趣眼神、他喜怒、他呼吸中活生生的世界。

托尔斯泰一直都在追求生活中的尽善尽美，意志上的尽善尽美，体质上的尽善尽美，道德上的尽善尽美，他"诚心诚意地希望做一个好人"。托尔斯泰不喜欢宗教的虚伪性，痛恨世间一切虚伪的东西。虽然他身处上层社会，但却希望生活在贫苦之中。他认为自己的生活"不是生活，而只是生活的冒牌货。我们所生活的优裕的环境，使我们丧失了理解生活的能力。为了理解生活，不但应当理解我们这些与众不同的寄生虫的生活，还要理解普通的劳苦民众的生活，那些创造生活的人的生活，理解他们对生活意义的认识"。于是，他选择放弃自己优裕的贵族生活。到了晚年，托尔斯泰更是彻底颠覆传统，他否定法律条款，否定那些不合理的宗法制度，否定艺术，否定莎士比亚……

总之，一切规定性在他看来，仿佛都是不和谐的噪音。他只遵循自己的理智和良知去生活，去看待一切。可以说，他就是一个思想的斗士，在他的眼中，所有貌似真理的一切，在良知面前都是渺小的。

托尔斯泰认为，一个真正的人应永远根据自己的良知做事，时时刻刻进行自我反省，以避免自己掉入堕落的深渊，即使曾经有过可鄙的生活，浑身罪孽深重，只要敢于呼唤自己心中的上帝，勇敢面对以前和以后所有的时光，让"精神的人"永远站在"兽性的人"之上，那么就能拯救自己。托尔斯泰的一生就是一个富有正义感的贵族知识分子在寻求新生活的过程中，清醒与软弱、奋斗与彷徨、呼喊与苦闷相互斗争的生动写照。

当时的精英们却无法理解托尔斯泰的痛苦，他们认为，一个伟大作家放弃笔，放弃自己的战场就是一个脆弱的人，不能被当作榜样。但托尔斯泰从来不是"一个骄傲自大的大师，不是那种以其艺术与才智高踞人类之上的高傲的天才"。正如罗曼·罗兰说的那样："托尔斯泰不属于虚荣的精英们，他不属于任何教派，既非他所说的'犹太僧侣'，也非这种或那种信仰的'伪善者'。他是自由基督徒的最高典型,他整个一生都在竭力地向着一种总是更遥远的理想前进。托尔斯泰并不同思想的特权者们说话,他同普通人说话。他是我们的良知。他说出我们这些普通的人大家都在想的事,以及我们害怕在我们心中看到的东西……他是——如他在他的信中自我命名的那个一切名字中最美丽、最温馨的名字——'我们的兄弟'。"他厌恶自己贵族的身份,鄙视自己的财富,甚至对自己巨大的名声也感到厌烦,他只愿遵从自己的良知,去做一些身体力行的事,依循自己的良知去生活、去看待生命。

托尔斯泰死前用这样的话评价自己,"我不是一个圣人,也从来不自命为这样的人物。我是个凡夫俗子,任人摆弄……我是一个非常脆弱,满身恶习的人,很想侍奉真理之神,但却经常跌跌撞撞的。如果人们把我当作一个不会有任何错误的人,那么,我的每项错误皆将显得是谎言或虚伪。但若人们视我为一个弱者,那么,我的本来面目可以完全显露:这是一个可怜的生物,但是真诚的,他一直要而且诚心诚意地愿成为一个好人,一个上帝的忠仆"。"一个可怜的生物",这个被称为伟大艺术家的人物的态度是如此卑微,可以说这是一种真正伟大而高尚的德行。

今天,有更多的灵魂站在生活的阴影中无力自拔,悬崖临危而不自知,离开真理与美善的道路越来越远,最终泯灭了心中仅存的真理与美善的火花。试问,有多少人可以认识到自己身上挥之难去的恶,认识到生命中已经腐烂的那些部分,认识到生之中隐藏了死亡呢?严格说来,不少人只是行尸走肉,并不是真正意义上的人。而托尔斯泰,则是真正意义上的人。

观照自己的灵魂

人生绝不是一种享乐，而是一桩十分沉重的工作。托尔斯泰用一生的实践为我们作出了最好的榜样。他让我们时刻都要观照自己的灵魂，依从理性的指引，自我道德完善，爱别人甚于爱自己，致力促成全人类兄弟般的友爱，方能体现人生的意义。

人生的意义是什么？托尔斯泰对于这个问题，保持着贯彻一生的追索意志。他说："人在生活中的任务是拯救自己的灵魂，必须禁绝一切生活享受，要劳动，服从，忍耐，宽容。"

托尔斯泰认为，在每一个人身上都存在着动物的人与精神的人，即具有利己与利他两种本性。这两种本性在人身上不断地进行着斗争，时而精神的人占了上风，时而动物的人取得了胜利，人也就在不同的时刻呈现出不同的状态、面貌，就像河流有的地方宽阔平静、有的地方狭窄湍急，有的地方清澈、有的地方浑浊一样。他告诫人们，所有人都应让"精神"永远站在"兽性"之上，这样的人才是真正的人。

一个真正的人应该时刻不断地否定自己，真实地衡量自己与美德的距离。五十余岁的托尔斯泰誉满天下，事业圆满，家庭和谐，衣食无忧，身体健康。我们所为之而奋斗并只能部分享受到的世间的幸福，他全都获得了，全都享受了。在常人看来，那时的托尔斯泰已经实现了人生的目的。

不可思议的是，这么一个令人羡慕甚至令人嫉妒的托尔斯泰，在那个时刻开始思索人生。他这样回顾自己的过去："回想起这些年的生活，我不能不感到恐怖、厌恶和痛心。我在战争中杀死过人，找过人决斗想送掉他的命，我打牌输了不少钱，挥霍农民的劳动成果，还惩办过他们。我生活腐化，对爱情不忠；我撒谎骗人，偷鸡摸狗，通奸、酗酒、斗殴、杀人……凡是犯法的事我都干过。而干了这些事我反而得到赞扬，我的同龄人至今一直把我看成正人君子。"

我们无法知道托尔斯泰是在一种怎样的心态下写就了这段文字，但是这段文字足以令我们惊心动魄，惊心的是他的真实，动魄的是他的勇敢。正如法朗士所说的那样："托尔斯泰是一个精神高尚、勇敢和仁爱不可及的榜样。他以一种英雄的沉着、一种可畏的仁慈心揭露了社会的罪恶。"

今天，有多少人生活于醉生梦死之中呢？大多数人都是为了活着而活着，没有多少理由，亦没有什么明确的目的。他们处于愚昧之中自得其乐，他们不管自己的处境如何，只是浑浑噩噩地度过一生。大多数人都不是托尔斯泰所讲的"精神"上的人，而是一个"兽性"上的人，一个不知生的意义和死的内涵的人，一个除了物质利益就不知道其他精神的人，一个对自己的传统一无所知的人，一个别人说什么就是什么的人，一个没有自己的思想没有自己的语言的人！我们成了大卫·李嘉图所说的群氓。

塞奇·莫斯科维奇与培德就曾这样说道："群氓是挣脱了锁链的民众，他们没有良知，没有领袖，也没有纪律，他们是本能的奴隶"，"群氓具有的特征包括非常的偏执，可怕的敏感，荒唐的自大和极度的不负责任……"我们很少去观照自己的灵魂，也放弃了灵魂的归属而成为欲望的奴隶。没有人再对自己负责，人们只对利益负责，没有人再相信良知，顺从于环境整体性地堕落。人们服从、屈从、认从，在一个异化人类的社会里，把自己委属于一个纯粹物质的地位，对于一切正义、真理、自由、公平，莫不报以耻笑而抛弃，莫不报以恐惧而加以远离。

真理、自由、正义、爱、友谊、怜悯、信任、谦卑或宽恕等词语彻底告别了它们的本义，失去了它们的深度和尺度而变得廉价，成为虚泛的表面和空洞的符号，而让我们浅薄无知毫无忌惮地加以嘲笑，嗤之以鼻把它们踩在脚下，而另外一些词语比如虚伪、冷漠、自私、懦弱、苟且、欺骗、撒谎、背叛、逐利、投机却在我们之中大肆流行，平庸的环境到处都是媚俗的潮流，肉体获得解放，心灵却被投入监牢，人性被无情而残酷的现实阉割，瘟疫在人们隐藏的记忆当中蔓延，遗忘侵吞着人们的良知和道义。这是现实的梦魇，每个人都成了生活的傀儡、行动的木偶和面具的骷髅。我们靠惯性生活，我们把唯命是从制度化，把强迫自愿化，把邪恶正常化，每个人都是行尸走肉，每个人都成为文明的野兽。

人生绝不是一种享乐，而是一桩十分沉重的工作。托尔斯泰用一生的实践为我们作出了最好的榜样。他告诫我们，每个人的心灵都在沦陷，每个人的灵魂都需要救赎。作为人，我们不只是一个工具，任何非人的异化，都挡不住人内心深处的觉醒。每个人时刻都应该观照自己的灵魂，依从理性的指引，爱自己也要爱别人，让整个社会在爱与被爱的互动中前行，让每一个灵魂都在索取和付出之间找到平衡。

观照自己的灵魂，意味着去承担更大的责任；观照自己的灵魂，可以让我们抬起头来摆脱屈辱，打破枷锁享受自由；观照自己的灵魂，让我们从权力的压迫下救出，让我们有真实、自由、尊严的生活。一个没有自己内在灵魂的人，必然只能依赖外在环境，附从于社会的生活，成为行尸走肉中的一员或者尸位素餐在生活的某处，对于一切盲目认同、人云亦云。而一个拥有自己内在灵魂的人，他仅仅依赖他自身，他有自己清醒的理性及对世界不从俗流的认识，他是自己的主人，不再是任何人的奴隶。他的力量来自自身，他的自身依附于他的灵魂，一种存在的信仰。

也许托尔斯泰所找到的答案并不是唯一的，但这个答案却能使我们感到温暖而充实，让我们在黑暗之中依稀辨别前行的路。托尔斯泰让我们不再是认识论中的纯粹物质，而给予了我们一种更高的本质意义。他让生活去掉虚假的面纱，还给我们真实；他刺破生活的黑暗带给我们光明；他让生存不仅仅是保持生命体征的存在，而是生活。

不疯魔不成活

VINCENT VAN GOGH

文森特·凡·高

（1853 — 1890）

......

文森特·凡·高，

一个渴望人间之爱的浪子，却被人间所遗弃；

一个怀揣着信仰踏上朝圣之路的传教士，

却将绘画作为自己一生的事业，

最后这位艺术的孤儿将满腔的热情投放在太阳之下，

勇敢地燃烧了自己，

完成了一个圣徒对生命的完满体验。

罗素认为一切伟大的生活皆由无趣的片段组成。叔本华认为痛苦是一种常识，将痛苦视为人生永恒的主题。凡·高则实实在在地告诉了我们：伟大的来源，一个是对爱的渴求，一个是对痛苦的体验。

凡·高生性善良，像火一样热爱着生活，把从事艺术创作视为献身人类的一种方式。他在生活中屡屡受挫，这使他对贫穷的劳动人民怀有深切的同情。早年为了"抚慰世上一切不幸的人"，曾自费去一个矿区当教士，跟矿工一样吃最差的伙食，一起睡在地板上。矿坑爆炸时，他曾冒死救出一个重伤的矿工。他的这种过分认真的牺牲精神引起了教会的不安，终于把他撤职。这样，他才又回到绘画事业上来。

与当时学院派画家矫揉造作、阿谀奉承的画风和品格不同，凡·高不迎合上流社会的欣赏趣味，不去沙龙为绅士淑女画像，而去矿井、野外，去矿工的棚屋、织工的茅舍，去三等车厢的候车室里寻觅描绘的对象。正因为这样，他为社会所不容，他对艺术真诚而严肃的追求也为社会所不解，因此生活拮据，遭遇悲惨。但他却创作了许多洋溢着生活激情、富于人道主义精神的作品，表现了他内心的苦闷、哀伤、同情和希望。

凡·高全部杰出的、富有独创性的作品，都是在他生命最后燃烧的几年中完成的。这种非凡的艺术成就，来源于他那近乎疯狂的激情——"我的作品就是我的肉体和灵魂，为了它，我甘冒失去生命和理智的危险。"一位英国评论家说："凡·高用全部精力追求了一件世界上最简单、最普通的东西，这就是太阳。"他像夸父一样地追逐着太阳，最后在阳光中燃烧。

艺术家是半个圣人，一位彻悟了的大师如是说。的确，艺术家用他们独特的方式把人类心灵中原本共有的那至纯至美的真实世界展露，不断在我们遗忘的时候唤起我们灵魂回归的渴望。凡·高就是这样一位艺术家。

追赶太阳的苦行僧

> 凡·高并不是一生下来就伟大的，是生活一点一点教会了他该怎样去爱生
> 活和爱人类的。初恋的失败对于凡·高一定刻骨铭心，但对于一颗纯洁的心灵
> 来说，凡·高一定是为整个人类的灵魂而出生的，他的心灵朝向了整个芸芸众
> 生。爱情的折磨会改变一个人的理想，催生出一个伟大天才。痛苦成为凡·高
> 走向艺术之巅的动力。

文森特·凡·高于1853年3月30日出生在荷兰布拉班特省的一个牧师家庭。虽然他的父亲只是小镇上的牧师，但却出身于欧洲经营美术品的大家族，这个家族几乎掌握着全欧洲绘画市场的命脉。凡·高的伯父是一个画商，凡·高在15岁离开文法学校后，被他伯父推荐到了古比尔公司当店员。

1873年，20岁的凡·高在伦敦的分店开始工作。在这里，凡·高爱上了房东的女儿乌苏拉，这是一次苦涩的初恋。自从乌苏拉拒绝了凡·高的求爱后，凡·高的生活和工作开始变得越来越糟，越来越不安定。失恋的痛苦使他对旁人的痛苦变得敏感了起来，还使他对画廊周围一切廉价的、哗众取宠的东西变得无法忍耐。他对画廊已不再具有价值了。当顾客征询他对某幅画的看法时，他会毫不犹豫地说那画如何如何的糟糕，以致别人直接指着他骂："你不过是个乡巴佬而已！"

离开伦敦后，痛苦成了凡·高唯一的伙伴，他只有通过痛苦才能把自己和乌苏拉联系在一起，他不愿有人打扰他的痛苦。凡·高对乌苏拉的爱几近疯狂或病态，他甚至有时从英国的拉姆斯盖特长途步行到伦敦去，在得到乌苏拉卧室灯光的安慰后，又精疲力竭地往回走。直到在伦敦的工人区艾尔沃思当了牧师琼斯的助手。在凡·高对未来的婚姻的憧

憬中，乌苏拉已经从一个生意兴隆的画商的妻子变成了一个福音传教士的妻子。他痴迷于自己脑海中的想象，不过当他得知乌苏拉已经和别人订婚之后，凡·高彻底绝望了。于是，凡·高永远地离开了伦敦，离开了令他痛苦的英国。

1878年，已经25岁的凡·高，放弃了在阿姆斯特丹的学习，来到布鲁塞尔的福音学校开始了为期三个月的福音传道学习，但是，福音学校认为他不适合做传教士。可是自从凡·高第一次布道后，他就已经决定终身致力于向穷人传教了。为了证明自己能做一个合格的传教士，他毅然前往比利时的博里纳日煤矿区，当时那里被西方世界称为是"最悲惨的角落"。凡·高在那里做了六个月非正式的传教士。

在博里纳日煤矿区，几乎所有的男人都要下矿井，他们在事故不断的危险中干活，早就把自己的性命交出了一半，可是工资却低得难以糊口，他们住的是破烂的棚屋，他们的妻子儿女几乎一年到头都在忍受着寒冷、饥饿和疾病的煎熬。在博里纳日，凡·高和矿工一起住在棚屋里，在那里，得肺病是常见的事情，失去手脚的残疾人也随处可见。凡·高被这里矿工的生活震撼了，他认为这是被上帝忽略的地方。于是，凡·高通过自己虔诚的传教，把上帝还给了他们："父啊，求你保佑我们免遭灾祸，不要赐予贫穷，也不要赐富贵予我们，唯求一饱足矣！"他与矿工一起共患难，将自己的全部慈爱献给了博里纳日。矿工终于认同了他，他也由此成了矿工的自己人。

凡·高在矿区生活得非常艰苦，而且最后没有得到薪水，尽管他的生活非常拮据，但他还是尽可能地去接济那些贫苦的人。这样的生活一直持续到1880年7月，由于工作过于热情，被教会解雇，这段悲惨的经历给他打下了深深的烙印。这之后，凡·高开始了在矿区的流浪生活，并且阅读了很多文学书籍。由于贫困失望，凡·高对自己传教士的生活失去了信心，开始画素描，并得到了他一生的知己、亲弟弟提奥的资助和鼓励。这段经历后，凡·高像是被上帝从矿区里挖出来的一块煤，他对未来生活的设想很轻易地就被粉碎了。这时，27岁的凡·高日益与家庭疏远了，他把自己所有的时间都用来画矿工的生活。

1881年，28岁的凡·高已经有些显老了，但此时他却找到了自己可以寄托一生的事业，那就是画画。因为画画，他备受折磨的双眼里仍然残存着逼人的精力和对生活的热望。这年春天，他返回荷兰的埃顿去看望提奥，故乡如同他的避风港，他带着自己的画和新的希望回到了家里。这年夏天，凡·高的表姐正承受着丧夫的悲痛，和儿子一起来到了他家。这个女人以往强盛的生命力、欢快的情绪和热情都被另一种成熟的美代替了。悲哀使她的美更加深沉而充实了，感情上的哀痛所赋予她的美丽深深吸引了凡·高。凡·高爱上了这个悲哀的女人，但还是遭到了拒绝。从此以后，凡·高再也不知道人间爱情的滋味。

1882年，29岁的凡·高有了自己的第一个画室。就在这年，凡·高遇上了怀孕的克里斯汀——一个酗酒的妓女。凡·高像对待妻子那样照顾她，而克里斯汀有时候给凡·高做模特。可以说，克里斯汀给凡·高带来了他所渴望的那种纯朴的友情和家的气息。不过两人的"结合"却遭到了凡·高家人的强烈反对，尽管如此，凡·高还是决定与这个妓女生活在一起。同时，凡·高也收到了他一生唯一的一张画画订单，并于夏季开始了第一批油画的创作。

"成家"后，凡·高的工作被新生活的杂乱和贫穷摧毁了，克里斯汀也变了，对家的感觉也冷漠了。为了继续画画，凡·高不得不离开海牙，从而也离开了克里斯汀。几个月的"婚姻"生活让凡·高疲惫不堪，当他想到故乡的树篱、沙丘和田野里挖地的农夫时，他感到了从未有过的平静。离开克里斯汀后，凡·高回到了纽恩南。从此，他心里只有画画。他爱那里的土地、风景和劳动者，但总有一种莫名的感觉在纠缠着他。直到提奥来劝他去巴黎。

到法国巴黎时，凡·高已经33岁了。这个艺术之都奢华而复杂的生活，让凡·高显得有些手足无措。但不管怎样，他是来对了地方，提奥把莫奈、雷诺阿、西斯莱、毕沙罗、德加等人介绍给了他。接触这些人的作品之后，使凡·高感到走进了"疯人院"，受到强烈的冲击。这些画的作画法则与他在安特卫普美术学院学习的和毛威表哥教给他的太不一样了。他开始琢磨这些画，他发现这些画家的画中充满了有生命的、流动的、充实的空气。他反思着自己那晦暗、阴沉的油画，沉默了。他埋怨自己来巴黎太迟了，浪费了六年时光，埋怨自己的画没有生气。可是提奥提醒他："你应当向印象派学习掌握光与色，但仅止于此，别让巴黎把你淹没了。"从此，凡·高画板上的色调明亮了起来。

此外，凡·高还在巴黎结交了高更、塞尚，与高更成了好朋友。他与这些生活悲惨的艺术家们一起谈论生活、谈论艺术、谈论美、谈论道德，但由于凡·高的见解过于极端，以致提奥和高更都很难与他相处。此时的凡·高正在以惊人的速度冲向一个新的高度。他对提奥说："我不是城市画家，我不属于这儿，我是个农民画家，我要回到我的田野上去，我要找到一个太阳，它炽热得能把我心中除了绘画这种欲望以外的一切都烧光。"他不想欺骗自己，他厌倦了在巴黎的生活，他需要独处。他向往着阳光更为明亮灼热、色彩更加强烈瑰丽的南方。于是他离开了在巴黎有保障的生活，去了法国西南部的阿尔，去寻找他需要的太阳，因为他认为"没有太阳就无所谓绘画"。在巴黎的两年时间里，他创作了200多件作品。

阿尔的凡·高变成了"绘画机器"，一部每天早上灌进食物、饮料和颜料，晚上制造出一幅作品的高速运转的绘画机器。人们看见他从田野里回来时，两眼像冒火的洞，头顶红得像没有皮的鲜肉，腋下挟着一幅未干的油画，而且自己跟自己打着手势。此时，做一个成功的画家的愿望已经离开了他。他不得不画，因为作画可以使他精神上免受太多的痛苦，使他内心感到轻松。他感到自己的艺术和生命都在向一个最高的顶点冲去，在这个顶点上，他感到阿尔的太阳在他和镜子之间形成了一道刺得人睁不开眼的火墙。凡·高近乎疯狂，一口气完成190余幅作品，在三个月时间里完成的作品几乎等于在巴黎两年时间所画的总和。凡·高用鲜亮明快的黄色基调，画桃花、梅花、杏花以及花园苗圃，画吊桥、海滨、草原以及田园风光，画酒吧、情侣、夜景以及广场上的黄房子，他独特的绘画技法日臻成熟。

然而，艺术情感的狂热，身体疾病的痛苦，使凡·高经常陷入精神病的深渊。身心融入了太阳的凡·高，没能慰藉自己的痛苦，反而不断地滑向痛苦的渊薮。

在凡·高再三的邀请下，高更来到了阿尔，与凡·高同住一处，但两人的生活趣味和艺术观念相去甚远，短短的两个月里，他们激烈地争论着，关系迅速恶化，凡·高甚至用剃刀威胁高更。尚保持一份清醒与冷静的高更，看着凡·高的疯狂与燃烧，他逃离了，逃离了凡·高和阿尔，逃离了太阳与火山。高更离开阿尔的当天晚上，凡·高割掉了自己的右耳——他想摆脱脑中嗡嗡的声音，然后送给了一个叫拉舍尔的小妓女。癫痫、酒精中毒、精神分裂症是凡·高这次发作的原因。随后，阿尔人请愿将"疯人"凡·高予以监禁。

此时，36岁的凡·高身上安了一颗不定时的炸弹，这种间歇性的精神错乱使他不得不需要一个幽静的环境。在得到"那里允许你画画"的答复后，凡·高进了圣雷米的精神病院。在这里，凡·高的周围都是一群奇怪的人，他感到了自己的病对自己作画的威胁。在给提奥的信中，凡·高骂道："我既非病人，也非危险的猛兽。……离开这所疯人院，我相信自己能够重新成为一个有理性的人。"到此为止，凡·高才得知他在阿尔画的《红葡萄园》卖了400法郎，这是他在世时得以出售的唯一一幅作品，同时，还得知了奥里埃给予他的高度的评价。最后，在伽赛大夫的帮助下，凡·高离开了疯人院，去了奥维尔。奥里埃和伽塞大夫是当时世界上仅有的两个认为他是个伟大艺术家的人。

1890年7月27日，鲜红的晚霞烧遍了阿尔的天空，茫然的凡·高在金黄色的麦田里拔枪自杀。凡·高选择这鲜红和金黄作为艺术人生归宿的背景，他用手捂着外流的肚肠，口里含着道具式的烟斗回到家里，安静地独自品尝人生最后的痛苦和无奈，直到29日清晨气绝身亡。在他生命的最后一口气里，他的亲兄弟提奥告诉他："我举行的第一次画展，将是一次个人画展。文森特·凡·高的全部作品……就像你亲手在公寓里设计的一样……"同年，提奥在凡·高去世数月后，筹办了凡·高的第一次个人画展，几个月后，这个为凡·高的艺术而降生为他的弟弟的提奥也去世了。最终，他们埋在了一起，"死时也不分离"！

疯狂的虔诚

凡·高是一个创造精神的圣人，这离不开他从痛苦中攫取出创造的力量。他经历了人生的苦难景象，在一种强烈情感的驱使下尝试、探索，生命在永恒而坚韧地流动和燃烧，如火炬一般。他特立独行置世俗于不顾，只是一味听从内心的召唤。他无意间瞥见了世界和人生的真相，并为此付出了惨痛的代价。也正因为这份疯狂的虔诚，让其走向伟大与永恒。

苦难与阴影一直围绕着凡·高。从博里纳日，从埃顿，从海牙，从纽恩南，从巴黎，一直到阿尔的阳光，圣雷米的疯人院，噩梦总是跟随着这个与众不同的画家，贫困和孤独耗费着艺术家的心灵。在世人的眼中，他那荒诞不经的言行、令人悚然而惊的举止，与疯子无异。他被小孩子称作红头发的傻瓜，被大人称作30岁的白痴。

然而，凡·高绝非是一个怪异的人。他需要的仅仅是常人都需要的一点东西，譬如爱情与亲情，可世界却无情地流放了他。看看他的《书信集》，你就会知道他是一位多么挚爱生命、热爱生活的人，他的头脑极为敏锐，心性伤感多情，他是一个具有艺术气质的性情中人。

他不仅是一个画家，而且是真正的艺术家，他没有受过什么正规的教育，也没有接受学院意识教育，但他长年坚持自学，他阅读广泛，尤其喜爱文学。他说："你知道言语描绘也是一种艺术奥妙，有时它可以揭示出沉潜的力量。"他的画恰好被赋予了这种生活的诗意，他希望用画来表现生命中奔涌的激情和趣味。

"创作的能力就是一种青春"，但贫困与社会的不公正就像慢性毒药不断危害着凡·高的艺术青春，使他在光明的白天感觉到了黑夜的漫长，时代疯狂传染了艺术家的神经，对于这点，凡·高清醒地意识到："我们的疯癫病，确实是我们的生活方式造成的。这纯粹是艺术家的生活方式，也是致命的遗传所致的，这种病是有其历史渊源的。"历史上大多数艺术家都与贫困相伴，凡·高却提出了一个历史质问："我们能看到生活的全部吗？"我们相信，凡·高看到了。

有时候天才和疯子只有一步之遥，有时候天才就等于疯子，凡·高就是一个热情洋溢的天才。他一生憧憬理想与艺术，一生都在寻求出路。最初他一直梦想能成为一位布道的牧师，当他怀揣着神恩踏上博里纳日这块深烙着"黑埃及"诅咒的土地时，这个面颊瘦长、颧骨突出、满脸雀斑、一头红发的男人与那些矿工相比，始终是个异类。即便散尽家资，为当地苦难的矿工奔波劳碌，身戴无数感激，他的传教士身份也并没有给苦难中的博里纳日带来多少慰藉。

身为传教士的凡·高意识到，"没有什么上帝，事情就是这样简单。只有混乱——悲惨的、痛苦的、残酷的、莫名其妙的、无尽无休的混乱"。于是，他决定既然做不了朝圣者，那就做一个艺术上的苦行僧。最终有了那幅著名的《矿工归来》。按他自己的说法，他的画强调动作，即便在伦勃朗及至提香、委拉斯凯兹这些巨擘的人物画中也无从得见。可是即便如此，人们仍然不能接受他、宽恕他。他那些用生命创作的画作在当时根本一文不值。

凡·高，他在孤独中慢慢前行，并把绘画作为自己生活的不可分割的一部分，作为存在于现实生活中的一种空间的拓展和现实的确证。在有生之年，他努力把自己生活的每一角落延伸至画面，画他走过的街道，画他曾散步的公园，画他待过的房间，画他坐过的椅子，画他穿过的鞋子，画他吸过的烟斗。他也画他爱过的女人，画他投注了巨大热情的葵花和柏树、麦田和花园。因为在烈日和暴雨下写生，所以他把那份来自生活劳作的体验与田间的农人一起分享。他与世人分享的还不仅仅是对生活的辛劳的感受，还有热情，还有幸福，还有希望，还有焦虑，还有孤独和苦闷、绝望和抗争。这样，他不但让生活在他的画中显示出意义，他也让画作在生活中焕发光彩。

凡·高在阿尔找到了自己的天堂。尽管这里在常人眼里并没有什么不同，但他找到了自己真正想要的东西，那就是在最热爱的绘画中，释放激情和梦想。当罗丹命丰腴清丽的模特在画室翩然起舞时，当莫提格里昂面对着妖媚慵懒的美女愉快地作画时，凡·高在哪里？他在风里、雨里、雾里，甚至在狂风暴雨里。他面对着一片麦田、一角天空、一棵向日葵、几株桃花、一张破旧的桌子、一双踏遍人间含辛茹苦的皮鞋，画这些平凡的生活与普通的事物。它们是那么难以表现，同时又是那么优美。正是这些平凡的事物点燃了凡·高热烈的艺术之火。凡·高愿意为表现出蕴含于它们之中的诗意和永恒的精神而献出生命。哪一位画家能像他那么动情，那么专注，那么执着，那么令人神往。

凡·高一生承受了常人难以承受的压力，饱受了精神和肉体的双重摧残与折磨，以殉道者的姿态完成了苦行僧般的一生。凡·高不只是一位伟大的艺术家、思想家，更是一个至为饱满真实的生命，一个至为质朴虔诚的个体。凡·高是一个极端、奇特而又强烈的人。他是农民，是苦行僧，是圣徒，是痛苦的隐士，无论对生活还是艺术都虔诚得近乎发狂。

今天，在任何一个涌动着生命的土地上，我们都能看到一个穿着难看、举止粗野的凡·高，他没有被困在伦敦这个被认为是艺术殿堂的地方。相反，他将生命挥洒在矿山，被太阳炙烤、狂风肆虐的阿尔，还有那些贫穷的，永远在种土豆、挖土豆、烤土豆、吃土豆的人的身边。

对自己做到永远的诚实

我们热爱凡·高，可能因为大多数人的生活是灰色的，所以人们喜欢一切更浓烈的生命。如凡·高这些人的伟大，有时候并不仅仅是因为他们做了什么或者证明了什么，相反，也许正是因为他们在失去，且失去的远比别人要多得多。人们习惯于用别人的不幸来安抚自己的幸运，在别人的痛苦中寻求理解。但凡·高留给我们的远远不止这些，他告诉我们要永远对生活抱有疯狂的热情，对自己做到永远的诚实！

毫无疑问，凡·高对艺术的执着与热情给我们带来了一种从未有过的激情，凡·高激情燃烧的岁月让我们犹如在黑暗中看到了一束强光。那是一束来自生命的强光，里面有热情，有执着，有热爱，那是生命最原始的光芒。

　　看他的图画、读他的和关于他的文字，我们不轻松，也不会平静。凡·高在人性良知和艺术良心之间保持了自己独有的、血淋淋的爱。他用他的爱贴近大地、贴近人间。他画播种者、收割者、矿工、织工、挖土豆的人、吃土豆的人，为普通人作画是凡·高一生的最高理想。他以生命的质朴揭示了文明的阴暗、生活的陷阱，又以深入骨髓的思想、痛彻心扉的爱怜表达了对底层芸芸众生的深切同情。

　　他以狂放、粗犷的笔触作画，每一个笔触中都可以感觉到他的心灵在颤抖。任何一个人面对凡·高的画都会产生一种心灵的震撼和战栗以至于喘不过气来。他的画满含朴素，温暖却又辛酸得让人难以承受。那是爱的献祭，是生命的张力，是生活的渴望。他说："尽管我又病又疯，但仍不失去对人类的爱。"这位艺术史上的苦行僧，他的一生在狂热中燃烧，在凄清中度日。让我们走近这个孤傲的灵魂，渐渐剥离那些有关他的传闻，感受大师内心的痛苦与忧伤。也许最嘹亮的一声恰是：永远对生活抱有疯狂的热情，对自己做到永远的诚实！

　　凡·高一生都生活在挫折与困顿之中，但他始终不屈服，高昂着头颅，坚定、执着。凡·高在本性上是一个坚强的人，无论遭受多么巨大的打击和痛苦，都不会沉湎其中。他以罕见的坚强、勇气和热情保持着生活的乐观、力量和信心。凡·高是用他承受的一切的伟力，树立了对于世界、对于艺术的宗教般的信仰，这信仰单纯、净洁、古老而永恒。记得凡·高曾在他疯疯癫癫的时候，用纯黄色和紫罗兰色在墙上写下了这样的诗句："我神志健全，我就是圣灵。"那么，在一个充满危机又充满生机的世界上，我们每一个现存者，敢不敢也这样回答："我就是圣灵"？

凡·高可能是我们中的某个人，他不是一开始就找到了自己准确的定位，明白自己最想要的是什么。在做过传教士之后，他27岁才步入画坛，而且没有一点美术基础，一切只凭借对画画的热爱。他一生穷困潦倒，受尽屈辱与冷遇，但从不言放弃，在夹缝中顽强地与生命做着种种斗争，即使在1888年，与高更闹翻割耳后，他自愿住进圣雷米精神病院，在幻觉和精神错乱持续发作的间隙，他还能保持正常作画。

凡·高是为艺术而生的人，绘画在他眼中已经是生命本身。透过那些咄咄逼人的色彩：刺眼的黄、令人难以忍受的明黄、触目的绿、强烈的紫罗兰、浓郁的钴蓝……打开了我们的眼界，直指我们的内心深处。"天将降大任于斯人也，必先苦其心志，劳其筋骨"，成大事者注定要经受很多折磨，这已经成为一种象征。生前不被理解与原谅的凡·高、靠弟弟救济过日子的凡·高生命是灰色的，我们从他许多暗色调的作品里可以读到这种悲哀。可就是在这跌宕的人生里，绘画的主线却一直贯穿着。

我们热爱凡·高，可能因为大多数人的生活是灰色，所以人们喜欢一切更浓烈的生命。如凡·高这些人的伟大，有时候并不仅仅是因为他们做了什么或者证明了什么，相反，也许正是因为他们在失去，且失去的远比别人要多得多。人们习惯于用别人的不幸来安抚自己的幸运，在别人的痛苦中寻求理解。但凡·高留给我们的远远不止这些，金色的向日葵、风吹过的麦田、夜幕中的咖啡厅、灿烂迷人的星光……这些是凡·高留给我们的所有想象。

正如他所说："生活对我来说就是一次艰难的航行，但是我又怎么会知道潮水会不会上涨，乃至淹没嘴唇，甚至会涨得更高呢？但我将奋斗，我将生活得有价值，我将努力战胜，并赢得生活。"是啊，生活本身就是一次艰难的旅行，既然不能逃得过去，就让我们微笑着上路吧。尽可能地去保有一颗积极向上的对一切事物的好奇心，保有一种可以支撑你向前向上的热情，它将让你的生命变得有意义，变得更充实，它永不会背弃你永不会嘲笑你，只要你肯为它多花一份时间，你就会有双倍的快乐。

贞德
JEANNE D'ARC

守护信仰的法兰西圣女
在权力的游戏中

（1412 — 1431）

......

贞德对信仰几近病态的执着让她忘记了自己的身份，

她从一个普通的牧羊姑娘变成了一名英勇善战的勇士，

最终为了信仰在烈火中焚身。

殉道者的鲜血是信仰的种子，

若干年后，被封为圣女的贞德，也变成了一种信仰。

她以另一种方式告诫我们，

时刻都要忠于自己的良知，信守诺言并维护自己的信仰。

1420年，法国陷入历史上最黑暗的时期，半壁河山沦于英军的铁蹄之下。面对气势汹汹的英国侵略者，法国皇室束手无策，国库枯竭，战士意气消沉，精神涣散，民众更是丧魂落魄，心灰意懒。查理七世只能听天由命……整个法兰西命悬一线，危在旦夕。此时，能拯救法国的，只有奇迹。

贞德，一个普通的牧羊姑娘，便是这个奇迹的缔造者。从牧羊姑娘到"上帝的信使"，从"奥尔良救星"到法兰西的旗帜，从报效国家的赤胆忠心到壮志难酬的英勇就义，圣女贞德短暂的一生中凝结了太多的传奇。

这个无知无识的穷苦女孩，既没有名声与权势，也不通晓所谓的战争艺术，她只靠士气和信仰与英军进行近乎莽撞的战斗，以消耗自己的生命来换取一次又一次的胜利。她用神的意志激起整个法兰西的斗志，用自己年轻的生命唤醒了沉睡已久的民众之心，最终用坚定的信仰拯救了养育自己的土地。然而，贞德为此却付出了沉重的代价。这个纯洁的少女被诬告为女巫、教会分裂分子、亵渎神明者、叛乱鼓动者、异端分子和窃取荣誉的偷盗者，最终在烈火中化为灰烬。贞德只是一个普通的少女，因信仰变成了一个善战的勇士、坚定的信徒，也为信仰成为一个无悔的殉道者。她以最好的方式捍卫了自己的祖国，捍卫了自己的尊严。500年后，梵蒂冈教廷为贞德洗刷了虚无的罪名，册封她为圣女。

今天，贞德这个名字被赋予太多的意义。对于法国人来说，贞德象征着上帝给予法国的恩赐；对于宗教教廷来说，贞德让人们相信了上帝的存在；而对于我们现代人来说，贞德让世人看到了一个常人凭借坚定的信仰创造奇迹的故事。同时也告诉我们，世间无所谓神迹，唯有信仰，才能创造奇迹。正如她自己所说的那样："面对着你的敌人，面对着骚扰、嘲笑和对你的怀疑，你仍然坚持着你的信仰。即使当你遭到遗弃，没有任何朋友，你仍然坚持着你的信仰。即使面对着必然的死亡，你仍然坚持着你的信仰，这就是对信仰的坚持。"

从巫女到圣女

一百年的战火，让法兰西暗淡无光。直到某个黎明，16岁的贞德骑上征战的烈马，拿起救国的圣剑。在她的感召下，法兰西似乎一夜之间就获得了勇气，她用生命化作号令激发战士，用血性与勇猛唤起所有法兰西士兵必死的决心。最终，她在最黑暗、最野蛮的年代里燃烧自己，为法国人带去了光明。

公元1412年，英法两国的战争逐渐白热化，战争所带来的死亡、贫穷正无情地吞噬着英法两国，充满硝烟的战场上只有堆积如山的尸体和那染满大地的殷红之血。贞德就在这一年出生在法国洛林贫穷的多雷米村，根据史料记载，她的原名叫琼·达克，身材短小粗壮，头发乌黑，面色红润，没有读过书，不识字，只会写自己的名字。父母经营着一座农场，小贞德从小就在自家的农场牧羊。

人们对圣女贞德的生平所知甚少，有关她的事实经常与神话和各种传闻混杂在一起。在贞德13岁那年，这个牧羊姑娘声称遇到了上帝，而且看到了三位天使，收到了上帝向她发出的指令，要求她带兵收复当时由英格兰人占领的法国，并带领王储至兰斯进行加冕典礼。从那时起，贞德的传奇开始了。

当时，整个法国已经疲惫不堪，英法百年战争的战火燃遍了大半国土，整个北部及西南方的一部分，都在英国及其盟军控制之下，英格兰占领了巴黎，而勃艮第人则占有兰斯。兰斯的重要性在于，它一直是法国国王进行加冕典礼和祝圣仪式的传统地点。英格兰这时展开了对奥尔良的攻势，奥尔良处在卢瓦尔河上，它成了最后一个能阻挡英军长驱直入剩余法国领土的战略要地。法国的命运悬于一线，依据现代历史学家的说法，"整个王国的命运都系在奥尔良上了"，但当时却没有多少人对奥尔良的未来感到乐观。而此时王储查理也只能听天由命，唯一的计划就是逃亡。

就在这时，贞德身着男式黑外衣，脚穿长靴，一头短发，赶到希农面见法国王储即后来的查理七世。为了验证这个自称是上帝信使的姑娘，查理七世假扮大臣站在一旁，却被贞德准确地认出来，并对他说："上帝让我告诉你，你将在兰斯城接受涂油加冕礼。"她坚定的信念给查理留下了深刻印象。查理的岳母约兰德筹措了资金以发起一场解救奥尔良的远征，贞德请求参与这次远征，并拥有了骑士的装备——由于她没有自己的资金，因此她的盔甲、马匹、剑、旗帜与随从花费都是他人捐赠的。

1429年4月29日贞德到达了战场，然而她没有像其他将领那样事先拟订作战计划，而是采用正面的猛烈攻势来进攻那些英军堡垒。在法国将领看来，这种行为无异于自杀，而贞德依旧我行我素。在每一场战斗中，她总是身处战斗的最前线，并随身带着她那鲜明的旗帜。一次，贞德在交战中被一支箭射中肩膀而被士兵们抬离前线，但她很快把箭拔了出来，又重返战场。事后她还是不安地哭了出来，这才让人们感觉到她还是个小女孩，一个普通的农家少女，为了使命而战斗！一个为了民族的少女！法国士兵们被这个少女的意志所感染，作战十分勇猛，奥尔良战役最终以法国取胜而结束，贞德成为这场战役的英雄，人们都称她是奥尔良的救星。

奥尔良的胜利使法军开始计划进一步的攻势，英国人预期法军的下一个目标会是巴黎或诺曼底，迪努瓦公爵后来证实这的确是原本计划的目标，但贞德坚持应该朝兰斯进攻。在一系列突如其来的胜利后，贞德说服查理授予她和阿朗松公爵全权指挥军队，并获得允许进攻罗尔河附近的桥梁，以作为稍后进攻兰斯的序幕。这是一个相当大胆的提议，因为兰斯的距离是巴黎的两倍，而且已经深入敌军领地。

令所有人没有想到的是，法国军队在贞德的带领下一路上势如破竹，在取得一连串的胜利后，终于在7月攻下兰斯。跟随她的军官们都将贞德视为一个足智多谋的战术家和成功的战略家，她领导着军队取得了一系列不可思议的胜利，扭转了整场战争的局面。人们越来越相信贞德是上帝派来的使者，对于他们来说，一个对军事知识一无所知的女孩竟然率领军队大获全胜，她不是上帝的使者又是什么呢？此时，贞德已经名扬整个法国。英军简直不敢相信，强大的军队竟然败在一个牧羊女的身上。

1429年7月，查理七世在兰斯举行加冕仪式，正式成为法国国王。加冕仪式刚一结束，贞德就准备赶赴巴黎作战。而此时的查理不愿再打仗，因为自己已经成为国王，实在不值得让他继续出兵涉险。可贞德却认为，法国还没有被真正解放，还有大半领土在英国人的手中。她不得不在缺乏国王支持的情况下孤军奋战，虽然查理七世对此颇有顾虑，但他那冷酷的岳母却将过河拆桥的卑劣之举解释得理所当然："如果她真是上帝派来的，那自然就会大难不死。"

然而，贞德只是一个普通的女孩，虽然"上帝使者"的身份成就了贞德的踌躇满志，但同时也毁灭了她自己。在1430年5月23日的一场战斗中，她为部队殿后以确保所有人都退回贡比涅城，但守军没等到所有部队撤回便将城门关上，贞德被英军的盟友勃艮第人俘虏了。

贞德被俘的消息传到英国人那里，他们迫不及待地拿出一万金币将贞德换到自己的手中，并立即组建宗教法庭准备对她进行审判。法庭指控贞德为女巫，宣布她听到的"上天指示"来自魔鬼而不是上帝。1431年5月30日，贞德被英军处以火刑，那一年贞德只有19岁。当大火被点燃后，英国人将烧焦的木炭拨开，向人群展示了焦黑的尸体，以证明贞德并没有受到上天的佑护。然后火焰再次燃起进行更彻底的焚烧，以避免有人收集其遗骨奉为圣物。在场负责点火的刽子手乔弗罗伊由于害怕因烧死圣女被诅咒，事后遁入了修道院。

贞德之死并没有像英国人预期的那样打击法国的士气。相反，贞德之死第一次唤醒了法国人的民族意识。那位在贞德受难之时见死不救的查理充分利用了贞德的号召力，英法百年战争终于以法国的全面胜利而告终，查理终于成了名副其实的法国国王。20年后，贞德年迈的母亲向教廷请求重审贞德，1456年教皇卡利克斯图斯三世撤销了对贞德的判决，恢复了贞德的名誉。500年后，教皇本尼狄克十五世宣称上帝收回当年教会对贞德的谴责，追封她为圣女。

贞德的形象在历经岁月的洗磨后，如今早已深深融入法兰西的民族血脉之中。大革命时期，她曾唤起过无数法国人的革命激情；二战时期，戴高乐将军领导的"自由法国"运动曾以她的形象作为旗帜；有三艘法国海军的军舰先后以贞德命名；拿破仑说她是法国的救世主；丘吉尔也说"千年也难以找到一名能与贞德相提并论的人"。

唯有信仰可以创造奇迹

贞德，这个名字被赋予太多的意义。对于法国人来说，贞德象征着上帝给予法国的恩赐。对于宗教教廷来说，贞德让人们相信了上帝的存在。而对于我们现代人来说，贞德让世人看到了一个常人凭借坚定的信仰创造奇迹的故事。

同时也告诉我们，世间无所谓神迹，唯有信仰，才能创造奇迹。

从女巫到圣女，贞德等了500年。500年来，人们以各种方式来纪念这位牧羊姑娘，人们称她为狂热的圣徒、上帝的女儿、法国的民族英雄、现代民族主义的开创者，她的事迹让所有人震撼不已，她的精神赢得了万民敬仰和千古传颂。

贞德好像从未死去，这位笃信宗教、热烈爱国、年轻单纯的村姑在席勒、萧伯纳、柴可夫斯基那里又重新复活。今天，贞德这个名字已逐渐演变成欧洲乃至整个西方文化的一个重要符号，始终与爱国、坚毅、英勇、牺牲等象征性的词汇紧密地联系在一起。

在那个神权统治一切的时代，人们将自己的一切都托付给上帝，包括命运。贞德也是如此。这个目不识丁的女孩在母亲的教导下自幼受着《圣经》的濡染与熏陶，她虔诚地向上帝忏悔每一个小过错，她真诚地祷告，希冀上帝能赐予全家平安和幸福。和那个年代的所有人一样，她对这个虚幻的神灵自始至终怀着一份忠贞和虔诚。因此，当危难来临之际，贞德只能将希望寄托给上帝。贞德不仅相信上帝的存在，也相信自己成了上帝的信使，肩负着拯救法国的使命，贞德就这样奇迹般地开始了一段救赎之路。

虽然那个年代的人们崇信上帝，但虔诚的教徒们至少还保持着一点理智。因为他们坚信，人是永远都不可能成为神的。法国政府最终选择了贞德，实则无奈之举。历史学家就曾这样描述："当太子查理同意由贞德来领导他的军队并准备战斗时，他一定是已经试过几乎所有正规、理性的策略选择而皆告失败。只有一个已经到达存亡关头、却全然无计可施的政权，才会在绝望时相信一个自称受到上帝指示的农村文盲女孩，让她指挥国家的军队。"人虽然不可能成为神，但可以拥有成为神的力量，最终达到神的境界，这一精神力量足以在某一时刻改变一个人，甚至一个国家的命运，这就是信仰的力量。

在贞德看来，她在为自己信奉的上帝而战。自己的所作所为，还有那一场场胜利均来自万能的上帝。然而，她却不知道，这力量正是来自她自己，实际上她也在为自己、为信仰而战。贞德对信仰几近病态的执着，让她忘记了自己的身份，从一个普通的牧羊姑娘变成了一名英勇善战的勇士，她拒绝了那些将领的建议，高举旗帜，一味地冲锋，我们把这种行为说成一腔热血也不为过；在信仰的支撑下，贞德带领法国人取得了一个又一个胜利。贞德只是一个普通的少女，因信仰变成了一个坚定的圣徒，也因信仰成为一个无悔的殉道者。

愚昧的年代离我们已经远去，战火硝烟更为我们这一代人所不熟悉。几百年前的英法百年战争留下的只有圣女贞德的丰碑，贞德的悲剧无人去探究与追寻，统治者的过失与宗教法庭的荒谬、罪过也被历史的尘埃所掩映。但时刻都不该忘记，历史上曾经有这样一个女孩，她为信仰而生，为信仰而死；她因信仰变得刚强，因信仰舍去肉体；她在追寻信仰的过程中找到了作为人的信念，也在其中获得了永生。

做一个有信仰的人

没有信仰的人是悲哀的，正如惠特曼所说："没有信仰，则没有名副其实的品行和生命。"

哲学家萨特曾说："世界上只有两种东西亘古不变，一是高悬在我们头顶上的日月星辰，一是深藏在每个人心底的高贵信仰。"在今天，信仰所依附的是"神"还是"人"已经不再重要，信仰是一个人看待人生的终极理念，也是人生的最高价值和最高追求。

没有信仰的人是悲哀的，正如惠特曼所说："没有信仰，则没有名副其实的品行和生命。"希腊人注重美德，他们告诫人们时刻都要忠于自己的良知，信守诺言并维护自己的信仰。为了捍卫自己的信念和真理，乔尔丹诺·布鲁诺在异国他乡流浪20多年，他曾说："对于真正的哲学家来说，任何国家都是他的祖国。"在长时间的流亡岁月中，他不断向人们宣扬自己关于宇宙的理论。可最终他还是被捕了。

布鲁诺在罗马被关押了3年多之后，宗教裁判所开始审讯他。教会逼迫他低头认罪，放弃自己的观点，向教会忏悔，屈膝投降。布鲁诺却说："我不应当也不愿意放弃自己的主张，没有什么可放弃的，没有根据要放弃什么，也不知道需要放弃什么。我只忠于我的信仰。"布鲁诺又度过了长达5年的监狱生活，历尽折磨，最后被宗教裁判所处以火刑。布鲁诺用身躯点燃了一支照亮尘世的火炬，也得到后人敬仰与传颂。任何平凡的生命都会走向尽头，但能够选择的是，到底是在习以为常的环境里顺其自然地腐烂，还是在沉闷的空气里划出火花并壮丽地燃烧。掌管灵魂的事只属于每个人自己，也只能留归他自己。

做一个有信仰的人吧。信仰，就是相信人的命运中有一种东西，它比自己的生命更重要的存在着，并且值得为它而活着，必要时也值得为它而献身。有了信仰，对生命才能有所敬畏，有所取舍。信仰可以让我们的生活变得有意义，信仰可以让我们的灵魂有一个支点。一个有生活信仰的人不甘心被世俗生活的浪潮推着走，而会为自己的人生轨迹确定一个具有恒久价值的目标，并愿意为这个目标付出一切。在今天，信仰的力量正从我们的灵魂里慢慢消退。有多少人还有着自己坚定的信仰，有多少人是在为自己的信仰而生存，又有多少人是在为自己所追求的信仰而奋斗？

　　信仰是人的一种精神需要。在有限的生命与无限的时空矛盾中，每一个人都在追求适应自然和社会的过程，本着人活着就要做事，有所为、有所不为的自我判断，通过立德、立功、立言来谋求在事业上取得实效作出成绩。追求在有所作为的信念中生活，是每一个身心健康的人的自觉行动。

　　没有信仰的人犹如在黑暗中行走，不辨方向、没有目的、随波逐流，一生只能是浑浑噩噩。有信仰的人，内心则充满光明，信仰不但会照亮你的人生之路，也会使你的命运之屋打开一扇窗户。它会变成克服困难的勇气和智慧，努力拼搏的决心和恒心，乐观向上的追求和信心，还会带给你无穷的精神力量。正如鲁道夫·沙泽曼所说："我们不能自由地选择历史，但我们可以从历史中自由地选择学习的榜样。太多的人向威胁和利诱屈服了，太少的人有坚贞不屈的勇气。只有信仰才能给人这样的勇气。"

特蕾莎修女

BLESSED TERESA

终身侍奉贫穷，毕生为爱而行

（1910 — 1997）

......

没有谁能比特蕾莎更接近于上帝，

她被人们当作由神派来救济世人的侍女。

但对于她自己来说，

是否有可能成为圣徒已经不那么重要了。

这个一生都行走在"黑暗世界"的天使，

以一种令人震惊的方式坚持着自己的信仰。

她说："我将继续我一个人的'黑暗'，

即使我将缺席天堂，我也要去点亮现实中的黑暗。"

她的组织有4亿多资产，10万名义工，崇拜她的国王、总统、传媒大亨和工商巨子无数，但是她一直过着简朴的生活，80岁的高龄仍然睡在地板上，自己洗衣洗碗。去世时，遗产只有两套修女服、一双鞋子、一只水桶、一个饭盆和一床铺盖。她就是特蕾莎修女，被人誉为"贫民窟圣人"，又被称作"加尔各答的天使"。她一生都在追寻着这样一个真理：我们都不是最伟大的人，但我们可以用伟大的爱来做生活中每一件最平凡的事，活着就是为了爱。

　　特蕾莎修女一生享尽盛誉，先后获得印度尼赫鲁奖、美国肯尼迪基金会奖、罗马教皇约翰二十三世和平奖、1979年诺贝尔和平奖。她成功地弥合了富国与穷国之间的鸿沟，以尊重人类尊严的观念在两者之间建起了一座桥梁，为克服世界的穷困作出了卓绝的贡献。然而，特蕾莎修女不止一次地在领奖时说："我只是穷人的手臂，我代表世界上所有的穷人来领奖。"

　　在众多的荣誉、显赫的名声之下，特蕾莎修女一生都在默默地工作着，作为一个修女的生活没有任何改变，因为她选择了贫穷和服侍穷人。美国《时代》周刊报道她的事迹时所用的题目是"活在我们中间的圣者"。

　　只要你相信这是真实的，当你接触到一个现代圣人的内在心境，你一定会感觉到震惊。特蕾莎修女就是神给我们这个世界所拥有的善的奖励。她将关怀和爱带到人类最黑暗的角落，她感动过多少人，多少人也因此变得更加善良。特蕾莎修女说："倘若你付出爱时有所保留和计较，你便不在爱里。"透过特蕾莎修女所说的话以及她所做的一切，我们就会明白，只要秉持爱来做平凡的事，我们所能成就的便是非凡的。

被爱召唤的天使

特蕾莎修女一生的使命既简单又直接，就是服侍穷人中的穷人。她认为，人最大的贫穷不是物质上的缺乏，而是不被需要与没有人爱。她曾说过："感觉自己没有人要，是人类所体验到的最糟糕的一种疾病。"因为别的病有药可医，唯独"不被需要"，除了一双愿意服侍的手与一颗充满爱的心外，再没有一帖药可医治。特蕾莎修女，她是被爱召唤来的天使。

特蕾莎修女生于1910年8月27日，她出生在马其顿的斯科普里的一个阿尔巴尼亚人家庭，父母给她起的名字叫作艾格妮丝·龚莎·包雅舒。虽然她的家境富裕，但并未给小龚莎带来任何娇生惯养的习性。相反，童年时代的她倒是很多愁善感。在母亲的影响下，她很小就对贫穷非常敏感。有一次，她在教堂门口看到很多穷人正在排队领取面包，就问她开药店的父亲："你那里有治好贫穷的药吗？"

就在艾格妮丝·龚莎·包雅舒9岁的时候，她的父亲去世了，母亲独撑家业，在母亲的带领下，宗教气息开始笼罩这个家庭。有一年复活节的时候，母亲送给小龚莎一本《圣方济各·亚西西传》作为礼物。这本书给小龚莎的一生带来非同一般的影响，她被这本书深深吸引。她开始思索人生，并且给自己安排了"帮助穷人"的天职，这决定了她被称为"活圣人"的一生。

1928年，18岁的龚莎高中毕业。这天，一位神父来到她们家为修女们募捐，请求资助几个劳莱德修女会的修女，去印度的加尔各答传教。神父走后，龚莎心里突然升起一个强烈得无法遏制的渴望：她要加入修女会，要到印度去，到加尔各答去，去那里为穷人中的穷人服务。龚莎深信这是主对她的召唤，家人虽然惊讶但最终还是同意了她的决定。后来，她通过了劳莱德修女会斯科普里修道院的考核并被录取。

许多年后，当一位记者问到特蕾莎修女当初的决定时，她说："起初，我并没想过当修女，那时我有一个十分美满的家庭。可是到了18岁，我便拿定主意要弃家修道。从那以后，50年来，我从未怀疑过我的这个决定。我想这是来自圣意，是他的选择，不是我的选择。"

劳莱德修女会创建于17世纪初，是一个叫华玛丽的英国妇女创建的，宗旨是为青少年中的不幸者服务，尤其是为生活在社会底层的穷苦女孩服务。由于全部由女子组成，罗马教廷对这个修女会的禁令直到1909年才解除。

1928年11月，修女会安排龚莎前往劳莱德修女会总会做望会生（见习生），总会位于爱尔兰首都都柏林的附近。6个月后，龚莎被派往印度的大吉岭分院去进行初学。她被要求取个新名字，于是她决定叫自己特蕾莎修女。特蕾莎原是19世纪末20世纪初法国一位修女的名字，罗马教廷宣布她为圣徒，法国更把她作为法兰西的第二保护者，与圣女贞德齐名。这位圣女特蕾莎活着时谦卑地称自己为"耶稣的小花"，记录其言行的《灵心小史》（也译成《一朵小白花》）一书深受后人追捧。

1931年5月，特蕾莎修女被派往位于加尔各答恩特来社区的圣玛丽中学教书。她站在了加尔各答喧嚣的街头，在心中只能用两个字来概括一切：悲惨。那时的加尔各答简直是一个噩梦般的城市，穷人的地狱。在泥泞的大路上，在污涂四壁的陋巷间，到处是被饥饿和伤病无情残害得不成样子的躯壳。街上到处匍匐着无家可归的人：重病的，残疾的，被抛弃的，饥饿的，垂死的。

她任教的圣玛丽中学是一所专门招纳富家小姐的学校。在这所精英学校里，她以出色的工作赢得了尊崇和爱戴。但是，她内心却一遍遍地追问自己，她不能假装看不到那些倒在街边奄奄一息的人，不能假装看不到那些身上爬满蚂蚁、肢体被老鼠啃坏的人。她多次利用业余时间走出学校和修道院帮助那些可怜的人们，带着食物、阿司匹林、绷带和碘酒，在加尔各答的街头，帮穷人包扎伤口，送给他们食物。

一次，特蕾莎修女带回修道院20多个流浪的女孩子，打算教她们读书。但这些在街头野惯了的小女孩，竟然集体逃跑了。这件事给她极大的震动，她更深地感受到：如果要为穷人服务，就必须走出修道院的高墙，让自己也变成和穷人一样的人。否则，这种帮助就成了一种居高临下的施舍——没有人乐意接受被施舍的感觉。

特蕾莎修女向修道院和教会提出要住到外面去，"我必须要住在穷人中间"。但按规定，一个出世隐居的修女，是不能到外面去的，除非她放弃修女的身份。但特蕾莎修女既不想放弃修女的身份，又要求被准许外出工作，这必须要获得梵蒂冈的特别批准。加尔各答的大主教听说此事后问道："我听说有个修女因为中暑思想有些错乱？"

特蕾莎修女一遍又一遍地给加尔各答的主教和梵蒂冈写信，更深切更诚恳地提出她的请求。因为有一些凄苦的声音一直在她的心里回响，使她片刻不能安宁。这期间，她成了一名印度公民。1948年4月12日，特蕾莎修女已经38岁，她的请求终于被批准了。走出修道院的人门后，她买了一块最便宜的白色棉布——这是只有贫穷的印度妇女才买的粗布，做了一件印度式的纱丽，在纱丽的衣沿上滚了三道蓝边，然后在左肩上别了一个小小的十字架。这件纱丽从此成了她的标志性的圣袍。

特蕾莎修女首先来到了位于加尔各答北部恒河边上的巴特那，在那里的教会医院学习。学成之后，她又回到加尔各答，进入一个叫摩提吉的贫民窟，住在一个七口之家的阁楼上，跟那里的穷人生活在了一起，开始了她的平凡而又令人尊敬的工作。

在加尔各答，穷人们因为贫病交加而死于街头，是一件极为平常的事。在这种情形下，哪怕是原来敏感柔软的心，面对这样密集的苦难，也可能变得刚硬或麻木。所以，特蕾莎修女的事业很多人不理解。他们甚至认为把资源消耗在那些垂死者身上是一种浪费。但特蕾莎修女坚持认为："每个生命都是尊贵的，不论是生病的，还是残缺的，垂死的。"一次，特蕾莎和修女们看到街边的阴沟里躺着一个人，就把他救了起来。这时，她们才发现，他的半个身体都已被蛆虫吃掉了，看起来非常恐怖，也非常令人难受。但她们还是把他带到了救济所，给他清洗，竭尽所能地安慰他。这个人死之前说："我像个牲畜一样在街上活了一辈子，但现在像一个天使。"

特蕾莎修女的工作为更多人所知之后，很多人十分不解，但也有很多人对她十分敬佩。她当年在修会学校的一些女学生开始找到她，成为她的忠实追随者。她们招收了更多的孩子来上学，还租了几间小茅屋作为校舍。同时，一起照顾病人，募捐粮食、药品。后来她们在摩提吉建立了一个临时的临终关怀院。特蕾莎修女给它取了一个美好的孟加拉语名字：尼尔玛·利德。意思是：净心之家。

1950年，特蕾莎修女和她的追随者们经罗马教廷批准成立了仁爱传教修女会。这是一个由特蕾莎修女所领导的，由中产阶级的女孩们所组成的贫民区基督仁爱传播会。到了1957年的时候，她们成立了临终关怀院、收容弃儿的儿童之家，建立了麻风病基金会，成立了麻风病收容中心。从那以后，仁爱传教修女会开始在世界各地开办各种大大小小的中心，包括医疗中心、药物派发站、收容中心、贫民学校和贫民之家等，遍及亚洲、美洲和非洲各地。直到1969年，特蕾莎国际合作者协会正式成立。

长年的劳顿，影响了特蕾莎修女的身体健康，她患上严重的心脏病和其他诸多疾病。1997年9月5日晚，特蕾莎修女因心脏衰竭在加尔各答辞世。世界为之震动，印度宣布进入国殇期，并下令全国降半旗致哀两天。她的葬礼盛况，在印度的近现代史上，或许只有圣雄甘地和印度国父尼赫鲁总理可以与之相比。

追 求 忠 诚

特蕾莎修女毕生的行动和实践，完全出自她心底真挚、诚实的信仰，这是毫无疑义的。当有一位美国国会议员问她："在这个困难重重的地方，你有没有怀疑自己的努力能否成功呢？"她只是淡淡地回答道："议员先生，我并非追求成功，我只是追求忠诚而已。"正如有人评价她时所说的：她的一生，对所有实践信仰的人，都是一个鼓励。

特蕾莎去世的噩耗传来，引起了全世界更大的震动：在印度，成千上万的普通人冒着倾盆大雨走上街头，悼念他们敬爱的"特蕾莎嬷嬷"。从新加坡到英国，从新西兰到美国，各国元首和政府首脑纷纷发表讲话，为这位"仁慈天使"的逝世感到悲痛。当时的联合国秘书长安南认为"她为世人树立了仁爱、奉献和刚毅的光辉典范"；美国前总统克林顿说她的离世，"使世界失去了一个圣人"……联合国教科文组织专门发表声明向她致敬，罗马教廷专门举行弥撒为她追思，菲律宾红衣主教梅辛称她为"代表和平、代表牺牲、代表欢乐"的象征，甚至连印度最大的清真寺的伊斯兰教长布哈里也说，她是一位"永生的伟大圣人"！

和芸芸众生孜孜以求的东西大不相同，特蕾莎修女一生都在追求所谓财富和力量以外的价值，包括爱、坚韧和微小……她用弱小然而清晰的声音向世界说：迈向生命的唯一之路，其实是简单、弱小和微不足道。她对人的深爱和执着以及纯洁的信仰，始终和对人的怜惜联系在一起，由此而升华的爱和信仰也成就了她的一生。

这种对人的珍视和怜惜的情结源于对人的个体的真正关爱。特蕾莎修女抛开了人们习以为常的功利判断，把有用和没用放在一边，而把人的心灵慰藉和尊严的满足视为最高。正因为如此，她的可贵之处不在于她在物质上如何帮助了穷人，而在于她始终看重穷人作为人的尊严，并且付出艰苦的努力，寻找、发现和爱护这种尊严。正如她所说：饥饿的人所渴求的，不单是食物；赤身的人所要求的，不单是衣服；露宿者所渴望的，不单是牢固的房子。甚至就算是那些物质丰裕的人，也一样在寻求爱、关心、接纳与认同。

在临终关怀院里，当有人快死的时候，特蕾莎修女一定要把头靠近他的嘴边，聆听他最后的话语。很多人认为这是没有意义的，但她却不这么认为，她说："我们不能让一个贫困的人在死之前仍被抛弃，至少应该在他咽气的刹那，让他感觉到，他是一个重要的人，他是被爱的。"

虽然特蕾莎修女是从自己对教义的理解和信仰出发，但她的思想行动早已超越了宗教的界限，足以让人类反思被多数人认为理所当然的价值取向。在这一点上，她和关注人类命运的众多思想者们有诸多相似之处。这股清泉注入了人类的思想之河，将有助于使人关于自我、族群和人类的认识更加趋于完整。

特蕾莎修女曾经反复表明她的观点，她不关心政治，她只关心人，每一个具体的人，不管那是一个什么样的人。她似乎更相信爱与挚诚，而怀疑制度的力量，她常说，现代人迷失在制度里已经很深很深了。

有些人对特蕾莎修女的主张和她的工作提出异议，有的人认为她的举动很幼稚，因为这样做并不能改变整个世界；也有的人认为她的所作所为客观上帮助了那些应该对贫困负责的人，使他们因为这些善良的人的存在，而更加高枕无忧；更多的人指责她只关注贫困，却不关注造成贫困的根源，比如社会体制，权势集团，以及不公平的财富分配，等等。对此，特蕾莎修女的说法是："社会的发展进步当然是必要的，但这并非贫苦人所需。如果有一个人即将死去，那么我们根本就没时间去探究他为什么会落入这般田地，然后去列举一系列可以补救的社会法案。我们所能做的，只能是帮助他平静而有尊严地死去。"

"我们帮助的，是那些无论你为他做过什么，他在某些方面仍然必须依赖别人的贫穷者。总是有人说，与其给他们鱼，还不如教他们怎样钓鱼。我们只能回答，多数接受我们帮助的人，甚至已经没有了手握钓竿的力气。"

特蕾莎修女爱穷人，但她也爱富人，尊重富人。她认为富人之所以富有必有原因，只是在他们挥霍的时候，才让人愤怒。而且她也更愿意看到，许多富人慷慨地帮助穷人。

无论如何，特蕾莎修女毕生的行动和实践，完全出自她心底真挚、诚实的信仰，这是毫无疑义的。如此艰难而特立独行的道路必须有真实的信念支撑方能持续地行走。有一位美国国会议员问她："在这个困难重重的地方，你有没有怀疑自己的努力能否成功呢？"她回答道："议员先生，我并非追求成功，我只是追求忠诚而已。"正如有人评价她时所说的："她的一生，对所有实践信仰的人，都是一个鼓励。"

爱是要付诸行动的

特蕾莎修女并不只是单纯地"感觉"爱，而是终生作为上帝的使者努力着，她用前所未有的爱去爱、去帮助那些需要爱、需要帮助的人。她用一种令人震惊的方式诠释：爱是不能单独存在的，否则就毫无意义。

特蕾莎修女，这位20世纪的圣人在其短暂的生命中，始终坚持自己的信仰，尽管她的内心也曾充满痛苦、怀疑、孤单和彷徨。她认为，圣人和常人一样，即使是软弱和卑微的人，只要有坚定的信仰，就能用善对抗心中的黑暗。特蕾莎修女一生都在忠于自己的信仰而工作着，她说："我们在工作时，往往有一种危机，就是为工作而工作。只有我们为基督而工作的时候，尊重、爱心、热忱才会出现。只有这样，我们才能将事办得更尽善尽美。"

特蕾莎修女不但阐述纯粹的爱是一种信念，更说明了履行这个信念要自觉从小事做起，马上行动，而非被动地希冀一下成就大事，把时间浪费在空谈上。她的做法比许多耽于玄思冥想的人更具有实践与实际的态度。朴素的语言，明了的道理：心怀大爱做小事。她所说的信仰已经超越了宗教的界限，她所做的一切完全出于心底的那份真挚与诚实。

我们精神生活的趋势，也是我们多数人所习惯的态度，而爱，往往随着感觉而来。这从整体上告诉我们，爱就是我们所感知的，虽然有些人认为它需要承诺，应当忠贞，并且易碎。特蕾莎修女并不只是单纯地"感觉"爱，而是终生作为上帝的使者努力着，她用前所未有的爱去爱、去帮助那些需要爱、需要帮助的人。特蕾莎修女长年累月地在世界各地奔波，前往各个分院巡视。一次，特蕾莎修女去参加一个世界性的反饥饿大会，在会场外，她看见一位老人饿倒在路边，她就立刻带着这个老人回到了修女会，连会场都没进。事后她说："抢救一个饥饿的老人，比参加一个反饥饿大会更加重要。"她用一种令人震惊的方式诠释，爱是不能单独存在的，否则就毫无意义。爱是要付诸行动的，而行动就是侍奉。

同时，她还想告诉那些自认为被上帝遗弃的人，人都享有平等的权利和尊严。正如她曾对一个自我否定的麻风病人所说的：世界上没有麻风病人，只有麻风病。同样，世界上没有穷人，只有贫困；没有富人，只有财富。她唤起了全世界的良知，让人们相信比物质贫穷更可怕的，是精神的荒漠；不仅穷人需要爱，富人也需要心灵的甘泉。

过去100多年来人类的精神偶像，没有谁能比特蕾莎更接近于上帝，她被人们当作由神派来救济世人的侍女。但对于她自己来说，是否有可能成为圣徒已经不那么重要了。这个一生都行走在"黑暗世界"的天使，以一个令人震惊的方式坚持着自己的信仰。她说："我将继续我一个人的'黑暗'，即使我将缺席天堂，我也要去点亮现实中的黑暗。"当她知道耶稣并没有出现在她面前时，她反而意识到要更加坚持地去完成她的使命。这就有点像一个人不可能以步行获得100米短跑冠军一样。

在她的身上，我们看到了一颗博大的爱心，是爱促成了她的义举。这种爱源于人道主义，是人道主义让她懂得尊重人的生命和价值，懂得体贴别人的苦难。当别人身遭不幸时，人道主义者所具有的质朴而温厚的情感，往往能使她设身处地为对方着想，从而自觉地去做一位好人。在特蕾莎修女身上体现出来的人道主义具有质朴性、非思辨性，更不问阶级属性，它是自然生成的，是由人与生俱来的美好天性铸成的。出于这样的人道主义的爱，一定是朴素无私的，它不需要附加条件，爱就是爱，不指望回报，也不指望得到人们的礼赞。这是一种大爱，而大爱是无声的。

历史上另一位精神的圣徒梭罗也曾说："人必须忠于自己，遵从自己的心灵和良知，为此不惜付出一切代价。"特蕾莎这个宁静平和的祈祷者已经做到了这一点。

（1473 — 1543）

......

尼古拉·哥白尼是人类近代科学史上

第一位洞穿宇宙真相的巨人，

第一位用科学对抗神学的勇士，

他是光，是电，照亮了人间的黑暗，

他深邃的眼神遥望着天际那星星的样子，

他举起手指向宇宙的时候可以义正词严，

他摆弄着散落在几个世纪以前所谓哲人神圣的戒尺，

他写下了丈量人间与上帝距离的公式，

他昂起头来在上帝面前得寸进尺。

哥白尼

改变人类对宇宙认知的孤独勇士

哥白尼是人类认识世界的起点，是近代科学史和认识的开端。当大地是球形被哥伦布证实以后不久，地球为宇宙主宰的尊号也被剥夺了。自古以来没有这样天翻地覆地把人类意识倒转过来的。如果地球不是宇宙的中心，无数古人相信的事物将成为一场空了。谁还相信伊甸的乐园、赞美诗的歌颂、宗教的故事呢！他使整个人类的面孔开始真正呈现明朗的微笑，至于神，或许还在那教堂的雕塑里酣睡着，而人们手握着哥白尼的学说，以一种前所未有的气势在认识世界的海洋中启航了。

布鲁诺说："我们对哥白尼感激不尽，因为他把我们从居于统治地位的庸俗哲学中解救出来了，只有那种坚定不移地站在反封建神学的潮流中的人，才能充分评价并颂扬他的伟大。"

在人类追逐真理的过程中，哥白尼的精神将亘古地存在于人类文明的发展始终。他永不停歇地探索和不知倦怠地追寻，为了真理不懈地和权威争论着。他用生命兑现了他说过的话："人的天职在于探索真理。"这以后的布鲁诺、伽利略、牛顿，无不在秉承这样对真理的信念，在各自的生命中把追求真理的意义展现得淋漓尽致。真理不是铸币，可以摆在那里，可以放进衣袋里，追寻真理是一个痛苦的过程，而只有那些欣然接受的人才能成功。而哥白尼就是这样一个欣然接受苦痛，以求获取真理的侠客。

歌德说："哥白尼学说撼动人类意识之深，自古以来无一种创见、无一种发明可与伦比。"哥白尼学说有着和发现新大陆同等重要的意义，因为他的贡献，人终而在凝固的宗教信仰中抬起头来，看看人世间到底有哪些痛苦和欢乐，告别了以前不知痛痒的愚昧和懵懂。也正因为他，人们才把对神的崇拜变成了对人的崇拜，对这个世界的认识从绝对无条件地服从权威回到热爱生命和生活中来，人类也从此迈进了近代科学的大门。

从"教士"到"勇士"

哥白尼是上帝面前失宠的孤儿，但在他淡蓝色的眼睛里从未有过泪花，他
汲取着意大利圣哲们的精华。他读着托勒密的"地心说"不想回家，他架起简
易的"观星仪"弯腰等到夕阳斜下，他在塔楼上看着上帝居高临下，从此云和
月的窃窃私语都是关于他。

1473年2月19日，在波兰的托伦市诞生了一位划时代的丰碑式人
物，他就是伟大的天文学家尼古拉·哥白尼。他出生在一个殷实的富
商家庭里，父亲是一位精明能干的商人兼市议会议员，母亲更是名门
贵族。托伦是当时繁华的港口，行走于世界各地的商人们都会在这里靠
岸，带来来自世界各地的消息，这无疑大大开阔了哥白尼的眼界。

哥白尼家里一共有四个孩子，哥白尼是最小的一个。年少的哥白尼
已经有了探寻星空奥秘的勇气和愿望。早在上小学的时候，他就被天上
的星星月亮吸引住了。他经常在晚上坐在窗前，乐趣无穷地凝望繁星闪
烁的夜空。

在哥白尼十岁的时候，父亲就不幸去世了，再不久，母亲也跟着离
开了，年幼的哥白尼一下子从深受父母呵护的幸福跌入到失宠于上帝的
孤儿行列中，小哥白尼被他的舅舅乌卡什收养。哥白尼的舅舅乌卡什对
其一生的影响是极其深远的。

乌卡什是当时著名的人文主义者，学识渊博，精通权术，并且任职
教会的大主教，是当地极有名望和权势的人物。可以说在当时，他的名
气是哥白尼的几百倍，而哥白尼只是在死后两百年以后，才成为世界性
人物而声名日隆。

舅舅乌卡什几乎是按照自己的意愿安排好了哥白尼的人生道路，出

于自身政治、宗教的需要，他希望投资在这个天资聪颖的外甥身上，让其以后能够忠诚于自己。于是哥白尼被送往当时最负盛名的意大利学习。作为当时文化和经济的中心，意大利日渐繁荣昌盛，国民普遍怀念起强大的罗马帝国，于是在意大利国内掀起了学习古典作品的热潮，这就是文艺复兴的开端。身处复古大潮之中的哥白尼认识许多人文主义大师，这激起了他对科学和古典主义的热情来，其中最使哥白尼着迷的是欧几里得和阿基米德的著作。这些古典作品铸就了一个知识渊博、见识广阔的哥白尼，也成了其以后一生研究的知识基础。可以说，这一切都是舅舅的功劳。

　　哥白尼是不幸的，因为年幼就成了孤儿，但是哥白尼也是幸运的，因为上帝一次又一次地安排他与先哲的邂逅。在他以一个新生儿的生命力汲取着这些先哲带给他营养的同时，他自己也带着一份对这个世界的好奇和对认识的执着，在知识海洋里自由遨游。

　　如果说，舅舅乌卡什令其在意大利的学习奠定了哥白尼一生的知识基础，那么遇到沃伊切赫教授则定下了哥白尼一生奋斗的方向。沃伊切赫是当时欧洲最著名的天文学家，他是一位视野开阔、知识渊博而又具有教学天才的老师，他总是能够将学生的兴趣和所学的专业结合起来。他是最早发现哥白尼具有超强洞察力的人，也是在他的指导下，哥白尼观测到了两次月食和一次日食。哥白尼一边如饥似渴地听着沃伊切赫的讲课，一边废寝忘食地阅读老师的著作，不久他就在各种会议上大胆地提出自己的观点和意见来，从那时起，哥白尼踏上了创立自己的理论体系的征程。

　　也就是这位老师唤起了哥白尼对天文学的终生兴趣，是他在年轻的哥白尼心底种下了敢于怀疑的种子，也正是这种怀疑，进一步激励哥白尼探索到了一个具有划时代意义的发现。在这种怀疑精神的背后，是一个不断成熟的而日益坚强的内心，维护着一种闪着光的人格。

在意大利留学七年间，他获得了舅舅期许的博士学位，并且拥有了一个理性而又科学的大脑，将一个学者的理想和一个科学家的探索精神融入实践中，同时还拥有一种不迷信权威，敢于怀疑和探索的品格，这些都在冥冥中暗示着某位科学巨人的出现。

1503年，30岁的哥白尼带着渊博的知识从意大利回到了舅舅身边，并且顺从地成为舅舅的私人医生、顾问、秘书、心腹，协助舅舅处理政治、经济、社会等一系列的事情，成为当地神父中最为能干的一员。哥白尼在教会里作为一个医生，他凭借高超的医术，能够获得贵族们的青睐；作为一个能干而又虔诚的教会人员，他在教会中的地位也在不断地提高。由于当时是一个政教合一的年代，像哥白尼这样一个能在贵族和教会之间游刃有余的人，前途可以说是无限光明的。但他行走在达官贵人身边，熟悉了官场，也厌恶了官场，他想离开。可是他的舅舅却不想这样，因为人才总是得被看得紧紧的，被放在有用的地方发光而不是藏起来。哥白尼过着身不由己的官场生活，也变得更加成熟了。

如果说之前的服从是为了报答舅舅的话，那么此刻他开始为了自己的兴趣和童年的梦想而快乐着。1510年前后，哥白尼与舅舅的关系开始紧张起来，原因自然是哥白尼把大量的时间用在"看星星"上，而不是舅舅所希望的放在宗教政治工作中。他舅舅曾不止一次对他说："忘记你那些太阳、月亮和星星。统治世界的是神学家，而不是数学家和天文学家。"舅舅是现实的，而天文学对哥白尼的吸引力更是高于现实的部分，那就是兴趣的力量。这年秋天，舅舅去世了，哥白尼搬出了教会，定居在弗龙堡的一个住所，并且一住就是30年，但是他并没能摆脱繁杂的教会事务。

1513年，哥白尼买下了大教堂的塔楼，并把它改建成一个没有屋顶的可观测天体的观测台，并且安置了三架天文仪：一个视差仪、一个象限仪、一个星盘。天文学家第谷·布拉赫在后来看到哥白尼观测仪器的时候，无比惊叹地感慨道："如此伟大的发现竟靠如此简陋的工具，他所付出的会是难以想象的。"难以想象的背后又是难以想象的伟大的付出，他的世界里，星星很多……烦恼也许只有在他看星辰的时候才能淡忘掉。

付出总是会有回报的，不管当时被看成"不务正业"，还是一本正经地进行天文观测，哥白尼都得到了许多。1515年前后，哥白尼在写给朋友和知名天文学家的信，即著名论文《浅说》中，明确指出了之前天文学理论的缺陷和错误，提出地球围绕太阳做圆周运动，这无疑是与宗教所认定的认识论产生了对立，于是哥白尼一下子就成了教会密探跟踪和监视的对象。然而，他依旧不分昼夜地观察天文。他不顾教会的迫害，不怕奸细、密探的监视，甚至在1519年波兰和条顿骑士团发生战争，城堡周围到处是血和火的情况下，哥白尼仍然每天登上角楼，坚持他的天文观测工作。这一看，就看了30年。其间，有一个出身名门、性情贤淑，衷心爱慕哥白尼的女子出现了，她就是安娜。可是在当时，作为神职人员的哥白尼被教会剥夺了结婚的权利，安娜却毅然抛除世俗偏见，和哥白尼同居。哥白尼在安娜的帮助和照顾下，书桌上的手稿迅速地一沓沓地增加起来了。

1530年前后，耗尽毕生心血的《天体运行论》可以说已经成稿了，然而哥白尼却不愿意立即出版，一方面可能是某些数据和问题的证据不是十分充足，另一方面是考虑到人们普遍的接受心理。新教徒马丁·路德指名道姓地说"这个傻瓜想推翻整个天文学"，梅兰赫东也说他"不顾眼前的事实而想入非非"。也就是在此时，教会从告密者那里得知了安娜的消息，教会勒令安娜马上离开哥白尼的塔楼。为了不影响哥白尼的工作，安娜走下了塔楼，不久就被驱逐出境。

得不到支持的哥白尼陷入到了情绪的冰点，天文学家伽利略后来了解到这段事情的时候说："一想到他的命运，就叫人胆战心惊。"然而，哥白尼并没有放弃，他继续自己的天文观测，并不断修改和更正数据，如果说《天体运行论》的写作仅仅用了七年时间的话，那么它的修改和完善的过程更是用了三个七年。

在权威面前所承担的压力，对于一个坚持真理的人来说，仅仅需要一点点时间来缓解，仅仅是在短暂的时间内就生成了对抗权威威严的力量。1541年，在学生和朋友的鼓励下，哥白尼经过反复思考，最终下定决心出版《天体运行论》，1542年开始排印。出版过程也是极其艰难的，一方面，教会不断有人出来干预阻挠，另一方面，支持哥白尼出版的人为了能够发行而对原著做了一些篡改，排版中的错误更是多达250多处。一直到1543年5月，双目失明、身患脑出血，已经下半身瘫痪的哥白尼躺在病床上，他极其努力地呼吸着，他睁不开的眼睛还在用力地想看些什么，他在等待着。终于，有人冲了进来，捧着的正是《天体运行论》。哥白尼摸了摸封面，神色安详了许多，一个小时之后，这位老人带着微笑离开了人世。

敢于直视权威

在许多问题上，我知道我和前人的观点大不同，教会很严肃地告诉过我这种不同会带来什么样的灾难，但是，我不得不说：在真理面前，教会只能排在第二位了。

——哥白尼

哥白尼说："人的天职在于勇于探索真理，而探索真理就是要不迷信权威。"怀疑是一种品格，这种品格源于内心的坚强和对世俗的承担。完全可以说，他是一个不畏惧权威，勇于追求真理的巨人。

少年时期的他就表现出了勇于探索，不迷信权威的怀疑精神。一天，哥白尼去沃德卡家做客，当时老师不在。他顺手从书架上抽出一本书，打开一看，老师在折了角的地方写了一条批注："圣诞节晚上，火星和土星排成一种特殊的角度，预示着匈牙利的皇帝卡尔温有很大的灾难。"正在这时，沃德卡推门走进来。他见哥白尼在家里看书，高兴地说："孩子，又看什么书了？"哥白尼毕恭毕敬地把书递过去，老师边接书边关切地问："能看懂吗？"哥白尼认真地回答说："老师，我看不懂，火星也好，土星也好，都是天上的星星，他们与卡尔温毫无关系，怎么能预示他的祸福呢？"

"怎么不能呢？命星决定一切！"老师说。

哥白尼当仁不让，大声反驳说："如果是这样，那人还有没有意志？如果有，人的意志和天上的星星又有什么关系？"对于哥白尼的反驳，沃德卡并没有生气，他明白，信不信天命是关系到天文学命运的重大问题。他对传统的偏见有过怀疑，但又说不出道理。

他踌躇再三，深情地对哥白尼说："孩子，天命决定一切，这是几千年以来的一条老规矩，我不过是拾前人的牙慧罢了。至于你提的问题，确实很有意思。但我没有能力回答你，你如有毅力的话，以后研究吧！"哥白尼做到了，他没有让敬爱的老师失望。在其一生不懈的观察和推理计算中，他一步步地把存在了1400多年的理论推到了沦陷的边缘，就算所谓的圣哲们怒气冲天，就算教会猛拍桌子扬言要抓人，都没能叫他放下观察仪，停下书写的笔。

哥白尼的功绩远远超出了天文学的范围。他和他的著述就像是在昏暗中微微的光，只要亮着就总会照亮一片天空，总会温暖一些人，感染一些浑浑噩噩的灵魂。这些光亮不断继承，不断累积，生命生生不息，精神永垂不朽。他教人们不要盲目相信《圣经》里讲的宇宙模式，教人们要尊重事实，要敢于探索真理。他用自己的毅力和勇气，为人们作出了榜样。榜样的力量，是储存在榜样身上精神的力量，这种精神会被复制粘贴，会被无穷地扩大。于是皈依他精神世界的人们也有着同样的勇气去坚持真理，挑战权威。跟在他身后的是一群勇士，其中最著名的当属意大利哲学家布鲁诺，他极力宣扬日心说，最终被教会烧死。

布鲁诺推崇哥白尼为最伟大的天文学家。他在《哥白尼的光辉》一诗中写道："你的思想没有被黑暗世纪的卑怯所玷污，你的呼声没有被愚妄之徒的叫嚣所淹没，伟大的哥白尼啊，你的丰碑似的著作在青春初显的年代震撼了我们的心灵。"他身上圣洁的光，震撼着年轻的而又朝气蓬勃的心灵，激励着人们为了真理去和权威战斗，哪怕付出生命的代价，而真理是唯一的追求。他的精神之光在奥林匹亚的神殿上熠熠生辉，感染着一代又一代的人们无所畏惧地勇往直前。

在那个人心混沌未开的时代，教会把持着《圣经》，已经在每一个人的心里头筑下了碉堡，于是出现的现象是：只要你是权威，就算你在撒谎，就算你夸夸其谈，就算你不着边际，听者也是毕恭毕敬。至于真理，至于怀疑，都被狠狠地摁在内心最深处的恐惧中，人们从教堂门口走过，踏着真理在地上灰头土脸。唯有那些拜倒在他门下的勇士们，才知道对他的颂扬是多么理所当然。

天文学家布拉赫毕恭毕敬把哥白尼的画像放置在正厅里，还在画像底下写着："力大无比的巨人能够搬过一座山来加到另一座山上，可是雷的劈击却能把巨人制服——比起所有这些巨人，哥白尼一个人不知要坚强多少，伟大多少，幸福多少。他把整个地球连同所有的山岳举起来迎向群星，雷的劈击却不能把他制服。"对啊，坚持真理的心是坚韧的，任凭教会怎样刁难和迫害，坚持真理的心又是无坚不摧的，那些藏在暗处的歪理邪说，那些躲在教堂里的权威们，统统见鬼去吧，让光明照耀大地。

师承布拉赫的天文学家开普勒对哥白尼也是无比钦慕的。他更是用自己发明的望远镜，把宇宙科学向前推了一大步，用事实来证明了哥白尼的发现是正确的，并且在理论上还进一步发展了哥白尼的学说。天文学家伽利略在写给开普勒的信中说道："我信服哥白尼的观点已经有很多年了，我根据他的观点，发现了自然界很多现象。"正是出于科学家对于真理的执着，伽利略不顾教会禁令，耗时十几年研究哥白尼的理论，并且用意大利文写成《关于托勒密和哥白尼两大世界体系的对话》一书（以下简称《对话》）。《对话》以浅显生动的文笔，通俗地介绍哥白尼的学说。这样，哥白尼的学说就在广大市民阶层中推广开来，信从哥白尼学说的人日益增加了。

就在《对话》出版以后，罗马的宗教裁判所传讯伽利略。70岁高龄的伽利略当时正在生病，他请求延期审讯，但是别人警告他，如果拒不听命就要加上镣铐，押解送审。有人奉教皇之命对他进行威胁，说要像烧死布鲁诺那样对付他。伽利略受到了监禁，在地牢里关了4个月。这时他染上了重病，精神颓丧，就向宗教裁判官递了一份供状，上面写道："我以严重的邪教嫌疑罪被捕，这种邪教就是……太阳是宇宙的中心……而地球在动……"

相传当他念到最后几个字的时候，曾经在地上跺着脚，恼怒地喃语："可是地球的确是在动啊！"

地球确实在转，因为真理的力量不为神明的絮叨所泯灭，哥白尼永垂不朽，因为在他前行的脚印里，越来越多的人认清了天地的轮廓。整个世界都打开了门，守门的却是我们自己，真理和权威相继来袭，到底该让谁先行一步？而那个虔诚的教徒哥白尼依旧在上帝的面前作着祷告，他乞求着真理占据所有人的心头，他在《圣经》的封面上留下了给世人挑战权威的勇气，人类的文明之光也祥和地洒满了他的面庞。是的，当那个昏暗的世界被光明的真理所占领的时候，来自上帝的嘉奖将更邻近世人的生活。

权威不是真理，真理才是权威

教士们穿着红色的披风在教堂的最上方威严，静谧的《圣经》映着牧师们木讷的脸，那雕塑的上帝用余光暗示整个权威的世界，信徒们虔诚地拜倒在教堂门前。有一个骑士挥舞着宝剑，剑指着天，教士和牧师进贡谗言还有狡黠的脸，骑士被摁倒在地上，地上淌着他的血，人群中有人接过骑士的马和剑，广场上的人们想起了被左右过的从前，从此骑士精神光复了整个人间。

罗素曾经这样评价哥白尼说："哥白尼是一位波兰教士，抱着纯正无瑕的正统信仰。"我们可以说，哥白尼是伟大的，因为他坚持真理的时候，甚至都推翻了上帝这个信仰，可以无视教会的刑罚，可以漠视流行的学者学术，在一切权威面前，他唯一拜服的是真理。

哥白尼是伟大的。一是他的科学发现，因为这个发现，近代科学迈入正轨；二是他的精神，不惧怕权威，勇于探索真理的精神。第一流的人物对于时代和历史进程的意义，在其道德品质方面，也许比单纯的才智成就方面还要大。如果说科学发现只能算一个起点的话，那么他坚持真理的精神就是一个过程，永存在人世间不断探索的道路上，永存在每一个探索者身上，永存在整个人类文明发展进程的始终。

从根本上来说，对权威的挑战就是对真理的热爱，在形式上来说，对权威的挑战，就是对已有秩序的不认同，对已有价值的重新诠释。这是一个伴随着孤独和压力的过程。对待权威，最正确的态度应该是尊重权威而不迷信权威，当年的哥白尼，对托勒密的"地心学说"的喜爱是如痴如醉的，他本人对托勒密也是尊敬有加。然而，在自身观测和学习中，发现这条已经存在了1400多年的权威不正确的时候，哥白尼很坚决地倒向真理这一边，教会的威严成了衬托其伟大的陪衬，心有所属就无所畏惧，权威被坚持真理的人们踩在脚下灰头土脸。

有这样一个故事：在课堂上，哲学家苏格拉底拿出一个苹果，站在讲台前说"请大家闻闻空气中的味道"。几乎所有学生回答道："我闻到了，是苹果的香味！"只有一位学生肯定地说："我真的什么也没有闻到！"这时，苏格拉底向学生宣布："他是对的，因为这是一只假苹果。"这个学生就是后来大名鼎鼎的哲学家柏拉图。坚持真理造就了伟大的柏拉图，也造就了柏拉图一样伟大的人格丰碑。

在真理面前，任何以权威自居的人，必将在嬉笑声中垮台。成功者并不是权威的发言人，他们只是遵循了真理的规律；失败者也并不是真理的抛弃对象，因为他们是"不该做什么"最有力的代言人。所以我们首先要不迷信于成功者的片面之词，而应该设身处地地去积极验证。懒惰者是容易轻信权威的，而保守者则是固执于权威。然而时代的大潮是日新月异的，是往前的，落后的、保守的终究会被淹没在时光之中。

科学巨匠爱因斯坦说："敢于挑战权威，科学才能发展。"其实不管是政治、经济、文化，还是我们日常的工作、学习甚至生活，都需要挑战权威、坚持真理的精神，一味迷信的盲从和不切实际的遵守，带来的都是麻烦和笑话。并不是每一个人都会成为时代的巨人，也不是对每一个人都要作出生与死之间的抉择，我们只是在生活着，在自己的内心住持的世界里生活着，只是在平凡的世界找寻着幸福，只是为了幸福而固执地坚持着些什么，这份坚持也许会遇到孤立和权威的打压，可是只要是对的，都需要我们有哥白尼般坚持真理的人格力量。只有坚持，有坚持独立的人格，我们才能够远离平庸、保守，才能保证不落后，不被时代的大潮所抛弃。

爱因斯坦

活着就是为了改变世界

EINSTEIN

（1879 — 1955）

......

阿尔伯特·爱因斯坦，这位有着天赋想象力，

坚信自然神工的和谐完美并受这种信念指引的修锁匠，

凭借一己之力获得了开启宇宙奥秘之门的钥匙，

从此人类的世界都为之改变。

这位终极智慧的化身，寻找上帝脉搏的智者，

在探索客观世界的同时也在探索有关自己、生命，

以及整个人类社会的谜题，

他用一生的言行，为我们提供了一个最完满的解答。

爱因斯坦是个不相信神话的科学家，可是他自己却被描绘成了一个神话般的人物——一个把握宇宙的神。1919年11月7日，世界上各大媒体纷纷报道了爱因斯坦的广义相对论获得证实的消息，所有的报纸都被"宇宙的新理论""牛顿思想被推翻""天上的光线都是弯曲的"，诸如此类的标题填满了。众多媒体纷纷评价说，"这是人类思想史上一个最伟大的——也许就是最伟大的——成就"。爱因斯坦，这个被天才的完美力量所驱使的人，几乎一夜成名，由此走上神坛。

在纽约的第五大道上，爱因斯坦会像披头士和玛丽莲·梦露一样引起交通堵塞；他关于科学、爱和生活意义的警句和那幅调皮地吐着舌头的照片时常被印在贺卡或T恤衫上……可以说，"作为一个人的爱因斯坦"，而非"作为一个科学家的爱因斯坦"，更令人值得敬仰。一个真实的，不论对上帝、政治和生活都有着极其复杂的思想和情感的爱因斯坦，比偶像化的形象更加有趣、更加感人。

生活中的爱因斯坦具有"大智若愚"的性格，他推崇人应从自私的动机中解放出来。他认为，"确定一个人的真正价值，首先要看他能在多大程度和何种意义上从自我解放出来"。爱因斯坦从不依恋于身外之物，常常将自己的大部分收入都赠送给朋友、熟人甚至是需要金钱的陌生人。他的自由就是摆脱身外之物的束缚，冲出物质世界对于人的精神世界的捆绑和限制，他不注重物质世界的名望和虚荣，更不想成为一个偶像。爱因斯坦对自己被奉为偶像的看法是："在这个被大家斥为物欲横流的时代，居然还有人把那些一生目标完全放在知识和道德领域中的人看作英雄，这该是一个可喜的迹象。"

如果说科学家阐述的概念和理论有一定的寿命（就像托勒密的地心理论，牛顿的绝对时空），一个人身上体现出来的深刻的人道主义、追求真理和公正的精神、独特的人格魅力却具有永久的影响力。爱因斯坦持久的伟大性不仅仅在于他的理论，还有他的信仰，他的箴言，他的人格力量。

爱因斯坦，一个虔诚的世界主义者，一个积极的和平主义者，一个热忱的民主主义者和一个诚挚的社会主义者。更重要的是，他是一个怀疑一切权威的人，是一个始终独立思考的人。正如他自己所说的那样："命运对我蔑视权威的惩罚，就是将我也变成了一个权威。"他一生的追求，就是真、善、美。

一个无法被超越的精神圣徒

爱因斯坦被看成终极智慧的化身，他的名字成了天才的同义词。他既是一位充满智慧的老人又是一个童心未泯的小孩，既是一位魔法师又是一位哲学家，既是圣徒又是天才。他在科学领域和精神领域，都达到了凌越千古的顶峰。

爱因斯坦并不是个早慧的孩子。1879年3月，他出生于德国小镇乌尔姆一个普通的犹太家庭。他的父亲经营着一家小型电器修理制造厂。对于第一个孩子，父母没有很高的期许，但当阿尔伯特到四岁还不太会说话时，他们还是不免有些着急。那时，他们的第二个孩子，阿尔伯特的妹妹，已经开口讲话了。

童年的爱因斯坦并不像其他男孩子那样顽皮贪玩，他也从不和其他男孩子一起跑跳打闹，尤其厌恶小伙伴们酷爱的军事游戏。大部分时间，爱因斯坦都是一个人躲在一个安静的角落玩积木，耐心地搭建着各种小房子，自己还常常创造出许多玩法。比如，他喜欢用卡片搭房子，每当看见自己搭建的小房子，便有一种快乐的成就感。

爱因斯坦是在上小学的时候，开始接触宗教的。他被《圣经》里的故事所吸引，为教堂里的气氛所感染。他甚至还写了一些歌颂上帝的短诗，配上音乐，在上学和放学的路上，轻轻哼唱。不过，在他10岁那年，与当地的一位医科大学学生塔尔穆德的相识改变了他的一生。塔尔穆德每周末都会到爱因斯坦家做客，常常给他带些科学和哲学的书籍。这些书籍对爱因斯坦的影响很大，12岁时，爱因斯坦便读完了《欧几里得几何》，并自己证明了毕达哥拉斯定理；13岁时，他读了康德的哲学名著《纯粹理性批判》，不时与塔尔穆德讨论其中的问题；在塔尔穆德的劝告下，他读完了长达12卷的《自然科学通俗读本》，其中汇集了有关动物学、植物学、天文学、地理学等方面的科学知识，更重要的是，他明白了自然现象有其固有规律。这些书籍不但中止了爱因斯坦的宗教信仰，还让他产生了一种对一切事物都敢于怀疑的态度，这种态度再也没有离开过爱因斯坦。

　　16岁时，爱因斯坦所就读的学校渗透了浓厚的军国主义精神，这使他感到窒息和痛苦。就在这一年，由于父母生意失败，全家移居米兰。16岁的爱因斯坦自作主张，离开学校去了意大利。后来，他放弃了德国国籍。1896年，申请获准。

　　爱因斯坦上大学之后，并不是一个听话的"好学生"，他经常不在课堂上听课，而将大部分时间花在了实验室里，并开始阅读著名物理学家的著作。1901年，爱因斯坦大学毕业，但学校不喜欢他的独立，不同意留任他为教师。于是，他开始了艰难的谋生。

　　1902年2月，伯尔尼的报纸上第一次出现了爱因斯坦的名字："阿尔伯特·爱因斯坦愿为大学生或中学生完全私人地补习数学和物理学……"在这之前，爱因斯坦已经发表了两篇学术论文，但显然，他还是个无名之辈。注意到这条广告的，只有两个大学生。由于他们三个人聊得过于投机，使授课变成了长时间的讨论和共同学习。在三年多的时间里，他们的话题中充斥了马赫、休谟、安培、黎曼、狄更斯、塞万提斯等人的哲学、科学和文学作品。他们经常为某一页、某一句话争论，争论持续到深夜，甚至一连几天。

后来，爱因斯坦获得了伯尔尼专利局三级技术审查员的工作——一份正式的全职工作，终于不用再为生存而发愁了。他热爱那份工作，并一直工作到1909。1905年，爱因斯坦写了一篇题为《论动体的电动力学》的文章，发表于德国《物理学年鉴》，这便是后来众所周知的"狭义相对论"。发表这篇文章三个月后，爱因斯坦又写了一篇作为推论的短论文，提出了著名的$E = mc^2$。它的发现，使当时困惑所有物理学家的问题迎刃而解。但是，爱因斯坦的理论并没有得到太多人的接受。据说，当时全世界能够理解相对论的人，只有12个。由于名字频繁地出现在物理学杂志上，爱因斯坦开始渐渐有了些名气。他不仅获得了博士学位，还得以在几所大学任教。

第一次世界大战爆发后，爱因斯坦开始了他作为和平主义者、民主主义者和人权主义者的生涯。1914年，德国最有声望的知识分子发表了一篇为德国侵占比利时的行为辩护的《告文明世界书》，当时全德国所有的文化名流都在这篇文章上签了字，在这些名字中有哈伯、伦琴、普朗克、菲舍尔等93个人。这份宣言后来被称为"真正知识分子的无耻宣言"。签名里，并没有阿尔伯特·爱因斯坦的名字。

几天后，爱因斯坦在另一份反对《告文明世界书》的文件上签上了自己的名字。这份文件题为《告欧洲人民书》。这份宣言在柏林大学的教职员工中传阅着，但只有4个人敢签名。与93人的庞大对手相比，它根本没有发表的可能。

爱因斯坦并没有气馁，参加了反战组织"新祖国同盟"。1915年3

月，他写信给罗曼·罗兰说："在我们欧洲，300年紧张的文化工作，只引导到以民族主义的狂热来代替宗教的狂热，后辈人能感谢我们欧洲吗？许多国家的学者作出的举动，似乎他们的大脑已被切除……如果你认为我微薄的力量有所裨益，请随便使用吧！"

大约半年后，罗曼·罗兰与爱因斯坦见面了，后来罗曼·罗兰在他的日记中写道："爱因斯坦对于他所出生的那个国家的判断令人难以置信地超然、公正，没有一个德国人具有如此的超然、公正。"罗兰也表示了自己的困惑："在这个梦幻般的岁月里，别的人如果感到自己在思想上如此孤立，便会极其痛苦，爱因斯坦却不然，他刚才还笑呢。"

爱因斯坦并没因战争而停止自己的研究。狭义相对论发表10年后，广义相对论问世了。爱因斯坦一下子成了众人瞩目的中心，他不断被邀请参加各种活动、发表演讲。慕名而来的人似乎一下子从世界各地拥到他家门口，还有一些人来寻求经济上的帮助。这时，这些社会活动与他向往的宁静生活发生了巨大的冲突。他不希望以往的生活被打破，但同时又深切地感受到科学家对人类的责任。

1920年后，德国民族主义抬头，有人在柏林报纸上两度宣称要谋害爱因斯坦。他的相对论在德国也受到批判。但爱因斯坦对此并不担心，他关心的是能否永远地消灭战争，并为此到处奔走呼号。之后，爱因斯坦到处宣传他的反战观点。他的和平主义已从局限于文化领域迈出了更激进的脚步。1930年，他发表著名的《我的世界观》，阐述了自己的观点："由命令而产生的勇敢行为，毫无意义的暴行，以及在爱国主义名义下一切可恶的胡闹，所有这些都使我深恶痛绝。在我看来，战争是多么卑鄙、下流！"

爱因斯坦曾多次在公开场合上，谴责法西斯纳粹的暴政，称其为"命令主义的强权政治"。他的德国挚友冯·劳厄写信劝他在政治问题上要明哲保身。爱因斯坦回信说："我不同意您的看法，以为科学家对政治问题——在较广泛意义上来说就是人类事务——应当默不作声。德国的情况表明，这种克制会招致：不做任何抵抗就把领导权拱手让给那些盲目和不负责任的人。这种克制岂不是缺乏责任心的表现？试问，要是布鲁诺、斯宾诺莎、伏尔泰和洪堡也都这样想，这样行事，那么我们的处境会怎样呢？我对我所说过的话，没有一个字感到后悔，而且我相信我的行动是在为人类服务。"这种公开的顶撞使纳粹恼羞成怒，1933年，54岁的爱因斯坦不得不再一次作出"离开德国"的决定。

第二次世界大战爆发后，爱因斯坦花了大量的时间帮助那些逃难的犹太人。他在音乐会上表演，并十分骄傲地为犹太难民募集了6000美元；当他相信能够增加一位流亡的德国画家的声望时，就主动要求这位画家给他画像；他为许多贫困的陌生人担保；他的推荐信已经失去了影响力，因为他写得太多了，警察甚至在一个江湖郎中的家里也发现了一封……

爱因斯坦是一个绝对的和平主义者。1939年8月，因忧虑纳粹德国率先研制成原子弹，爱因斯坦在给美国总统罗斯福的信上签了名，声称自己"有可能制造出一种威力极大的新型炸弹，能轻易地把整个港口连同附近地区一起炸毁，我的义务是提请您注意下列事实和建议……"这封信开始了美国著名的"曼哈顿工程"。6年后，日本广岛和长崎遭到原子弹轰炸，死伤20万平民。当爱因斯坦从广播中听到这条消息时，他被惊呆了。他只说了一句："我真痛心。"事实上，在德国投降之后，爱因斯坦便立即给罗斯福去了第二封信，建议鉴于美国制造原子弹的理由已不存在，应停止制造和使用这种武器。不幸的是，罗斯福收到这封信时已经病危，还没来得及看，便去世了。

爱因斯坦余生的大部分精力都用来纠正他所犯的这个"最痛心的错

误"。1947年，他在联合国大会上说道："今后若干年内，自然科学家的态度将决定人类文明的命运。人类终于懂得，当前的任务是什么，这就是寻求谅解，为的是实现各国人民间、不同信仰的各民族间的彻底谅解。"

1955年4月18日凌晨，阿尔伯特·爱因斯坦平静地离开了人世。就在去世前几天，他还签署了由罗素起草的《罗素—爱因斯坦宣言》，呼吁各国政府"寻求和平办法解决一切争端"。这位终生反对权威、追求民主和自由的科学家生前曾说："我自己受到了人们过分的赞扬和尊敬，这不是由于我自己的过错，也不是由于我自己的功劳，实在是一种命运的嘲弄。"因此，他留下的遗嘱是：不举行任何葬礼，不修坟墓，不立碑或任何纪念性标志，骨灰由亲友秘密撒向天空……

这才是真正的、完整的爱因斯坦。一个永远都无法被超越的精神圣徒。

爱因斯坦的"上帝"

爱因斯坦不信仰世俗教堂的上帝，只信奉精神世界的上帝。他心目中的上帝是恢宏精致的，浩瀚的银河系不及他的一个小指印，细微的原子核内，却容得下他辉煌的殿堂！他的上帝是有形的，包括山川河流、日月星辰；他的上帝也是无形的，电场、引力、时间和空间；他的上帝是可以测量的，长度、温度、重量和频率；他的上帝也是不可测量的，快乐、简朴、人道和博爱……凡是存在的、高贵的，都是他的上帝。

爱因斯坦的时代已经成为过去，但有关这位科学天才的讨论仍在继续。人们总是在寻找各种可能的时机纪念阿尔伯特·爱因斯坦，以至于他自己对此也曾感到困惑："为什么谁都不了解我，又人人都喜欢我？"早在1919年，40岁的爱因斯坦就已经成为街头巷尾的焦点话题。1931年当他与著名影星卓别林站在一起时，受到了人们的热烈欢迎，从来没有见过这个阵势的爱因斯坦感到困惑不解，但卓别林一语道破天机："他们向我欢呼是因为他们懂得我所干的事；他们向你欢呼，是因为他们不懂你干的是什么。"

爱因斯坦到底是个什么样的人？爱因斯坦有一种淳朴的善良，这使他的气质更为迷人。内在的自信与敬畏自然而产生的谦恭彼此调和。他可能与身边亲近的人保持距离，但对于普遍意义上的人类却怀有真正的慈悲和同情。生活中的爱因斯坦知性而不失性感，《时代》周刊曾如此评价爱因斯坦："女人们就像小卫星绕着行星一样，在他身边转来转去。"他酷爱小提琴，虽然琴艺一般，他却乐此不疲。

作为一个科学天才，爱因斯坦时常被人们称为一位"孤独的旅行者"，他自己也曾说："我孤寂地生活着，年轻时痛苦万分，而在成熟之年里却甘之如饴。"伟大的科学发现有赖于心灵的安宁以助冷静深入的思考，科学研究的逻辑使科学家往往习惯于选择孤独。这当然是一种可信的解释，但对爱因斯坦来说，它却远远没有通达问题的实质。对于爱因斯坦来说，世界并不单纯只是物理意义上的自然世界，与自然世界交相混杂的人类世界，才是他最关切的。

爱因斯坦一生热衷于人类命运的探究，始终如一地坚持他的独立批判，一生致力于和平、民主、自由、人权的理想，他一生公开发表的关于社会政治方面的言论，就数量而言与他的科学论著不相上下。他说："把人们引向艺术和科学的最强烈的动机之一，是要逃避日常生活中令人厌恶的粗俗和使人绝望的沉闷，是要摆脱人们自己反复无常的欲望的桎梏。一个修养有素的人总是渴望逃避个人生活而进入客观知觉和思维的世界，这种愿望好比城市里的人渴望逃避喧嚣拥挤的环境，而到高山上去享受幽静的生活，在那里，透过清寂而纯洁的空气，可以自由地眺望，陶醉于那似乎是为永恒而设计的宁静景色。"

从这些话可以清楚地看出，超越现实、超越感官世界，是爱因斯坦所归纳的科学探索的动机，也是爱因斯坦人生道路的写照。

伟大的心灵总是倾向于自由和正义，一个具有宗教情怀的人道主义者总是以对世界的关怀作为自己精神的依托。然而，爱因斯坦却是一个不相信神的人，他有"自己的上帝"，并对其抱持着极大的忠诚。

爱因斯坦在探索自然奥秘过程中认识了自己的上帝。他在《我的世界观里》中写道："我们认识到有某种为我们所不能洞察的东西存在，感觉到那种只能以其最原始的形式为我们感受到的最深奥的理性和最灿烂的美——正是这种认识和这种情感构成了真正的宗教感情；在这个意义上，而且也只是在这个意义上，我才是一个具有深挚的宗教感情的人。我无法想象一个会对自己的创造物加以赏罚的上帝，也无法想象它会有像在我们自己身上所体验到的那样一种意志。我不能也不愿去想象一个人在肉体死亡以后还会继续活着；让那些脆弱的灵魂，由于恐惧或者出于可笑的唯我论，去拿这种思想当宝贝吧！"他又说："有一种超越一切的力量，支持着全宇宙的科学法则和自然界的运行变化。如果我们将这种力量称为上帝，那我就要向这位上帝低头。"

爱因斯坦不信仰世俗教堂的上帝，只信奉精神世界的上帝。他心目中的上帝是恢宏精致的，浩瀚的银河系不及他的一个小指印，细微的原子核内，却容得下他辉煌的殿堂！他的上帝是有形的，包括山川河流、日月星辰；他的上帝也是无形的，电场、引力、时间和空间；他的上帝是可以测量的，长度、温度、重量和频率；他的上帝也是不可测量的，快乐、简朴、人道和博爱……凡是存在的、高贵的，都是他的上帝。

爱因斯坦对"自己的上帝"的崇拜之情是真诚的，他不需要牧师，不需要神父，他只忠于自己崇高的信仰。他以恭敬、谦卑、崇拜的心态，博大的睿智，探索和赞扬大自然宇宙的无限奥秘；他以开阔的视野、冷静而理智的思维、人性的真诚与善良来对待生命，理解人生；他以文明和道德充实着心灵、善思善待"生命神圣"的信念，寻求人生意义真情的圣洁大道；他用严谨公正的科学态度，阐述自然万物的铁律，向人们展示"自己的上帝"，甚至还用他那蹩脚的小提琴演奏技艺，表达对"自己的上帝"的爱，用优美的音乐旋律，颂扬着"宇宙与人类的美妙秩序"。

爱因斯坦崇高的信仰来自理智，我们可以把它称为科学。科学陪伴他的全部生命，他们相互间从未放弃；他在追求科学真理的道路上，同时也懂得了生命的真实的存在意义与方式。崇高的信仰让爱因斯坦不再孤独，因此他体会到了"成熟之年在孤独里甘之如饴"的滋味；崇高的信仰让爱因斯坦享受难得的幸福，他从不为低俗的名利去刻意伪装，苦苦相斗，更不为身外之物而辗转反侧，彻夜难眠；崇高的信仰让爱因斯坦为了和平和生命不断奔走疾呼，他认为，生命并无等级之分，每个生命都有自己的尊严和美丽，都值得去尊敬、关爱与珍惜，在尊敬、关爱别人的过程中，会体会到生命的美好与意义。爱因斯坦正是这样的人。

如今，爱因斯坦远去了，但"他的上帝"依然存在。

幸福来自他人的快乐

人生是舞台还是客栈？是享乐还是苦役？是泡影还是永恒？自古以来，敏感的心智提出并试图回答这样的问题，可是迄今仍未见到一个公认的答案。然而，阿尔伯特·爱因斯坦——这位终生都在追求真、善、美的圣徒，却给了我们最简单的一个答案：幸福来自他人的快乐。

人生是什么？罗曼·罗兰说，人类经常把一个生涯发生的事，填写成历史，再从那里看人生，其实，那不过是衣服，人生是内在的；托尔斯泰说，人生不是一种享乐，而是一桩十分沉重的工作；斯宾塞说，人生就是石材，要把它雕刻成神的姿态，或是雕刻成魔鬼的姿态，悉听个人的自由……自古以来，敏感的心智提出并试图回答这样的问题，可是迄今仍未见到一个公认的答案。然而，阿尔伯特·爱因斯坦——这位终生都在追求真、善、美的圣徒，却给了我们最简单的一个答案，不必深思人生的目的何在，从日常生活中就可以明白什么是人生。

爱因斯坦说："人是为别人而生存的——首先是为那样一些人，他们的喜悦和健康关系着我们的全部幸福；然后是为许多我们所不认识的人，他们的命运通过同情的纽带同我们密切结合在一起。我每天上百次提醒自己：我的精神生活和物质生活都依靠着别人（包括生者和死者）的劳动，我必须尽力以同样的分量来报偿我所领受了的和至今还在领受着的东西。我强烈地向往简朴的生活，并且时常因发觉自己占用了同胞的过多劳动而难以忍受。……我也相信，简单纯朴的生活，无论在身体上还是在精神上，对每个人都是有益的。"

在他看来，人类之所以胜过野兽的主要原因，就在于我们生活在人类社会之中。为人类服务是至高无上的和无比神圣的，更能获得常人难以体验的幸福感。凡是认为他自己的生命和人类的生命是无意义的人，他不仅是不幸得很，而且也难以适应生活。

在通常的生活环境中，那些被人们公认为最高的幸福的，归纳起来，大约不外三项：资产、荣誉、感官快乐。这三件东西萦绕人们的心里，使人们很难想到别的幸福。爱因斯坦则认为，大多数人终生无休止地追逐的那些希望和努力都是毫无价值的。财产、虚荣、奢侈的生活——这些世人费尽心机追求的庸俗目标，在他看来是可鄙的。

他也反对向青年人鼓吹以习俗意义上的成功作为人生的目标。1950年12月初，爱因斯坦接到一位19岁大学生的来信，这个学生在信中向爱因斯坦提出了"人活在世界上到底为什么"这一问题。爱因斯坦在回信中这样写道："为了探索个人与整个人类的生活目的，你进行了如此认真的努力，这使我深受感动……尽管如此，我们都认为，一个人活着就应该扪心自问，我们到底应该怎样度过一生，这是一个合情合理的问题，也是一个非常重要的问题。在我看来，问题的答案应该是：在力所能及的范围内尽量满足所有人的欲望和需要，建立人与人之间和谐美好的关系。这就需要大量的自觉思考和自我教育。不容否认，在这个非常重要的领域里，开明的古代希腊人和古代东方贤哲们所取得的成就远远超过我们现在的学校和大学。"

爱因斯坦认为，一个人只有对共同体、他人付出自己的工作和服务，他的人生才有价值。他希望人们学会通过使别人幸福快乐来获取自己的幸福，而不要用同类相残的冲突来获取幸福。只有心中容下这点天良，生活中的重担才会变轻或可以忍受，才能耐心而无畏地找到生活之路，而把欢歌笑语带到四方。

在对待金钱或物质财富的态度上，往往很能反映出一个人的人生哲学。爱因斯坦是一个总是渴望淡泊而又与众不同的人，不管何时何地，爱因斯坦始终奉行自己简朴的生活方式。爱因斯坦一度在荷兰莱顿大学执教，他对宿舍的要求是：有牛奶、饼干、水果，再加上一把小提琴、一张床、一张写字台和一把椅子即可。学校当然满足了爱因斯坦的"奢求"，爱因斯坦兴高采烈地喊道："有了这些东西，我还需要什么？什么都不需要了！"

1929年，他应比利时伊丽莎白王后之邀访问布鲁塞尔。王后派皇家车队去火车站迎接爱因斯坦，司机们在头等车厢外等候这位大师下车，可直到旅客走完了也不见爱因斯坦的影子。车队只好空车回宫。可是过了一会儿，爱因斯坦居然独自来到王宫。原来他没有坐头等车，而是坐的三等车。他还婉言谢绝住进豪华王宫，坚持下榻三等旅馆。

爱因斯坦认为，巨大的财富对愉快如意的生活并不是必需的，生活必须提供的最好东西是洋溢着幸福的笑脸。在他看来，"金钱，它只不过是人类抽象的幸福。所以一心扑在钱眼里的人，不可能会有具体的幸福"。

人的短暂而有风险的生命的意义，只有在献身于社会中才能找到；唯有重视至高无上的、永久的价值，才能给生命增添意义。"人是为别人而生存的"，这就是爱因斯坦给我们的答案。仔细体味这句话，不仅能使我们获得平和与安宁，而且也能使我们在共同创造的不朽事物中获得永生，并从中发现生活的乐趣和生命的意义。

南丁格尔

NIGHTINGALE

义无反顾的提灯女神
不忘初心的白衣天使，

（1820 — 1910）

......

南丁格尔身为贵族，

却又坚持行走在最脏乱的地方；

她忽略掉爱情，却又博爱整个大地；

她从来不会记得和遵从自己贵族的身份，

她在自己的孤独世界里，

用爱来呵护被贫困、疾病困扰的人；

她怀揣着上帝的善降临人间，

她带着爱坚持着她的坚持。

博爱是崇高的，南丁格尔怀揣的是一颗为了整个人类幸福而努力的心。她是博爱的，因为她就是要为全人类做一些有益的事情来。她也是孤独的，身为贵族的一员却要不断撕碎贵族的尊严。她又是勇敢的，用一个人一生的幸福来成就整个人类的幸福，她终生未婚执着在护理事业之中，对于一个养尊处优的贵族小姐来说，这需要的是何等的勇气。她是最纯洁的白衣天使，最熠熠生辉的上帝的使者，她用最无私的热情浸染那些在与生命争斗的灵魂，她用最固执的脾气来告诉我们，她热爱她的事业，愿为此奉献一生。

胆量和勇气是对怯弱最无情的讽刺，却也是对伟大人格魅力最高尚的肯定。与南丁格尔出生在同一时代的伟大导师马克思对南丁格尔的勇气和献身精神给予了高度的颂扬。他说："在当地找不到一个男人有足够的毅力去打破这套陈规陋习，能够根据情况的需要，不顾规章地去负责采取行动。只有一个人敢于这样做，那是一个女人，南丁格尔小姐。她确信必需的物品都在仓库里，于是带领几个大胆的人，真的撬开了锁，盗窃了女王陛下的仓库，并且向吓得呆若木鸡的军需官们声称：我终于有了我需要的一切。现在请你们把你们所看到的去告诉英国吧！全部责任由我来负！"

她的坚持来源于她对护理的热爱，同样也是她勇气的源泉，支撑着这样一位在风雨中战斗着的女性不离不弃的整整六十年。六十年的风雨可以侵蚀顽石，可以改朝换代，六十年的坚持也可以守护一份心，让带着善的光芒更暖和，更持久，由孱弱到壮大，六十年的风风雨雨浇铸了一座爱岗乐业的丰碑。

弗洛伦斯·南丁格尔女士以最高贵的职业精神，把一生奉献在护理事业中，英国人把她当作国家的骄傲，民族的英雄。在滑铁卢广场上有这位女士的提灯铜像，铜像生动地展现了一个在为了挽救生命而奋勇努力的英雄形象。并且还把她的半身像印在英国十镑纸币的一面上，要知道，另一面是英国最受人敬爱的女王——伊丽莎白二世。当南丁格尔女士去世的时候，人们把5月12日（南丁格尔出生日）定为护士节，现在这个节日已经成为世界性的重要节日，并且以她的名字命名的南丁格尔奖也是护理行业的最高荣誉。这一切都表明了人们对这样一位立志"做好一名护士"的先驱者的最深的怀念。

贵族中的另类舞步

> 南丁格尔是贵族家庭中走出来的护士，她富足的生活之余的护理兴趣不是消遣，她说这是一份职业，神圣的。她是出生在意大利的英国人，人们说她是英国的民族英雄，是战士。她是护理业先驱者，她毕生都献身在完善护理理论、护理病人与教育护士的伟大事业之中，正是这种执着与热爱，让她获得了提灯女神的美誉。南丁格尔是敬业和乐业的典范，她舞出了贵族中的另类舞步。

富足的家庭给了南丁格尔安逸的生活，同时也带给她成为一个贵族之前必要的知识储备，父亲的博学和睿智给了她智慧的第一篇章，母亲的雍容华贵赋予她理性和气质。优裕的环境里来来往往的达官贵人们，有的是艺术家、政治家以及富商们。

然而南丁格尔却是带着一份天生忧郁降临的，她向来是独来独往，她习惯一个人，喜欢莫名的寂寞感，她躲避着熙熙攘攘的舞会的喧嚣，躲避那些在华灯的绚丽中扭曲的人与事，年幼的她腼腆而又害羞，她不愿意见到陌生人，也不愿意见到不熟悉的所谓的朋友们，她有着和她年纪不相符的理性，这份理性同样不属于一个养尊处优的贵族小姐。不知道是上帝的失误，还是上帝的偏执，一种与众不同的品格注定孕育一个与众不同的人生。南丁格尔跟随着父亲学习拉丁文、希腊文、法文、德文、意大利文，历史、数学、哲学，她有着优秀的朗读技巧，她在父亲面前高谈阔论，她徜徉在知识海洋中，自信地活在她自己的方式下。

喜爱旅行的父母给了南丁格尔同样的兴趣，宁谧的自然带给她的不仅仅是补充天然的灵性，更带给了她对现实的清晰认识。1837年，17岁的南丁格尔跟着父母去欧洲旅行，这个世界的新奇带给这位少女的感慨跃然纸上，她饱览自然风光，阅历风土人情。先前在家中，维多利亚时代的安逸生活是留守在她脑海中的唯一记忆，然而，这次旅行似乎隐约在撕裂那份美好。她一边行走，一边了解疾苦的人们，她对民众和政治的兴趣渐渐超过了文学艺术，尤其表现在慈善上，这位少女此时的心中已经萌发了立志护理事业的念头。

如果这个时候立志从事护理事业还只是偶尔闪过的一个念头的话，那么遇到美国医生塞缪尔·豪之后，这个念头变成了一个坚定的信念。当不断成长的南丁格尔结束欧洲之旅后，她迫切地想要找个医院学习，当她到了医院的时候才发现，原来医院的病房是那样的破烂不堪，到处都是血迹和污渍，还散发着一阵阵的恶臭味，后来她又发现，不仅仅是当地的这一家医院，而是几乎所有的医院都是如此。

有一天，塞缪尔·豪去她家做客，南丁格尔趁机表达了自己是怎么看待护士的。她的观点得到了豪的高度赞赏，豪鼓励她坚持去努力实现。然而，父母坚决反对自己的女儿去当一个护士。要知道，在那个年代，护士就是又脏又乱下等婢女的代名词。作为一个名门望族的女儿，是绝对不允许做这样有失大雅的工作的。

在南丁格尔看来，最令她愤慨的，并不是家长和世俗对这份工作的看法和态度，而是作为医院医生和护士本身低下的素质！最令她胆战心惊的一次是一个女人在她面前痛苦地死去了，原因是护士提供了错误的药品。她决定先从自己做起，要想成为一名好护士，就得学习专业的护理知识。

学习护理远不如南丁格尔小时候学习书本知识那样容易，一是因为家庭内部到处都是反对的声音，南丁格尔不得不承受着这种压力来进行学习；二是因为小时候学习书本知识有父母的教育基础和帮助，而现在只是孤家寡人在那儿钻研。后来她总结出了一套不得罪父母的学习方法：她背着家人偷偷地给外国的专家写信请教关于护理的各种问题，并且还不时地索取一些资料和调查报告。每天早起一个小时学习，然后到了早餐时，假装若无其事的样子下来，看上去非常规矩，也不会向家人提及内心的真实想法，更不会和爸爸高谈阔论了。

那个时候，母亲要求她收拾储藏室和餐具室，她也丝毫不敢怠慢，她在写给朋友的信中这样说："我不得不整理很多的东西，那些东西简直要埋掉我的下巴了，它们简直就是乏味透顶。"

纸终究是包不住火的，当父母和姐妹们知道南丁格尔还在坚持那样一份"下等"的理想时，冷战彻底开始了。南丁格尔在她的笔记中，以前所未有的坚定语气写道："我必须清楚，依靠一味地死守和等待，机会就会白白地从身边溜走。从他们那里，我得到的，只是愈演愈烈的冲突。我显然是不会获得同情和支持的。我应该就这样坐以待毙吗？绝对不可以！我必须自行争取那些我赖以生存的一切。对于属于我的事业，我必须自己动手去做。我的人生的际遇，我的真正的幸福，要依靠我的努力，他们是决不会恩赐与我的。"执着的女儿最终还是感动了父亲，父亲答应资助她，在伦敦成立了一个看护所。这个看护所，也是她以后护理学的实践阵地。

克里米亚战争爆发了，当南丁格尔得知法国伤员有修女照顾，俄国伤员也有修女照顾，唯独英国伤员靠口中念念不休的上帝照顾时，她马上给当时的作战部长写了一封信说明愿意去做志愿护理者，并且是自己掏钱作为路费和药品置办费。

当南丁格尔到达营地的时候，她才发现这里的设备是多么的欠缺，卫生条件极其恶劣，难以通风的一个小小病房里挤满了病床，可是伤员还是源源不断地送来，有的人只好睡在地上，没有褥子了哪怕是帆布能盖上就算不错了。这些只能算是客观条件上的缺陷，在主观上，医生们基于传统认识和偏见，将护士拒之门外。

面对这样的局面，南丁格尔只好先从卫生上进行处理。她在三个月的时间里清理好了一万多件干净衬衫，自己出钱修理病房。南丁格尔积极的服务精神，终于扭转了军医的偏见，伤员护理工作取得明显成效，英国伤兵在前线的死亡率从40%多下降到2%，这是医学护理界的奇迹，在整个英国引起了轰动！这一切都是南丁格尔坚持人道主义精神的结果，也是她尽责于护理事业的成果。

战争结束后，这位英勇的战士特意来到英军墓地前，并发下这样的誓言："只要我此身存在，我一定为你们的生命而奋斗。"此后的岁月，南丁格尔用一个孱弱的身体证明了这次庄严的宣誓。回国以后，她的名字成了英国最响亮的口号。当人们还在用歌声颂扬她的伟大的时候，她又投入另一场更为伟大的事业中去了，1860年，南丁格尔护士学校开学，这位女人决心改变护理事业在整个世界人民心目中的形象，她希望这一切都能改变，她的护士学校规范和办学模式成为其他护士学校纷纷效仿的对象。

她的著作《医院摘要》《护理摘要》风靡一时。她的护理学校和畅销书的成功，说明南丁格尔建立了护理教育制度，她也被公认为现代护理事业的鼻祖。1907年英王爱德华七世授予她丰功勋章，这也是此类勋章第一次授予女性。

1910年8月13日，当护理事业已经日趋完善和科学之后，这位开创者、先驱者，对整个人类作出卓越贡献的女性在睡眠中离开了人世。

黑夜中的"提灯女神"

> 南丁格尔爱上了她的事业，也愿意为此而奋不顾身，她习惯了战火中的死亡，习惯了分别，习惯了辛苦，接着她患上了克里米亚热，医生说她无法救治了，她没停下来。如果上帝给每一个人都分配一个品格的话，那给南丁格尔的就是责任心，就是敬业。

南丁格尔30岁生日那天在笔记簿上写下了这样的感言："在30岁生日的今天，正是耶稣开始献身布道的年龄。从此不应再有幼稚的举动。不应再有爱情与婚姻的念头。只有让我遵循上帝的旨意思索，依照他的安排去做。"她感到，投身护理事业，正是上帝赋予自己的责任！30岁的感言，说出了南丁格尔终生奋斗于护理事业的崇高理想，在那样的年月里，她俨然是一位新女性。

战火中的伤兵越来越多了，克里米亚前线急需护理人员，在营地负责护理工作的南丁格尔横渡黑海抵达前线医院，并且亲自领导医院的护理工作。每天不知疲倦的护理工作使她患上了克里米亚热，医生们都认为她无法救治，但她并没有放弃工作，每天每夜地写着，把自己在护理方面的经验、观点、想法都记录下来，并且躺在病床上还不忘指导医院的护理工作。

当消息传到战地司令部的时候，战区最高长官急忙赶来看望，随即把南丁格尔的事迹发回英国，举国为之震动不已。当医生和国内的政要们都要她回国治疗的时候，她更是坚持要留下来，因为她知道，如果现在离开，那在前线的护理工作就会乱成一团，渐渐成形的护理工作也会还原到过去的模式中，如果此时离开，一切的努力都付之东流了。她独自忍受着病痛的折磨，一直到七月，她才从病魔那里逃脱出来，上帝都被她感动了。

这样一位孱弱的女人，不论风雨每天晚上必然手提一盏油灯，到病房里巡视，尽心尽力地看护每一个受伤的人，替士兵们写信送信以安抚伤者。她手提着的油灯发着微微的光，她的影子轻轻地划过每一个躺在病床上的士兵的脸上，有时候，当她为某一个踢掉被子的士兵重新盖好被子时，后面的士兵就会俯下身子去吻她的影子。

后来，诗人郎菲戈将"提灯女神"这一名号放进了诗歌里，也将南丁格尔推到了神的境界。神往往不是自封的，自封的神只是一纸空文的虚荣。战争结束了，当时英国国内准备好了迎接这位神一样的人物。南丁格尔却化名成史密斯小姐，悄悄地回到伦敦，但那提灯女神的形象已深深地刻在了每一个英国人心中，从此提灯女神也成了南丁格尔的代名词。

回国的士兵们编写了许多关于南丁格尔事迹的诗，其中有一首在50年之后仍在英国士兵们重逢时传诵："她毫不谋私，有着一颗纯正的心，为了受难的战士，她不惜奉献自己的生命；她为临终者祈祷，她给勇敢的人以平静。她知道战士们有着一个需要拯救的灵魂，伤员们热爱她，正如我们所见所闻。她是我们的保卫者，她是我们的守护神。祈求上帝赐给她力量，让她的心永跳不停。南丁格尔小姐——上帝赐给我们的最大福恩。"这是人们对这位女士最大的感激，最深层的爱。

在女王就职60年大庆的节日里，人们提议将南丁格尔的雕像在城市里做展示，遭到南丁格尔的反对，但经过多方劝说，最后同意将一尊半身铜像，及她乘坐的一辆马车予以陈列。令她料想不到的是，她的铜像下面堆满了鲜花，老兵们纷纷上前亲吻这辆克里米亚马车。她被尊称为英军最尊敬的圣母，她就是因这样的忠于职守，这样的一种对工作强烈的责任感而受人爱戴的。

敬业是幸福的左脸

> 责任是对自己所负使命的忠诚和信守，是对自己工作出色地完成，更是忘我的坚持。南丁格尔因护理事业，使自己感到充实和满足，同时也获得了长久的幸福。因此，可以说我们对待工作的态度也是我们对待幸福的态度。

护理行业在贵族阶层的偏见并没有影响到南丁格尔对事业的热爱，战火的死亡气息也没有消磨她的坚持。南丁格尔只是一个孱弱的女子，为了护理事业，她甚至终身未婚；她只是一个护士，甚至是一个自己都遭受病魔折磨的护士。然而她却创立了真正意义上的现代护理学，使护理工作成为一种受尊敬的正式社会职业，南丁格尔也因此被誉为"护理学之母"。

这份事业中的乐趣足够来抚平所遭受的非议，这份付出的快乐足够充实一个人提着灯巡视的冷清，这份乐趣足够撑起扑面来的压力。于是为了这个事业，她甚至拒绝了爱情，她在写给一个朋友的信中说道："普遍的偏见是，归根结底，一个人必须结婚，这是必然的归宿。不过，我最终觉得，婚姻并不是唯一的选择。一个人完全可以从她的事业中，使自己感到充实和满足，找到更大的乐趣。"爱上护理事业，并且不断从中获得从事这项事业的乐趣是解释南丁格尔一生敬业乐业品格的钥匙，她也的确做到了，这也是她之所以成为伟人甚至被称为神的根本原因。

责任心就是敬业。不论是伟大的英雄还是平凡人，都可以因为坚定的事业心和责任感而为人敬仰。美国广告大亨李奥贝纳，年少的时候只是一个杂货店的打杂工，又干了几年印刷厂的小工，可以说他很平庸，他的职业也很低微，但这并不影响他的伟大。他说："我所享有的任何成就，完全归因于我的高度责任感，不惜付出自我而成就完美的热情，以及绝不容忍马虎的想法、草率粗心的工作与差强人意的作品。"

英雄是不甘于平庸的骄傲者，在任何一个年代和环境中，都有他的生存之道，那就是高度的责任感。伟大不在于事业的平庸和低微，而在于我们对工作的态度，态度决定一切。人一面为了生活而劳作，一面为了劳作而生活。不是简单地成为消化食物的机器，而是在白驹过隙的时间里有所作为，有所斩获。在自己所热爱的行业中进行工作是一件幸福的事情，这种幸福可以让人忽略生活中的艰难险阻。

马克思说："如果我们选择了最能为人类幸福而劳动的职业，我们就不会为任何重负所吓倒。"马克思的幸福是伟大的，因为他幸福的内容主题是全人类，我们平凡老百姓的幸福呢？或许只是我们自己小小的幸福就足够了，同样的，如果我们选择了最能为小幸福而劳作的职业，我们也就不会为任何困难所压倒。

选择一份职业并不难，难在我们爱上这份职业，贵在坚持，"坚持"却不常常在。有关调查显示，一般组织中，只有12%的员工具备100%的敬业精神。请扪心自问一下，你是属于这12%，还是属于那88%。社会要进步，行业要发展，唯有那些以身作则的敬业乐业的人才会成为这个事业中的佼佼者，每一个时代都需要爱岗敬业的人，每一个人都应该具有敬业乐业的精神。

　　时代大潮以它自己的方式向前，一些人被推到风口浪尖，一些人被挤到沙滩上。追逐幸福的人们在水中沉浮，工作或许是你追逐幸福的强有力的划桨，又或许是空洞无比的轻浮稻草，于是可以这么说：对待工作的态度也是我们对待幸福的态度。

（1483 — 1546）

马丁·路德

拯救信仰的使徒

MARTIN LUTHER

……

马丁·路德这位德意志最著名的宗教改革领袖，

把电话的一端递给上帝，

另一端从威严的教皇那里夺了过来，

然后送给受教会剥夺的教徒们，

从此人们觐见上帝不需要缴纳昂贵的费用

或经过耗费精力及时间的繁文缛节了。

而他在和教会的争夺中，信仰是那样的坚定，

表现是那样的毫无惧色。

马丁·路德是16世纪著名的宗教改革家，杰出的语言学家、诗人和教育家。他在忠诚而坚定的信仰支配下，忘记了生命的危险，不惧教皇的警告，用一个大无畏的高尚灵魂，扫去了伪装在教徒和上帝之间的教会制度的黑暗，让教徒直接和上帝进行对话。可以说，在一切蒙召引领教会脱离黑暗而走向更纯洁之信仰的人中，马丁·路德是站在最前列的。他是一个火热、殷切、忠实的人。除了上帝，他别无畏惧。

海涅评价马丁·路德说，他不仅是德国历史上最伟大的人物，同时也是"最德意志式"的人物。在他的性格中德国人的一切优点和缺点完完全全地统一在一起，因而他这个人也就代表了不可思议的德国。"他是这个时代的喉舌和刀剑。……一个冷静的有学问的词语制造者和一个有灵感的陶醉于上帝的先知，他呕心沥血地工作、来研究他的费劲的教义上的特点，而在晚上他则拿起长笛，凝视天空的星星，把乐曲和对神的敬畏融合在一起"。"最伟大""最德意志""不可思议"这些赞美之词竟和一个戴灰色帽子的修道士如此紧密。直到现在，我们还能看到他停留在圣母大教堂前，那墨色的雕像，微微昂起的眼神像是在看着不远处的上帝。

他一方面破除了教会的权威，一方面又重新在人们的心目中建立了上帝的权威。因此人们只需要在精神上服从于上帝，教会就成了可有可无的了。他把人从宗教中解放出来，又在精神上把每一个人牵引到上帝的门前。他是一个"古怪而天才的人物"，威廉·夏伊勒说："这个野蛮的反犹太主义者和痛恨罗马的人，这个暴烈的性格里既有日耳曼人的最优秀的品质，又有日耳曼人的许多恶劣的品质，对德国人生活的影响，无论是好的还是坏的方面，都是史无前例的。"对基督教来说，他的改革和贡献也是前无古人，后无来者的。

就是这样一位无比虔诚却又带着失望的修道士、天分无限又执拗的神学家、信仰坚定又焦虑不安的宗教改革家、无畏而又小心谨慎的政治家，以其丰功伟绩、多重性格展现了宗教改革的宏伟画卷。在欧洲文明的发展史上，掀起了狂风暴雨，冲毁了教会的独霸统治，也唤醒了还处在水深火热中的人们，让人们的信仰，从教会的会议桌上又回到了《圣经》中来。正如卡勒尔所说："路德的改革使人们从令人失望的罗马教会的统治中解放了出来。"这样一个无所畏惧的灵魂所支撑的躯体，手按着《圣经》，心平气和，呈现出的是探索真理的坚强人格，是无愧于信仰和上帝的高尚。

当着上帝的面说话

马丁·路德本身就是一个虔诚的教徒，听信于上帝，然而身处教会之中，发现了教会的奢靡腐败，认定教会并没有成为上帝在人间布道施善的代言人，反倒成了污蔑上帝的叛徒。路德认定这是亵渎神灵，也是亵渎信仰的行为，一场轰轰烈烈的宗教改革开始了。

1483年11月，马丁·路德出生在德意志东部的一个小山村里，父亲是一个酒鬼，常常因为犯罪而逃亡，因此马丁·路德被认为是一个恶魔和一个妇人所生的孩子。后来父亲自己开办了一家小型的冶炼厂，路德的生活才开始好转。

年幼时，路德的母亲就经常给路德讲述一些关于魔鬼的故事，她说："儿子，你要畏惧上帝啊！在黑暗罪恶中游荡的人，将受雷击和天祸。愿圣安妮保佑我们。"这些若隐若现的鬼神就再也没有离开过路德的思想世界，长大的路德被父母以一种近乎野蛮的方式约束在学习的天地里，父母竭力让路德获得了良好的教育，使得路德精通拉丁文和音乐，并且锻炼出了很好的思辨思维和口才。然而，路德还有三个弟弟四个妹妹，拮据一直是这个家庭的经济状况，甚至有时候路德还得去乞讨来维持家用。但一切都似乎过去了，才华横溢的路德最终获得了法学的硕士学位，成了父母期待的人上人。

上帝好像很喜欢戏剧，于是他宠爱的人都充满了离奇色彩。1505年，路德的父亲要求路德继续学习法律，然而正当路德准备前去上学的时候，一天雷雨交加，只听轰的一声，一个霹雳打到了路德身上，他浑身战抖了起来，他怀疑是上帝在告诫他罪孽深重，于是他开始呼唤圣安妮的名字，他祈祷说："如果我没有死，我愿意做修道士。"这是一个胁迫性的承诺，但是对象却是上帝，他最终不顾父母的极力反对，进入了奥古斯丁修会的属会埃尔夫特修道院。他的整个人生似乎在这一声惊雷下也随之改变。

路德学习神学表现出很高的天分，很顺利就获得了神学博士学位，并被聘为威丁堡大学的教授。从此，他以神学教授的身份开始了他的人生职业生涯。由于接触到的都是上层社会和教会的人物，所以他也更直观地接触到了教会的奢靡和腐败。在魔鬼面前，要么是屈服和随从，要么就背离，背离的代价可能和死亡相关。

路德尽管在竭力地保持着洁身自好，严于律己，但是眼前的不堪入目的现象深深刺痛了他对上帝的信念。当教会以上帝的名义在各地兜售"赎罪券"收敛钱财的时候，他终于按捺不住了。1517年，他并未想要带来什么革命。他只是用大众明了的方式，将对信仰的感受表达出来。

那时刚好多明尼克会里说话极具煽动性的修道士特泽尔，来该区贩售赎罪券。这个恬不知耻的人说："看看竖在你们面前的神圣十字架吧……所有悔悟的、做过忏悔的、作出贡献的人都将被免除罪罚。听听你们死去了的亲人和朋友的声音……他们在说：'可怜我们吧！可怜我们，我们在遭受悲惨的折磨，只要你们做点微薄的捐献，就能让我们得到赦免。'请记住！你们能使他们得到赦免。因为：一旦听到钱币在功德库中落下的声音，灵魂就会从炼狱里跳起，你们难道不愿意掏出一些小钱，买这些赎罪卷，将一个灵魂引入天堂的乐土吗？"

路德听到这样的说辞，感到一阵阵的恶心，因为这种言辞已经亵渎了上帝！因为得到救赎本来就是上帝的恩惠，应该相信耶稣基督的救赎，而非用钱去买！因此，路德把他的看法写成有名的《九十五条论纲》贴在威丁堡教堂的门上。没想到竟被印刷商人大量复制，在人群中广为传阅。《九十五条论纲》充分表明了路德的宗教改革的思想，被认定是新宗教改革运动的开始。

自觉也好，不自觉也罢，反正路德被推到了风口浪尖，教皇瞪圆了眼，整个罗马帝国都为之愤怒了，"除掉他，烧死他……"死亡的声音贴到他的鼻尖，他明白这种威胁的真实性，因为他并不是第一个怀疑教会的人，而第一个已经死了很久了。但是每个人都还记得那人死去的样子，因为是被教皇处死在广场上，很是出彩。

然而信仰的力量超出了对死亡的畏惧，马丁·路德在接到法庭要他收手的暗示的时候，义正词严地说："我坚持己见，绝不反悔。"法庭的暗示，还有那些伪善的人请来的经院高手都未能说服他，甚至被反驳得语无伦次。后来当着查理五世和150位帝国大臣的面，路德开始了他著名的反驳："除非《圣经》中的证据或其他什么简单的理由证明我有罪，否则我仍然坚持我所引述的《圣经》的经文，我既不能够也不愿意放弃我的任何观点，因为违背自己的良知既不稳妥也不诚实，阿门。"

1521年，查理五世从沃尔姆斯发出布告将路德逐出帝国教籍，剥夺他一切帝国公民所享有的公民法律权利。由于路德的主张得到了一些王侯贵族和民众的支持，路德被这些人巧妙地保护起来。此时，宗教改革运动在德意志迅猛发展。这个冒天下大不韪的勇士的所有著述都被列为禁书，然而他并不停歇。

1522年，路德又回到威丁堡大学，继续担任宗教改革的领袖，接着，他又以一种令人难以理解的方式继续和教会斗争——结婚！他本身就是一位修士，而与他结婚的居然是一位修女，而他这么做并不是为了什么爱情，只是为了进行神父制度改革以身试法。他的这一行为遭到了包括曾是他的支持者在内的大多数人的非议。然而过了一段时间之后，他欣慰越来越多的神父和修女还俗结婚。马丁·路德虽然脱下僧衣，但并未脱下对自己的约束。他向人们宣告："我不但用言语，也用行动见证福音。"

在去世前，路德从事的最有意义的工作成果——翻译的德文《圣经》面世了，从而使最普通最下层的人民也有了直接阅读《圣经》、理解《圣经》，而不必经过教会或神父才能获取"上帝旨意"的途径。海涅认为路德对《圣经》的翻译是"创造了德语"。此事之所以具有重大意义，是因为路德所译的《圣经》是一本真正的、未曾掺杂任何后人解释的《圣经》。他的翻译为人民提供了对抗天主教会的思想武器。

1546年，马丁·路德像是完成了上帝的指示，安眠在故乡的墓地里，之后他的著作也被翻译成多国文字流传至今。

意志在行动

教会变成了贪婪的恶徒，假借上帝的名义在大街上搜刮着虔诚的良心，上帝已经被捆了起来，叫苦不迭的信徒们忍受着，这个时候，一个名叫马丁·路德的人揭开了教会的面具，德意志行动了起来，他们是要去拯救他们心中的上帝。

教会挟持了上帝，人们按照教会的指令在上帝面前朝拜。可是人们逐渐发现，上帝不在了，一切都不过是教会的把戏。可是谁都不敢戳穿这样的阴谋，因为寻找上帝让生命更显得为难。也就是在此时，一个有着坚定信仰的人站了出来："义是因信而得，基督徒不是生活在教会的淫威下，而是生活在基督以及其使徒之下，通过信仰，他在上帝身上了解自己，又通过爱从上帝那里得以回到自身，但是始终是生活在上帝和上帝的爱之中……"马丁·路德的演讲像一记重锤，敲在罗马天主教会的心上，很快就引起了教皇的不安。他揭开了教会虚伪的面纱，在几个世纪以来神秘的天主教会的坚固堡垒上打出了缺口。

如果说欧洲的宗教改革是一系列因素的综合的结果，那么可以说马丁·路德是这些事件的导火索，他是一个先行者。然而在那个时候，教皇的权威不容置疑的，背道而驰的结果往往是死无葬身之地。马丁·路德并没有为此而胆怯，他坚定的信仰成了对抗教会的武器，他战胜了虔信造成的奴役制，破除了对教会权威的迷信，他恢复了信仰的权威。他把僧侣变成了世俗人，人们可以任意地唾弃那些虚伪的基督徒，他又把每一个世俗人变成了僧侣，人们在他那里找到心目中的上帝。他让人们从世俗的肉体中解脱出来，让灵魂重获自由，重新认识上帝。

德意志人因马丁·路德而觉醒了，人们都准备好战斗，他们建立起联盟，路德也被邀请，他们想得到这位伟人的支持，路德却没有赴会，只是对来使说："我不愿意靠武力和流血来维持福音，世界是靠语言征服的，教会是语言来维持的，也还是要靠语言来复兴，反基督的人们不是靠暴力取得一切，也将无须因暴力而消亡。"

于是有人对他失望了，那个在教会面前义正词严的人，在皇帝面前居然"胆怯"了，可是要知道，这是一位非暴力的倡导者，也是一位遵从于上帝的人，他所抗争的范围也只会停留在宗教的范围之内，所以当人民军队的领导人被俘致死以后，他也没有表现出异样的悲伤来。他认定的对手只是那虚伪的教皇，而不是代表政治权力的皇帝。

　　然而人们的确没有埋怨他，他已经让人们从愚昧中觉醒过来了，所以当路德去世的时候，他的灵柩由骑兵队伍护送，街道两侧的人们默默站立，与这位伟大的意志领袖告别。一位王公在悼词中这样写道："路德一手建设，一手持剑，这位处于病态社会的医生虽然十分暴躁，但却有一颗非常善良、毫无虚假的心。"

　　路德虽然死了，但是他的灵魂必将永远闪耀在基督教世界，他所开创的思想解放运动也预示着人类历史进入了一个新时期。恩格斯说："路德不但扫清了教会这个羊圈，而且扫清了德国民族语言浑浑噩噩的牛圈，创造了现代德国散文，并且撰写了成为16世纪《马赛曲》的充满胜利信心的赞美诗。"

　　卡莱尔也说："我发现路德生于贫穷，长于贫穷，是最贫穷的人，这正适合他在这个世界上的任务，无疑这是支配着他、支配着我们和万物的造物主很聪明地使他这样，以期达成其目的。"这样的意志力行动起来了，还有什么不能够实现呢？这样的意志力行动起来了，还能被什么吓倒呢？他像是一股洪流，冲垮了教会的威严，也洗刷了蒙昧的人心。人们在他的意志力的感召下，重新获得了上帝的垂青，重新拥有了信仰的力量。

　　正是凭借着这样的意志力，所以马丁·路德敢于藐视教会教皇的权威，把《圣经》和上帝的解释权利从教会手中夺了过来，以一种全新的译本让《圣经》在人们心目中得到了新的升华；所以他积极地促进宗教改革，让虔诚的教徒们抛开繁文缛节去觐见上帝。路德教的成功是对他最好的证明，人们接受了这种新的教宗，也接受了路德的意志改造。也正如他所说，这个世界是被语言征服的。可以说，马丁·路德的意志力正是他征服人心的铿锵之词。

叛逆是镜子中的忠诚

如果周围的人都认为你错了，你还在坚持，那你会被认定是叛逆；如果所有的人都认为你对了，你还在怀疑，那你还是被认定叛逆。然而站在你的角度来看，你一直都忠诚于真理。

马丁·路德无疑是一个绝对忠诚于上帝的人，我们可以从他那坚定的信仰中获得解释，他不顾及生命要从教会那里夺回来自己的信仰，然后再用一种超乎寻常的意志力把这种信仰分发给德意志人民。他一个人坚守着上帝的尊严，却要通过推翻教会的虚伪来维护；他本可以一个人去表现忠诚，但是他又改革了整个教宗，让所有的教徒都拜倒在上帝面前，这些改变证明了他的忠诚。

然而，马丁·路德又是一个最大的叛逆者，教会的审议厅上，我们可以想象他的"飞扬跋扈"，当时支持路德的贵族菲德烈说："在德意志，没有任何一位神学家能够证明路德是错的。"他甚至当着教皇的面义正词严地说："我坚持己见，绝不反悔。"在教会和世人那里，路德绝对是一个叛逆者，但是在上帝面前，他又是最大的忠诚者。

叛逆和忠诚并没有绝对的界限，最重要的是看自己的立场，到底是处在什么样的位置上。叱咤风云的拿破仑在战场上所向披靡，一次，一个军官向他举报另一个军官并没有按照拿破仑的指挥进行战斗，拿破仑顿时大怒，马上把那个"不听话"的军官找来了，后来这个被押过来的军官解释说："您的目标是取得战事的胜利，我并不是想违背你的意思自作主张，而是忠诚于你的目标，要取得胜利。反倒是那个有心推我下水的（暗指举报的军官）是真的存心不良，他在刻意离间我跟您的关系。这才是真的大逆不道。"拿破仑听完立马把那个举报的人给杀掉了，而这位被举报者获得了提升。睿智的拿破仑有大度的胸怀，所以他才可能认识到什么是忠心，什么是叛逆。

叛逆是忠诚的知己，只有那些固执的人才懂得叛逆者的心声就是为了忠诚；而忠诚是叛逆的情人，会在叛逆被认可之后送给叛逆一朵玫瑰。于是恩格斯和马克思成了知己的典范，他们会为对方的错误而勃然大怒，甚至针锋相对地大吵起来，然而他们忠诚于真理，忠诚于友情；所以居里和皮埃尔会成为爱人的模范，他们会相互指出实验中存在的不足和不确定性，以便让得出的结果更科学，他们在一个屋檐下，在实验上的争吵却一点都不含糊，他们忠诚于科学，忠诚于爱情。只有懂得忠诚的人才会那么固执地坚持异议，也只有毫无顾忌地叛逆才更能澄清忠诚。

我们总是在期盼着忠诚，殊不知，叛逆就是另一种忠诚。人生就是这样，在矛盾中行走，挣扎中前进，却又为我们的关于忠诚的选择喝彩。叛逆是身不由己的事情，忠诚却是任你选择的，所以当你认定了忠诚的时候，叛逆是如此配合地成了你的旗帜。

（1883 — 1924）

KAFKA

卡夫卡

独特又迷人的「异类」

灵性作家

......

弗朗茨·卡夫卡以敏锐而深刻的人生体验，

睿智而锋利的笔触，

为我们展示了一个到处充满着现代人的困惑与危机的世界。

同时他用一种在恐惧与绝望中微弱却又执着的战斗方式，

反抗着他所感受到的外部世界。

他不是作家，他只是卡夫卡，

一个被动生存的人，一个被动等待死亡的人，

一个下班回家写作的小公务员，

一个死后被人们称为"圣徒"的人。

很少有作家经历过像弗朗茨·卡夫卡这样的命运：生前几乎完全默默无闻，而死后很快便世界闻名。这位生活在奥匈帝国时代的业余作家，死后被人们誉为"传奇英雄和圣徒式的人物"，认为他与我们时代的关系最近似但丁、莎士比亚、歌德与他们时代的关系。这位身材瘦小的男人用他独有的方式思考人生、写作人生，他在黑暗中探索，渴望找到一条"生路"，然而最终还是失败了，但留给后人的不仅是他笼罩着神秘面纱的人生和那350多万字的作品，还有给世人的警示：倘若心中没有对某种不可摧毁之物的信念，人便不能生存。

对于这个痛苦的男人来说，写作是"祈祷的一种形式"。他努力的方向是内心的完美、白璧无瑕的一生。不能说他毫不在乎世界对他怎么想，只是他没有时间来顾及这个问题。正如马克斯·布洛德在《卡夫卡传》中写的那样："充斥他心中的是对伦理上最高境界的追求，这是人应该达到而实际上几乎达不到的境界；是一种上升至痛苦、至半癫半痴状态的冲力——不能容忍罪恶，容忍谎言，既不能容忍自我欺骗又不能容忍对他人的刻薄。这是一种经常以自我鄙薄为形式出现的冲力，因为卡夫卡仿佛是用显微镜观察他自己的弱点，渴望与纯洁、神圣获得最紧密的融合，在他的格言中这被冠以'不可摧毁的东西'。这种全力以赴的追求占据了他的一生。"有人将卡夫卡比喻成现代作家中最接近托尔斯泰的人。"倘若心中没有对某种不可摧毁之物的信念，人便不能生存。"卡夫卡以这句话清楚地表明了他自己的人生观。

有人说，卡夫卡是令人难以理解的，其实不然。他只是一个"用生命写作"的男人，牺牲了自己所有的时间，甚至健康、婚姻，他不倦地记叙着，表达着自己的洞见和感受，他犹如一位深陷绝境的圣徒把世间一切卑劣洞穿，用自己的整个生命去寻找出路。他好像为人类偷取上帝火种的普罗米修斯，为自由和真理甘受一切不公正的待遇。他把创作视为生命存在的形式和体验的过程，不带任何私心。他被认为是一个"十足虔诚的宗教徒"，而这只不过是他忠于"自己的信仰"，他要求自己作出最后的努力，然而人生走到尽头，仍没有达到这个目的的他，在如何处理他生前留下的作品的问题上，提出了一个颇为奇特的条件："毁掉一切"。留下这个嘱托之后，这个时代的"圣徒"带着他那奇怪的遗嘱决然地离开了这个世界。

被动生存的圣徒

弗朗茨·卡夫卡的一生始终都怀有一种被支配感。因为疾病，他的生存状态不由自己，疾病一直提醒他明确自己的处境，那就是放弃徒劳的对抗，静观疾病的壮大和自己的死亡。也许他生前唯一能够采取主动的就是写作和消灭自己的作品，可惜他也未能如愿。他成了一个自始至终永恒的被动者。然而，他的内心却时刻涌动着创作欲望，用写作与这个世界进行着对抗，他塑造了一个个不朽的艺术形象，表达了深藏于内心的烦恼、抑郁、不平和痛苦，体现出了"现代人的困惑"。后人称他为"为艺术而献身的圣徒"，一个真正的"精神家园的孤独探寻者"。

1924年6月3日下午，弗朗茨·卡夫卡被安葬于布拉格犹太中产阶级华丽的深色碑林当中。当时的人们并不知道躺在这里的人是谁。然而，今天只要人们提起布拉格，就会想起卡夫卡。人们说，卡夫卡就是布拉格，布拉格就是卡夫卡。

弗朗茨·卡夫卡被世人称为奥匈帝国最痛苦的文人，他在1883年7月3日出生于布拉格的一个犹太人家庭，他的父亲赫尔曼·卡夫卡是一位批发商人，劳碌一生，商业上不无成就。他怀着作为家长的骄傲，为此欣喜。他完全靠自己的劳动，建立了这个财丁两旺的家庭，这个家庭及其丰裕的生活供给在弗朗茨·卡夫卡的想象力和创作中留下了深深的烙印。就这个意义而言，他对父亲的崇敬是无限的，这种崇敬蒙上了英雄崇拜的色彩。不过他的父亲性情古怪暴躁，对孩子动辄打骂，"专横有如暴君"。在卡夫卡的记忆中，在一个寒冬的深夜，父亲由于卡夫卡的一个小错误而把他从床上拉起来，罚他穿着睡衣到户外过夜。可以说，弗朗茨·卡夫卡一生都活在父亲的阴影下，他惧怕自己的父亲。

23岁的卡夫卡从布拉格的卡尔·费迪南特皇家德语大学毕业，获得了法学博士学位。当律师从来就不是卡夫卡的梦想，他想成为一名作家。他之所以选择了法律专业，只不过是想寻找一个有工资的职位罢了。因为卡夫卡同自己的父母达成了默契：一旦有了自己的收入，他不会再依靠父母的钱包过日子。而他父亲对此并不理解，将他的这种举动视为最不像话的无理取闹。

24岁的卡夫卡进入意大利里维斯特保险公司布拉格分公司，开始正式上班。从这一天起，卡夫卡和现代主义文学史上的很多作家一样，比如博尔赫斯、艾略特和史蒂文斯，成了一名只能在工作之余写作的办公室职员。

在卡夫卡的很多朋友以及卡夫卡本人看来，这份工作并不理想。马克斯·布洛德相信，如果卡夫卡坚持，他的家人就会送他到国外读书，但他从来没有争取过。他的力量是朝向内心的，并且表现为一种"悲剧性的坚韧"。这或许为他一生的不幸埋下了伏笔。他忍受着痛苦，一言不发。然而，卡夫卡懂得，办公室职员在进行文学创作时，与生活签订了一份特殊的协议：他需要承担伴随着寻找创作空间和保持创作活力而产生的压力，同时，作为补偿，他将获得文学创作的纯粹性。一百年前，在卡夫卡生活的年代，一个年轻、有才华的人很少会像今天那样为报纸杂志写稿而获得经济来源。"谋生和写作必须严格分开"。于是卡夫卡就钻进了樊笼里，除了由于身体原因而提前退休或者早早死去，他就没有别的办法解脱。布洛德也选择了同样的道路，数年如一日地在办公桌前"毫无乐趣地工作"，直到最后，他才发现卡夫卡的选择是错误的，但这是"一个高贵的错误"。

卡夫卡仅剩的一点希望是换一份国家机关的工作，因为这种工作上班时间早，下午两三点钟就可以下班，这样他可以在午后休息一段时间，晚上写作。第二年，卡夫卡如愿以偿，他在一个半国立的公共机构找到了合乎愿望的职业。在这个岗位上，弗朗茨·卡夫卡受到了上司的青睐。可是，事情并不如他想象的那样简单，他做了许多尝试来分配时间，以使他自己酷爱的写作不受影响，然而没有成功。写作需要有很多时间使创作力将执笔者带入高涨的情绪，然而这短暂的下午总是使人想到明天将要在单位度过的荒凉的日子，在这段时间里卡夫卡根本不能够进入状态；而他的好朋友马克斯·布洛德也开始过类似的日子，也只有在投入最高度的精力和思想最高度集中的情况下才勉强可以进入这个状态。于是恶劣的时期在他们俩面前展开了。

在职业生活中，精神负担日益上升，日益难以承受，有趣的或令人激动的插曲十分罕见。关于办公室工作妨碍写作的问题，卡夫卡在日记中写得惊心动魄，全无补充的必要。值得注意的是这个平常十分谦逊的人的一段表白，他必须挣扎一番才能弄出个把公文，就像从自己身上撕下一块肉一样，然后"大吃一惊"地发现："……我身上的一切都是为文学劳动而准备的，这种劳动对于我是一种奇妙的轻松，一种真正的活力的表现；而在这办公室内，起草一篇该死的文件却必须从我有能力享受这种幸福的躯体上活生生地夺去一块肉。"

1912年是卡夫卡重要的一年，9月22日的晚上，卡夫卡如平常一样走进了他的卧室，但他没有像从前那样安安静静坐在卧室里，不写作，也不下决心写作，呆呆地凝视着他的手指，久久地目不转睛。他很快进入了状态，且是千载难逢的好状态，开始了写作。这种好状态是上帝给的，是调节不来的。卡夫卡似乎是信上帝的。那一夜，他一气呵成写完了《审判》。灯熄了，天亮了。卡夫卡感觉到心脏隐隐作痛。也许只是感觉而已。他没有拿手去捂他的左胸。就在这时，卡夫卡恢复了午夜时分消失的疲倦。在隐痛和疲倦中，卡夫卡听见了妹妹们进房间时带着颤抖的脚步声。侍女进来了，卡夫卡在她面前伸了伸懒腰，说："我一直写到现在！"侍女环顾了卡夫卡的床。没有人碰过，像是刚抬进来似的。

　　有了1912年的这个夜晚，卡夫卡意识到，写作只能这样进行，只能在这样一种状态下进行，即是在身心充分打开的状态下进行。他还说，写长篇小说会让人陷入可悲的泥淖之中。然而，就在这一年的11月和12月，卡夫卡又写出了《变形记》。

　　卡夫卡时常会觉得自己缺乏创造力，他经常自问道："我难道不应该老老实实地待在办公室里，像一阵风一样地做完待办的工作，做一个热心的、讲究方法的职员，把自己的头脑都用到工作当中去吗？"他发现自己在上班时间打呵欠，决心以后开始写作的时间不得迟于晚上十点，结束的时间不得超过凌晨两点。然而，工作占据了卡夫卡的大量时间，他的文学创作不能得到重大突破，这让他十分失望。尽管如此，他从未放弃过伟大的作品将在自己笔下诞生的梦想："它如此强烈地压迫着我，如此地不可或缺，我惊讶于它的神秘。"

　　1912年过后，卡夫卡在随后的18个月里，几乎没有写出任何作品。尽管他给自己的未婚妻菲利斯写的信还是和以往一样多，这些信的总字数加起来相当于一部长篇小说。这正是问题的关键，他的精力和写作时间都用来写信，用来同一个只见过一次的女人谈恋爱了，创作中的《失踪者》不得不暂时搁笔。

次年，他试着继续写作这篇小说，他劝菲利斯不要嫉妒她的"对手"："小说中的人物一旦觉察到你的嫉妒，准会离我而去；说到底我不过抓着他们的一角衣衫而已。"他告诉她，他不能同他的小说分开，"因为我是通过写作而活的。"他补充说，"一旦我失去写作，就必然会失去你，失去一切。"最后，卡夫卡还是失去了菲利斯。不仅如此，卡夫卡一生订了三次婚，三次都解除了婚约。究其根本原因，就是婚姻生活必将影响卡夫卡所钟爱的写作生活，对于卡夫卡来说，任何东西都无法与写作相比。而卡夫卡本人，也心甘情愿地成为这个古老的伟大事业的祭品。从这一点上考量，他焚膏继晷地写作、又不断地毁弃自己的作品的举动，就超越了自厌和自虐，而达至大诚大勇的境界，他那卑微、晦暗、支离破碎的一生也因而获得了一贯性和力量。

此后，卡夫卡又写出了《城堡》《饥饿的艺术家》和《洞穴》。艰苦的工作，严重地影响了卡夫卡的身体健康。1921年，卡夫卡的肺结核复发，并开始咯血。身体越来越糟的卡夫卡不得不在第二年6月辞职。养病期间卡夫卡除继续创作外，还游历了欧洲各地。

三年后，卡夫卡已经完全没有治愈的希望了。1924年4月，卡夫卡的体重锐减到95斤，他连说话也十分困难，只能在嗓子眼里低声嗫嚅。6月3日，卡夫卡的呼吸急促起来，他痛苦地对医生说："杀了我吧！不然你就是凶手。"医生无奈之下给他注射了安眠剂。很快，卡夫卡便与世长辞。他曾在遗嘱中要求挚友马克斯·布洛德将他的全部手稿统统付之一炬，他不希望再有人看到他的作品。不过，这个遗嘱被背叛了，这也是我们今天能够阅读到卡夫卡作品的原因。

从卡夫卡的日记和书信来看，他始终都怀有一种被支配感。因为疾病，他的生存状态不由自己，疾病一直提醒他明确自己的处境，那就是放弃徒劳的对抗，静观疾病的壮大和自己的死亡。也许他生前唯一能够采取主动的就是写作和消灭自己的作品。可惜他也未能如愿。他成了一个自始至终永恒的被动者。他不是作家，他只是卡夫卡，那个被动生存的人，那个被动死亡的人，那个下班回家写作的小公务员，那个生前痛苦写作的人，那个死后被人们称为"圣徒"的人。

一块透视苦难的冰

卡夫卡的伟大之处就在于，他至死都在用流着鲜血的头来冲撞着外部的世界，去追寻着他心中的真理。他的追求甚至表现出不容置疑的"病态"。这是卡夫卡的悲剧，他奋斗了一生都没有穿透他笔下那种"无法穿透的黑暗"。不过，他的挚友布洛德却说："他想做一团火，但他却是一块透视苦难的冰。"

卡夫卡究竟是一个怎样的人？据他的朋友说，卡夫卡的外表极不显眼，他经常穿的深蓝色衣服，得体合身，像他本人一样不引人注目。认识他的人都说他是一个瘦高个儿，头发乌黑，身材匀称，衣着整洁朴素，他的性格沉默、羞涩，具有一种优雅而彬彬有礼的风度。无论他在讲话还是在倾听时，他的脸上最引人注目的特征就是那双大大的，有时甚至瞪得圆圆的眼睛。这双眼睛里流露出的不是恐惧，而更像是惊讶。

他的眼睛是棕色的，眼神略带羞涩。当他说话时，它们就被点亮了……瑞士作家弗莱德·波兰斯就曾这样描述卡夫卡："任何一张照片都不能表现卡夫卡身上那种并不张扬的魅力。他个子很高，体形优美，一头黑发，衣着极为考究；他给我留下的印象是非常整洁。我记得，在他那张苍白的脸上，有一双深色的眼睛流露出笑意，我想我在那双眼睛里看到了金子般的光芒。在谈话时，他那原本毫无生气的嗓音变得越来越富有活力，变得温暖、悦耳、动人。"

后来的学者评述卡夫卡说，他不属于任何一个具体的文学流派，他属于整个文学；他不属于某一民族，而属于超越了民族的片面性和狭隘性的世界作家；他不属于某一个国家，而属于影响全人类的作家。他自成一体，各种"主义"都从他那里获得了启示，各种流派都从他那里找到了根源，许多当代伟大的作家都将他当作借鉴的榜样。据布洛德当年粗略的统计，受到卡夫卡强烈影响的作家主要有：阿尔杜斯·哈克斯利、安德烈·纪德、赫尔曼·黑塞、马丁·布伯、托马斯·曼、亨利希·曼、弗兰茨·韦尔弗、弗吉尼亚·伍尔芙、莱克斯·瓦纳、加缪等，这还不包括我们所熟知的作家如马尔克斯、博尔赫斯、余华、残雪、格非等。中国当代作家残雪自问道："卡夫卡，对于我这样一个写特殊小说的人到底意味着什么呢？"她随后回答道："这位作家具有水晶般的、明丽的境界。因为他身兼天使与恶魔二职，熟悉艺术中的分身法，他才能将那种境界描绘得让人信服。"

卡夫卡的生活圈子很有限，只有很少的几个朋友，但卡夫卡并不是一个生活在"真空"中的人。卡夫卡用他非凡的洞察力，即使是对熟悉的日常生活现象，也保持着清醒的批判态度，并用他的笔，以写作为手段来进行他的反抗，他以执着的精神，始终保持着这种对生活的叛逆，把写作视为生命。

从他的个人日记中，我们可以了解到，无论是从体质上，还是从精神上，卡夫卡都是一个敏感而孱弱的人。《卡夫卡传》中曾记载："据他母亲说，他那时是个体弱温柔的孩子。"而在《致父亲的信》中，他也给自己做了定位："我，简而言之，一个有一定卡夫卡家族根基的略维家族人。"这样的卡夫卡，一辈子都处于强大的、外表强壮非凡的父亲的阴影下。

卡夫卡的第一次反抗就是同父亲进行的，一方面卡夫卡对父亲是畏惧与厌恶，另一方面却又对父亲发自内心地敬佩，这就形成一种表面越是顺从，内心却越是反抗的态度，一种典型的卡夫卡式的"就范"，这也是卡夫卡在与父亲的斗争中形成的，后终其一生伴随左右的斗争模式。就在这样的斗争模式下，他坚持不懈地进行着与整个外部世界的斗争。一方面意识到外在的压迫，并以一种斗士的角色展开不屈的反抗；另一方面又感觉到自己的软弱无力，因为他的能力仅仅是内向的，表现出执拗的坚韧，却又总是带着些许彷徨。于是，他只能把现实中无法实现的一切转入地下，即便以写作的形式将其述之笔端，却也要用象征、隐晦的手法将之深埋于表层的叙事之下。

可以说，卡夫卡的一生都处在矛盾交织之中，他对自己的矛盾具有无比敏锐的洞察力，却没有办法超越它们，像巴尔扎克一样。障碍对于卡夫卡来讲，一部分是现实社会的，一部分是家庭的，一部分来源于自己的想象。可是就像他自己说的那样，一切障碍都能摧毁他。他一方面在扭曲个性的残酷现实生存条件下，不断捍卫着"自我"；另一方面他直面"障碍"的勇气，恰恰是我们很多人所缺乏的。

一个柔弱的天才，面对他并不喜欢的生活，写作成为他活着的唯一的理由和生命的全部意义。为了写作，他牺牲了爱情、健康，甚至生命。他太孤独了，没有人愿意听他倾诉，事实上也没有人能够真正听懂他的倾诉。他只有选择自语，选择日记和书信。他在渴望理解的同时又在拒绝理解，他在有意无意间把自己与世界划清了界限，即使不够决绝，但他至少去做了，并且始终都在竭力维护这种"界限"，用手中的笔，用心中的忧虑与恐惧。

抗争是卡夫卡一生的执着，写作就是他反抗的武器。从他的作品中，我们可以看到这种不屈反抗的存在。同时，他的反抗又带有他及他所处时代、社会的独特个性。他的反抗，是"卡夫卡式"的反抗。这种反抗是没有硝烟的战斗，却能带来震撼世界的力量；微弱，却有水滴石穿的力量；渺小，却有精卫填海的坚韧。卡夫卡的反抗，不是如革命斗士一般的激情与颠覆，不是与敌人兵戎相对的干戈，他的反抗是一种血淋淋的揭示，是启发性的反抗。他从不呼吁人们去呐喊，而人们却在读他的文字时不由得振臂高呼。生活中的卡夫卡没有锋芒，也不强悍，只有默默地抗争。尽管他清醒地意识到自己的反抗最终只能换来绝望，但他仍带着一丝不可摧毁的希望。

有人说卡夫卡是一个弱者，他的反抗也是一个弱者的反抗。然而，卡夫卡并不是一直这样阴郁绝望，在他日记中我们经常可以看到许多光明的句子："我们有罪不只因为我们吃了知识树，也因为我们没有吃生命树""倘若心中没有对某种不可摧毁之物的信念，人便不能生存""人只需有一次转向善一边，他便得救了，无须顾及过去，甚至无须顾及未来""结婚、建立家庭，接受所有降生的孩子，在这不安全的世界上保护他们，甚至给予些引导，这些我确信是一个人所能达到的极致"……卡夫卡的反抗并不是以颠覆和战胜为目的，没有强烈的爆发力和冲击力，他却以执着不懈的精神，和发人深省的思考而产生了深远的影响。

今天，卡夫卡被誉为20世纪最伟大的作家之一，著名英国作家奥登曾说："就作家与其所处时代的关系而论，卡夫卡完全可以与但丁、莎士比亚和歌德等相提并论。"卡夫卡的伟大之处就在于，他至死都在用流着鲜血的头来冲撞着外部的世界，去追寻着他心中的真理之所在。他的追求甚至表现出不容置疑的"病态"。这样追求的绝对的真和极端的执着，超越了无限，走向了永远。这是卡夫卡的悲剧，他奋斗了一生都没有穿透他笔下那种"无法穿透的黑暗"。不过，他的挚友布洛德却说："他想做一团火，但他却是一块透视苦难的冰。"卡夫卡以绝望的真诚画下一个巨大的问号，迫使我们惊醒、警觉和深思。我们不得不承认：卡夫卡仍然是我们的指路人。

卡夫卡的启示

卡夫卡并没有告诉我们该怎么去改变困境，也没有告诉我们怎样才能算是实现自我，但他用自己的生命作出了最好的回答。人生就是一个竞技搏斗的场所，每个人只能上场一次。每个人都应将自己变成一个用其一生去战斗的"天生的战士"，竭尽全力去创造一个可能性的世界。我们做了什么，说了什么，以及对周围的世界产生了什么影响，等等，并非最为重要。真正重要的，只要曾经奋斗过，就已经足够了。

卡夫卡的一生，似乎并没有遭遇什么大起大落，家境优裕，天资聪颖，不管是在学业或工作方面，他都算得上顺利，甚至一定程度上可以说是比较幸运的。然而，在这些平淡无奇的生活表象下面，其实是一个冲突、敏感、不够安分的内心世界；在他不动声色的双眸后面，掩藏着惊恐、无助甚至绝望。他说："我的职位对我来说是不可忍受的，因为它与我唯一的要求和唯一的职业，即文学是相抵触的。由于我除了文学别无所求，别无所能，也别无所愿，所以我的职位永远不能把我抢夺过去，不过也许它能把我完完全全给毁了。"这是一个艺术灵魂的喃喃低语。他同时被推到了两条战线上，既要与现实交锋，又要同艺术作战，不可回避的矛盾，一次次使他陷入茫然无助之中。他之所以忍气吞声地在现实俗务上花费那么多时间和精力，其实正是为了尽可能地营造一份适宜生存的现实环境，以便更好地亲近写作。

　　卡夫卡的问题无处不在，无所不包。其实，他和我们一样，在生活中总面对诸多难题：家庭问题、事业问题、职业问题、恋爱问题、婚约问题、信仰问题、疾病问题、遗嘱问题、退休问题、死亡问题等。苏格拉底曾说过："世界上最快乐的事，莫过于为理想而奋斗。"对任何一个人来说，有理想就意味着对明天充满了追求与渴望，对未来充满了憧憬与希望。然而，现实又仿佛总是残酷无情的，理想与现实的差距有时会使我们备感茫然。今天，我们为了生存不得不首先选择现实，明天，我们为了发展还是会一样义无反顾地选择现实。现实与理想好像永远也不能一起选择，像鱼和熊掌不能兼得一样。它们永远有距离，理想似乎在天上，现实就在眼前。这种距离让人奋斗，但事实表明我们根本不可能办到，让我们无可奈何，只能仰天长叹。

　　也许，在这个时候我们需要看看卡夫卡。他对文学的热爱已经到了无以复加的程度，只要是关于文学的事，都让他兴奋不已。为了写作，卡夫卡利用了一切可以利用的休息时间，以损害健康、牺牲爱情、远离家庭为代价，与孤独为伴。所有为了写作而遭受的不幸，在卡夫卡看来都是微乎其微的，只要能写作，他便得到"神仙般的消解"。

　　然而命运弄人，卡夫卡热爱文学，却只能遵从父亲之意读取法学博士；热衷写作，却又不得不在保险公司的办公室里消磨时间；渴望家庭温情，在自己家中却"比一个陌生人还要陌生"；渴望爱情，却又恐惧婚姻，孤苦终生。现实生活与卡夫卡所希望的总是背道而驰。在现实中，他不得不把真实的自我深深地隐藏起来，戴着面具与人交际，所以原本孤独、忧郁、"一点都不喜欢讲话"的他，在同事、朋友面前却是一个性格开朗、健谈的人。卡夫卡在现实生活中汲取物质上的给养，而在他的小说中寻求精神的乐园，寻找真实的自我。他的创作过程是受"人格面具原型"控制的过程，他创作小说并在其中寻找自我。卡夫卡的作品既写出了自己，也道出了一代人的困惑。如奥登所说的："卡夫卡所以对我们重要，是因为他的困惑，亦即现代人的困惑。"卡夫卡就是在这种困惑中去找寻生存的意义。

实际上，我们和卡夫卡的生存状态一样，始终处在理想与现实的冲突之中，就像两个步调不一的时钟，一个疯狂飞奔，一个则慢腾腾地行走。理想与现实的冲突，常常使我们感到精神上无以名状的痛苦，我们觉得自己就是一个精神上的流亡者。可试问一下自己，我们为自己的理想又做了什么？

我们的生活，被卡夫卡不巧言中。我们每个人都在脱离本性，逐渐依赖物质，成为客观世界的环节，我们似乎同卡夫卡一样显得如此脆弱。然而他不只是一个诉说痛苦的人，他的文字处处透露出坚强与不屈。他在我们的心灵之上，说出了我们的困苦与无助，他毫不隐瞒地说出了事实的真相，说出了那些疼痛、忧虑与恐惧，使我们更为清楚地看到了自己的真实处境。

虽然卡夫卡并没有告诉我们该怎么去改变困境，也没有告诉我们怎样才能算是实现自我，但他用自己的生命作出了最好的回答。人生就是一个竞技搏斗的场所，每个人只能上场一次。每个人都应将自己变成一个用其一生去战斗的"天生的战士"，竭尽全力去创造一个可能性的世界。我们做了什么，说了什么，以及对周围的世界产生了什么影响，等等，并非最为重要。真正重要的，只要曾经奋斗过，就已经足够了。

（1606 — 1669）

伦勃朗

命运多舛的纸上魔法师

……

伦勃朗说：

"比金钱重要的是名誉，比名誉重要的是自由。"

伦勃朗为艺术颠沛流离的一生正是对自己这句话的最好诠释。

伦勃朗不是英雄，他是一个艺术的圣徒。

他的面容里体现着一种遇大难而不惊的超然，

人们从他的作品中看到的是

他洞穿人性的彻悟和与天同在的悲悯。

那是一种心灵升华的超越。

除了凡·高，荷兰还有一位伟大的画家，他不仅是欧洲艺术史上开宗立派的大师级人物，而且在西方美术史上的地位，与贝多芬在音乐史上的地位庶几近之。这位画家恐怕是史上最自恋的画家，留下的自画像数量之多无人可比，如果把他所有自画像排列起来，就是他一生心路历程的传记。

他的眼神是深邃而从容的，透露出一种阅尽繁华、归于平淡的明澈与从容。永远绷着的嘴角，则显现出他一贯的自信：面对任何艰难困苦、坎坷命运，他都不会沮丧不会消沉。他对自己的艺术追求、对自己所探索到的艺术规律，永远充满信心。他深知自己的艺术价值，他坚信即使当代人不能理解，后代人也必将会理解。这个人最真切、最深刻地表现了他所处的时代，他的艺术能量必将超越时空，他的艺术杰作必将进入人类最崇高的艺术殿堂，他的名字就叫伦勃朗。

就艺术成就而论，伦勃朗与同代佛兰德斯画家鲁本斯、西班牙画家委拉斯凯兹并称为17世纪欧洲画坛三颗巨星，后两者生前享尽艺术名望所带来的富贵荣华，死时举国哀悼，吊丧之盛有近于王公大臣。而伦勃朗的死，则如下夜陨灭在旷野的流星，几乎没有引起当时人们的注意。当伦勃朗去世时，他除了一身债务之外，已经一无所有。他背负着几乎所有世俗的骂名，"傻瓜""白痴""穷光蛋""不识时务的老顽固"等，甚至教堂的执事都不愿意为他举行葬礼，嫌他的家人付不起葬礼的费用，最后还是他的生前好友、一位可敬的医生和一位画商垫付了佣金，他才被草草下葬。

伦勃朗死后，人们渐渐忘记了这个曾经名噪一时的艺术巨匠。直到18世纪中期，人们才再次提升对伦勃朗的重视程度，戈雅、德拉克洛瓦等一代大师也对他的作品推崇备至。即使是凡·高，这位伦勃朗的同胞，也曾在信中写道："我只要啃着面包，在这些画面前坐上两个星期，就算少活十年我也愿意……"以表达他对伦勃朗作品的喜爱。

　　伦勃朗的艺术之所以不朽，最重要的原因是他有一双可以直透人性深处的艺术家之眼。不管是他本人、他的家人或贩夫走卒都能融入画中，以他杰出的艺术才华为人类贪婪、黑暗的心性发散出亮光。在伦勃朗看来，艺术是灵魂的信仰。身为艺术家不应为迎合别人的口味而创作，创作绝不能背叛自己的灵魂。伦勃朗曾说过："比金钱重要的是名誉，比名誉重要的是自由。"伦勃朗为艺术颠沛流离的一生正是对自己这句话的最好诠释。

真正的艺术家

　　伦勃朗从在父亲磨坊里干活而发现了光线的秘密之时起，就终其一生，不懈为此努力着，为追寻自己的信念至死不渝。为了去真实地表现艺术家自己的感受，为了超越时代局限，去求索更高的艺术境界，他不知不觉地让自己走进孤独——那是一条势必要历尽人生磨难才能得到"正果"的道路。伦勃朗在与神、与人的较量中，获得了最后的胜利。

　　伦勃朗于1606年7月15日生于莱顿市，他的父亲是一位面粉厂的厂主，母亲是一个面包师。夫妻二人一共养育了十个孩子，伦勃朗排行第九。关于这对夫妇我们知之甚少，但在1630年伦勃朗父亲去世时的遗言里，以及1640年母亲去世时的遗产目录中可以了解到，伦勃朗一家积蓄了一定的财产，在当时是相当富裕的了。

　　伦勃朗的兄弟中，有三个人还是在婴儿的时候就夭折了。长大成人的兄弟中，三个人继承了家业当了磨坊主和面包师，只有伦勃朗进入莱顿的拉丁语学校学习，从这一点我们可以看出，在兄弟之中，他是最聪明的。他父亲很快就发现了伦勃朗的天赋，于是想将他送入莱顿大学法律系，让他成为一名法学家。莱顿大学是荷兰最古老的大学，在国外也名声显赫。但伦勃朗却没有按照父亲的意愿进入莱顿大学，而是在15岁那年转而从师学习绘画。

谁也没有想到，伦勃朗在19岁时就迅速成名，并开始独立创作。在当时的莱顿，还有一位才能不亚于伦勃朗的年轻画家，他就是同样师从于皮特·拉斯特曼的约翰·里文斯。里文斯在15岁左右的时候就已经独立并颇有作为。里文斯和伦勃朗成了朋友，数年时间里，他们在工作上保持着亲密的关系。他们使用的模特，似乎工作室也是共同使用，从善意的竞争意识出发，他们还以同一主题进行绘画创作。有的时候两个人的作品极其相似，甚至难以区分哪一幅作品是谁创作的。

伦勃朗在莱顿度过了五六年的时间，虽说莱顿当时是荷兰的第二大城市，但与阿姆斯特丹相比还是有些落后。阿姆斯特丹当时正处在高速发展的时期，正在成为世界商业的一个中心地。伦勃朗知道，对于一个有梦想的年轻画家来说，没有什么地方能比阿姆斯特丹更为合适了。

于是，伦勃朗来到了阿姆斯特丹，很快在那里定居。1633年6月，伦勃朗同亨德利克的亲戚萨丝佳订婚，并在第二年结婚。萨丝佳的父母在她年少的时候双双去世，留给她一大笔遗产。当时的伦勃朗也接二连三地接到订单，他已经确立了自己作为荷兰一流画家的地位，两个人的结合是一个不错的选择。那段时间里，伦勃朗创作了一系列的优秀作品。1639年，伦勃朗买下了一幢富丽堂皇的豪宅。由此，达官贵人应声而至，订单洽谈滚滚而来，天才的伦勃朗迎来了他人生和创作的灿烂辉煌的黄金时代。

从1635年到1640年的时间里，萨丝佳生了三个孩子，但都在几个星期内便夭折了。他们的第一个孩子叫隆巴尔托斯，第二个和第三个都是女儿，她们的名字都源于伦勃朗的母亲叫柯奈丽雅。1641年，萨丝佳生了第四个，也是最后一个孩子，名叫泰塔斯的男孩儿。与其他的孩子不同，这个孩子得以顺利成长，但萨丝佳在第二年的6月14日，年仅29岁便离开了人世。

幸福的光环在伦勃朗的头顶逐渐消失了。接二连三的打击之后，伦勃朗又遭到事业上的挫折。1642年，他完成他最伟大、通称为《夜巡》的作品，也是他最著名的作品之一。实际上，这幅画本来是阿姆斯特丹的权贵们为了炫耀他们的战绩而委托伦勃朗绘制的。伦勃朗并没有按照一般肖像画的画法来画，而是将它画成了一个历史主题画。

他选择了大尉下令射击手射击的瞬间，描写了人们仓皇准备的混乱场面。整个画面的光线很暗，仅仅把两个社会地位较低的士兵放在最亮的部位。伦勃朗这种处理方式显然激怒了那些权贵们，这群贵族认为他们出相同的钱买伦勃朗的画，伦勃朗就应该给他们同样的地位，而不应该让某些人处在半明半暗的地方，于是他们叫伦勃朗改画，让他们排成一排，这样人人都能得到相同的光亮。但是伦勃朗坚决不改画，他说："我是艺术家，不是调查人口的。我的任务是创造美，不是计算人数。"

雇主为索回画金，将此事诉诸公堂，并对伦勃朗大肆攻击诽谤。伦勃朗和权贵们渐行渐远，事业也随之下滑。对伦勃朗来说，他难以集中精力进行为富裕的实业家们描绘肖像这一赚钱的工作。从此以后，伦勃朗接受预订创作的肖像画骤然减少，而描绘《圣经》题材的作品则不断增多。对于苦难时期的伦勃朗来说，宗教也许是一种安慰，但照顾泰塔斯需要更加现实的帮助。伦勃朗雇用失去丈夫的基尔蒂为孩子的乳母，不久她便成了伦勃朗的情人。

数年后，伦勃朗雇用年轻的亨德利吉·斯托菲尔斯为女用人，后来，她取代基尔蒂成了伦勃朗的情人，而这酿成了更大的纠纷。1649年基尔蒂离开家里后，状告伦勃朗不履行婚约，因此，伦勃朗经历了几次不愉快的法庭审理，他也为此受到了批评。后来，基尔蒂被裁定入管教机构五年。1655年，基尔蒂获得自由，第二年去世。而另一方面，除了户籍问题以外，亨德利吉完全成了伦勃朗的妻子，并为他生了两个孩子。第一个孩子在1652年出生后不久便夭折了，第二个女儿仍然起名叫柯奈丽雅。在伦勃朗的六个孩子中，只有她活到了伦勃朗去世以后。

在伦勃朗的个人生活发生了如此变化的同时，职业上的运气也开始不佳。尽管他作为肖像画家已经赚不到很多的金钱，但他依旧大规模收藏，在美术品和古董的收集上不惜花费重金。他的收藏品中有意大利文艺复兴时期的绘画、武器、甲胄、罗马皇帝的胸像、古代的服装、东方的工艺品。此外，还有多达数百幅的版画和素描。1652年至1654年，荷兰同英国发生战争，这给荷兰的整个经济和美术市场都带来了沉重打击。生活陷于窘境的伦勃朗已经难以偿还以房产为担保的借款，为此，他出售了一部分收藏品，还借了一些没有偿还希望的钱。

1656年，伦勃朗已经无法从债权人的追讨中逃脱，他面临着破产和入狱的危机。最终伦勃朗的财产被变卖，向债权人支付债款，但可以暂时留在自己的家里，直到新的所有者接管那幢住宅。伦勃朗一直住在那里，自1660年以后，他才在市内最贫穷地区的一幢简朴的房子里生活。

这个时期，泰塔斯出色地长大成人，1660年，他与亨德利吉共同创办了美术商会，伦勃朗是其名义上的职员。这是为了防止债权人夺走伦勃朗收入的巧妙的法律借口。因为在法律上，伦勃朗赚得的钱属于债权人，名义上只允许他使用极少的生活费。

伦勃朗并没完全偿还借款，但即使在世俗社会上没落了，作为画家他仍然受到极大尊敬。1661年至1662年，伦勃朗接受订单，创作了他一生中最大的、最著名的两幅作品，这就是装饰新建的阿姆斯特丹市政厅的系列作品中的一幅《克劳迪·西维里斯的密谋》，和为阿姆斯特丹纺织品协会创作的威风凛凛的集体肖像画《呢商同业公会理事》。伦勃朗的名声还传到了国外，著名的意大利收藏家唐·安东尼奥·卢福订购了三幅油画，并于1669年订购189件铜版画。

1663年，亨德利吉去世。1668年，结婚仅仅半年的泰塔斯也去世了。第二年3月，泰塔斯的遗孀生了一个女孩儿，祖父伦勃朗为其命名。此后，伦勃朗仍继续进行工作，并在暮年时期创作了两幅出色的自画像。1669年10月4日。伦勃朗死于阿姆斯特丹，享年63岁。当他挥泪告别这个充满了磨难和苦痛的人生的时候，他的身旁只留下了几件破旧的衣衫和朝夕与共的画具，他被悄然无声地草草地掩埋在早逝的儿子的墓旁。吝啬的上帝给予这位擅长肖像画、风景画、风俗画、宗教画、历史画的不幸画家的丧葬费仅是13个盾——只相当于埋葬一个乞丐的花费。然而，他却给人类留下了许多价值连城的宝贵的文化遗产。

一个磨坊主的儿子

> "我是磨坊主的儿子，哥哥是皮鞋匠。即使用世界上所有的丝绸锦缎，所有的雀毛花边加在我身上，都一点不能改变我。"这就是伟大艺术家伦勃朗的宣言，这就是天才的磨坊主儿子的骨气，也是年迈的画家最后的呐喊！

人生是一种探险，人生是一趟苦旅，人生是一次炼狱，人生是一场噩梦！不是吗？凡人是如此，名人亦如此！匆匆迈入画坛的伦勃朗似刚刚出浴的朝阳，幸福地徜徉在人生的小道上。殷实的父亲为他精心选择着导师，导师精心地为他的未来启蒙解惑。年轻的伦勃朗在导师的引导下，一步步艰辛地向艺术的高峰攀登，向人生的佳境挺进。几载奋斗，几度辛劳，他从默默无闻的小镇而踌躇满志地走进了大都市阿姆斯特丹；他由委身于师长的画院而坐堂于自己梦寐以求的画室收授门生；他由复制欧洲大师的名画出售谋生，而因一幅《蒂尔普医生的解剖课》画作一夜成名。

但是，欢乐幸福只是短暂的，而不幸和苦痛与生俱来。伟大的艺术大师伦勃朗，因创作《夜巡》而得罪了贵族，货主不满意，他分文不得，但拒不修改。他依然故我，越穷越坚，越苦越强，越难越硬。伦勃朗与命运抗争，与世俗抗争，与自己抗争。他说："我是磨坊主的儿子，哥哥是皮鞋匠。即使用世界上所有的丝绸锦缎，所有的雀毛花边加在我身上，都一点不能改变我。"这就是伟大的艺术家的宣言，这就是天才的磨坊主儿子的骨气，这就是年迈的黄昏中的画家的呐喊！

刚强的伦勃朗，没有迎合，没有屈服，没有消沉，没有止步。他在困境中艰难勇敢地探索着，在逆境中发奋创作着。无数的打击和不幸在伦勃朗心灵深处愈加激发出一种无形的创新精神，他发誓要走出一条属于自己的独特之路，他要竭力表现绘画似乎无法表现的东西——人的内心世界。

伦勃朗是一位真正的伟大的艺术殉道者。他不媚俗于时尚的流行品位，他不屈服于命运的摧残和磨难，他不为金钱而折腰，他不趋炎附势，他坚定地恪守艺术的原则和品格。"比金钱重要的是名誉，比名誉更重要的是自由。"晚年的伦勃朗尽管长期蜗居于阴暗的小屋，但他独具一格的绘画艺术却"以黑暗绘成光明"。他更加珍惜不多的创作时光，他的艺术语言更加炉火纯青，他对人生和社会的认识更加敏锐和深刻，因而，他的作品更加伟大而永垂不朽。

伦勃朗的一生画了多幅自画像，不同时期的自画像，真实而深刻地反映出画家不同时期的生活和精神状态：少年时代天真烂漫，无忧无虑，对未来充满自信；刚结婚时表现出享受爱情、金钱和荣誉的幸福；破产落魄后表现出不屈不挠地顽强抗争不幸命运的毅力；在他生命最后的自画像中，我们看到的是他那张疲惫的易动感情的、皱纹深刻的面孔和他那双求知的、凄楚的、审视着周围世界的眼神。他那双眼睛是饱经风霜、体察世态炎凉、理解人生本质、看透一切的眼睛，既看到社会和人生美好，又看到虚伪和丑恶的一双充满人类智慧的眼睛。

丧亲、穷困、悲伤、冷遇，然后是永远的沉默，最后合上了深沉智慧的眼睛。苛刻的上帝只给了伦勃朗13个盾的丧葬费，相当于埋葬一个乞丐的费用。然而，这位不幸的画家却给人类留下了价值连城的宝贵的文化遗产：600多幅油画，250余幅铜版画，1500多幅天才灵动的素描和他那坚强不屈，坚忍不拔，越穷越坚，自强不息地做人作画的伟大精神和原则。仁慈的上帝最终还是公平的，没有遗弃他，让他在200年之后成为世界上最受尊敬的画家之一，享有人类永远铭记的荣光。

对自己忠诚

在人生的一切艰辛之中，最危险的也许不是生活的困苦，而是对自我的背叛。伦勃朗实现了他所认定的生活目的，那就是艺术只服务于灵魂。他那种对自己信念的执着，毕生追求自身追寻的价值及真理的奉献精神，不仅鼓舞了后世的艺术家，也为后世的人们提供了一个精神的标杆。

选择艺术是危险的，选择做一个只忠于自己而不考虑取悦大众的艺术家是更加危险的。法国小说评论家安德烈·马尔罗曾说："在那个晚上，当伦勃朗还在绘画的那个晚上，一切光荣的幽灵，包括史前穴居时代的艺术家们的幽灵，都目不转睛地注视着那只颤动的手，因为他们是重新复活，还是再次沉入梦想，就取决于这只手。"

伦勃朗实现了他所认定的生活目的，那就是艺术只服务于灵魂，绝不向权贵屈服。在伦勃朗看来，艺术的主要价值在于表达自己的内心，忠于自己的灵魂而创作，并且始终如一地坚持下去，而不是在意别人的评价和意见。伦勃朗那种对自己信念的执着，毕生追求自身追寻的价值及真理的奉献精神，不仅鼓舞了后世的艺术家，如他的同胞凡·高，也为后世的人们提供了一个精神的标杆。

文艺复兴之后，欧洲绘画逐渐失去了开拓的精神，而伦勃朗在艺术上执着的追求，正如一个"丑小鸭"一样很快脱开了当时的束缚。他对现实生活的敏感远远超出了当代人的观念和理解，他描绘的生活渐渐露出了人们所不愿正视的真实和朴素。为此，他赢得了名声和财富，但也失去一切。他的一生大起大落，当往日的浮华和荣耀都已化作寒夜的春梦之时，伦勃朗是痛苦的。

然而，令他痛苦的并不是一贫如洗的生活，这只是表面的痛苦，更深刻的痛苦在于：他的艺术已被他的时代所误读，所曲解，所抛弃，那些富人们依然醉心于他早期所谙熟的那种华丽的、虚饰的风格，而不能理解他苦心孤诣所追求的艺术真实。他被那些貌似高雅，其实压根儿不懂艺术的绅士们讥刺为"黑暗王子"，他花费无数心血所创造的表现阴影的画法，被讥刺为"矫揉造作的幽暗""卖弄技巧的阴影""朦朦胧胧的光亮"……没有人喜欢付钱去"购买"阴影，更没有人希望自己的"尊贵"形象被画成"真实"的守财奴或者吝啬鬼，尽管他们本来就是如此的，却总是希望画家予以美化。

　　"我是花了钱让你画的，你必须在这里加上一层亮色，在这里添上一根绶带……"而这些恰恰是孤傲的伦勃朗所不能接受的。于是，他开始走向孤独、走向贫困、走向痛苦，也走向崇高。既然无法同世俗对话，那就只好去和自己对话。伦勃朗非常从容地面对世道不公、命运多舛，他以一种"殉道者"的悲壮和安详，迎接着一个又一个人生的创痛，维护着人格的尊严和道德的完善。

　　他与贝多芬的唯一不同点，就在于贝多芬是一个勇于向命运挑战，最终扼住命运咽喉的英雄。而伦勃朗不是英雄，他是一个艺术的圣徒，他的面容里体现着一种遇大难而不惊的超然，人们从他的作品中看到的是他洞穿人性的彻悟和与天同在的悲悯，那是一种心灵升华的超越。也许，大多数杰出的艺术家都是如此。他们不谙世事，不大去理会世俗，而是更倾向于去表现自己内心想要表达的东西。他们通过色彩、音乐、文字或者其他一些表达方式来表达，他们大多喜欢远离世俗，因为世俗间嘈杂的声音会让他们听不清内心的真正想法，掩盖内心的想法。所以他们的世界同大众不同，没有过多时间去追寻物质上的东西，而是以自己喜欢的方式生活着。他们在痛苦中得到升华，更显示出不屈从命运安排的人类尊严。

　　一个人能完全投身于不朽事业中，当然是幸福的，不容彷徨，不容迟疑的。然而，并不是所有人都能像伦勃朗那样不断坚定、执着甚至悲壮地追求自己的理想。其实，任何一个人能够用最适合自己的方式去表达最真实的自己，不仅是一件很伟大的事，更是一件很困难的事情。你永远不可能总是对任何事物都做到确有把握，你所能做的就是用你的勇气和力量去做你认为正确的事，结果也许会证明你的所作所为是错误的，然而至少你是去做了，这才是重要的，不要胆怯，要相信你坚持的信念。

对于大多数人来说，终生所追求的目标不外是"成功"。成功的定义固然因人而异，也许是名利双收、大权在握或自我超越。无论如何，如果你的成功无法忠于自己的信念，则注定仅是昙花一现，如果你的成功背离了自己的核心价值，也势必会令你忐忑不安。总之，如果你在坐拥成功的同时，无法高枕无忧，安然自若，也就称不上真正的成功。今天，有多少人做到了对自己永远的忠诚？在梦想与面包之间，又有多少人作出了不违背自己良心的选择呢？

在人生的一切艰辛之中，最危险的也许不是生活的困苦，而是对自我的背叛。那么，如何忠于自己呢？唯有把自己的内心变得足够强大，让自己的精神力量变得强大才能做到忠于自己！而坚持自己的信仰不动摇就能使内心强大！如果你能看得懂伦勃朗，也就会懂得这一切。

陀思妥耶夫斯基

DOSTOEVSKY

对人性最具洞察力的文学大师

（1821 — 1881）

……

陀思妥耶夫斯基是一个让天才着迷的天才，

令魔鬼恐惧的魔鬼。

他浸满毒汁、香精、痛苦和眼泪的灵魂

是一面宽袤无边的魔镜，

诸神在其中睹见了神的形象，

撒旦在其间窥见了魔鬼的嘴脸，

人在其中看见了自己的灵魂。

有人说，托尔斯泰代表了俄罗斯文学的广度，陀思妥耶夫斯基则代表了俄罗斯文学的深度。西方文学评论界对陀思妥耶夫斯基的评价之高，令人咋舌。他的艺术才华，连对他批判最为尖锐的作家，也是无法否认的。高尔基就曾说他是"最伟大的天才"，"就艺术表现力而言，他的才华恐怕只有莎士比亚堪与媲美"。

　　在陀思妥耶夫斯基逝世后的27年，著名法国作家纪德看到，"陀思妥耶夫斯基已经取代了易卜生、尼采和托尔斯泰"。11年后，德国著名作家黑塞也说："欧洲的年轻人，特别是德国的年轻人不是把歌德，也不是把尼采，而是把陀思妥耶夫斯基看作他们的伟大作家。"

　　陀思妥耶夫斯基的庞大身影遮蔽了19世纪一些公认的伟大作家的光辉，包括英国的拜伦、雪莱和狄更斯，法国的雨果、司汤达、巴尔扎克、福楼拜和波德莱尔，德国的歌德、海涅和尼采，挪威的易卜生，以及陀思妥耶夫斯基的俄罗斯同胞果戈理和屠格涅夫。不仅如此，如果超出文学界的范围，陀思妥耶夫斯基作为一个精神巨人，那么也很少有人能够和他比肩。他不是上帝的宠儿，生前的巨大荣光也并未给他带去尘世的幸福，他是一个被上帝抛弃的人。在巨大的磨难之中，他的身体被锻炼成了"超越了普通生理躯体的崇高躯体"。

　　受痛让他具备了成圣的契机，他身体上的伤痕，就是他神圣化的资本。他宛如那经历了撕心裂肺的创痛后，心灵因之变得悲慈、宽怜的圣母玛利亚，不仅是耶稣之母，而且是人类之母。他忍受着整个人类的苦难，用悲悯万物的爱和无息的安慰平复自己以及全人类心底的哀伤，抚慰他们焦灼不安的心魂，宽恕那些无以释怀的悲苦。在这其中，他发现了人的精神。

　　生前死后，陀思妥耶夫斯基的背影都是模糊的。同时代人对陀思妥耶夫斯基的回忆五花八门，有人说他是正人君子，有人却说他是个小人。后来的评价更是歧异。有人曾这样描述道："托尔斯泰就像晴朗天空中的一座山峰，明朗而清晰；陀思妥耶夫斯基也是这样一座高峰，但他的周围云遮雾障，叫人看不清楚。"

陀思妥耶夫斯基在云端，也在地狱；是天使，也是魔鬼。人们叹息于他自我审视的力度和勇气，却也感受到他绝望的叹息和无助的挫败。他的存在告诉我们，恐惧疼痛虽然是我们生命的本能，但无论何时都不要忘记疼痛，因为人生来不是为了享福的。只有通过受苦，才能获得幸福。这也让我们想起西班牙哲学家乌纳穆诺曾说过的一句名言："受苦是生命的实体，也是人格的根源，因为唯有受苦才能使我们成为真正的人。"

痛苦的天才

陀思妥耶夫斯基和托尔斯泰、屠格涅夫并称为俄罗斯文学"三巨头"，但忧郁的陀思妥耶夫斯基和诗意的屠格涅夫、庄重的托尔斯泰相比，具有更多诡异的色彩、更多苦难的烙印。他被米哈依洛夫斯基称为"残酷的天才"，被鲁迅称为"人类灵魂伟大的叩问者"。他一生贫困潦倒，生活中不断遇到各种各样的苦难，在亲身体会人世间的苦难当中，他一直努力地思索俄罗斯的命运，或者说是全人类的命运。

1821年11月11日，费奥多尔·米哈伊洛维奇·陀思妥耶夫斯基降生在一个贫穷的医生之家。他的父亲是一位复员的军医，战争污浊了他的双眼，也损害了他的神经，在博罗季诺战役之后，他刚刚30岁，便永远失去了人生的乐趣。自那以后，他从未笑过。这位复员的军医被任命为莫斯科马里英济贫医院的医生，医院所在地，一直被人们认为是古老莫斯科最凄苦的地区之一。父亲的性格越来越坏，他极易动怒，十分暴躁，而且傲慢自大，他养成了酗酒的习惯，常常因喝酒过多而昏迷不醒。然而，这位性格孤僻的医生，却有着一位心地善良、朝气蓬勃的妻子。正因为有着这样一个乐观善良的母亲，陀思妥耶夫斯基的童年才不会被阴暗所笼罩。

在贫困的生存环境中，陀思妥耶夫斯基渐渐懂事了。现实生活中许多悲惨事件毫不留情地展现在他的面前，而他从一开始就对这些事件百思不得其解。虽然父母不允许，年轻的陀思妥耶夫斯基还是喜欢去医院花园走走，看看那些晒太阳的病人，喜欢端详那些面色憔悴、愁眉不展的病人，他不明白，他们为什么会那样的颓废不堪。他也看到，父亲每天晚上总是闷闷不乐地默默坐在小桌旁，用别人看不懂的拉丁文在病历上记载这些人的病情。他们在干什么？父亲在干什么？他幼小而明亮的眸子里充满困惑。

陀思妥耶夫斯基早年所受的文学影响是多方面的。在他父亲的客厅里有一个存放着各种各样书籍的书橱，这几乎是这个陈设简陋的住宅中最主要的装饰品了。这个书橱无疑是展现在这个未来作家面前的一座巨大的精神宝库。

1834年，13岁的陀思妥耶夫斯基和哥哥转入莫斯科一所寄宿中学学习。这是一所聘任了当时俄国许多著名教育家与学者任教的学校，同时又是一所以偏重文学课程而著称的学校。陀思妥耶夫斯基在这里如饥似渴地吮吸着俄罗斯文学的乳汁，他很崇拜诗人普希金，他以自己能成为普希金的同时代人而自豪。但普希金的死却给生性多愁善感的陀思妥耶夫斯基以沉重打击，他深深地怀念他所崇敬的伟大诗人。那时，他的母亲也刚刚去世，他把经常背诵的普希金那些优美的诗句当作对这位文学巨匠的最深厚的思念。母亲的去世，使从小便有些孤僻的陀思妥耶夫斯基，日益变得内向、沉默，他心灵上由此带来的重创是难以用语言形容的。

毕业后的陀思妥耶夫斯基被父亲送进彼得堡的军事工程学校。陀思妥耶夫斯基对此极不情愿，他认为自己不具备从事军事工程研究的任何天赋。可在他父亲看来，这是一条可以升官发财和飞黄腾达的道路。陀思妥耶夫斯基拗不过固执的父亲，他不情愿地戴上了高筒军帽，扛起了火石枪，加入军校学员的行列中。

他对学校开设的课程毫无兴趣，再加上严酷的兵营生活，森严的等级制度和没完没了的军事训练，他更加痛苦难忍，觉得自己就像在一座监狱里。另外，让陀思妥耶夫斯基常感到屈辱的是，他非常贫穷。学校的学生多是出身于豪门富户的纨绔子弟。他们穿戴讲究，挥金如土，陀思妥耶夫斯基为避免受人嘲弄，只好孤独地躲在旁边。

在此期间，陀思妥耶夫斯基唯一的乐趣就是阅读文学书籍。他不仅看普希金、果戈理等人的作品，而且广泛接触了莎士比亚、歌德、巴尔扎克等外国作家的名著。每当夜深人静时，他便坐在窗户旁，如饥似渴地阅读文学作品，同时把他特别感兴趣的一些重大问题记载下来。他写道："人是一个谜！应该解开这个谜！"

这期间，父亲的去世给陀思妥耶夫斯基带来了沉重的打击，一向性情脆弱的他犯了严重的癫痫，昏了过去。这个病后来伴随了他一生一世，也折磨了他一世一生。父亲的惨死成为埋进陀思妥耶夫斯基心底里一个始终没能解开的谜。陀思妥耶夫斯基几乎一生都在分析父亲惨死的原因，在他晚年塑造费奥多尔·卡拉马佐夫的形象时，他还经常回忆起父亲那贪婪吝啬的性格，那种性格曾使孩子们蒙受过许多苦难。

1843年的秋天，陀思妥耶夫斯基修完了军官高级班的全部课程。他被分在彼得堡一个工程兵分队中，得到一个微不足道的职位。他主要的工作就是绘图，上司只让他在狭小的办公室里从事画法几何学和野外制图学的研究。然而，这枯燥乏味的工作并没有使这个被文学梦想所缠绕的青年人有任何的困窘。服兵役根本不符合他的志趣，他始终相信自己应该是"一位诗人，而不是工程师"。

每天，当他面对着一张张用各种颜色的线条编织成的图纸时，他都有一种在将一串串文字编织成一首首诗、一篇篇文章的感觉。那时候，他真是"一个狂热的幻想家"。他时常把自己想象成伯里克利，有时又把自己想象为罗马时代的基督教徒或竞技场上的骑士。他的整个身心都陶醉在金色炽烈的梦幻中，就像喝了麻醉剂一样。应当说，陀思妥耶夫斯基这时的幻想已经是一位作家的幻想，只是尚未找到自己的主人公和适当的表现形式而已。

陀思妥耶夫斯基终于在1844年辞职，他决心完全献身于文学创作，他曾这样写道："研究人的生活——这是我的首要的目的和志趣！"他的第一篇劳动成果——他从法文翻译的法国作家巴尔扎克的小说《欧也妮·葛朗台》发表了，但在当时并未带来多大的影响。

辞掉公职后的陀思妥耶夫斯基，把自己抛进一个浩瀚无际的文学海洋。在这海洋中，他心潮澎湃，浮想联翩，他在酝酿着未来的悲剧作品和人物形象。从1844年冬天到1845年夏天，他几乎每天都在写作，废寝忘食，不舍昼夜。在他的朋友看来，他几乎发疯了。一天，他突然把格里戈罗维奇拉进自己的房间，那个不大的写字台上，放着厚厚的一摞稿纸，上面写满了密密麻麻的字。伟大作家陀思妥耶夫斯基的小说处女作《穷人》完稿了。这部作品《穷人》发表后，广获好评。

杂志主编涅克拉索夫在读完小说后兴奋地冲进俄罗斯文学评论家别林斯基的办公室，大叫："又一个果戈理出现了！"。别林斯基和他的追随者看后都有一样的感觉。《穷人》的单行本在一年后正式出版，陀思妥耶夫斯基也在24岁时成了文学界的名人。

陀思妥耶夫斯基非常关心俄国现实。1847年2月，他参加了一个革命团体彼得拉谢夫斯基小组，积极从事空想社会主义思想的宣传活动。两年后，陀思妥耶夫斯基因牵涉反对沙皇的革命活动而被捕。在狱中，陀思妥耶夫斯基本来就病弱的躯体受到进一步摧残。他经常失眠、噩梦不断，常常感到体力不支。但是，精神的力量在鼓舞着他，他尽一切可能地阅读文学作品，他相信这些文学作品足以鼓舞起他面对死亡的力量。他为莎士比亚的《奥赛罗》《麦克白》而陶醉，也为夏洛特·勃朗蒂的《简·爱》而激动不已。在这期间，他也没有放弃自己的文学创作，他"构思了三个中篇小说和两个长篇小说"，并动笔完成了一篇短篇小说《小英雄》。

经过长达7个月的审讯，军事法庭结束了对彼得拉谢夫斯基小组一案的审理。一个月后，最高法院宣判，将21名被告处以死刑。幸运的是，就在行刑前几分钟，陀思妥耶夫斯基得到通知说，他将随第一批囚犯解往西伯利亚。

经过死亡的考验之后，陀思妥耶夫斯基面对漫长的苦役生活内心充满了勇气。陀思妥耶夫斯基微笑着走向寒冷的西伯利亚。当天夜里，他被钉上一副10磅重的铁镣，和一个押送宪兵并排坐在一辆无篷马车上，踏着积雪，开始了长途跋涉。

苦役犯的监狱就是人间地狱。意大利诗人但丁的《神曲·地狱篇》中，地狱的入口写着"死屋"两个大字，还写道："到这里来的，放弃一切希望吧。"陀思妥耶夫斯基后来在他描写苦役生活的著作《死屋手记》中，就把它借用来称呼苦役监狱。他戴着镣铐，在"死屋"里度过了1500多个日日夜夜，他被剥夺了一切权利，跟那些杀人犯、强盗一起睡在一个通铺上，受着种种折磨和屈辱。在西伯利亚他的思想发生了巨变，同时癫痫症发作得也越发频繁。

1854年，陀思妥耶夫斯基服刑期满，获得释放。但接着，他又被发配到谢姆帕拉廷斯克服兵役。两年后，陀思妥耶夫斯基被晋升为少尉。从此，他在兵营外面有了自己的住宅，可以和朋友交往，也能够继续写作了。

经过了长期身体和心灵折磨，陀思妥耶夫斯基对于生活的反思更为深刻，思想也更为深邃。列宁说过："请不要忘记，陀思妥耶夫斯基曾被判处死刑，在他身上施行过野蛮的褫夺公权的仪式，事后却又宣谕尼古拉一世'赦免'了他，流放他去服苦役。"这确实是他命运的转折点，从而使他抛弃了青年时代的幼稚幻想，远离俄罗斯的城市生活，直面苦役流放的残酷现实。十年的流放生活使这位天才作家走向成熟，开始成为忍受苦难的自觉者。当1859年他返回圣彼得堡的时候，他再也不会写像《白夜》那种充满幻想诗意的作品了。

重返文坛的陀思妥耶夫斯基相继发表了《死屋手记》《被侮辱与被损害的》《罪与罚》等作品，尤其是《罪与罚》的发表，给他带来了世界性的声誉。不幸的是，陀思妥耶夫斯基在经济上却处于极端艰难的境地。他的妻子和哥哥也相继病故，使他精神上也濒于崩溃的边缘。债主们不断向他讨债，威胁他，要查抄他的财产，并逮捕他下狱。他希望通过赌博来还清债务，却欠下更多债，整个人陷入消沉之中。

为了躲避债主，他被迫到欧洲避债。出版商答应给他预付款，但是要求他要在半年内写一部长篇小说。陀思妥耶夫斯基不得不聘请了速记学校的高才生安娜·格里毫利耶夫娜·斯尼特金娜。由他口授，以便赶写这部作品。两人密切合作，共用了26天时间，完成了合同规定的小说，这就是《赌徒》。陀思妥耶夫斯基与安娜也因此产生了爱情，于

1867年结婚。这一年，陀思妥耶夫斯基46岁，安娜21岁。

在安娜的鼓励与帮助下，他的生活才开始安定下来。1868年他完成了《白痴》。1872年完成了《群魔》。1873年他开始创办"作家日记"期刊，很受欢迎。1880年他发表了《卡拉马佐夫兄弟》这部他后期最重要的作品。1881年陀思妥耶夫斯基准备写作《卡拉马佐夫兄弟》第二部。2月9日他的笔筒掉到地上，滚到柜子底下，他在搬柜子过程中用力过大，结果导致血管破裂，当天去世，弥留前妻子为他朗诵了《圣经》。最后，这位俄国伟大的作家葬于圣彼得堡，结束了他苦难的、复杂矛盾的一生。

苦难的幸福

不是每一个灵魂都经得起、配得起那些苦难的。那些苦难的沙子，会将伟大的灵魂磨砺成最耀眼的金子，经过无数次命运打磨的陀思妥耶夫斯基就是其中最亮的一颗。这个被上帝抛弃的人，始终相信，他依然可以在人间扎下幸福的根。

陀思妥耶夫斯基绝不是上帝的宠儿，而是一个被上帝随便扔来扔去的人，他随时都在死亡的边缘徘徊。但这又是一个多么伟大的灵魂，在无比凄惨的逆境中，完成了对生命的探索。村上春树就曾说："陀思妥耶夫斯基以无限爱心刻画出被上帝抛弃的人，在创造上帝的人被上帝所抛弃这种绝对凄惨的自相矛盾之中，他发现了人本身的尊贵。"

"痛苦是幸福的必要条件，因为只有痛苦才能使我们意识清醒。"这是陀思妥耶夫斯基的人生忠告，凸显出他对乐观主义的抗拒，以及承受痛苦的必要性。

人不是为了享受幸福而来到世上的，只有经历过痛苦，才能争取到幸福。生命要通过落魄去领悟坚强，通过叛逆去领悟真我，甚至通过暴力去领悟文明，通过战争去领悟情感，通过枯萎去领悟一朵花儿的芬芳，通过死亡去领悟新生……正如陀思妥耶夫斯基在《卡拉马佐夫兄弟》中提到的那句名言：要爱生命甚于爱生命之意义，我们只有通过痛苦才能学会热爱生活。

癫痫病伴随了陀思妥耶夫斯基一生。他最早发病是在7岁那年的一个晚上，他尖叫着从梦中惊醒，奔向父母的卧室，然后突然扑倒在地上，失去知觉。成年后的一次严重发病是在服苦役期间。两次婚礼上，他都曾发病。1862—1863年间，他就有5次发病的记载，诱因多为紧张、劳作。

可以说，癫痫是他体验得最真切的疾病，也是他笔下人物的常见病和特有的病态人格，如《双重人格》里的戈里亚德金先生、《女房东》中身兼强盗与巫师双重身份的缪仑、《白痴》中圣洁的梅什金、《群魔》中与命运抗争的基里洛夫、《罪与罚》中的杀人犯斯维德里盖洛夫、《卡拉马佐夫兄弟》中被长老选中的阿辽莎等。尽管这样，他却从未抱怨过，他像爱命运一样爱着此病，在《白痴》中他对这种病做了描述，简而言之，这种病就是在活着的时候经历死亡，发病前一秒钟那浓缩的存在的精华使他对于生命死亡有了深邃的洞察。

在当时，癫痫病人很少能活过40岁，可是他却活了60岁，而且始终保持着旺盛的创作力，这是一个奇迹，奇迹的原因就在于他那强大的生命意志力，他也始终贯彻着自己的那句话：要爱生命甚于爱生命之意义，我们只有通过痛苦才能学会热爱生活。

令人惊奇的是，他体验苦难的深度，就是体验爱的深度。别尔嘉耶夫就曾不无骄傲地说，俄罗斯作家常常因为爱而发疯。安德烈耶夫是这样的疯子，陀思妥耶夫斯基是更加博大的疯子。这是"一个热爱人类，饱受伟大的怜悯之苦，受尽其折磨"的人，他是一个无神论者，摆脱了卑下的物质享受的欲望。他还是一个思想的人，陀思妥耶夫斯基是罕见的艺术家中的思想者，对思想一直有一种极其执着和感人的追求。他在早年尚未开始踏入文学创作生涯时，在给兄长的信中就说他想破解人这个谜，因为他想成为一个人，说他不知道他的"忧伤的思想何时才能平息"。

陀思妥耶夫斯基曾说："我只担心一件事，我怕配不上我所遭受的苦难。"然而，只有陀思妥耶夫斯基才配得上这世间的苦难。他不仅热心于展现底层人的苦难生活，同时也热衷于描写圣徒精神。可以说，他自己就是一位这样的圣徒。他是唯一一个把对于上帝的疑惑表达得淋漓尽致的圣徒，他的极度神经质的敏感帮助他始终处于疑惑的状态。这些疑惑体现了他对人性的弱点具有最深刻的理解和同情。

在陀思妥耶夫斯基的笔下，苦难被赋予神圣的意义，而成为良知的泉源。陀思妥耶夫斯基从苦难中获得的是爱与拯救，是思考的痛苦和灵魂的痉挛。俄罗斯的痛苦通过陀思妥耶夫斯基和陀思妥耶夫斯基式的良知承担者，化为一种高贵而圣洁的俄罗斯精神，它生生不灭，就像俄罗斯大地上那些睁大眼睛、笔直耸立的白桦。

不是每一个灵魂都经得起、配得起那些苦难的。那些苦难的沙子，会将伟大的灵魂磨砺成最耀眼的金子，经过无数次命运打磨的陀思妥耶夫斯基就是其中最亮的一颗。这个被上帝抛弃的人始终相信，他依然可以在人间扎下幸福的根。

懂 得 疼 痛

　　人的疼痛与命运的悲剧突出地说明了有限的人生所具有的无限意义，它强调的是人生的价值，强调个人主体在人类生活中的价值。无论何时，都请不要忘记疼痛。保持那份精神的疼痛感，因为这样会让我们感知自己灵魂的存在。

　　恐惧疼痛，是任何一个正常生命体的天生本能。疼痛是与生俱来的，是人的先天知觉，这是身体上的反应。婴儿用哭来表示身体的不适或自身的需要，哭不仅提醒着世界他的到来，同时也是人类在这个世界上承受所有不适与疼痛的原初反应。这出生时的哭声预示了人从一出生，便有着不可改变的疼痛和悲剧性。

　　然而，人的一生中，除了身体上会遭受疼痛外，凡是在这个世界上生存过的人，都会有或深或浅的身体以外的疼痛，这种疼痛不可言说、无法言传，它没有源头，人们在它到来的时候只能承受，无法躲避。比如在幸福的时光里尽情歌颂欢乐，却不能忘记曾经那些流泪的记忆；比如在灿烂的笑容下面，潜藏的也是潜意识里那不言而喻的苦难痕迹……

　　生理上的疼痛会带给我们巨大的痛苦，而精神上的疼痛同样真切。正如哲学家乌纳穆诺所说的：只要我们不曾感受到不舒服、苦难或者悲痛，我们就不会知道我们拥有心脏、胃、肺等器官。除非我们受到巨大的刺激，否则我们从来不会注意自己曾拥有一颗灵魂。

　　人与动物最大的不同之处，就在于人不仅只有肉体的生命，还有精神的生命。一味地逃避疼痛很容易让我们浑浑噩噩地顺从肉体的本能，而这又与动物有何差异？乌纳穆诺曾说："受苦是生命的实体，也是人格的根源，因为唯有受苦才能使我们成为真正的人。"

　　正如对疼痛没有感受力的人是没有生命的，对痛苦毫无感知力的人也是不能被称为人的。虽然更多时候我们是被迫接受疼痛，但这疼痛绝不是我们所欢迎的，但是既然它要到来了，我们就只能接受它。普罗米修斯接受了苦难，于是成就了"崇高美"；曾经名噪欧洲的"鞭打教派"，教徒通过鞭笞自己来让自己跟上帝接近。

陀思妥耶夫斯基更视苦役如同天赐，命运女神赐予了他无际的苦难，他则把这种自我惩罚认为是源于人活在世上不能没有某种可以使生命具有意义的精神支撑。他一直在苦难中寻找自己，寻找幸福，寻找人生的意义。他认为痛苦是人类唯一能够理解并体味的，其他的感觉都是虚假的。他的《地下室手记》里的"地下人"，正如列夫·舍斯托夫所分析的："遭到指责、排挤、鞭打、任意报复。而他们似乎一而再再而三地寻找'忍耐'的时机，确切地说，他遭到的屈辱、轻视越多，他与朝思暮想的目的也就越接近。"

《一个荒唐人的梦》里，"荒唐人"在一片幸福的净土上，却还眷恋着地球的苦难："只是由于这里出现了不幸，我才更热爱这块土地。我一向都欢迎灾难和不幸，不过只想由我自己承担。我渴望苦难，渴望在这种苦难中流尽最后一滴血。"

《卡拉马佐夫兄弟》中，德米特里被诬告杀父，被发配西伯利亚。如果说仁爱是指向新生的路标，那么苦难则是通往天堂的必由之路。在监狱里，在上帝的默然注视下，他感到了受苦的伟大，终于无怨无悔地接受了良心上的惩罚。德米特里在监狱里大叫："啊，是的，我们得戴镣铐，没有自由；但是在那儿，在苦难中，我们将重新复活，享受欢乐，没有欢乐就没有人能活下去……"

神之所以伟大，是苦难的人类需要他的恩赐，并把他无限化；而人之所以伟大，则是在苦难中得到了淬炼。在人类漫漫的历史长河中，具有巨大影响力，左右世人命运，改变文明进程的却不是神，而是伟大的人。他们都经历过地狱般的磨炼和精神上的疼痛，他们均以近乎残酷的方式，不断拷问着自己的灵魂。

然而，我们却很难理解这种精神上的疼痛，大多数人都以快乐作为价值取向。如今，消费主义借助高度发达的信息技术，更是把可以引发痛感的因素消解掉了。今天，人们只在乎强与弱、胜与负、成与败，而从不关注善与恶、仁与暴、正与邪的本质。这不仅是人性自身的悲哀，更是一种信仰的缺失。

人的疼痛与命运的悲剧突出地说明了有限的人生所具有的无限意义，它强调的是人生的价值，强调个人主体在人类生活中的价值。因此，疼痛对人生的意义是积极的，而不是悲观的，它能让人正视世界的现状、生存的意义，让人在疼痛之中对人生大彻大悟，最终起到净化作用。无论何时，都请不要忘记疼痛。保持那份精神的疼痛感，因为这样会让我们感知自己灵魂的存在。

（1838 — 1896）

……

武训的伟大之处不在于只施救了自己，

还有普天下的穷苦人。

他是一个习惯于下跪的人，

但却是一个跪得最低、站得最高的人。

他要用一个人的屈辱下跪，换来所有中国人的自省；

他要用一个人的卑贱隐忍，换来整个民族的站立；

他要用一个人的屈辱，换来所有中国人的尊严；

他要用一个人的痛苦，换来整个民族的希望。

如果说裴斯泰洛奇是西方世界里的教圣，那么武训就是中国的裴斯泰洛奇。这两个几乎处在同一时代的平民教育家，几乎用同样的方式完成了一次精神上的跋涉，并最终让平民教育在自己的国家得以实现。

尽管武训是旧中国儒家文化传统的楷模，但他的精神却代表着对"内圣外王"理想人格的由衷渴望。武训，一个乞丐，积30年之艰辛，忍辱攒得巨资，兴办义学，却毫无名利之心，的确是"千秋罕闻"。武训虽是一个生活在最底层的卑微之人，却有不少名人志士给了他很多溢美之词：张学良称之为"行兼孔墨"；于右任说他"匹夫而为百世师"；梁启超为其立传；著名教育家陶行知对其推崇备至，称其为"平民教育家"；郭沫若说"武训是中国的裴斯泰洛奇"；而有的地方把武训与圣人孔子比肩供奉……

武训穷尽一生都游走在贫瘠的大地上，以最粗劣的食物自养，却以一种高度的自我约束向理想迈进；以其坚忍不拔的人格操守，以过于苛刻的自虐形式谨遵心灵的誓言。他是在专制时代最自由的人，以卑贱之躯，唱响了大善之音，更以个人的卑贱让所有的人站得更加挺拔、高贵；他是在苦难中前行的圣徒，执着一生，不婚不娶，为了"义"的办学目标和"善"的儒家信仰，积财无数却露宿风餐，把磨难当成使命，把苦难当成快乐。他在朝圣之旅中获得了天赐的智慧，成了真正意义上边走边唱的精神行者。

跪拜乞讨的传奇

都说男儿膝下有黄金，他却一跪就是 38 年；他身无立锥，却建起了三处学校；他历尽人间至辱，在人们心中的形象却异常高大——他就是被称为"千古奇丐"、"平民教育家"的武训。

清朝末年，山东堂邑县西北部有一个小村庄叫武家庄，这里住着100多户居民，绝大部分人家都贫困不堪。1838年，已经有了两儿一女的武宗禹，又多了一个儿子。和邻居们一样，他们的日子很苦，几亩薄田本来就难以维持日常生活，何况又多了一张嘴。无奈之下，武宗禹不得不经常给地主家做些零工，勉强维持一家人的生活。

由于他们第三个儿子在叔伯兄弟们中间排行老七，武宗禹和妻子就随便给他取了个名字，就叫武七。武七从小就对读书表现出了强烈的渴望，无奈家里实在是太穷了，无力支付哪怕是一点点的读书费用。

就在武七八岁那年，他的父亲突然病死，这对原本就极为贫困的家庭来说，无疑是个天大的打击。那一年，武七的姐姐做了富人家的童养媳，他则跟随母亲沿街乞讨。武七是个很孝顺的孩子，每次自己讨来的食物都交给母亲，当时就有人称他为"孝乞"。武七做梦也没有想到，自己的大半生都会在乞讨中度过，而乡邻们也没有想到，这个卑贱的小乞丐将来会成为世界上最伟大的乞丐。

就在武七15岁那年，他来到邻村的一个相对富裕的人家里做长工，他很珍惜这份工作，每天勤勤恳恳，挑水、割草、喂牲口、犁地、推碾子……无论什么脏活累活都干。武七本以为通过自己努力就能改变命运，甚至梦想有一天自己会去读书。没想到的是，他的努力换来的却是打骂和嘲讽。

武七一气之下，离开了这户人家。后来又到河北馆陶县东北薛店村大地主李赓生家打工。武七对待工作同样勤勤恳恳，但命运却没有丝毫改变，甚至经常遭到毒打。一年除夕，李地主命武七去贴春联。由于武七并不识字，把本该贴到猪圈上的春联贴到了大门上。李赓生发现后勃然大怒，不仅对武七拳打脚踢，还罚他不准吃饭、睡觉。还是因为武七没读过书，他三年的工钱付之东流，被赶出家门，但这改变了他一生的命运。

遭到欺凌的武七在一个破庙里沉睡过去。有人以为他失踪了，有人以为他忧愤而死。谁知道，三天后他却走出了破庙，似乎变得疯疯癫癫起来，嘴里嘟嘟囔囔念个不休："扛活受人欺，不如讨饭随自己；别看我讨饭，早晚修个义学院。"见到武七的人，都以为他疯了。

然而，谁也不知道武七在那间破庙到底想到了什么。在那三天里，武七如参透命运之轮的智者，一扫悲惨梦魇的困扰，他悟出了一个简单的道理，认为自己之所以受尽欺凌的最主要一个原因就是没有读过书，穷人不读书，永远不会有出路。于是，他用一种近乎自虐的苦行方式去实践自己所悟，开启了一个卑微的小人物最伟大的救赎壮举。那一年，他21岁。从此，临清、馆陶、堂邑等地街头多了一个衣衫褴褛、背着褡裢、手拿铜勺的乞丐，这个人就是武七。

从那一年开始，以至以后的30年时间里，武七的足迹遍及山东、河南、河北、江苏等省，每每讨到好一些的食物和衣服，便想方设法地变卖成现钱，而自己却坚持以最粗劣的食物自养，以一种高度的自我约束向理想迈进。武七一路走一路唱"吃杂物，能当饭，省钱修个义学院"；乞讨时向人下跪唱着"别看我讨饭，早晚修个义学院"；纺麻打杂时唱"拾线头，缠线蛋，一心修个义学院"；为人传信做媒时唱"吃得好，不算好，修个义学才算好"。白天，他牺牲尊严，在闹市中学狗叫、吃蛇蝎、吞砖瓦，博取观众赏钱。夜晚，他不顾辛劳，在破屋中纺麻织线，获取微薄收入。

为了能筹到更多的钱，武七不惜自毁形象，他只留一小撮头发，结成小辫。他承担各种能够卖力得钱的营生，代畜磨面时，他边推磨边唱："不用纥拉不用套，不用干土垫磨道。"在学马让人骑时他边爬边唱："爬一遭，一吊钱，爬十遭，十吊钱，修个义学不费难。"当有人问他为何要这样做时，他总是傻呵呵地说："使穷人无钱也能读书，使他们读了书不再被人欺！"

1865年，武七27岁，他拿出平时积蓄的钱买了40亩地准备做义学田，其中有十多亩是碱沙地。他同时唱道："只要该我义学发，置地不怕碱和沙，碱也退，沙也刮，三年以后无碱沙。"由于武七总是"义学"不离口，乡邻们都以为他得了"义学症"，所以把"义学症"作为他的绰号，武七不以为然："义学症，没火性，见了人，把礼敬，赏了钱，活了命，修个义学万年不能动。"武七30岁时，他的母亲崔氏去世。他便和两个哥哥分了家，他分得三亩地，转手卖了120吊钱，加上原来的100多吊钱，他想找一个可靠的人存起来放贷生息，为义学积攒更多的资金。

多年的讨饭生活让武七认识了一个人，他就是馆陶县娄家头村的武进士娄峻岭。为了打动娄峻岭替他存钱放贷，他在武进士家门口跪了一天一夜，终于感动了娄峻岭。这更激发了武七的热情，坚定了他的信念。从那以后，武七挣钱的渠道也不断拓宽。

1886年，武七积攒的钱财越来越多，为了实现自己创办义学的理想，他将全部财产230多亩地和3800多吊钱交给杨树坊打理，并在杨树坊的帮助下一步步向理想迈进。第二年，武七筹建的第一所义学终于在柳林镇落成，为了这一天，他跪了30年，其中辛酸只有他自己知道。

武七把这所义学定名为崇贤义塾，共有瓦房20间，大门二门各一座，加上四周的垣墙，共用去了4787吊钱，除了武七本人自己积存的3800吊钱，其余都是杨树坊和当地士绅捐助的。另外，武七230多亩学田每年地租收入368吊，除去交漕粮70吊，还盈余290多吊，这些都作为义学的经费。

有了学校，不能没有老师。武七亲自到寿张县请来当时著名的文举人崔隼来任教，又到聊城聘请了进士顾仲安。当时进入崇贤义塾来学习的学生也已经有50多人。开学那天，武七宴请老师。杨树坊、崔隼等人请他入席，他却说："我是乞丐，不识字，不敢与先生同席。"武七和学生一样分到一碗大锅菜和几个馒头，却悄悄外出换来几块新砖，自己仍然吃一些残羹冷炙。更让人感动的是，尽管有了足够的校舍，武七却不肯占用一个房间，自己仍然睡在走廊里。

成立义学之后，武七几乎将所有的精力都投入其中。一天上午，武七发现学生都已到齐，老师崔隼却没来上课。他就悄悄走进崔隼的卧房，不声不响地跪在床前不住流泪。崔隼醒来，感到很惭愧，从此再也不敢懈怠。有时候，武七见到学生在教室内嬉戏打闹，或者有学生旷课，他就跪在学生面前，流着泪劝说："读书不用功，回家无脸见父兄；读书不用心，回家无脸见母亲。"

崇贤义塾的校风在武七的感召下很快得到了民众们的赞扬，同时也引起了官方的注意。山东巡抚张曜得知武七的事迹之后。大为感动，助他200两银子作为义学的基金，并给这个无名的同胞赐名训，武七从此有了真正的名字——武训。

第一所义学成功兴办起来，并没有停止武七乞讨的脚步。1890年，他在杨二庄和僧人了证创办了第二所义学。这一年，武七52岁。1891年，武七又来到了临清一带乞讨，他发现这里穷人家失学的孩子特别多，就决定在临清创办第三处义学院。经过几年的努力，1895年底，临清御史巷义学竣工。1896年春天，临清御史巷义学正式开学。可此时的武七已经耗尽了他最后的心血，在四月初病倒了。就这样，在临清御史巷义塾房檐下，身体羸弱的武七，听着学堂里孩子朗朗的读书声离开了人世。

武七一生无妻无后，断亲断友，后虽积万贯家产，仍一钵、一囊、一百衲……这就是武训，用跪拜乞讨成就了一个乞丐的千古传奇。

一种精神地标

在武训的人格力量面前，任何人都没有权力来为他加冕，任何权威都不配来给他盖棺论定。武训的人生超出了我们可以想象的高度，他成为了一种精神地标。

今天的人们并不忌讳把这位疯疯癫癫、一生"跪求"的苦行者列入圣人的行列。一生都在宣扬武训精神的中国教育家陶行知，更愿意把他看成是平民教育家。但无疑的是，武训于他意味着完美的"圣徒"：虽为行乞者却有着不为人知的宏愿——兴学；他依靠最卑贱的方式来实现自己的理想——乞讨；他具备了一颗慈悲的心灵，公私分明的廉洁——乞讨所得全部为义学所用；他有着坚忍不拔的品性和坚持到底的决心——行乞30年，最终兴办义学……在这位"圣徒"身上，我们可以发现圣贤先人所有的优秀品质，他身份卑微，行为特异，在世人的冷眼和嘲笑中，装疯卖傻，用最卑贱的方式创下一桩神圣的事业。

武训，不仅是封建年代文化的楷模，更是那个专制年代的觉醒者。他以血肉之躯向我们证明了一个精神圣徒的人格力量。这个目不识丁的穷苦人在经过三天的精神洗礼之后，顿悟成佛。也许那是天启，那是人类历史上无数圣哲、使徒们觉悟前的"高峰体验"。最终，他找到了自己的人生之路，肩负起人间重任。他像大阿罗汉、使徒、圣愚、义人、侠客，自身清明，却回向尘世，为我们示范了一种可能的人生，同时也为世人提供了一面可示范的镜子。他强大的精神力量重新定义了苦行的意义，苦行在他那里不再是悲惨生活的象征，而是一种心灵、人格和精神趋于完善的途径。

武训的伟大之处不在于只施救了自己，还有普天下的穷苦人。他是一个习惯于下跪的人，但却是一个跪得最低、站得最高的人。跪拜是中国传统的礼节，人们上跪天地，下跪父母，而武训却随时随地向所有人跪拜。在别人的眼中，他没有做人的尊严，但他的心中有目标，有理想，那就是办义学，让更多的穷孩子能上学，不再受别人欺侮，这是他一生中追求的终极目标。

为了兴办第二所义学，武训多次夜宿千佛寺，跪拜一心想成佛的了证为师，为他担水拾柴，并晓以"修庙不如兴学"之大义。最后，了证被武训的诚心所打动，拿出全部钱财，捐出全部土地，帮助他完成了第二所义学的创办。这就是武训，他要用一个人的屈辱下跪，换来所有中国人的自省；他要用一个人的卑贱隐忍，换来整个民族的站立；他要用一个人的卑微，换来所有中国人的尊严；他要用一个人的痛苦，换来整个民族的希望。

武训更是一个勇于自我牺牲的人，他终身不娶、不荫子、断六亲、弃私产，他拒绝了尘世和未来的一切物欲享受："有你们人世的筵宴口腹之欲我不愿意去，有你们所谓的天堂我不愿意去，有你们所谓的黄金世界我不愿意去。"这是一种超越了人性的行为。但他并非无情无义，反而宅心仁厚。

在别人看来，武训为了钱可以不要尊严，不顾亲情。但武训绝不是视钱如命之人。1875年鲁西北平原大旱，逃荒的难民不惜卖儿卖女来讨得一口饭吃。武训拿出自己的积蓄，买了40担高粱用于救济灾民。1885

年的夏天，冠县城北张八寨张春和的母亲有病想吃肉。张春和外出十几年毫无音信，家里穷得连吃饭都很困难，哪有钱买肉？儿媳妇竟然割自己的肉给婆婆吃。武训听说此事之后，慷慨地赠送给她们十亩良田。

正因如此，武训为社会各界所推崇，成为"行兼孔墨"的时代伟人，成为世界上唯一没有受过教育但被载入《世界教育大辞典》的教育巨子。于右任说他"匹夫而为百世师"，蔡元培说"武训先生提醒我们我国有普及教育的必要"，郭沫若先生更是这样评价道："在吮吸别人的血以养肥自己的旧社会里面，武训的出现是一个奇迹。武训是中国的裴斯泰洛奇，中国人应该到处为他竖铜像。"在武训精神的感召下，张伯苓创办了南开大学，培育了周恩来、陈省身等时代精英。陶行知创办了中国第一所乡村师范学校，倡导"教、学、做合一"，矢志推动平民教育……

然而，在武训的人格力量面前，任何人都没有权力来为他加冕，任何权威都不配来给他盖棺论定。任何朝代都不会比他更长久，任何力量都不会比他更强大。武训的人生超出了我们可以想象的高度，他成了一种精神地标。他的全部努力在于救人救世，首先他救度了自己。他的努力，在相当大的程度上，是在生活的诸种可能里重建了价值和意义。这种价值和意义，即使在今天仍弥足珍贵，也坚不可摧。

伟大心灵的救赎之道

明知不可为而为之的血性，正是那些拥有伟大心灵的人的救赎之道。武训三十年持之以恒，也不再仅仅是对个体理想的实践，而是对人类灵魂深处慈善和仁爱天性的展示。他的壮举和精神，定能给我们更多的思考和启迪。

凡是有着坚毅高尚心灵的人，在苦难的沉思后，得出的结论不是改变自己命运的策略，而是拯救他人的雄心。比如佛陀在菩提树下的思索，比如穆罕默德在大漠星空下的顿悟，比如在火刑场上坚持真理的教徒……他们的身上闪耀的不是人性的光辉，而是神灵的启示。武训，这位在一座破败的寺庙里顿悟人生真义的乞丐也是如此。

神灵给武训的启示不是向一切懦弱的心灵那样屈服于现实，也不是发愤读书，改变个人的命运。而是要让他肩负起一个他看似永远也无法完成的使命——拯救天下无数贫苦的孩子，使他们读书识字，从而有能力面对这个充斥着不公和压迫的世界。一个贫无立锥之地，几乎被生活压垮了的生灵找到了生命的意义。

武训立下了无比庄重的誓言，就是要行乞兴学，使千千万万像他一样在苦难中挣扎的孩子无钱也能读书，使他们从蒙昧走向光明！当厄运降临的时候，高贵勇敢的人总是起而反抗，武训反抗命运的方式就是为了把希望带给他人，而把自己的余生变成炼狱，这是怎样的英雄壮举！

明知不可为而为之的血性，正是那些拥有伟大心灵的人的救赎之道。凭着这样的血性，普罗米修斯把火种带给人类，神农亲尝百草，大禹十三载艰辛治水……这样的血性在曾经的晚清已经被磨灭得几乎殆尽，但在武训身上却没有消亡。与历史上的那些名人雅士相比，武训是如此贴近社会、贴近生活、贴近我们，将自己内心深处的即便是再渺小的善念，不遗余力地发挥出来。这就是武训给我们的力量，一种做人的根——普世济世的情怀和伟大的心。

武训办学的实质是让学堂的大门向所有人敞开，这是一次把精英教育转向平民教育的伟大尝试。从这个方面来说，武训是世人皆醉中的独醒者之一，百年蒙昧中的先觉者之一。尽管他是个文盲加乞丐，他的独醒和先觉在有知识的人看来，也许过于质朴和简单。但从人性的角度讲，武训无疑是一个真正独立，走向自觉自立的典范。

然而，随着时间的冲刷，特别是"现代意识""现代观念""现代生活方式"的兴起，知道武训的人已经不多。武训的义举渐渐成为光彩照人的个案。更为可悲的是，现代人似乎并没有获得真正独立、自立、自主的个性。恰恰相反，摆脱了传统伦理束缚的个人往往表现出一种极端功利化的自我中心取向，在一味伸张个人权利的同时拒绝履行自己的义务，习惯于在依靠他人支持的情况下满足自己的物质欲望。

时下我们看似已经失去了谈论武训的话语情境，甚至在今天很少有人再去关心武训是谁。实际上，那些敢于牺牲自我的幸福去为他人谋取利益的人，依然存在。他们都表现出强烈的同情心和博爱精神，一直遵循着武训精神，竭尽全力推动着教育事业，如"捧着一颗心来，不带半根草去"的陶行知；把生命完全献给那些需要帮助的孩子，甚至不惜向生命借贷的"现代武训"丛飞；用血肉之躯保护学生的谭千秋……我们阅读他们的事迹，仍然会被深深地感动和震撼。这是一种时间的力量，信念的力量，精神的力量！这也证明了真正的伟大往往来自那些做了不平凡的事的平凡人，还有他们那颗伟大的心。

尼采 NIETZSCHE

最孤独的心，最热烈的爱

（1844 — 1900）

......

尼采是西方哲学史上最特立独行的人物，

曾经作为最虔诚的基督教徒而立志成为一名牧师，

却最先举起哲学高于宗教的大旗，

甚至大义凛然地大喊："上帝死了！"

尼采的哲学充斥在一种强大而独立的意志力里，

他喊出"上帝死了"后，

人们目不斜视地继续着各自的事情，很明显，

人们的意念在他脑门上贴满了"疯子"的标签。

然而历史注定这是一场闹剧，

在这位疯子去世一百年后，

人们便像疯了一样来崇拜这个"疯子"。

这是一位被上帝恩宠的圣哲，似乎被不小心错放在一个不恰当的年代。弗里德里希·威廉·尼采是德国最著名的哲学家，他开创了一个人类哲学的新天地，却在他的年代里悄无声息，当上帝意识到自己的误差时，整个大地都在喊着："上帝死了。"这样一位怀揣着最强大的意志力的天才，用一种最优雅的方式——思考，带给了人类最为震撼的果实——尼采哲学。

他要让受困于上帝意识的人们清醒过来，从那样一个虚无缥缈的假象中顿悟过来，凭借人类自身的意志力，去追求普遍的幸福，这样的幸福具有共同的属性，那就是自由。在自由的意志面前，他聪明得不由自主地疯掉了，他是西方哲学史上的一朵奇葩。他说："哪里缺乏意志，哪里就急不可待地需要信仰。意志作为命令的情感，是自主和力量的最重要的标志，而自由是最珍贵的意志。"

那是一个所有的人都在假装正经的年代，而他只好假装不正经了。教堂威严而肃穆，人们虔诚而愚昧，一尊尊神龛面前，是一群昏昏欲睡的牧师，口中念念有词，甚至可能上帝都在仔细聆听，他也想知道他们到底在说着些什么，下面那些双手合十的人们，浑身的罪恶感只好来到这里期待着平安，这时候，有一个人突然大声喊了出来："上帝死了！"人们目不斜视地继续着各自的事情，很明显，人们的意念在他脑门上贴满了"疯子"的标签。然而历史注定就是一场闹剧，在这位疯子去世一百年后，人们便像疯了一样来崇拜这个"疯子"。

尼采一生是不幸的，是失败者的典型。然而正是这些不幸和失败，让我们更能够赞叹他的伟大，他用常人难以想象的毅力和勇气去颠倒世俗的观念，去颠倒上帝的威严，去奚落美德的脸面，去颂扬邪恶的智慧。可惜他走得太匆忙了，闪烁在他字里行间的睿智显得很混沌，就好像他简单的人生一样简单得突兀起来了。肆意的夸张和神经质的自我陶醉并没有成为他的诟病，反倒是成了他的特点。

然而，荣耀的背后刻着一道孤独。更何况尼采是在荣耀之前就在内心深处把自己标榜到光荣榜上了，所以他更加的孤独。他的孤独是他最冷静的思考，他的思考是最平静的荣耀。最平静的内心乃是最狂妄的先声，悄然而至的思想会左右整个世界。这样一位含蓄文雅的人，带给了世界全新的震动。西方的哲学也跟着时代的步伐，在他的指引下出现了现代哲学的影子，而他骤然成了哲学世界里新的上帝，他让哲学从天上回到了地上。人类终于在思想上也迈入了新时代。

艺术王国走来的哲学战士

尼采独自地生活，没有父亲，没有朋友，甚至最后连自己的信仰也没了，为了自由，他杀死了心中的上帝；为了心灵的宁静，他接受了艺术的责难。他的身体在艺术的毒液中腐烂了，他的精神也随之艺术起来。

1844年，一个名叫弗里德里希·威廉·尼采的孩子降生了，要知道，威廉可是当时国王的名字，这是一个怎样的孩子，能有这样的荣耀呢？原来尼采的父亲是一位有名的牧师，并且还是威廉国王的宫廷教师，深得国王的信任，凑巧的是尼采的生日恰好也是国王的生辰。尼采后来回忆说："无论如何，我选这一天出生，有一个很大的好处，在整个童年时期，我的生日就是举国欢庆的日子。"

然而，这样的荣耀却也惊吓到了这个男婴，以至于尼采到了两岁半才学会说话。更为凄惨的是父亲在1849年就死于脑白质软化症，弟弟又不幸夭折，这一切都留给了年仅五岁的尼采对死亡的印象。过早的死亡感受和打击像灰色的油漆一样，给尼采的人生都抹上了暗淡的色彩，他对自己的传记作者说道："要是有人相信你在书上所写的观点，一个像我这样可怜的痛苦的生灵就根本没有生活的权利。"因此，尼采从小就表现得异常孤僻和早熟，他寻求孤独，喜欢一个人躲在一个地方沉思。

在父亲去世之后，尼采和母亲、妹妹、祖母迁到了瑙姆堡，虔诚而善良的母亲是擦洗尼采灰暗人生的第一个人，然而这样的精神支持并没有改变尼采的人生色彩，却使尼采的忧郁变得更加澄清了，内在的气质犹如石雕一样的纯朴。

在学习上，尼采对文学和音乐有着浓厚的兴趣，母亲给他请了普鲁士最好的女钢琴家。一直到1861年，尼采17岁，一直为一种艺术的氛围所笼罩，忧郁是他的主旋律。这样的开端也成了尼采哲学思想的根基，他一生都在这种艺术的旋律中，再也没有走出来过，哪怕是他那浩渺无边的思想也是如此。这一年他患上了严重疾病，被送回家休养。还好这只是躯体的疾病，与精神无关。

通常深沉忧郁的人们在欢乐时会背叛自己。所以当尼采再次进入学校，听到同学们重复着那些圣哲们的陈词滥调的时候，他觉得一切都太平淡了，一切都太臃肿了，他再一次选择了孤独和宁静。他爱上了诗歌，然而尼采在修养和气质上是一名贵族，他不会仅仅停留在几句诗歌的韵律的快乐上，他也绝不会对这种可怜的乐趣保持长久的兴趣，最终还是艺术拯救了他，渐渐地他爱上了代表艺术和精神合体的巴赫、贝多芬等人。

1865年，尼采跟随他的古典语言学老师李契尔斯来到了莱比锡。一次，他在一个旧书摊上购买了一本叔本华的《作为意志和表象的世界》，他似乎碰到知己，欣喜若狂，每天凌晨两点睡觉，六点就起来了，他沉浸在与书的作者的思维交流中，他在以后被公认是叔本华唯一意志论的继承者。此外，他还从杜林、哈特曼那里汲取传统的抽象概念。在尼采的内心深处，世界渐渐成了由一些抽象名词组成的合体。因此他拒绝参加代表重生和希望的复活节活动，这件事在他那个虔诚的教徒家庭里引起了不小的震动。后来他在服兵役期间，从马背上摔下来了，人们才知道他心中的上帝是什么——摔下马的时候，他低呼着"叔本华保佑"。上帝不见了。

到1868年，尼采在艺术和理智方面的良师益友出现了——音乐大师瓦格纳，这位大师同样是叔本华哲学的喜爱者。随着两人交谈的加深，瓦格纳成了尼采在艺术和哲学方面的良师益友。与此同时，尼采迎来了新的发展机会，李契尔斯在向巴塞尔大学推荐尼采时说："39年来，我亲眼看见了这么多的年轻人成长起来，但我却还从未见到有一个年轻人像这位尼采一样如此早熟，而且这样年轻就已经如此成熟……如果上帝保佑他长寿，我可预言他将来会成为第一流的德国语言学家。他今年24岁，体格健壮，精力充沛，身体健康，他是莱比锡这里整个青年语言学家圈子里的宠儿……您会说，我这是在描述某种奇迹，是的，他就是个奇迹，同时既可爱又谦虚。"李契尔斯是世界上第一个预言尼采是位天才的人，不过他说的天才仅仅是指他在语言学上的艺术天分，和哲学无关。

尼采并没有让李契尔斯的预言变成谣言，年仅25岁的他就被聘为巴塞尔大学古典语言学教授，这也是尼采一生中唯一一个相对愉快的十年。在这里，他认识了许多朋友，文化界的、哲学界的都有。1869年，尼采取得了瑞士国籍，成了瑞士人。就在这一年，他举行了在巴塞尔大学任教授的就职演说，随后，这位才华横溢的年轻人成了学术界和上流社会宠爱的人物，艺术造诣也在交流中不断提高。

浪漫在哲学那里只能算是一个小孩子，1872年，尼采发表了他的第一部专著《悲剧的诞生》，这是一部充满了浪漫主义色彩的艺术作品，也是一部幼稚的哲学作品。发表以后便引起了巨大的震动，引来了一片狂热的喝彩。然而似乎天才总是注定要孤独的，在他连续发表了四篇长文，引起巨大轰动的同时，他又和志同道合的良师益友瓦格纳决裂了。1878年，瓦格纳寄给了尼采一个剧本，尼采一字不回。同年五月，尼采把《人性的，太人性的》寄给瓦格纳，这是一篇有明显批判瓦格纳的观点的文章，从此两人就再也未曾有过来往。

　　随后，尼采辞去了巴塞尔大学的教授职务，进入了创作的黄金时期。他相继发表了一系列哲学著作、箴言警句等。然而这些耗尽他生命和智慧的思想结晶并没有带给他等量的荣耀，生活成了一件艰难的事情，"快乐是假装的，而悲伤却是真实的"。1889年，灾难降临了，忧郁和孤独彻底击垮了这样一位殚思竭虑的思想巨人，他在都灵的大街上抱住了一匹正在受马夫虐待的马的脖子，最终失去了理智。几天以后，朋友把他带回了柏林，剩下的十年他是在母亲和妹妹的照顾下度过的。1900年8月25日，这位思想大师在魏玛离开了人间。

"上帝死了"

　　只能作为不够坚强的人的"依赖，慰藉，寻求勇气，自我安慰，自我鼓励的工具"的上帝，也许真的该死了。可是所有的人都在维护着上帝，就好像维护自己的颜面一样执着，尼采急了，大喊一声："上帝死了。"当人们用错误来诋毁他疯了的时候，他真的用疯掉来藐视人们的错误。

　　尼采曾在《快乐的智慧》一书中写过一个疯子，大白天提着灯笼到大街上寻找上帝，然后惊呼上帝死了，而悲哀的世人没有意识到上帝死了对于他们意味着巨大的价值真空。后来，推崇狂人的尼采自己也发了疯，胆怯的人们也许以为这是尼采亵渎了神灵，遭到了天谴，而圣明的人则认定：尼采在疯掉的世界里，找到了真实，而真实的世界在他的眼里就像是疯了。

尼采讨厌猫，"我不爱它，这屋檐下的猫"，讨厌羊，说"善人"是奴隶的领头羊，因为屋檐下的猫、羊，善人都是软弱无力的代表，它们会抹杀人的意志，让软弱的人不懂得坚强，人应该在自己坚强的意志下有所作为，而不是仰人鼻息地活着。上帝死了，可以依赖的东西消失了，人要活下来，"坚强"作为形容词常常很难变成动词，于是盲目了，人们该怎么做呢？

人们很难接受这样的言论，也不可能杀死自己的上帝，他们还希望能在上帝的庇护下多一分心安理得，杀死上帝等同于失去信仰，信仰没了，生命的意义又将在哪里呢？尼采不能够驳倒他们的懦弱，这是一个懦弱的世界。所以他安静和孤独的身体里藏着撕心裂肺的呐喊，他说"当太阳刚刚升起时，我就来到一块靠近海浪的偏僻的岩石边，然后躺在这块岩石上，用阳伞遮住光线，像一条蜥蜴似的一动也不动，眼前除了大海和明净的天空，什么也没有"。很明显，安静和孤独战胜了他无助的呐喊。尼采无奈地说只有三件事情成了他的安慰，那就是叔本华的哲学、舒曼的音乐，最后就是孤独的散步。一个人散步也能够成为让他宁静的安慰，这个喧闹的世界给了他太多的折磨。

他极力强调个人的意志力，他是建立在自身意志坚强的基础上来要求别人的，所以难免会有些强人所难，难免会显得高傲，不可一世，他在大喊"上帝死了"之后，又提出了"超人"的概念。尼采认为，超人还没有现实的存在，它是未来人的理想形象，超人给现实的人生提出了价值目标，超人是人的自我超越。如果各物种之间是物竞天择的话，那么我们还有必要同情弱者吗？他得出的答案就是人生的目的就是实现权力意志，扩张自我，成为驾驭一切的超人。超人是人的最高价值，应当藐视一切传统道德价值，为所欲为，通过奴役弱者、群氓来实现自我。

尼采那种激进、极端、狂人式的情感方式，刚毅不挠、多力善斗的强力意志完全展示了一位思想上的巨人为所欲为的痛快。唯有在思想上发泄出来，他才不至于在孤独无助中沉默下去。这种过激的情感发泄方式，不料得到了战争狂人希特勒的极力追捧，并且用到了政治上，这或许也是尼采为人争议的一个部分。

当纳粹用个人意志侵犯他人、他国利益时，尼采到底是天使还是恶魔呢？事实上，尼采所强调的意志，和政治毫无关系，他所称赞的是自然的力量，但不是兽性，是要求自身力量的扩充，而不是对外界的侵占。他说"上帝死了"，是用理想对抗信仰。他希望人们在自身意志力的指引下，找到真正的幸福——自由。这是世俗的信仰所难以接受的理想，他也意识到现实已经派遣孤独杀到了门前。他在《查拉图斯特拉如是说》中的《卜者》一篇，借查拉图斯特拉的梦来诉说自己的悲惨境地：

我梦到我整个地抛弃了我的生命。我在死神之堡的孤独的山上，
成了守夜者与守坟者。
在那里我守着死神的棺木：黑暗的甬道里充满了它的胜利的锦标。
消失了的生命穿过玻璃棺望着我。
我吸着永恒之杂着灰的气息：我的多尘的灵魂被压着……

死亡和孤独由压力变成了可有可无的情绪，他明白一个哲学家所应承担的孤独，一个思想家所应遭受的磨难，他统统都接受了。虽然他1900年才去世，其实早在1889年他就已经死了。

摘掉面具跳舞吧

说着言不由衷的话，摆着机械的躯体，陈列着练习过的微笑。有人自嘲说："我已完全迷失在这个繁杂的物质世界了。"但是从这样的认识中可以很明显地看到，我们每一个人其实都很清醒，只是没有那勇气，没有足够的魄力来做真实的自己。

尼采出生在一个牧师家庭里，有足够的资格去做虔诚的基督教徒，风光无限的老爸甚至可以得到应允，用国王的名字来命名自己的孩子。在一个祖辈几代人都是上帝的臣民的家庭里，这位修养极深的基督徒却率先喊出了"上帝死了"。

那是一个人人都寻求上帝庇护，人人都在英雄和圣哲的思想中寻求安全的时代。加上日益增长的物质数量和种类，人们的欲望一方面不断扩大，另一方面又为圣哲伦理所压抑，因此人们的内心和现实是剥离的，是错位的，呈现出来的是扭曲的人格。尼采以超乎常人的勇气在人类思想史上立下丰碑，那就是在自己内心深处找到真实的自己，他那坚强的意志力成为经典。

这个经典不是一个结局，而是一个过程，会永远地留在人类的世纪长河中。到我们现在这个时代，物质和欲望成了支配人躯体和笑容的力量，人们为了满足而胆怯起来，相互模仿以防止出错，相互防范以杜绝上当。在生活的舞台上，我们一次又一次地称呼自己是演员了，我们自己呢，被丢弃到了哪里？伪装起来的社会碰到了坚硬的现实，真真假假我们懒得去分辨了，内心跟着世界怯弱了。

最近几年流行的小说和电影电视中，我们也可以看出当代人伪装自己的一些端倪来，其中最典型的还是《戴着面具跳舞》，现代科技让物理距离形同虚设，然而却难以拉近心理距离，人们一方面面对的是不断扩大的人际交往，另一方面是日益复杂的社会现实，那么怎么样才能协调二者呢？最好的办法莫过于戴着面具了。面具往往是伪装到极致的美好的东西，当别人熟悉了你的这种美好之后，你却不得不为此继续努力地伪装。伪装是一件很累的事情，特别是过不了良心这一关。

徐志摩说："由于我们过于习惯在别人面前戴面具，因此最后导致在自己面前伪装自己。"当我们熟悉了伪装的感觉的时候，我们几乎是舍不得取下面具了，从爱美的角度来说，人们热爱这种美滋滋的感觉。然后呢，独处的时候，当真实的自己裸露在镜子面前的时候，你是否会感到陌生，甚至会被自己吓着呢？难怪尼采时代的人们会在周末的时候在上帝面前那么虔诚，也许那一刻他们的内心才是最真实的，但是他们毕竟是怯懦的，因为生活是在教堂之外。做真实的自己，最为迫切需要的是坚强而独立的意志力。这种意志力来源于对生活的信念，对自由的向往。

请摘下你的面具吧，因为我们自己本身就很美好，莎士比亚称赞我们是宇宙的精灵，万物的灵长。我们完全有媲美于自然的能力，无须在花圃面前自惭形秽。我们也不亏欠别人些什么，因此也不需要低三下四，现出奉承的表情来，奉承是不自信的表现，而听信奉承的人更是自虐的表现。我们的面子也不值钱，不用为了一点点虚荣的骄傲而忘乎所以。也不用去强求幸福和快乐而刻意地雕饰自己，我们不是米开朗琪罗，我们也不是那混沌的石膏，我们只要完善自己，锻炼出坚忍的意志来对抗命运的戏谑，让内心的自己能够有勇气撑起胆怯的身体，那我们离幸福和快乐也就不远了。

安东尼·高迪

ANTONIO GAUDI

享受过程不问结果的惊世建筑鬼才

（1852 — 1926）

......

安东尼·高迪，人类历史上最天才的建筑师，

一个纯粹的充满幻想的天才。

他也是一个筑梦者，一个不在纸上写作的诗人。

在不泯的童心、离奇的想象和狂热的宗教热情驱使下，

他以砖瓦、玻璃和钢筋水泥

在巴塞罗那的天幕下谱写出一首首立体的建筑乐章。

高迪用他在巴塞罗那留下的一切证明，

伟大的作品在本质上永远是未完成的。

同时，他也用精神证明了，

伟大的生命永远都是不朽的。

如果说约恩·伍重的建筑是一篇旖旎的散文，弗兰克·劳·赖特的建筑是一首优美的田园诗，那么，安东尼·高迪的建筑就是一则动人的童话。这个像崇拜神一样崇拜曲线的建筑师，将动物、植物、大海、山脉等大自然呈现的曲线信手拈来，成了他的建筑外形、结构支撑和装饰元素。他完全摒弃了哥特式与巴洛克式的传统风格，追求一种返璞归真的自然风格。于是，建筑在高迪手里不再是简单的居住空间，艺术的完美体现在他手里得到了最极致的发挥。

他的米拉公寓像上帝遗落在人间的玩具，酷似断崖的外观，内外连续性的建造方式被喻为"迷宫"的写照。其连续性的弯曲造型，像海浪起伏具有动感，立面大窗一个洞一个洞犹如蜂窝，也让人觉得这房子是被海浪侵蚀后的岩石。他的巴特略公寓更是一座充满神秘气氛的房子，高迪自己激动地称它"看起来像一座天堂的房子"。他的古埃尔公园则更像一个童话世界，将建筑、雕塑、色彩、光影、空间及自然环境融为一体。他的毕生心血之作——圣家大教堂，更是成为巴塞罗那的象征。高耸的尖塔，个性化的设计，数不胜数的具有象征意义的装饰。有人说它像沙滩上的城堡，也有人说这是"石头砌成的梦魇"，更有人说这是上帝的建筑……这些令人叹为观止的大手笔、大制作使高迪成为被建筑界顶礼膜拜的"上帝"！

奇异的幻想支配着高迪的设计灵感，他以自己的天才和执着，诠释了对生命和信仰的理解，以自己的一生塑造了巴塞罗那这座城市的灵魂。他在顽强的抗争中不屈不挠地使灵感在尘世中得以实现，从而在作品里凝结了他的生命。

这部生命的狂想曲，高扬起了新艺术运动的最强音。他一生的努力就是把生命转移到艺术中去，因此他的艺术是有生命的，而非仅仅是满足功能。他的建筑讲述的是一个追求真诚，追求神圣的感人故事；他超越了为活动空间而建筑，在工业化追求资本的背景下，他用一生追求着为自然而建筑，为心灵而建筑。

天才，也是疯子

巴塞罗那是高迪的露天博物馆，也因为高迪以及他的建筑而吸引了世界目光。巴塞罗那的灵魂在高迪手上冲破传统建筑形式的束缚而回归自然。没有哪一个人像高迪这样，因一座城市而精神不灭。

巴塞罗那被西班牙作家塞万提斯称为"世界上最美丽的城市"，这座有着将近2000年文明的古老城市，更是一座不折不扣的艺术殿堂，一块被上帝加持的艺术圣地。在这里，从不缺少艺术天才。20世纪的艺术巨匠毕加索、米罗和达利，都与巴塞罗那有着很深的渊源。然而，在大多数人的心中，巴塞罗那只属于一个人，他就是安东尼·高迪。对于许多巴塞罗那的市民来说，巴塞罗那就是高迪，高迪就是巴塞罗那。对于那些来过这里的人来说，都会发出这样的感慨："如果一个人可以是一座城市，我愿意是巴塞罗那。"

没有哪座城市会像巴塞罗那，因一个人而变得熠熠生辉；也没有哪个人像高迪，因一座城市而变得精神不灭。高迪这个把硬邦邦的建筑化解成柔肠的男子，这个笃信幻想和童心的感性男人，为巴塞罗那的建筑设计倾注了一生的心血。从19世纪末期开始，巴塞罗那街道上的路灯和椅子，西班牙上流社会的礼拜堂和私家府邸，随处可见高迪留下的印记。直至今天，这些建筑依然跻身世界上最伟大的、最富有想象力的建筑艺术作品之列。

1852年6月25日，离巴塞罗那不远的加泰罗尼亚小城雷乌斯，一个普通铁匠的妻子生下了她的第五个孩子，这是个小男孩，父母给他取名安东尼·高迪。和历史上许多天才一样，高迪出生在一个贫苦的家庭。他的父母以制锅维生，一家人敦厚善良，是虔诚的教徒，过着简朴、平静甚至有些平庸的生活。

　　幼年的高迪身体一直都不是很好，他深受关节炎的折磨，五岁时还不能像其他正常的孩子那样走路。高迪在乡下度过了童年，他不能像哥哥、姐姐那样帮家里干活，大多数的时间都是自己与大自然独处。虽说有些寂寞，但是自得其乐的高迪却由此培养了自己与众不同的眼光。

　　11岁的高迪开始上学，对于一个贫苦铁匠的孩子来说，能在学校中接触几何学、物理学是相当不容易的事情了。可惜高迪并不是一个品学兼优的好学生，他性格内向，不爱说话，学习成绩也是一塌糊涂。

　　当时，西班牙国王签署了全面改建巴塞罗那的诏令。工商界的富豪们纷纷斥巨资投入巴塞罗那的改建工程。他们在营造新的建筑时都喜欢别出心裁，争奇斗艳。那时，建筑师的职业十分吃香，人们趋之若鹜。那时的男孩都想快些长大，成为一名建筑师，造出奇妙的建筑来，以便扬名天下。高迪也是如此。幸运的是，高迪在18岁时进入巴塞罗那的建筑学校就读，虽然他的学习成绩不算好，但他倒是一个绘图高手。通过系统的学习，高迪渐渐展示出他潜在的创造性。在校的头两年，高迪一家接连遭受不幸，先是他的大哥不幸去世，接着是母亲病故，再后是姐姐撒手人寰，留下一个幼小的女儿。父亲只好带着外孙女搬到巴塞罗那来与儿子同住。安东尼·高迪不得不一边学习，一边赚钱养家糊口。

　　1877年，高迪为一所大学设计礼堂，这也是他的毕业设计。方案出来后，引起很大争议，但最后还是被通过了。建筑学校的校长感叹地说：“真不知道我把毕业证书发给了一位天才还是一个疯子！”这位校长全然不知，高迪既是天才，又是疯子。

高迪毕业的第二年，他就接受了一个官方委托项目，为巴塞罗那皇家广场的灯饰做设计。对于这样的工作，高迪信手拈来，他很快就完成了工作。尽管他的设计相当出色，但却因为报酬问题，双方发生了冲突。这件事像乌云一样笼罩着高迪，因为当时的高迪只有26岁，年轻气盛，他需要钱来养家。但在当时建筑师多如牛毛的巴塞罗那，有谁会尊重一个乳臭未干的乡下人呢？就在这时，高迪遇到了一位影响他一生的人，这个人就是西班牙实业家尤塞比·古埃尔。

高迪性格阴郁，沉默寡言，却又脾气火爆，他不能容忍任何人插手自己的设计，也从不考虑是否应该跟客户搞好关系。就连高迪自己也说坏脾气是他这辈子唯一没法控制的事。尤塞比·古埃尔是当时最富有的人，很难想象他们两个人是如何合作的。不过有一点成了他们合作的关键：那就是尤塞比·古埃尔对高迪的潜力坚信不疑。

可以说，尤塞比·古埃尔对高迪是极其"纵容"的。他从不插手高迪的设计，只负责出钱，任由高迪随意设计。尤塞比·古埃尔唯一的心愿就是让高迪设计出巴塞罗那最漂亮的房子，仅此而已。有意思的是，高迪与尤塞比·古埃尔的关系不是建筑师和客户的关系，而是纯粹的友谊，是一种密友之间的关系，两人许多想法都很一致。

1884年，古埃尔和高迪合作了第一个项目——古埃尔公馆，高迪被聘用进行公馆的一些修复工作，并设计了一个雅致的入口，一个古埃尔亭、一个驯马场和一个欧洲最宏伟的收发室，富豪家庭的尊贵气派在高迪的设计下显露无遗。两年后，古埃尔决定在自己的祖业，巴塞罗那老城区一条狭窄的街道上，兴建一座华丽的私家府邸——古埃尔宫，他再次聘请高迪做建筑师。由于预算没有任何限制，高迪为古埃尔宫选取了最优良的石头、最好的锻铁和细木料，整座古埃尔宫全部由高迪亲手设计。古埃尔宫建成以后，因为造价一时无法估算，而成为巴塞罗那当时最昂贵、最奢华的建筑，这座豪宅最终也成了高迪的成名之作。高迪从一个寂寂无名的穷小子，一举跻身上流社会，成为巴塞罗那最炙手可热的著名建筑师。

高迪成名之后，那些富人们纷纷请他设计、建造公馆、别墅。高迪先是设计、建造了造型奇特的巴特略公寓，之后又为佩雷·米拉夫妇设计建造了著名的米拉公寓。佩雷·米拉向高迪许诺，自己会像古埃尔那样给他完全的创造空间和自由，事后米拉发现自己的许诺有些欠考虑。因为当工程热火朝天地展开时，米拉仍没有看见图纸和预算，更没有什么设计方案。

这位富翁心急如焚，而高迪却默不作声。不过，终于有一天，高迪从口袋里摸出一张揉得皱巴巴的纸片，冲着米拉说："这就是我的公寓设计方案！"看着高迪的设计方案，可怜的米拉时而抓住自己的钱包，时而揪住自己的胸口，高迪却若无其事似的微笑着。米拉公寓历时6年时间，终于落成。不过，米拉夫妇对自己的新家并不满意，嫌它太过雄伟巨大，显不出贵族的矜持与典雅。所幸的是，这座公寓最终还是被保留下来，并成为高迪为私人住宅操刀设计的封笔之作。

在这期间，高迪没有忘记为他的挚友古埃尔效力。可以说，古埃尔跟高迪一样也是一位幻想家。1900年他突发奇想，决定建造一座花园式城市。这是一个极为宏大的计划。为此，他在巴塞罗那郊区买了一座光秃秃的山头，打算就在这里建设"古埃尔公园"——巴塞罗那上流社会的富人居住区。经过14年的时间，古埃尔公园终于建成。可以说，这是建筑艺术史上伟大的成就，但从经济角度来说却是一大败笔。当时园内规划为私人住宅建筑用地的16块土地，仅售出了两块。他们的主人一个是尤塞比·古埃尔，另一个就是高迪本人。失败的原因很简单：那些富翁们不想像山羊一样天天爬上爬下。

功成名就的高迪渐渐对设计豪宅失去兴趣，甚至感到厌烦。此时的他意识到自己如果继续为富豪设计豪宅的话，他将耗尽自己的一切。他需要建造一座更震撼的建筑，一座最伟大的建筑。于是，高迪专心投入圣家大教堂的设计之中。

高迪自1883年开始主持该工程，直至1926年不幸去世。在生前的最后十几年间，他完全谢绝了其他工程，专心致志于圣家大教堂的设计与建造。这是他一生中最主要的作品、最伟大的建筑，也可以说是他心血的结晶、荣誉的象征。谁也没有想到，这项马拉松式的工程竟耗费了高迪几乎毕生的精力。到最后，他自己也变成一位名副其实的穷人。

高迪的晚年是在孤独中度过的。在他有限的几个朋友中，只有雕塑家马塔马拉上山看望过他。原先安东尼·高迪每天从家中步行十几公里到圣家堂工作，后来年迈的高迪身心疲劳，自己也不能坚持每天上山下山。最后，自己在教堂建筑工地上工作间的角落里，放了一张铁床。在那里，他每天工作，祈祷，做礼拜，翻阅圣经，直至生命的最后一刻。他很少出门，如果出门，那也是为圣家堂建筑工程募款。要知道，圣家堂的建设所需要的慈善捐款数量对于这样一个巨大的、异想天开的工程来说简直是微乎其微。

高迪在圣家大教堂的建设中将他许许多多的设想变为现实。在高迪的设计意念中，直线是呆板的，只有曲线、波浪线才反映自然的真实状态。因此整座圣家大教堂采用了大量的不规则图形，体现出了一种内在的理性平衡。

高迪以高度的宗教热情，按照自己的艺术灵感来建造这一伟大工程，有时候，他甚至亲手施工，以达到最完美的效果。然而，这位集天才与疯子于一身的建筑师最终也没有完成这项伟大的工程。1926年6月7

日的下午，高迪在格朗大街上被一辆有轨电车撞倒。

　　起初，没有人知道他就是高迪。他穿着寒酸，形容枯槁，人们以为这个糟老头子只是个乞丐罢了。他被抬到几百米以外的急救中心的时候，还在呼吸。护士们从他的衣兜里只找到了一把葡萄干和花生米，还有一本被翻得稀烂的《圣经》。不久后，高迪便死去。像所有横尸街头的流浪汉一样，他很可能被送到公共坟场草草埋葬。就在这时，圣家大教堂的一位神父认出了他。这个白胡子老人就是建筑师安东尼·高迪，圣家大教堂的建筑者。

　　出殡那天，巴塞罗那万人空巷，全城的人都出来为高迪送葬、致哀。这位伟大的建筑师最后被安葬在圣家的地下墓室，以此激励后来圣家堂的建筑者。高迪死时74岁，他没有留下后代，留下的只有他的建筑和精神。

巴塞罗那的灵魂

　　没有一座教堂能像圣家大教堂一样，将自然与宗教结合得如此完美。也没有一位建筑师能像安东尼·高迪一样，穷尽一生为巴塞罗那编织了一个充满雄心的梦想。对于这座历经世纪沧桑的半成品，几代巴塞罗那人都没有放弃。因为他们相信，高迪的灵魂就在这里。高迪用生命向我们诠释了他对梦想与精神的理解。

　　提起安东尼·高迪，很容易让人联想到与他同处一个时代的另一位大师文森特·凡·高。与终生不得志的凡·高不同的是，安东尼·高迪在生前获得了巨大的荣光，也得到了世人的认可。然而，高迪最后的命运并不比凡·高好到哪里。与凡·高一样，高迪终身未婚，最后为了圣家大教堂的建设而变得一无所有。他把青春和生命全部献给了他所热爱的艺术，给世人留下了如梦一样的杰作，但他却永远也看不见这件杰作竣工时的情景。不过，作为人类历史上两位伟大的艺术家，他们都深知，建造梦想、铸造精神是需要时间的。当上帝需要它完工时，它自然会准时完工。

高迪是个疯狂的天才，更是个矛盾综合体。他不但是富有魔幻色彩想象力的创造者，同时也是注重技术、脚踏实地的工匠和勇敢的实践家。他既是童心未泯的纯真顽童，又对宗教虔诚，还是一个不折不扣的妄想狂。就像他的米拉之家，被世人称作"狰狞的石头的梦魇"。

高迪以自然主义为宗旨进行创作，他的风格前卫，但他在作品中使用的却是最古老最普遍的线条与曲面，很多石块甚至保留着最原始的状态。高迪的创作理念是单纯快乐的，除了他以不眠不休的态度疯狂工作之外，对每一个细节的细致程度几乎是苛刻的。

有一段流传甚广的对话可以为证——路人问："那个小石像在那么高的地方谁都看不清，你还搞那么认真干吗？"高迪回答道："天使会看到。"至于圣家大教堂外部结构上那些栩栩如生的基督、圣徒与动物雕塑，高迪甚至不惜用实体制作石膏模具。为了塑造一个逼真的送信天使，高迪勒令他手下的年轻绘图师卡多·奥比索保持姿势，然后让助手往他身上涂抹石膏，以致奥比索本人最后因窒息和疲劳当场昏厥过去。这就是高迪，当你看到他创作的建筑时，也会不知不觉地陷入疯狂中去，只不过你的疯狂源自敬畏。

高迪从来就不是一个生意人，这从他把古埃尔公园建在"只有山羊才能爬上去"的山坡上就能明白端倪。高迪始终是一个寂寞的独行侠，在全西班牙设计和主持工程，却坚持着只有四个省才通行的加泰罗尼亚语，为了工作，他甚至带上两个卡斯蒂利亚语的翻译，其余时间，或者说他根本没有给自己留任何时间，始终保持着一个缄默隐忍的工作狂的本色。除工作，高迪没有任何别的爱好和需求。

在生活上，他显得有点傻气、疯癫。他常年留着大胡子，成天是一副阴沉沉、让人捉摸不透的表情。除了古埃尔，他没有别的朋友。他只说加泰罗尼亚语，对工人有什么交代就要通过翻译。他只带了两个学生在身边，多一个他都嫌烦。他似乎觉得，只要与这两个学生交往，就能保持他与整个世界的平衡了。他吃得比工人还简单、随便，有时干脆就忘了吃饭，他的学生只得塞几片面包给他充饥。他的穿着更是随便，往往三年五年天天穿同一套衣服，衬衫是又脏又破。人们看到他的那副穷酸样，绝不会想到这是一位建筑师。

然而，就是这样一个人为巴塞罗那增添了一种自豪和自信，既百折不回又乐观豁达。他最伟大的杰作圣家大教堂表现出高迪对传统信仰的坚持，对未来变革的从容，而更多的是对他生长的这片热土的祝福。优秀的建筑师将他们的名字刻在建筑物上，高迪却是将他的精神铭刻在大地之上。有谁能像高迪一样，细心地要求把一块一块砖头慢慢地"砌组起来"？没有一位建筑师能像他那样有"时间"，耐心地每秒每分、每小时、每一天跟着建筑物"成长"，整天盯着建筑物看，与工人讨论建筑的形式与结构，指挥着每天的工作。如此的经历怎能不锻炼出一位伟人来呢？

作为一个不求名利的建筑师，高迪把自己的生命都献给圣家大教堂，圣家大教堂是高迪未了的遗愿，高迪已逝，圣家大教堂的工程却并未停顿。因为这浩大的工程、雄伟的建筑已经成为巴塞罗那恒久的光荣，是高迪穷43年心力为这座城市编织的一个充满雄心的梦想。

圣家大教堂没有具体的设计稿，只有高迪完成的一个完整的模型。

今天，已经是第五代建筑师在这个工地上忙碌。据保守估计，圣家大教堂的建设在资金稳定供应的情况下还要超过50年才能完工。但巴塞罗那人并不介意再用50年，哪怕是100年来完成这座教堂的所有工程。因为他们相信，高迪的灵魂就在这里。今天，那些高迪的追随者们孜孜以求的，不仅仅是建筑物本身，还有信仰和理想。

伟大的梦想实践者

在高迪的手中，没有什么是不能被实现的。只要有可能，他都能将其变为现实。与其说高迪是一位伟大的建筑师，不如说他是一个伟大的梦想实践者。

在这个世界上，只有两种人才会妄想创造世界上虚幻的东西，其中一种人是疯子，另一种人是天才。很显然，安东尼·高迪是这两种人的结合体。不过，高迪有着自己的创作理念，就如他在日记中说的："只有疯子才会试图描绘世界上不存在的东西。"于是，他创造了贴瓷的巨型蜥蜴、宛如巨龙背脊起伏的屋顶、以爬行类动物骨骼和人类颅骨为造型的阳台，还有宛如一条游动在地面上的斑斓巨蛇的外墙……这些只存在于疯子脑袋里的东西，最终在他的手中变成了现实。我们不是天才，也不是疯子，但高迪的存在，让我们终于能够从另一视角来重新审视梦想与现实的距离。

在高迪的手中，没有什么是不能被实现的。只要有可能，他都能将其变为现实。1908年，曾有两位纽约金融家慕名而来，委托高迪为自己设计建造一座宾馆。当他们接到高迪的设计方案时，几乎目瞪口呆，完全被高迪疯狂的想法吓到了。如果这个疯狂的梦想成为现实，那么今日将有一座310米高、拥有11座配楼、状如一簇巨大石笋的建筑矗立在曼哈顿，与帝国大厦遥遥相望。虽然这座疯狂的建筑没能实现，但高迪却给后人留下了一个更伟大的作品——圣家大教堂。

高迪从31岁开始接手圣家大教堂的建设工作，几乎是花费了所有的余生时间来试图绘制、构思完成这个作品。为了能让圣家大教堂在空中俯瞰状态下呈现出十字架的新哥特主义梦境成为现实，高迪整整花费了10年的时间来解决这个问题。在没有计算机帮助的情况下，高迪采取了最古老的试验方法，在不违背力学原理下努力地尝试着实现这一设计。遗憾的是，这项工程并没有能在高迪本人有生之年完成，甚至直到今日还在继续修建。

人们将它称为"穷人的教堂"，因为它的建筑速度是像仙人掌生长一般的缓慢，它的修建只能靠百姓的慈善捐款。就这一点，《巴塞罗那日报》早在20世纪初就发表社论，声称圣家大教堂代表巴塞罗那的加泰罗尼亚特性与崇高而永恒的虔诚，停工将比"上百家工厂的倒闭"更为悲惨。100多年后的今天，圣家大教堂仍在建设之中，没有人能够知道它到底什么时候完工。正如教堂入口处的明信片上写着的那样：时间，也许只能交予历史来完成它。我们唯一肯定的是，高迪的精神仍在继续，他这个超人般的梦想正在被一群追随他的人慢慢变成现实。

最后，我们该如何评价安东尼·高迪这位用石头作诗的艺术家？许多建筑学家、艺术评论家称他是工业标准设计时代最后一位随性大师，另一些人则把他奉为超现实主义在建筑领域的代言人，在那些软体动物一般的设计后面是精妙的几何学考量。有人曾认为高迪在建筑上的灵感是得益于他对维约列勒·丢克的建筑艺术风格的贯通，对哥特式建筑的浪漫主义理解，并学会把自然界作为永不枯竭的灵感源泉。他的作品之所以有着自己的力量，完全来自与自然的对话。他的作品中有上天与自然的对话，建筑与自然的对话，高迪与自然的对话。这些就是他的创作理念。

　　以上这些评价都很恰当。不过，与其说高迪是一位伟大的建筑师，不如说他是一个伟大的梦想实践者。今天人们纪念高迪，不仅仅要将他作为一名建筑大师，更应该将他作为一个奇妙世界的创造者，作为想象力的践行者。高迪用他在巴塞罗那留下的一切证明，伟大的作品在本质上永远是未完成的。但他用精神也证明了，伟大的生命永远都是不朽的。

（1823 — 1915）

法布尔

昆虫史诗的忠实撰写者

FABRE

......

如果说解决"昆虫本能的性质"这一命题

是在探索一条真理，那么可以说，

法布尔一生都在为认识这个真理而揭示真相。

为认识真理而揭示真相，

成了法布尔一生的至高理想和崇高劳动，

他为此感到幸福与安慰。

他将一切品质和才华会集在这种精神之下，

为人类作出自己独特的贡献，也给后人树立了榜样。

说他是博物学者、诗人、散文家、生物画家、优秀教师、科普书作家，凡·高作画的法国古城阿尔封他为"普罗旺斯诗人"，达尔文称他为"无与伦比的观察家"，法国文学界赞誉他为"昆虫世界的维吉尔"，雨果称他为"昆虫界的荷马"，众多头衔似乎都可用以形容法布尔这位19世纪的法国昆虫学家，却都不足以概括他的奇特成就、他一生的传奇，以及100多年来世人对他的多样评价。不过，这些头衔，他是当之无愧的。

贫困、偏见、丧子之痛困扰了法布尔的一生。他经历了太多的坎坷，米勒的去世使他悲痛交加，中年丧子更是给了他致命的打击，严重的肺炎曾让他与死神擦肩而过……不仅如此，法布尔生前还时时受到"学院派科学权威"们的斥责，他的著述甚至被认为缺乏科学的严谨与庄重。

实际上，法布尔完全可以利用化学和数学天赋走一条驾轻就熟的捷径，赢得掌声和荣誉。他那长达30余年的教师生涯，突出的教学业绩曾受到拿破仑三世的接见。但是，他遏制不住对昆虫与生俱来的痴迷。47岁时，他用大半生的积蓄购得一处坐落在生荒地上的老旧民宅，并取名为"荒石园"。在年复一年的平铲刨挖中，一座花草争妍灌木成丛的百虫乐园建好了。他不知疲倦地研究昆虫，并以人性观照虫性，充满了对生命的尊重、关爱和敬畏之情，他用生花妙笔把劳动成果写进一卷又一卷的《昆虫记》。

尽管他一生为贫困所苦，但却未曾稍减对人生志趣的追求；虽曾经历许多攀附权贵的机会，但依旧未改其志。面对偏见，法布尔站在"虫子"的立场和"普通人"的立场上毫不妥协地反击，并激昂慷慨地阐明自己的治学宗旨："你们探究死亡，而我却是探究生命。"

面对贫困，法布尔苦苦思索："只为活命，吃苦是否值得？"他用

92个春夏秋冬作出了回答："迎着偏见，伴着贫穷，不怕牺牲、冒犯和讥讽。"

法布尔为研究昆虫付出了毕生的心血，一直过着贫穷枯燥与世无争的生活，也一直寂寂无名。当法国文学界推荐他为诺贝尔文学奖候选人时，委员们还没来得及做最后决议，法布尔便离世而去，时年92岁。

对于荣誉，法布尔或许并不在意。因为热爱已经使他忘掉了尘世的穷困烦恼，忘掉了世人的嘲讽和攻击。他把研究融入生命，用爱诠释着昆虫。法布尔就像田野里一只普通的虫子一样，自得其乐地生活着、歌唱着、自由着，自己想做什么就做什么，想要怎样就怎样，享受着自然恩赐的仅有的一次生命。

与昆虫为伴的人

法布尔生性淡泊、不求名利，即使常因埋首于研究、举止怪异而被人嘲笑，仍然我行我素。跟那些看着追求学术成就、实则仅图声望甚至名利地位的研究者相比，这个与昆虫为伴的人以一种大生命观平等地看待人类以外的其他生命，尊重和关爱哪怕微小如昆虫的生命。法布尔一生都在贫困中挣扎，都在与傲慢偏见做斗争，但他一点也不感到孤独。因为昆虫就是他的朋友，他拥有着更为广阔的昆虫世界。

1823年12月22日，法布尔降生在法国南方阿韦龙省圣雷翁村一户贫穷农民的家中。在他3岁时，由于母亲要照顾年幼的弟弟，所以将他寄养在玛拉邦村的祖父母家。法布尔在那里一天天长大，直到7岁才被父母接回家。后来，父母将他送到村里的一所小学。童年的法布尔很懂事，每天一放学就帮着家人干这干那。他最喜欢的就是赶鸭子，与田野里的那些蚱蜢、蜘蛛等昆虫为伴。

就在法布尔10岁那年，他随全家搬到罗德茨市，父母安排他去了罗德茨中学读书。然而，在法布尔的整个中学阶段，法布尔家为生计所迫，几度迁居，致使他的学业无法正常进行。勤奋好学的法布尔并没有因此而荒废学业，他抓紧一切时间自学。由于家境越来越困难，在勉强念完了中学以后，法布尔被迫中断学业，开始自谋生计。他曾经沿街叫卖汽水，也曾当过修铁路的小工，还常常挨饿。

生活上的困难并没有压倒法布尔，他继续在昆虫世界里摸索着，观察着。后来，法布尔抱着碰运气的心理，参加了阿维尼翁师范学校的入学考试，结果以第一名的优异成绩被录取，并获得了奖学金，这解决了法布尔在生活上和求学上的困难。由于上课内容太枯燥，他常趁自习时间观察胡蜂的螯针、植物的果实或写诗。

19岁时，法布尔以优异的成绩从师范学校毕业了。他谋得一份教师的职位，从而开始了长达30余年的教师生涯。刚刚毕业的法布尔到了一所小学担任教师，学校的条件很差，法布尔的薪水也很低，勉强够他糊口。他一面努力任教，一面利用业余时间不知疲倦地作动植物观察记录，陆续通过文学与数学考试取得大学入学资格，并自修获得数学和物理学学士学位。生物学一直是法布尔最感兴趣的，他从不间断地研究自然界，随时收集各种标本。

这期间，法布尔与同事玛利·凡雅尔结婚。婚后第二年，他们的第一个女儿艾莉沙·贝特诞生，可惜不到一年这个孩子便夭折了。之后，他们又有了第一个儿子约翰，不幸的是这个男孩也没能活过一岁。痛失两个孩子的不幸给法布尔一家带来了不小的打击，法布尔和妻子艰难地生活着。

法布尔一直希望自己能够到大学教书，但苦无机会。不过在1849年，法布尔来到科西嘉阿杰格希欧国立高级中学，担任物理教师。面对科西嘉丰富的大自然，他开始研究动植物，与植物学家鲁基亚一起攀登科西嘉的每座山采集植物。回到阿维翁任教后，法布尔于1854年取得博物学学位，他决定终生致力于研究昆虫学，他的人生就此定向。从此，他把所有的时间和精力都用在这上面，孜孜不倦，朝着自己的目标前进。第二年，玛利·凡雅尔为法布尔生下了第二个女儿，这个孩子很幸运地活了下来。

此后的六年间，法布尔一直钻研昆虫学，这期间他不仅取得托尔斯大学博物学博士学位，还结识了一生中最重要的一个人——英国经济学家米勒，两人成为挚友。1857年，他还发表了一篇名为《节腹泥蜂习性观察记》的论文，这篇论文修正了当时昆虫学祖师莱昂·杜福尔的错误观点，由此赢得了法兰西研究院的赞誉，被授予实验生理学奖。

当时法布尔的梦想仍然没有改变，那就是到大学去教书。一天，一位身为几何学家的学监听了法布尔的一节制图课后，以自己的亲身经历激励法布尔："我读了你发表在《自然科学年鉴》上的论文。你有敏锐的洞察力，有从事研究的兴趣，语言生动，文笔流畅。你本该成为一名杰出的大学教授。"这正中法布尔的下怀，他何尝不想呢。但这位学监指出："必须积累一些财产，才能实现到大学教书的理想。"法布尔说："先生，您刚才说的话对我很有启发，您使我不再彷徨。我要暂时放弃我的计划，先想想有没有可能积累一点儿必要的家产，好让我能体面地教书。"

学监的建议深深触动了法布尔。法布尔临时研究起了化工，成了染料专家。他希望他的工业化学研究能为他带来"一笔赎身费"。经过多年的钻研，法布尔成功研制出一种由茜草提取的染料色素，最终被阿维尼翁师范学校聘为物理教授。在公共教育部部长的引荐下，法布尔觐见了法国皇帝拿破仑三世。为此，法布尔曾写道："我被一些穿着短裤和带银环皮鞋的内侍引进杜伊勒里宫的一个小厅。这些人很奇怪，他们的服装和不自然的步伐让我觉得他们像金龟子，他们没有鞘翅，而是穿着牛奶咖啡色的大燕尾服，在背部中间画着一些横着的铜钥匙。"

法布尔本来可以将研究成功的茜草染料工业化。为此，法国政府特意开办了工厂，可就在工厂成立不久，德国完成蒜硫胺的化学合成染料，茜草染料工业化的梦想因而破灭。但这并没有影响到法布尔，毕竟他想在大学里教书已经成为现实。而且，在这几年间，法布尔先后写作了多本介绍各种科学新知与新式技术的书籍，包括著名的《天空》《大地》《农业化学入门》《极光》等书，上通天文下知地理，极受读者喜爱。

法布尔的教学风格独树一帜，赢得了许多学生的欢迎。他的大众自然科学教育课程也深获好评，但是保守派与教会人士却抨击他在公开场合向妇女讲述花的生殖功能，而中止了他的课程。由于老师的待遇实在太低，加上受到流言中伤，法布尔在心灰意懒下辞去学校的教职，隔年甚至被虔诚的天主教房东赶出住处，使得他的处境更是雪上加霜，也迫使他不得不放弃到大学任教的愿望。

1870年，法布尔向他的好友米勒借了一笔钱，举家迁至阿维尼翁北方的奥朗日买了一块两亩大的荒地住下来。虽然这块地满是石砾且布满野草，但是法布尔非常喜欢这个地方，他以普罗旺斯语称之为"荒石园"，将其视为"活昆虫实验室"。他在这里写作，观察昆虫行为，做昆虫实验。

刚住进"荒石园"头几年，不幸便接二连三地走进法布尔的生活，先是他的挚友米勒逝世，紧接着他的儿子朱尔也离他而去，这给法布尔带来了沉重打击。尤其是朱尔的去世，几乎让法布尔悲痛欲绝，为了纪念自己的儿子，他把发现的三种蜂以"朱尔"的拉丁语"伏利渥司"分别命名为伏利渥司土栖蜂、伏利渥司高鼻蜂、伏利渥司穴蜂。1878年，55岁的法布尔因悲伤过度，身患肺炎。家人都认为法布尔会因此死去，没想到他竟以坚强的意志渡过了难关。

从那以后，法布尔将一生都投注到昆虫研究上。经过四年的努力，法布尔将过去20年的资料重新整理，写下了《昆虫记》。直到1907年，《昆虫记》全部写成，一共十卷，这时法布尔已是83岁高龄的老人了。家人邀请法布尔的挚友和学界好友来到"荒石园"，为他举行一次小型庆祝会。消息传出，舆论为之震动，赞扬声此起彼伏，荣誉桂冠一个个飞向老人。法国文学界以"昆虫世界的维吉尔"为称号，推荐他为诺贝尔文学奖候选人。可惜委员们还没来得及做最后决定，便传来法布尔这位"以昆虫为琴拨响人类命运颤音的巨人"与世长辞的消息。

1915年5月的一天，在家人扶持下，法布尔坐在椅子上绕庭院一周，最后一次巡视了一下自己的家园。10月11日与世长辞。五天后，他被葬于隆里尼墓园。在他亲手建造起来的一座昆虫们的乐园——"荒石园"里，那些尚未冬眠的昆虫，都在黑暗的角落里哭泣。它们用各自生命的鞘翅，为它们这位共同的老朋友合奏了一支安魂的乐曲。

逆风的羽翼

法布尔就像田野里那些普通的虫子一样，自得其乐地生活着、歌唱着、自由着，自己想做什么，就做什么，想要怎样，就怎样，享受着自然恩赐的仅有的一次生命。他的精神，不仅为人类认识客观世界扩大了一寸视野，更让人类在认识生命深度的拓展挖掘上又前进了一步。

在冷酷无情的大自然环境中，昆虫们坚韧不拔地为个体与种族的生存而斗争。法布尔也一如他所挚爱的昆虫一样，百折不挠地坚持着自己的斗争。有人说，他的《昆虫记》是一部传奇之作。然而，法布尔的一生，又何尝不是一部传奇！

贫穷困扰着法布尔的一生。家境贫寒迫使法布尔不得不告别学校，这个没受过正规教育的乡下孩子，通过自学竟然先后取得了多个学士、博士学位。法布尔后来在回忆自己艰苦自学的道路时说："有教师指导的人是何等幸福！他们会指导你走上一条平直的坦途。不然的话，要走一条崎岖的小径，到处都是乱石，动不动要摔跤；你只好慢慢地摸索，一步一跌地前进，甚至迷失方向。只有不屈不挠的毅力帮助你——对一个无依无靠的人来说，它是唯一的伙伴。"正是这种坚忍不拔的毅力使法布尔走向了伟大。

法布尔一生中最大的梦想就是登上大学的讲台，而他也完全可以利用自己的物理和数学特长，改变贫穷的生活现状。然而，出于对昆虫的热爱，他放弃了赢得掌声和荣誉的机会，默默无闻地做了一世的中学教员。那份微薄的薪水，维持一家的生计都成问题，更遑论购置实验设备。随着孩子陆续出生，他的生活也愈加艰难。法布尔时常穿着补丁外套，吃着难以下咽的饭菜，喝着自酿的酸苹果酒，抽着廉价烟，经常举债度日。法布尔在晚年时，唯一的经济来源是靠写书所得的稿费。家里唯一值钱的东西是一架显微镜——这还是别人赠送的。他不得不到一个专为年老穷困的科学家所设的"科学学者救济会"去请求救济。他伤心地写道："大家赠送了'无与伦比的观察家''昆虫世界的荷马''昆虫汉'等各种雅号给我，还给了我许多褒赞之辞。但是，我现在却将在落魄贫寒之中度过余生。如果我能够不忧虑于天天所需的面包，专心去继续研究珍贵的学问，那我会多么高兴啊！"一次，他甚至不得不忍痛割爱，准备卖掉自己费了极大心血亲笔绘制的蕈类彩色图谱。后来，由于一位诗人帮忙，政府以奖励科学的名义给了法布尔一点补助，他才得以保留了这本珍贵的图册。

但是，浓厚的兴趣和倔强的性格并没有使法布尔向贫穷低头，正像那些在变幻莫测冷酷无情的大自然中顽强生存的昆虫一样，他也在几十年的坚忍不拔中进行着自己的研究。没有实验室，他就去到田野里的葡萄架下，观察那些飞蝗和泥蜂。他从不在乎别人的冷嘲热讽，只是低头专注地盯着自己的"最爱"。没有设备，他就用家里的瓶瓶罐罐建造一个昆虫园，与蝎子、金龟子同居一室。

除了贫穷，法布尔的一生中更大的困惑是偏见。教育、科学界权威们，从骨子里看不起的自学学历，看不惯他的研究方向，对他的研究动机更是冷嘲热讽。这种漠视与一些人的虚伪、庸俗、嫉妒心理有着相同的节奏，长期构成对法布尔的一种偏见。然而，法布尔没有向"偏见"和"贫穷"屈服。他依然勤于自修，扩充知识储备，精心把定研究方向，坚持不懈地观察实验，不断获得新成果，一次又一次回击"偏见"。他挤出一枚枚小钱，购置坛、罐、箱、笼，一寸空间一寸空间地扩增设备，日复一日、月复一月、年复一年地积累研究资料，化贫穷为富有。

法布尔的研究也遭到了人们的质疑。在那个时代，研究昆虫的学者只是简单地为它们命名，而对它们的本能、习性从不研究，在他们看来，这些是登不上大雅之堂的。而这些正是法布尔最注重的领域，他将自己变成虫人，深入那些虫子的生活之中，用田野实验的方法研究它们的本能、习性、劳动、婚恋、生育、死亡。因此，法布尔时常遭到正统力量的责难。为此，法布尔反抗道："你们是把昆虫开膛破肚，而我是在它们活蹦乱跳的情况下进行研究；你们把昆虫变成一堆既可怖又可怜的东西，而我则使得人们喜欢它们；你们在酷刑室和碎尸场里工作，而我是在蔚蓝的天空下，在鸣蝉的歌声中观察；你们用试剂测试蜂房和原生质，而我却是研究本能的最高表现；你们探究死亡，而我却是探究生命。"

对生命的热爱，使法布尔具备了一个文学家的特质。他以人性观照虫性，以虫性反观社会人生，他充满了对生命的关爱之情，充满了对自然万物的赞美之情。正是这种对于生命的尊重与热爱的敬畏之情，给他的《昆虫记》注入了灵魂。

法布尔不仅研究昆虫的本能、习性、劳动、婚恋、繁衍和死亡，他还通过自己观察的一切，认真地纠正了曾经广为流传的文学经典中的谬误。比如拉封丹《蝉和蚂蚁》的寓言故事：夏天来了，蝉在大树上放声歌唱，蚂蚁却在勤劳地工作。冬天来了，蝉一无所有，跑到蚂蚁的家里去讨吃的。蚂蚁却说："那会儿你唱呀唱，现在你就跳呀跳吧。"

由于这个故事的影响，在无数代人类的心中，蚂蚁就代表了勤劳，蝉就代表了懒惰。果真如此？法布尔用他的科学研究告诉了我们一个完全相反的事实："夏天，蝉儿在歌唱之余，就用尖细的嘴插在树皮上，打出一眼汁液饱满的井，滋润自己的歌喉。而就在这时，却是成群结队的蚂蚁闻风赶来，分享甜汁，甚至还要使用种种伎俩把蝉赶走。冬天，蝉儿在竭尽了自己的歌喉之后，早已长眠地下，它们的后代也都在地下沉睡，等待着来年像它们的前辈一样快乐地放歌，根本就不会到蚂蚁的家里去乞讨。"

这就是法布尔，无官无职无薪无俸。虽然他一贫如洗，但把自己的每一点收入，每一点时间，每一点精力，都投入到了对昆虫的观察和研究上，不图名不图利，但求不违我心，不负此生。他曾说过这样一句话："不管一道光线能穿透多远，光圈的周围总是挡着黑色的栅栏，被深不可测的未知领域所包围，能够扩大一寸视野也是值得人类庆幸的。让我们这些被求知欲望折磨的探索者，在烛光的引导下，一点一点地观察、发现，也许有一天，这零散的碎片，会被拼成一幅美丽图画。"

法布尔的精神，不仅为人类认识客观世界扩大了一寸视野，更让人类在认识生命深度的拓展挖掘上又前进了一步。也许我们每个人都应像法布尔那样，享受自然恩赐的仅有的一次生命。

法布尔的伟大馈赠

像法布尔那样热爱，热爱我们所能热爱的一切，生命会因我们奔放的爱而充满旺盛活力，人生也会因我们无私的爱而显得格外壮丽；像法布尔那样执着地爱，专注地爱，这不仅仅是生存的需要，更是心灵的需要、精神的需要。这些也许正是法布尔除了《昆虫记》之外，所能给予我们更伟大的馈赠。

法布尔一生最大兴趣，尽在于探索生命世界的真面目，发现自然界蕴含着的科学真理。他不断表达对昆虫的爱，但也表达着另一种爱，那就是对真理和生命的挚爱。法布尔的爱，是一种酷爱。这种爱让法布尔有着异于常人的专注和执着，"始终坚持真实所特有的一丝不苟态度"。他的专注已经到了一个境界，他可以不吃饭，不睡觉，不消遣，不出门，不知时间，不知疲倦，不畏艰苦，不懂享乐……他几乎忘却一切，他甚至分不清他的荒石园是虫居还是人宅。他心中只惦记着一件事：观察那些可爱的小虫子。法布尔那可贵的执着精神，可以让其在一只装死的昆虫面前静坐几个小时，甚至一天。为此，他忘记了吃饭，忘记了睡觉，忘记了时间，甚至忘记了自己。

西西弗斯因为触犯了诸神，诸神罚他将巨石推到山顶，而由于自身的重量，巨石总是滚下去，西西弗斯不得不下山再往上推。诸神觉得没有比这种机械重复无休无止的劳动更严厉的惩罚了。而西西弗斯则乐此不疲，用每一个坚实的脚印书写自己不懈的追寻与充实的人生。这个神话故事成了执着的精神象征，法布尔正是这种精神的最好见证。他的执着，带着一种勤勉的跋涉，淡泊的心境，一种刚硬的精神气质，一种壁立千仞，无欲则刚的节操。

法布尔把未知世界比作处于黑暗之中的无限广阔的拼砖画面，把科学工作者比作手拿提灯照看这画面的探索者。他认为自己就是这探索者，一步一步地移动，一小块一小块地照亮方砖，使已知构图的面积逐渐增大。黑暗当中，照清未知事物的面目便是揭示了真相，看出事物的规律也就把握了真理。

从另一角度讲，法布尔又何尝不是一个人生的探索者，面对贫苦拮据的生活，他秉持着对生命的热爱，对目标的执着与专注，固守着自己的一方天地，不为世事所动，且终其一生，乐在其中。他不仅为我们揭示出关于生命意义的真理，揭示了生命的真相，并身体力行为我们探索出一条让生命更富意义的道路。

让我们像法布尔那样热爱吧，热爱所有的生命，热爱我们的生活，热爱我们的事业，热爱痛苦的回忆，热爱快乐的今朝，热爱成功，热爱失败……热爱我们所能热爱的一切。生命会因我们奔放的爱而充满旺盛活力，人生也会因我们无私的爱而显得格外壮丽。

让我们像法布尔那样执着地爱，专注地爱。这不仅仅是生存的需要，更是心灵的需要、精神的需要。正如托尔斯泰说的那样："人类被赋予了一种工作，那就是精神的成长。"不论我们身居达官显位，还是身处平常街巷，无论我们奔波于闹市通衢，还是栖身于田园山水，只有执着、专注才能置常人眼中的得失、荣辱、毁誉于不顾，才能拥有笑傲人生的旷达与潇洒。执着是一场漫长的分期分批的投资，而成功则是对这场投资的一次性回报。执着于自己所爱的事业，也正是生命的价值与意义。

这也许正是法布尔除了《昆虫记》之外，所能给予我们的更伟大的馈赠。

甘地
向死而生的圣雄

GANDHI

（1869 — 1948）

......

甘地是一个微笑的圣徒，一个单纯的英雄，

一辈子都在进行一场单纯的事业。

他开创了一个时代，

抵御日不落帝国的蛮横和淫威；

他终结了一段历史，

为了信念而忽视威胁与死亡。

今天可能极少有人相信，

有这样一个血肉之躯曾经在地球上匆匆走过。

甘地来时还只是一个不知天高地厚浑浑噩噩的食品商人，离开时已成了人人俯首朝拜敬若神明的圣雄。爱因斯坦评价甘地是"一位不受外在权威的挟持，而成为他的民族的领袖的人；一位其成功不是依靠投机取巧，也不是凭借掌握的技术装备，而纯粹地建立在令人信服的人格力量上的政治家；一位一贯轻视使用武力的胜利的斗士；一位具有智慧与谦逊，用果敢与不可动摇的坚定信念武装起来的人；一位将所有的力量都用来推动自己民族的崛起与命运改善的人；一位用纯粹的人性尊严对抗欧洲的残暴，并在任何时候都不屈服的人"。

这位印度国父，这位不停脚步的政治家，这位蔑视武力的斗士，这位信念坚定的老者，这位品格高尚的不曾屈服的人，就是这样一辈子保持着对国人的爱，一辈子不停歇地呐喊着"非暴力"。一辈子保持着微笑的甘地穿着褴褛的缠腰布在印度的乡下行走，他大声疾呼的声音几乎湮没了他瘦弱的身体。然而正是这样一位面带微笑的行游苦僧，硬是让印度古老的织布机器转动了起来，甚至这速度赶得上英国殖民者的厂房里的机器；硬是让愤怒的难民们停了下来，仔仔细细地听着他的祷告；硬是让那些残暴的人有所顾忌地退后几步，远望着人们在他面前顶礼膜拜；硬是让英王急了。甘地依旧笑着。

甘地的博爱就是他的武器，可以轻柔地抚慰伤痕累累的印度国土；他的微笑就是他的力量，可以在那坚硬的枪炮前以柔克刚；他的信念就是他手指着的方向，清醒了一国人的彷徨；他的人格就是他的行囊，不管去哪里都能替人疗伤；他身体力行来让国人清醒，他高喊着"放下仇恨吧"，在自己的国土上和那些人背向行走。他是仁爱的圣徒，他是圣人和英雄的合体。

鞭打良心的灵魂

> 甘地一生有 16 次绝食，其中有两次是绝食三周，只喝了一点点苏打水。他多次在绝食中撞见死神，然而死亡似乎没有什么值得惶恐，饥饿在可以预见的煎熬中鞭策着那些冰冷的灵魂，他用承受痛苦的方式来鞭打良心。

甘地在印度语中的意思是"食品商人"，作为商人后代的甘地家族是当地的富户。1869年10月2日，在这个家族中又增加了一个孩子，他就是莫罕达斯·卡拉姆昌德·甘地。这个从小受到印度文化熏陶的印度教徒，深深地爱上了印度教文化，并受到其中的"非暴力""以德报怨"等思想的影响。同时发生在这个极有教养的家庭里的一件事情，也使甘地更深刻地领悟了"非暴力""以德报怨"的力量。

有一次，小甘地出于好奇偷了哥哥手镯上的一小块金子，良心受到谴责的甘地没有勇气当面去和哥哥承认，只好给爸爸写了一封忏悔信。生病中的父亲还躺在病床上，他既怕这样会影响到父亲的治疗，又承受不了内心的谴责。他做好了最坏的准备，就算父亲跳下来揍自己也绝不躲闪，然而，父亲读完他的信之后，泪流满面地叫甘地过来，轻轻地抚摩甘地的头，甘地也感动得哭了。

这是甘地人生中的第一堂"非暴力"课。他认为父亲的仁爱和宽容远远胜过了责骂和棒打，鞭策躯体的力量远远不如鞭策良心的力量，他后来在自传中写道："父亲用他慈爱的眼泪，洗净我污浊的心灵，用爱心代替鞭打，他的眼泪胜过千言万语的训诫，愈加坚定我改过向善的决心，虽然当时我准备接受任何严厉的处罚，如果父亲真的责备我，可能会引起我的反感，而无益于我德行的进长。"这个发生在他身上的活生生的例子，把印度文化中的"非暴力"诠释得生动感人，为其以后一生致力于"非暴力"运动提供了充足的心理准备和感情支持。

1893年,从英国学习法律毕业归来的甘地受聘于一家印度公司,去往南非工作,然而南非国内的印度移民悲惨的生活待遇以及政治待遇,将他内心深处的仁爱击打得生疼。这些来自印度的契约用人和个体商人开始被他组织起来了,在南非的20年里,他通过具体可行的实践使"非暴力"运动纲领日趋明晰和完善,形成了完整的非暴力不合作思想体系:用罢工、请愿、绝食等非暴力手段,与殖民当局斗争,争取合法权益,最终达到民族自治的目的。这是早期甘地领导社会运动所得出的宝贵经验和理论财富,为以后回国参加民主运动储备了智慧和经验支持。

第一次世界大战爆发后,甘地回到了阔别多年的祖国,出国时那个为了继承家产而学法律的懵懂的男子,回来时已怀揣着满腔豪情和崇高至伟的梦想。他带着在南非积攒的经验——非暴力不合作思想积极投身于印度民主解放运动,这个新鲜的战斗武器犹如原子弹一样在印度炸开了,人们看着这个穿着印度土布衫的人在乡间市巷行走着,宣传着。

这期间,甘地成功领导了孟买农民的抗税斗争,还领导艾哈迈达巴德纺织工人按照非暴力不合作路线,坚持罢工,后来又使罢工转化为绝食,迫使工厂主接受了为工人增加工资的斗争要求。经过这些斗争,甘地成了印度国大党的领袖,他的非暴力不合作思想也日益深入人心,为广大群众接受。

随后,国大党发展成为拥有1000万党员的大党,建立起从中央到地方的各级机构。甘地也成为印度人民反英斗争的最高领袖。这是一个伟大的领袖,也是在一个伟大的过程中产生的。甘地领导并带头进行绝食抗议,其中有两次是绝食三周,只喝一点苏打水。他多次在绝食中濒于死亡的边缘,甘地如此谈到自己吃苦的意义:"我们只受打,不还拳,我们用自己的痛苦使他们觉察到自己的不义,这样我们免不了要吃苦,一切斗争都是要吃苦的！自己受苦意味着对人的信任和希望，意味着对人性中某种善端的尊重。这也是一条自我忏悔、自我纯洁之路。最后，如果你是正确的，你就会在经受重重痛苦之后取得胜利；如果你错了，那么受打击的只是你个人而已。"最高尚的道德就是不断地为人服务，为人类的爱工作，甘地一生都在从事这样的工作。

就在"二战"结束后的一年时间里，宗教矛盾已经超出预期，甚至有超过民族矛盾的倾向，穆斯林和印度教徒之间发生了旷日持久的大仇杀。造成几十万人死伤的悲剧，面对着国家内部人民的相互残杀，甘地痛心疾首，经常冒着生命危险走访怒火炽盛的穆斯林村镇，深入家庭，用好言劝慰穆斯林，告诫人们，人类唯一值得的复仇行动就是以善报恶。他以自己博大的胸怀去安抚人心，稳定人心，帮助他们捐弃前嫌，"重新点燃友爱之火""驱赶宗教偏见的恶魔"。

作为一个印度教徒的甘地对穆斯林也产生了重要的影响，据说一次他一出现就使得双方的冲突平息。然而一个人的力量毕竟是有限的，为了印度的独立，甘地接受了英国提出的"蒙巴顿方案"（即"印巴分治"方案。1947年6月由英国驻印度最后一任总督路易斯·蒙巴顿提出而得名）。印巴分治了，在印度独立日那天，甘地一个人默默地为分治而忧伤。

一切似乎都开始走上正轨了，但诋毁并未停息，一个印度狂热分子在一场小型集会上叫嚣："甘地的非暴力学说，将手无寸铁的印度教徒置于敌人的魔爪之中……然而，甘地却说：'受害者乃胜利者。'受害者中可能有我的母亲！"

甘地从不否认现实中不抵抗所带来的悲惨，但是他沉默的瞬间，那刚毅而乐观的脸庞，似乎总预示着应该信服的哲理，无可挑剔的逻辑，非暴力偶然间成了美学原理。了解了它深刻含义的人看得到甘地最纯粹的人格魅力，最仁爱的道德魅力。

当然，这样一位感动人间的圣人也不经意间成了狂热分子刺杀的目标。1948年1月30日，甘地在信徒们陪同下，参加一次祈祷会，当他步入会场时，一位身着印度服装的男子从人群中挤到甘地面前，微微地鞠躬致敬，甘地伸手要去握他的手，不料这人迅速地掏出枪，抵住甘地枯瘦赤裸的胸膛连开三枪，殷红的鲜血染红了他洁白的缠身土布。甘地捂着伤口，发出最后的声音："请宽恕这个可怜的人。"

请宽恕这个可怜的人！临死之前的甘地最后的祈求居然是央求人们放过这个刽子手！而他一个人承受了孤独的绝食和呐喊，甚至承受了死亡，却将仁爱赋予每一个活着的人身上，他的光芒让所有人的心颤抖，让所有人心感动，他的博爱蛰居每一个人的良心上，那人间大爱来自鞭策着良心的灵魂。

坚韧的魂魄

甘地从小就不是最聪明的，他是带点执拗地艰难摸索一路走来的；他从来就不是最强壮的，他走过的路是脚底磨破鞋子踏过的；他也不是生来就是至善至美的，他也曾淘气过，然而他却是最伟大的，他所创建的精神王国的美名，在人类的文明史上永垂不朽。而他的精神王国里，最耀眼的是他的仁爱和人格。他不断完善自身以爱人间。

在甘地看来，改变这个国家命运依靠的是每一个国民的力量，但是他又强求每一个人都是善的个体，都是非暴力地爱着生命。所以他抛弃了残暴的战争，毁灭性的武力，愤怒的战士，还有喋喋不休的宗教争执。这个用仁爱修筑的个人王国渐渐变成了人们的心灵归宿，他左手拿着爱的力量，右手举着非暴力的条幅，站在他精神王国的城墙上，所有的人对他顶礼膜拜。

当宗教争执到了武力暴乱的边缘，面对越来越难以控制的社会局势，这位老人决心以绝食来挽救社会良心。绝食中的甘地日趋虚弱的身体仅仅依靠意志才能显得有点生气，第五天上午，进入长时间的人事不省。

为了营救甘地，群众举行了大范围的游行活动，汹涌的人潮高喊着"丧失圣雄的生命，也就是丧失印度的灵魂"。政府主席们匆忙找到冲突各方，在甘地面前签字并做了庄严保证。甘地获得了这场绝食的全部胜利，但执着的老人仍不肯中止绝食，他在死亡的边缘，依旧希望各派代表能从根本上消除不安定因素。他说：虽然要改变全印度和巴基斯坦人民的意识是件艰苦的事，但只要我们齐心合力，任何事情都是可以办成的。甘地讲话后，在场的所有人一一俯身表示了他们的庄严承诺，当最后一个人立下誓言后，甘地宣布停止绝食，一场令世界人民惊心动魄的绝食斗争终于圆满结束。

在甘地的王国中，让每一个人的内心都呈现仁爱和善的状态，才能算得上从根本上保持整个社会的安定和谐，他相信道德的力量可以修复人与人、群体与群体之间碰撞产生的裂痕。甘地的王国里定下了爱的律令，臣服于他的灵魂，和他一起承担，由偏激或者懦弱变成波澜不惊，该修炼到何种的度量，又该如何修炼？绝食结束之后，当时的印度政权的政敌——"巴基斯坦之父"真纳也欢迎甘地去访问巴基斯坦国。美国《华盛顿邮报》则写道，"获悉甘地安然脱险的消息后，慰藉的浪潮席卷全球。这足以说明甘地的圣洁之心受到人们普遍颂扬"。颂扬的声音是令人安慰的，而倔强的老头已经虚弱到了极点。

这个孱弱的圣人建筑起的精神王国，是自身的不断改变和完善的成果。心若改变，态度就会改变；态度改变，习惯就会改变；习惯改变，人生就会改变。甘地就是按照自己所说的那样，在人生的轨迹里一次又一次的际遇中，被洗练的命运一丝丝地抽离出闪光的灵魂。一次又一次倔强地和国运命运抗争。不论哪种情况，都可以以伟大的人格和魅力来使人心悦诚服。其一生的所有言论行为，无不在宣扬着改变自己，才能改变世界这样的哲学思想。

甘地说："欲变世界，先变其身。"因此他身体力行，身先士卒，在这个世界上，他成了人们希望看到的改变。一天，一位妇女带着她的孩子来到了甘地面前，她希望甘地帮助她劝说小孩不要吃不利于身体健康的糖果，甘地并没有按照以前的方式把孩子叫到一边去和孩子谈心，相反，甘地轻轻对来人说："请下周再来。"这位满心疑惑的母亲一周后带着她的孩子如约而至。甘地对这个孩子说："不要吃有害的糖果了。"并和孩子嬉戏了一阵拥抱告别。临走时孩子的母亲忍不住问："为什么上周您不说呢？"甘地回答："上周我也在吃糖，我哪有资格说您的孩子呢。"因为自己没有做到，所以才会等到一个星期之后才劝说孩子，甘地的伟大是看似渺小的点滴事情堆积起来的。渺小到伟大的改变不仅仅只是几颗糖果的重量，而是可以颠覆人们思想的灵魂的力量，这种力量甚至可以敌过千军万马。当甘地游走外地的时候，一个敌视甘地主义的人对属下说："当心这个人的魅力。"

中国古代有这样一种人生态度：穷则独善其身，达则兼济天下。说得很实在，穷人求得生存之余的唯一能量就是改善自己的品德了，救济天下那只能是当权者或富人们才有的权利。然而甘地却是穷独善其身，又善天下人之身，而后济天下。

"对我而言，羔羊的生命和人类的生命一样珍贵。我可不愿意为了人类的身体而取走羔羊的性命。我认为，越是无助的动物，人类越应该保护它，使它不受人类的残暴侵害"，"当心灵发展到了某个阶段的时候，我们将不再为了满足食欲而残杀动物"，而我们还要继续做的，就是不断完善我们的内心，完善我们的灵魂，把罪恶和虚假从每个人的身体中剔除，让圣洁的水流灌满我们的信念，世界也将更加和平、美好。

仁爱决定灵魂的重量

仁爱是根据道德标准来衡量自己的一种行为，它不是能力，而是本能。当一个人具备了仁爱之心，能够遵从道德的标准，并且永远围绕着真理的轴心转动，那么这个人尽管是在人间也等同于在天堂了。

甘地是一个反对暴力，反对非正义的顽强战士，他站在印度的土地上呼唤着仁爱的力量，脊梁顶着天地。尼赫鲁在悼词中说：在今天，我们第一个想到的就是我们自由的缔造者，我们的国父。他弘扬了印度立国的传统精神，高擎着自由的火炬，驱散了四周的黑暗。我们时常不配做他的追随者，违背他的指示，但不仅我们，我们的子孙后代均将铭记国父的指示，铭记这个伟人——他的信心与力量、勇敢与仁爱的精神。我们将决不让自由之火熄灭！仁爱突然成了最犀利的武器，洞穿了欧洲最自以为是的风景，仁爱也是最细腻的药品，抚慰着那些在风雨中受磨难的国民。于是说：仁者无敌。

在20个世纪以前，那个代替人间受苦的耶稣将他博大而又仁慈的爱倾泻到人间，这个开创了欧洲心灵历史的人物曾经这样说：你听人说过：你要爱自己的街坊，恨自己的敌人。但是我想告诉你：你要爱自己的敌人，祝福诅咒你的人。对恨你的人行善，为虐待你的人和迫害你的人祈祷。这样的观点和甘地"非暴力、不合作"运动有着最完美的合意。这两位圣徒无不在诠释这样的真理：仁者无敌。纵然是饥饿、恐吓，纵然是十字架上的悬挂，是烈火，纵然是险恶而又强大的对手，纵然明知道前面就是深潭险渊，依然抱着一颗仁爱之心，行走前来，不管是20个世纪之前的耶稣，还是几十年前的甘地，他们在人们内心最深处的意义，是将一个仁爱慈祥的世界放置在每一个人内心深处，这样一份善的力量，模糊了人世间的模样，大爱让浮生游走地狱天堂。

这个社会太需要爱了，也太缺乏爱了，在一个强调人文主义关怀的新时代，这些仁爱的榜样似乎剥去了人心厚厚的防备。有这样一个故事，两个小孩在一个封闭的屋子里，他们感到屋里很黑暗，于是他们走到院子里，拿起扫帚开始在地上扫起太阳来了。妈妈看到了，就问他们为什么这样做，孩子们说："屋里太暗了，我们想扫点阳光进去。"妈妈笑呵呵地说："傻孩子，把窗户打开，阳光就进去了。"对啊，把心灵的窗户打开，仁爱不仅是赋予，还表现在接纳。用接纳和宽容的心态去面对所有的人，和带着爱的阳光一起，温暖这个世界。

在《圣经·马太福音》里有这样的警句："不要反抗恶行，谁要打你的右脸，把左脸也伸过去。"当我们以一种看笑话的心情来看待这样的宽容时，我们似乎要好好认识一下我们现在的这个社会了，人们无不渴望汲取别人丝丝的仁爱，然而缺乏仁爱的人往往又是最不懂得仁爱的，他们对自己建立仁爱之心的要求置若罔闻，却对整个社会抱着希望，希望上帝的仁爱能时常伴随在他们身边。然而当人人都在期盼，都在感受着缺乏爱带来的凄凉的时候，却很少有人懂得，先从自己做起，从自己身体里先去建立一种善和爱的东西来，只要我们人人都献出一点爱，世界就会变成温暖的人间。

ALBERT SCHWEITZER

阿尔伯特·史怀哲

20世纪人类良知的代言人

（1875 — 1965）

......

阿尔伯特·史怀哲，

是用生命实践基督真理的圣徒，

但他的心灵与行动早已超越了宗教的界限。

这位终生行走在黑色大陆上的赤子，

这个找到了上帝的音乐、上帝的道德、上帝医治力量的人，

以他"质朴的伟大"、最纯洁的爱，

让我们获得了长久的感动与启示。

阿尔伯特·史怀哲，这位1875年诞生于德属阿尔萨斯省凯萨斯堡的牧师之子，集哲学、神学、医学、音乐四个博士学位于一身。但他不愿独享上帝赐给他的荣宠，为了实现"30岁之前为研究科学和艺术而生活，30岁之后献身服务人群"的宏愿，38岁那年，在获得医学博士学位之后，带着新婚的妻子乘船远赴非洲兰巴伦投入医疗服务工作。他建立的史怀哲医院在往后的年月里，拯救了无数的病患——成为世界最著名的人道事业之一。史怀哲本人也将自己无私的爱、怜悯，还有生命，永远地留在了这块最贫穷的大陆上。无论是非洲人，还是欧洲人，几乎世界上所有人都敬畏他，尊称他为"非洲之父"。

《圣经》中有一句话："你愿意别人如何待你，你也当如何待人。"阿尔伯特·史怀哲正是这条黄金信条的宣扬者与实践者。阿尔伯特·史怀哲把作为基督徒的信仰，宽广的同情心上升为"敬畏生命"的伦理学。他说："如果一种思想，使人们对自由与责任、爱与尊敬产生窒息的状况，则一个理念使人类的新生命觉醒过来，赋予人类新的力量，当不是不可能的。这理念就是对生命的敬畏……亦即对生命所具有的一切所应负的无限责任。"

他因为尊重生命变成了素食者，他的神学理论有一些并不为"传统"基督教所接受。不过，这并不妨碍他是一个伟大的人。他深信，"由于敬畏生命，我们成了另外一种人。人必须要做的敬畏生命本身就包含所有这些能想象的德行：爱、奉献、同情、同乐和共同追求"。

晚年的史怀哲追忆道："在我的一生里，也有过辛劳、匮乏、悲哀，累累相积，如果我的神经再弱一点，可能我已遭到挫折。长年之间忍受疲劳与责任的重荷压在肩头上，那是一件很痛苦的事。然而，我倒有无上的幸福，我能为爱而奉献。"就是这样的信仰力量，支撑着他，忍受了种种常人难以想象的苦难。

罗素说："世上真正善意、献身的人，非常罕见。在我们这个时代，是不适于理解和无资格比拟这种人的。史怀哲博士是真正善意、献身于世的人。"

科学家爱因斯坦也专门写过一篇名为《质朴的伟大》的文章称赞史怀哲医生，在文章的开篇中爱因斯坦写道："像阿尔伯特·史怀哲这样理想地集善和对美的渴望于一身的人，我几乎还没有发现过。而他又有幸具有极为健壮的体格，这给人的印象就更为深刻了。使史怀哲感到欣慰的是，他能用自己的双手去实现符合其天性的一切。健壮的体格要求直接行动，这使他抵制了悲观主义听天由命的倦怠。本来，史怀哲的道德敏感性会使他陷于这种倦怠之中。因此，尽管有当代加于每个敏感的人的种种失望，史怀哲还是成功地保持了他的乐天的、肯定生活的本性。"

史怀哲怀着一颗"无缘大慈"和"同体大悲"之心，将无条件的爱和仁慈献给了我们周围生着的所有生命，这正是人类历史上一切精神圣徒的共同特征。史怀哲一生的行迹，他那种浩然正气，贯彻始终的毅力、无私的爱，均值得我们作为一生的榜样。

非 洲 之 父

毋庸置疑，阿尔伯特·史怀哲具备哲学、医学、神学、音乐四种不同领域的才华，且于 1952 年 10 月 31 日获颁诺贝尔和平奖的史怀哲，是了不起的通才、成就卓越的世纪伟人。虽然他身上聚集多样的天分，然而，他一生的成就最主要还是来源于信仰的动力与博大的爱心。

1875年，阿尔伯特·史怀哲出生于德国阿尔萨斯一个牧师家中。由于地理环境的因素，史怀哲从小就能自如地使用两种语言：同家人交流写信用法语，对外著述和演讲用德语。这样的成长背景，使他得以吸取了两种文化，并具备更加开放和开阔的视野。后来他与法语作家罗曼·罗兰、德语作家茨威格都有很深的交往并维持了终身的友谊。

自幼家境优越，少年时期的史怀哲并没有表现出什么过人之处。他的顽皮和不驯，颇令父母头痛，而且功课也不好，直到俾麦老师的出现。俾麦老师知识渊博，备课充分，课堂上的每一分钟都精心安排，他为史怀哲打开了一扇知识和思想的大门。从此这个耽于幻想的懵懂少年爱上了读书和思考，成绩也名列前茅。俾麦老师对史怀哲一生影响深远，直到远赴非洲行医偶尔回国时，他第一位要看望的人依然是俾麦老师。

阿尔伯特·史怀哲天资聪明，在音乐与哲学方面都展现了极高的天赋。5岁跟随外祖父学习钢琴；7岁时便写了一首赞美诗，并编写和声附在合唱曲的旋律中；8岁时开始弹奏昆士巴赫教会的管风琴；9岁时曾在一次礼拜中代替正式的风琴师演奏，并独当一面开始在教堂礼拜中担任司琴的工作；15岁拜风琴名师尤金·孟许学习管风琴，这是史怀哲生命中第一次与巴赫邂逅；16岁在圣威廉教堂担任巴赫清唱剧与受难剧的管风琴合唱伴奏；18岁到法国巴黎追随著名的管风琴泰斗魏多学琴，同时他还在研读神学与哲学；23岁拜李斯特的高徒杜劳特曼学习钢琴；25岁成为神学和哲学博士，随后在斯特拉斯堡大学担任神学及哲学教授的职位，同时也在研究音乐理论，并开始管风琴音乐演奏方面的事业……30岁之前，史怀哲完美地完成了几乎所有的人生功课：拿到了博士学位，出版了《康德的宗教哲学》《巴赫传》等著作，后者是他用法、德两种语言写成的，直到今日仍然是研究巴赫的经典之作。他的著作《寻找历史上的耶稣》，奠定了他在神学领域中世界级的地位。他是当时巴赫音乐的诠释权威，管风琴音乐会中颇受欢迎的人物。

对于史怀哲而言，他有能力赚取更多的金钱，取得更高的名望。无论从事哲学研究还是发展音乐天赋，史怀哲无疑有着光明的前景。如果史怀哲沿着这条轨迹走下去，没有人会怀疑他将成为一名出色的学者、牧师、艺术家，在富足、优雅的生活中有所作为地度过一生，难道还有什么更好的选择？但史怀哲彻底改变了自己的人生走向，让所有认识他的人都大吃一惊。

这一切都发生在1904年秋天的一个早上，缘于一篇小小的文章。他读到了一篇有关非洲大陆急需医疗援助的文章，他认为倘若欧洲人的幸福对非洲人的苦难无丝毫帮助，那幸福必然是有缺陷的。最终这篇文章促使他在次年作出了一个让他父母和好友们震惊的决定：放弃了他的学术地位和蒸蒸日上的演奏生涯，重新进入医学院去学习。

一个神学教授，去做医学院的学生？父母亲友强烈反对；学院的院长根本不接受他，认为他脑子进了水，建议他去看精神病医生。经过四处奔走努力，他才获得旁听资格并被允许参加考试。即便再聪明，即便有再强烈的道德支撑，30岁开始学医，一切似乎都显得太晚了。然而，他坚持了下来，顺利通过了考试，并在1913年拿到了医学博士学位。关于这段痛苦的时光，史怀哲后来用"身心疲惫""生命的每一分钟都被填得满满的"来形容。

1913年3月，史怀哲辞去大学教授和牧师的职位，和新婚妻子海伦·布勒斯劳一起踏上了遥远而陌生的非洲之旅。当38岁的史怀哲第一次向非洲出发时，巴黎的巴赫学会不忍心这位音乐天才被埋没于非洲丛林里，便赠送史怀哲一项意想不到的礼物：一台特殊打造的钢琴，足有三吨重。它有大风琴一样的键盘，并附有管风琴式踏板。为了对抗非洲经年潮湿的气候和白蚁，钢琴的表层全部用锌细心镀过。这部构造异常特殊的大乐器，足足陪伴史怀哲在非洲度过半个世纪的岁月。与此同时，史怀哲将他的音乐天分也永远地奉献在非洲这块土地上。

在非洲的第一年，史怀哲面对的人类苦难和内心的煎熬几乎令他退却。那么多的饥饿、疾病、瘟疫；那么多自然与人为的灾难，包括干旱、战争、奴役和死亡。在史怀哲的眼中，整个非洲大陆几乎看不见一丝光明，令他十分颓丧于人类无穷无尽的苦难和个人力量的微不足道。他在回忆起那段时光时说："我们常常会因为自己所能做的是那么少而感到沮丧，然而我试着控制这种感觉，心中只想着当时医治的那个病人。我训练自己想着要医好他，然后我才能继续医治下一个，我觉得这样总比牵挂着非洲所有的病人有效。有时候，为了保持理智，你必须实际点。"

从一开始，史怀哲的丛林诊所就是完全免费的。不仅诊治、医药完全免费，病人就医期间的食宿日用也是免费的。每天从早到晚，史怀哲都忙得不可开交。由于病人太多，史怀哲带来的药物两个月后就告罄了，他不得不紧急求救。

筹款并不是件容易的事。吃闭门羹，遭到或委婉或断然的拒绝都是常事，而史怀哲的不同寻常之处在于，他将遭到拒绝、面对挫折视为正常，而同时也把自己不懈的坚持和努力视为正常。在此后的50年里，他13次进出非洲，在欧洲等地巡回开展管风琴音乐会，四处演讲，募集经费，将所有收入用来资助非洲的医疗事业。

史怀哲遭遇的困难不仅仅在金钱方面，文化上的差异也不易应付。那时非洲的欧洲殖民者们普遍对黑人抱有偏见，认为黑人懒惰、偷窃成性而且没有责任心。史怀哲并不同意这种看法，但他必须面对遇到的问题。史怀哲的伟大之处在于，他从不把白人社会的道德评判强加给他所服务的人群，而是以更加宽广博大的胸怀接纳生活方式与行为规范有极大不同的黑人，为他们承担危险工作的勇气而惊叹，为他们可以不知疲倦连续36小时送达病人而感动，为他们不得不卷入白人的战争，在饥饿、恐惧和病痛中悲惨死去而悲悯……

很多人把他的无私奉献归结为"基督精神"，认为他是"听从上帝的召唤"，但史怀哲却笑言："他们的听力比我好。"实际上，史怀哲虽然有很深的神学背景，他的"敬畏生命"的思想却在伟大的人道主义立场上超越了基督教范畴，将西方与东方融合为一。在后来的数十年间，史怀哲一直坚守着他的丛林医院。其间，爆发了两次世界大战，战火也燃烧到非洲丛林，医院曾被迫关闭，他本人也曾被关进俘虏营。但一获自由，他就又开始筹划重建医院。他不仅要做医生、护士，也要做泥水工、木工的工作。由于第二次世界大战爆发，史怀哲遭遇了最困难的时期。因外援中断，他的医院几度濒临绝境。在给友人的信中，他这样诉说自己的心境："我受尽种种煎熬，已心力交瘁，疲惫不堪……"但他却始终没有放弃。

孤独而长久地坚持，使史怀哲赢得了全世界的尊敬，也为他的丛林医院赢得了外界广泛的关注和支持。当戴高乐的"自由法国"与维希政府军队在兰巴伦附近激战时，双方都很有默契，不伤及史怀哲的医院。1945年1月14日，英德两国还在进行最后的激战。而英国广播公司的电波里，传出的却是为史怀哲博士——一个敌国的丛林医生——庆祝70岁生日的节目。到1947年，医院已经拥有45栋病房，除他本人外，还有另外3名医生、7名护士。

1952年10月31日，已经78岁的史怀哲从收音机里听到了自己获得诺贝尔和平奖的消息。这个奖代表多年来全世界对他的尊敬和推崇。他毫无保留，把全部奖金连带演讲、演奏所得，全都用来增盖兰恩巴涅的麻风病院。

史怀哲80岁以后，除了不断外出演讲之外，一直生活在兰巴伦。他每日仍然工作，巡查病房、诊病，甚至进行手术。直到86岁，凡有大一些的手术，他仍然守在手术台旁，给予指导。

1965年，90岁的史怀哲说："上帝啊！当跑的路我跑过了，尽力了，我一生扎实地活过了。"9月4日，充满博大爱心的史怀哲，停止了地上的劳苦。他最终被葬在医院旁边他夫人的墓边。简朴的墓前，经常有黑人前来，献上鲜花。

爱与仁慈的圣徒

史怀哲用行动告诉我们，真正的奉献必须要出自对所有生命的一份真诚关爱。对于史怀哲来说，无条件的爱和仁慈正是其作为一个生命的意义之所在。一个人必须将关怀对象扩展至所有众生，方能找到内心的安详。

在30岁以前，作为神学教授，阿尔伯特·史怀哲便领悟到，信仰必须能耐得住人生的悲惨与邪恶，并且还要能给予人们慰藉与鼓励，使人们体认人生是有意义的。因此，他说："我们必须共同背起笼罩在这世界上的不幸与悲哀的重担。"这句话也成为史怀哲一生事业的写照。

阿尔伯特·史怀哲带着虔诚，带着"赎罪"的谦卑，奔赴非洲大陆。在那里，他和当地人一起生活，享受着他们的快乐，分担着他们的忧虑。他与他们一起建医院，自制砖头，配药方，垦荒地拓农场。阿尔伯特·史怀哲夜以继日医治他们患病的身体，关怀他们孤独的灵魂。他成了当地人的严父、兄长和密友，人们亲切地称史怀哲为"欧刚加"——神。

为了去蛮荒的非洲，"救助人类苦难"的伟大信念激励着史怀哲，使他放弃了名声、荣誉和财富。而他的朋友对此并不理解，他的音乐教授责备他："你是一位将军，却要学小兵，拿着步枪到没有战壕的火线上去卖命！"意志坚如铁石的史怀哲，不辩驳、不改初衷，"世界上没有一件具有真正价值的事物，是无须热情和自我牺牲就可完成的。"他是把信仰身体力行的人，以其身体、行动、生命，来实践真正的爱。他是一位真正用生命实践基督真理的圣徒，在那片痛苦的大陆上播种着爱与仁慈。

阿尔伯特·史怀哲站在了一个常人无法抵达的高度，本着对人类终极发展的关怀，发出了自己的呼吁：所有的生物本就没有什么高低贵贱之别，只是"人类对于生物亲疏远近的感观"，随意地评判着一些生物的价值，"这标准是纯主观的"，也就缺少了客观性。

事实上，"环绕我们周围的，也是有生存意识的生命"，所有的生命都"深深地渴望圆满和发展的意愿"。基于这一点，史怀哲提出了自己所理解的善恶："善就是爱护并促进生命，把具有发展能力的生命提升到最有价值的地位。恶就是伤害并破坏生命，阻碍生命的发展。"史怀哲不只把这种思想滞留在文字上，更多的是把它作为生活中的道德准则。他告诫人们，一个人必须将关怀对象扩展至所有众生，方能找到内心的安详。回家的路上，不要因为兴致所至，就轻慢地毁掉路旁的花朵。应以己之力去拯救一只在泥潭中挣扎的小昆虫……"不论何时不论何种方式，我的生命对另一个生命贡献出自身，我的生命意识就经历了一个从有限到无限的融合的愿望，在这个愿望中，所有的生命都是一个整体。"

史怀哲以悲天悯人的基督情怀，带着信念与执着，将自己生命中的半个世纪贡献给了非洲，贡献给了那蛮荒丛林里的一个个鲜活的生命。

"除非你能够拥抱并接纳所有的生物，而不只是将爱心局限于人类而已，不然你不算真正拥有怜悯之心。"

"除非人类能够将爱心延伸到所有的生物上，否则人类将永远无法找到和平。"

这些声音，振聋发聩。

1965年，这位播种爱与仁慈的圣徒在非洲去世了。他把60年光阴献身于非洲这片大地。他是传教士兼哲学家、音乐家、医生、神学家。在音乐上，他是巴赫风琴出色的诠释者；在医学上，他是世界上麻风病学的权威；在神学上，他对耶稣生平的探讨，亦举世瞩目；在哲学上，他是近代西方哲学家中，对东方哲学最有研究的一位，也是最能以冷静而富建设性的态度批评近代西方文明的一位；在思想上，他主张"尊重生命"。史怀哲每次在一天劳累的工作之后弹奏巴赫的风琴，总令那些根本不懂五线谱、也不知巴赫为何许人的当地人，情不自禁泪水纵横。有人说，在这个世界上，理想主义者经常吃败仗，但史怀哲的一生却象征着理想主义者的胜利，使整个世界获得了勇气与灵感。

在崇拜物质的时代里，史怀哲的奉献情操宛若大漠里的一股清流。史怀哲呼吁"真理、友好、仁爱、和气与善良是超越一切暴行的力量""去帮助所有需要帮助的人""国家与国家之间的问题，不再以战争的方法来解决"。

当然，他也清楚自身力量的有限，政治家的野心就像潘多拉盒子，一旦打开就没有人能够阻止它肆虐生命，他只能一遍又一遍地劝诫"掌握国家的领袖们"，"我们必须寻求和平的方法来解决问题"，"战争到底是非人道的"，"避免一切会使现况恶化、危险化的事情"，"尽一切可能维持和平，使人道主义和尊重生命的理想，有充分的时间发展，并且发挥作用"。政客们或许早已忘记了他的谆谆告诫、殷殷期望，然而当地的人民却永远记住了这位帮助过他们的"欧刚加"。他死后，从非洲人一片真诚的哭喊声中，我们知道他遗爱人间。

敬重生命就是敬重自己

> 阿尔伯特·史怀哲的一生富有强烈的博爱精神，他对生命的敬畏，捍卫人道与生命尊严的姿态，他那精心实行的克己，对人类苦难的内心煎熬，会使任何热爱生命、敬畏生命的人，都受其感动，受其润泽。

创建于2000年前的基督教，包含着大量宝贵的道德资源。它教导人们平等、宽厚待人，谦卑处世，把精神生活看得比物质生活更重要，消除怨恨，要肯吃苦、忍耐，关心世界上穷苦的人，关怀弱者，爱人如己，在患难面前要坚强。当耶稣为拯救世人不惜尝尽人世间诸般艰苦，乃至牺牲生命时，更是展现出对于人类福祉的无限宽大的同情心。这些深深地感染着基督徒，使他们在信仰上帝之时，也以真挚善良的心灵热爱人类，努力做增进他人福祉的事情。

在史怀哲迈向人生道路的每一步里，都有基督教信仰的向导、鼓舞与鞭策。在青年时代，他就为《圣经》中"想得到生命的人将失去它，为我、为福音失去生命的人，将得着它"所激励，然而他所做的一切却超越了宗教的界限。他认为，"生的意志"是神圣的，应予肯定、尊重；而"生的意志"，一切生物都有。因此，史怀哲指出，如果只爱护人的生命，不爱护其他一切生命，那便是人类伦理道德的不彻底。

著名作家米兰·昆德拉说："对于人性，道德上的真正考验，根本性的考验，在于如何对待那些需要他怜悯的动物。然而在这方面，人类已经遭到了根本性的溃败，这溃败是如此的彻底，其他所有的败坏都由此而滋生。"文明的进步，原本是为了使人类能过上更幸福的生活。但所谓幸福，不仅仅只是物质要求的满足，还应该有另一个要素——道德。但近现代社会，物质文明的飞跃进步，眩惑了人类的心智，人们只追求物质的成功，却忽视了道德的价值，结果给人类造成无数桩不幸。他忧心忡忡地指出，只重视物质文明，而未同时以相应程度在精神方面发展人类文明，人类文明必将因失去控制而走向灾难。

德国哲学家威廉·狄尔泰认为，生命只有在"体验、表达和理解"中存在。而他的学生斯普朗格也提出，道德教育"是一个人心灵的'唤醒'"。任何一个人若"有悟性，却没有灵魂；有知性，却没有精神；有活动，却没有道德欲望"，都是一个无生命之人。

在倡导人与人的和谐、人与自然的和谐上，史怀哲作出了可贵的努力。他认为，人类应尽可能摆脱以其他生命为代价保存自己。无论如何，人类伤害和毁灭动植物的生命，是对生命的罪恶。因此，人类也应该为动植物付出心力，来拯救它们的痛苦。在史怀哲看来，如果人类确实能做到这点，那么世上的罪恶必能一点一滴地减少、消灭，开拓出正义、幸福与和平的未来。

尊重世间的生命，也等于尊重自己。史怀哲说："我是一个希望生存的生命，存在于一个希望生存的大生命体中……一个活着的世界——一幅生命景象，传达所有生的信息，生机不断涌现，有如来自永恒之泉。生存与道德息息相关，而且这个关系不断成长……我感觉到必须敬重所有即将出现的生命，有如敬重自己，这就是道德的基本原理。"我们每个人都拥有生命，但并不是每个人都关注生命。在这个躁动不安的世界里，有些人为了追逐名利、财富、权力，而淡忘了对生命的敬畏，甚至随意轻待生命。在我们所具有的一切缺点中最为粗鲁的是轻视自己的价值。生命的宝贵永远是无可非议的，只有越早知道敬重生命的人，才能更加珍视生命并爱惜自己的一切。只有这样，我们才能收获真正的平和与幸福，正如史怀哲所说的那样："我有无上的幸福……我能为爱奉献。我的事业成功了，我感受到太多的爱与太多的仁慈。也有不少人忠诚地助我，把我的事业当作他们自己的事业，我具有足可以支付紧迫工作的健康，也有永远保持冷静的气质，还不乏用沉着与深思熟虑来办事的精力。并且，我还能以感谢来接受我命中被赋予的一切，这也是我的幸福。"

（1867 — 1934）

居里夫人

CURIE

在科学领域拥有
无上荣光的伟大女性

......

玛丽·居里被称作放射化学的开创者，

她在一生不知倦怠的工作中，

既取得了无与伦比的科学成果，

又留给了世人巨大的精神财富。

这位伟大的女性不自觉地承担了浇铸思想和灵魂的任务，

连上帝也倾慕她的善良，赐予她灵魂工程师的荣光。

玛丽·居里是这个世界上许多"第一次"的缔造者：她是第一个在巴黎大学连续两年之内获得物理和数学两个硕士学位的女性；她是人类历史上第一个取得博士学位的女性；她是第一个被允许参加英国皇家科学会会议的妇女；她是第一个两次获得诺贝尔奖的人，而且是女性；她是第一个提炼出金属镭的人，她被称作放射化学的开创者，人们称呼她为"镭的母亲"。

　　集万千荣耀于一身，却又可以将奖章作为女儿的玩具；她是钋和镭的发现者，却又甘愿把这项本可以招徕千万财富的专利拱手相让；她一生都在承受责难，却又能露出坦然的微笑；她站在台上，万千的人为之倾倒，倾倒的背后，是这位女性改造人类灵魂的崇高、无私和伟大。

　　她的崇高和伟大更重要的在于其圣洁的灵魂和精神，崇高就是伟大心灵的回声，是从天国传来的改造灵魂的力量，爱因斯坦在居里夫人逝世的吊唁词中说：

　　"在像居里夫人这样一位崇高人物结束她的一生的时候，我们不仅仅满足于回忆她的工作成果对人类已经作出的贡献。第一流人物对于时代和历史进程的意义，在其道德品质方面，也许比单纯的才智成就方面还要大。即使是后者，它们取决于品格的程度，也远超过通常所认为的那样。我对她的人格的伟大越来越感到钦佩。在我所认识的所有人物中，她是唯一不为盛名所颠倒的人。"

　　玛丽·居里优雅而又单薄的身体里裹着的是对整个世界最无私的爱，她艰辛而又坎坷的人生承载着对科学不懈追求的信念，她固执而坚强的头脑里是最清晰的理想的召唤，她本质上就是一个严谨的人，应该说她不善于成为一个名人，而真正伟大的人是平凡的，既不做作，也不虚饰。她站在智慧的高地上，又有着光芒四射的人格魅力，她保持着对工作的无限热忱而成为一个改造灵魂的伟大女性。

诺贝尔奖的两次垂青

> 她天资聪颖，智慧宝石在她年幼的脸上闪着光；她经受着困难，求学之路虽坎坷但她始终坚强；她过着最艰苦的大学生活，那小阁楼记得她半夜的烛光；她偶遇到幸福，飞来横祸使她在迷茫中学会了倔强；她伟大的发现为她披上了荣耀，那艰难获得的1克镭带给了整个世界新的向往；她在台前幕后最无私地奉献着，她在人类的心目中成了奖章和榜样。

1867年11月7日，在波兰华沙一个普通中学教师之家里，降生了一位女婴，这是这个家庭的第五个孩子，她的名字叫作玛丽·斯克洛杜斯卡。这样一个人口达到7人的家庭仅仅依靠父母供职于中学的微薄工资来维持。当时的波兰还处于沙皇俄国的统治之下，这个贫困的家庭里最为温馨的是一家人能够和睦相爱地生活着。虽然生活很清贫，但是父母对这五个孩子的教育却是非常重视，在竭尽全力供他们上学的时候，最小的玛丽表现得最为聪明和有天分——超强的记忆力，人们暗自赞叹她是"天才的苗子"。

家庭的幸福感在幼年的玛丽那里种下了要好好爱护家人的种子，而灾难也随之而来，为了家庭劳苦工作的母亲患上了严重的肺结核，不得不长期治疗。玛丽的大姐从此接下了照顾四个弟妹们的重任，不幸遭受伤寒离开了人世。母亲一边承受着病痛的折磨，一边对大女儿离去是因为沉重的家庭负担而深深内疚，一年后也去世了，当时玛丽才十岁。小女孩骤然从天真和童趣中走了出去，她总是显得那样的聪慧和与众不同。她打小就知道，作为这个家庭的一员，就该对这个家庭有所承担，而唯一可以做的事情，就是好好读书，玛丽几乎每一次考试，每一门功课，都是名列前茅。

玛丽和姐姐都中学毕业了，拿到了哥哥和大姐拿过的金质奖章，然而，当时的华沙并没有一所接受女孩子的高等学府，要想继续深造，就得出国。但这对玛丽一家来说，只能是个梦想。守在家中的日子是恬淡的，可是不断增强的求学欲望深深地刺激着姐姐布罗妮娅和玛丽。她们出国求学的愿望也强烈到使现实中的恬淡成了煎熬，姐姐在忙家务的同时，还兼职做家教，以便可以为出国筹费用，然后过了几年，每次数完钱，布罗妮娅总是那么用力地叹气，布罗妮娅痛苦的表情在玛丽那里留下了烙印。

　　有一天，玛丽对姐姐说："我也去做家教，我赚钱了给你，你先出国去学习。"姐姐感动地看着玛丽，说："要出国也是你先出国啊，你天资比我高。"玛丽笑着说："你岁数大了，我还年轻。"从此，年仅17岁的女孩子开始做家教，这一做就是五年。五年里，玛丽把一个小时半卢布的工资，源源不断地送给姐姐。五年的家教生活，玛丽承受了难以想象的艰辛。

　　终于，姐姐在巴黎医学院毕业了，并且在巴黎和一个医生结了婚。布罗妮娅立马给玛丽写信，叫她去巴黎，资助玛丽上学，玛丽的泪水湿透了这封信，她重新又看到了前面的路，她欣喜若狂。玛丽后来回忆说："我从来不曾有过幸运，将来也不指望幸运，我的最高原则是：不论对任何困难都不屈服。"

　　玛丽先是住在姐姐那里，在这样的环境中，玛丽真正的是废寝忘食，有时候觉得饿了，就咬几口面包，喝点白开水，又继续学习，手脚被冻出很大的裂缝以至于都化脓了，但她依旧坚持着，在知识的海洋里过着清苦而又幸福的生活。然而，时间久了之后，玛丽患上了严重的贫血症，有一天在课堂上晕倒了，姐姐把玛丽接到家里，心疼却又生气。经过姐姐精心的照顾，玛丽很快就恢复了健康，可是她又坚持要搬到阁楼里，坚持过着苦行僧似的大学生活。

1894年，玛丽经人介绍认识了比埃尔·居里。两人志同道合，有着相同的信念，相同的爱好，他们在相识一年零三个月之后结为夫妻。从此，玛丽被称作居里夫人。

婚后的生活是清贫而又幸福的，1897年，玛丽生下了第一个孩子，既要照顾孩子，又要照顾丈夫，还要兼顾工作。在孩子出生三个月后，代表玛丽科学才华的第一个成果也出现了，她发表了《钢铁磁性研究的作用》的论文，在以往只有男子才有作为的领域展示了女性的智慧。

幸福的家庭生活给了这两位才华横溢的科学家更多的能量，他们在实验室里没日没夜地对着沥青研究着。有一天，在测量到一个沉淀物的放射性极强的时候，他们激动万分，经过进一步的实验，他们发现了比铀的放射性还强几百倍的新元素——钋。钋的发现增强了他们继续研究放射性物质的信心，接着他们又发现了比铀的放射性强百万倍的新物质——镭。镭的发现惊动了科学界，然而这还仅仅只是一个开始，他们要提炼出纯镭来。要知道沥青铀矿的废矿渣也是极为昂贵的，在各方周旋之后，他们终于从奥地利弄来了一吨废矿渣，在一个极为简陋的小棚子里搭上一口锅，不分昼夜，不分寒暑，经历了45个月之后，他们终于提炼出了一克镭。这是他们科学上的孩子，镭被放在玻璃瓶中，发着淡淡的光。居里随后又发表了一系列关于放射性的论文。

1903年6月25日，李普曼先生宣布："巴黎大学授予玛丽物理博士学位。"要知道，这可是人类历史上的第一个女博士。同年12月，居里夫妇和亨利·贝克勒尔获得了诺贝尔物理学奖，这是科学界对他们不懈努力取得的成果的认可。

正当家庭和事业渐入佳境的时候，灾难再一次降临在这位女性身上。1906年的一天，比埃尔·居里在大街上不幸遭遇车祸，他躲开了一辆马车跌倒在地，又被一辆重型卡车从他的头骨上碾过，当场死亡。心碎的居里夫人失去了伴侣，也失去了最得力的研究伙伴，不过她选择了坚强，用坚强的意志克服了一切，她忍着悲痛，独立负担起抚育两个女儿的责任，同时接替丈夫在巴黎大学教授的工作，进入实验室，为改革镭的提炼方法而继续研究。

居里夫人虽然从此开始独立研究，但是在放射学理论与实践上的成就却越来越高。1911年冬季，她收到一封来自瑞典斯德哥尔摩的电报，通知她获得了当年的诺贝尔化学奖。居里夫人成为有史以来，第一个两度获得诺贝尔奖的人，而且是位女性。

即使居里夫人成了世界公认的卓越科学家，仍然不断受到科学界顽固保守势力的冷遇和压制。1911年，她接受朋友的劝说，参加了法国科学院院士的竞选，结果却以一票之差落选。反对者所持理由之一是：女人不能成为科学院院士。然而公正的人们敬仰她，就在同年12月，她第二次获得了诺贝尔化学奖；不久，法国医学科学院选她为院士。

科学不是为了个人荣誉，不是为了私利，而是为人类谋幸福。这是居里夫人和居里先生一贯遵循的原则。在发现镭后，为了使镭尽快地服务于人民，她拒绝申请专利权，立即公开了提取镭的方法，即使那时她自己的生活还很艰难。居里夫人一生拥有过三克镭，她把第一克捐给了科学，公众则把第二克和第三克回赠给了她。这三克镭展示了一个科学家伟大的人格，由此也唤起了公众对科学的理解。

居里夫人向人类贡献镭的同时，也贡献了另一种价值。

1914年，第一次世界大战爆发了，德国人疯狂地侵入了法国的疆土。居里夫人——这个波兰女子忘不了自己的祖国波兰，也忘不了自己的第二祖国——法国。在这个危急关头，她又表现出她做研究时的那种勇敢的创造精神。居里夫人为伤兵服务，完全出于一种伟大的献身精神。她从来不要求战地当局给她什么特殊待遇，从来不愿意为了她而增加别人的麻烦。她放下知名学者的架子，只愿像普通人一样工作。与普通人如果有什么不同，那就是她更熟练，更细心，也更负责任。在极冷的天气里，人们可以看见她自己开汽车，自己修理汽车，自己亲手装配X光仪器。

战争结束的时候，居里夫人又重新回到了她的研究工作中。由于几十年与放射性物质打交道，使她患上了很严重的血液疾病。1934年5月的一天，居里夫人最后一次离开她的镭学研究所，就再也没有回来。人们按照她生前的遗嘱，将她的棺木和居里先生同穴而葬。在她的墓碑上，只有简单的一行字："玛丽·斯克洛杜斯卡·居里，1867年—1934年。"

"我一克镭都没有，它只属于全人类"

作为妹妹，她的谦让更显得伟大；作为学生，她废寝忘食又奋发图强；作为工作者，她热忱而又孜孜不倦；作为人妻，她贤惠而勤劳；作为人母，她尽责而大爱；作为老师，她博爱又公正；作为科学家，她付出了一切包括生命。居里夫人懂得爱戴，懂得回报，懂得谦逊。她几乎兼顾了人世间所有善的灵魂，她几乎是一切高尚的集合。

玛丽对这个世界的贡献，还深深地表现在不可估量的社会影响上，作为一个女性，她的一生中所表现出来的高尚品德和人格魅力，也成了人类史上的高尚灵魂的铸造师。

她就像一个淡泊名利的模板，放在荣耀的顶端让每一个获得荣耀的人知道谦逊；她就像一面平凡的镜子，却可以使人们在耀眼的荣光中认清他们自己。在她一生中，共获得了包括两次诺贝尔奖在内的10次著名奖金和16个国际高级学术机构颁发的奖章，各国政府机构授予的头衔更是多达107次。

在一切荣耀面前，玛丽表现得非常淡然，她甚至可以将皇家科学院颁发的金质奖章给女儿玩，她说："我是想让孩子从小就知道，荣誉就像玩具，只能玩玩而已，绝不能看得太重，否则则将一事无成。"她甚至躲避进渔村里以求得安静地工作。她把奖金分给了亲朋好友还有那些需要帮助的女性们，除了科学她几乎无所欲求，却又因为科学，她勤勉之后却在贪求安谧，最难的不是获得嘉奖和声名，最难的是在荣光面前可以保持恬淡与平和的心。

她在发现镭以及镭的提炼方法的时候，有人给她写信，询问镭的制作方法，那个时候，只要她在镭的申请专利上签字，她就完全可以成为世界富翁，完全可以摆脱当时生活的窘迫拮据，完全可以找到足够大的实验室，完全可以寻找到足够多的助手。然而她没有，她毫不保留把制作方法告知了询问者。

1920年，美国著名记者麦内隆夫人采访玛丽·居里夫人。她问："请问你有几克镭？我们美国现在一共有20克，现在镭可真贵，一克价值百万美元。"玛丽笑着回答说："在法国，只有实验室里有一克，我一克都没有。"麦内隆夫人极为震惊，作为镭的发现者，完全可以拥有很多的。玛丽解释说："镭是一种元素，没有人应该为此而成为富翁，它是属于全人类的。但是我希望我能拥有一克继续用于研究，法国的那一克已经被安排用于放射医疗了。"

这段话对麦内隆夫人产生了极大的震动，她回国之后四处筹款，最终筹集到100万买了一克镭捐送给玛丽。然而在受捐仪式上，当玛丽看到捐赠书上写的是"捐赠给玛丽·居里"时，她要求对方修改，她说："你捐赠的不是我个人，而是整个科学，以后，它也不属于我的个人财产，它始终属于整个科学界，属于全人类。"一个人的价值不在于他口袋里有多少钱，而在于他能支配多少社会资源，能打动多少人心。居里夫人的谦逊无私就是那最光辉的人类财富。

她还是科学工作者的楷模。有人说：人的天才是一种灵性。其实天才更在于勤奋，在于执着的信念，在有限的时间里做更多的事情。假如你有天分，勤奋会让它变得更加富足。当玛丽和居里结婚的时候，居里对玛丽说希望去买两把好椅子，要不客人来了都没有地方坐下，玛丽说："还是别买了，有好椅子，客人们坐下就不走了。"一个很单纯却又出人意料的理由，因为她要工作，要节约宝贵的时间而不是在和朋友的絮絮叨叨中浪费掉。

勤勉不是一种与生俱来的肌体的一部分，而是在锻炼中铸就出来的灵魂的一部分。为了提炼纯净的镭，丈夫比埃尔累倒了。一天，比埃尔躺在病床上对玛丽说："我们过的生活太苦了。"玛丽安慰丈夫之后坚定地说："一个人即使没了灵魂也要照常工作。"一个女性在工作中付出的代价实在是太大了，她要忍受着高温，忍受着放射性物质的辐射，还要承担着家务，孩子的教育，还有科学论文。她还患有严重的白内障以及耳鸣，视觉和听觉障碍疾病严重干扰了她的工作。

她在提炼镭的同时，镭也向她索取着。当他们从一吨沥青废渣中提炼出一克镭的时候，镭从他们身上得到的是从他们身体中抽离出来的健康。她说："我以为人们在每一时期都可以过有趣而有用的生活。我们应该不虚度一生，应该能够说，'我们已经做了我们能做的事'，人们只能要求我们如此，而且只有这样我们才能有一点快乐。"玛丽的快乐是一生有所追求的活着，这份快乐撑起来的是对科学事业的热爱，而支撑这份快乐的却仅仅是一个单薄身体里藏着的高尚的人格。

在对待子女教育上，玛丽也是尽心尽责的。繁忙的工作占据了她大量的时间，而她始终不会忘记孩子的教育，既培养孩子的智力，又不忘教育她们生活的本领。两个女儿都成了优秀的人：大女儿依伦娜和丈夫获得过诺贝尔物理学奖，小女儿艾芙的丈夫获得过诺贝尔和平奖。这无疑在另一个方面展现了这位母亲的称职和伟大之处。1934年，玛丽去世的噩耗传遍了整个世界，引起了极大的震动，人们都在为这位伟大的女性感到惋惜，世界人民用各种各样的方式来悼念她，她获得了全世界人民的爱戴。

为命运贴上正直和梦想的标签

> 扭曲的身体，期望太阳光来赐予它正直的影子，那是徒劳的；就好像卑劣
> 的人格，期待命运来恩赐它额外的奖赏，那是白费的；正如没有梦想的人生，
> 期待命运来为它指引方向，那也是无益的。

高尔基说："梦想能给天下不幸者以快乐。"当命运还没来得及对我们作出嘉奖的时候，最庆幸的事情是我们还抱有梦想。梦想似乎总是在我们伸手就可以够着的地方，就怕我们对它视而不见。梦想就好像天际的星星，虽然我们无法摘取，却可以像航海员一样，借助星光指引我们的行程。人终究不是飞鸟走兽，人的灵性更多地体现在人类独有的梦想上。这是任何其他生命不可能拥有的，这也是人类为自己描绘的最美丽的景象。然而梦想不是梦，做梦的人和为梦想不懈努力的人之间也有着本质的区别。伟大的居里夫人当然属于后者。

几十年来，居里夫人由于长期从事放射性物质的研究工作，加上恶劣的实验环境和对身体保护的不够严格，时常受到放射性元素的侵袭，她的血液渐渐受到了破坏，患上了白血病。她还患有肺病、眼病、胆病、肾病，甚至患过神经错乱症。可是她的梦想并不允许她放弃或者有一丝一毫的懈怠，她始终坚持着。

　　在居里夫人看来，科学研究要比她本身的健康更重要。她曾为了能参加世界物理学大会，请求医生延期对她施行肾脏手术；她曾带病回国参加镭研究所的开幕典礼；她曾忍受着眼睛近乎失明的痛苦，顽强地进行科学研究；直到她生命的最后一刻，由于恶性贫血、高烧不退，躺在床上的时候，仍然要求女儿向她报告实验室里的工作情况。她把她的一生完全献给了伟大的科学事业。她的梦想犹如一阵战鼓，激励着她在命运的战场上驰骋，不论生死，却只为梦想，这是唯一的嘉奖。

　　如果人生真的有困惑，那只可能是懒惰带来的懈怠，以及不劳而获带来的诱惑。懒惰的结果是看着梦想在我们身边疾驰而过，而我们只能眼睁睁地看着梦想变成幻念。不劳而获的人只会带着侥幸心理来从事他的一切活动，所以常常抱有这种想法的人更容易走上歪路。他们的侥幸心理让一切有利可图成为他们唯一的行为标准。也许他们也拥有自己的梦想，但更像是在进行一次重大的投机活动，扭曲的人格哪里能够找到梦想的影子。居里夫人却是一位正直的典范，她一生的光明磊落，冰清玉洁，既是她所在的年代的典范，也是跨越百年的魅力楷模，在她的祖国波兰遇到危机的时候，她说："我们波兰人，在祖国遭受奴役的时候，是无权离开国家的。"她坚信，如果能随着梦想而生活，本着正直的精神，一定能够达到至善至美的境地。如果命运缺失了正直，梦想也就缺失了力量。

　　现代社会的纷繁复杂，让我们清澈的梦想愈加躁动不安，但时刻都要记住，在我们命运的标签上，如果贴上了正直和梦想，我们的未来同样值得期待。而如果让懒惰和侥幸心理去俘获你的命运，那么浮躁和空虚也自然会占据你的生活。正直是白色的跑道，而梦想是那终点，除此之外更要我们的汗水……在命运的赛道上，真正的成功者，总是能够沿着那白色的跑道挥洒汗水，直到举起命运的奖杯。

（1942－2018）

......

"心，乃是你动用的天地，

你可以把地狱变成天国，亦可以把天国变成地狱。"

霍金正是这句话最完美的诠释。

对霍金而言，"人生的斗士、智慧的英雄"

这些绝不是什么溢美之词，

他以瘦弱之躯挑战生活极限的勇气以及霍金式的笑容

都向世人证明：他赢了！

STEPHEN HAWKING

斯蒂芬・霍金

果壳里的宇宙之王

斯蒂芬·霍金，一个被卢伽雷病永远固定在轮椅上的人，他的思维却穿越时间与空间，追寻着宇宙的尽头、黑洞的隐秘；他敏锐的直觉和坚定的推理直接挑战已被人广泛认同的传统量子力学、大爆炸理论，甚至是爱因斯坦的相对论。然而，比霍金在科学领域内取得的巨大成功更为意义深刻的，甚至超越了他的科学成就的是——他活了下来，并且取得了比大多数人所梦想的还要大的成就。他曾说："无论生活多么糟糕，人总能有所作为。只要生命还在，希望就在。"

　　当命运女神剥夺了霍金行动的能力之时，又给予他一根拐杖，那就是意志。霍金最终证明了约翰·弥尔顿的那句话："心，乃是你动用的天地，你可以把地狱变成天国，亦可以把天国变成地狱。"

　　伟大的人物所创造出的业绩，会让人都对他钦佩，但这只属于远距离的瞻仰，一个伟大人物的成功并不在于此，而是他的人格魅力和精神风范，成为鼓舞和激励世人永远前行的精神动力。霍金就是这样一个人物，他带给人们的积极进取的人生态度，甚至胜于他给人们带去的科学讲解，他已经成为我们这个时代一个可以永远保持下去的象征——成功只属于那些不断进取的人。

　　人生的意志在任何时候都会显现出它的巨大力量，特别是在困境中，一个人的强大精神意志，是决定他成功的关键，霍金给了我们一个最完满的答案，让我们透过这个病弱的身躯，找到使他永远坚强不倒的内在动力，那就是对人生理想永不倦怠的追求，对科学高峰永不放弃的追求，与病魔斗争的永不妥协。

　　可爱的霍金，充满着生命激情的霍金，正在以个人不屈的意志，来为后辈，也为世人讲述着科学之外的故事。

"站"着的霍金

霍金是谁？他周身能活动的只剩下一颗大脑和三根手指，却写下了一个神话，一个当代最杰出的理论物理学家，一个科学名义下的巨人……

1642年1月8日，被誉为"近代科学之父"的意大利天文学家伽利略逝世，人们争相传颂："哥伦布发现了新大陆，伽利略发现了新宇宙。"300年后，1942年1月8日，斯蒂芬·威廉·霍金诞生了。在伽利略去世的300周年纪念日出生，这个巧合似乎给了霍金一种与生俱来的历史感和使命感，他似乎注定要被写进科学史，与诸位大师列在一起。

霍金出生时，正值第二次世界大战。斯蒂芬和他的妹妹在伦敦附近的几个小镇度过自己的童年。儿童时期的斯蒂芬是矮小瘦弱的，然而如果有人因此想借机欺侮他，将得到毫不犹豫的反击。斯蒂芬在学校里喜欢与人讲话，急于表达自己的思想，为此反而显得句子含混；虽然他的成绩并不十分出色，但老师们都认为他是一个十分聪明的学生。

1950年，斯蒂芬8岁时进入地方私立学校圣奥尔本斯学校。在那里，他喜欢结交与他分享古典音乐兴趣的朋友；喜欢金斯利·艾米斯、奥尔德斯·赫胥黎和C.S.刘易斯等人写的精彩读物；喜欢讨论与他们的偶像——文艺活动家兼数学天才贝特兰·罗素有关的事。比作业更重要的是他们的英语填字游戏，甚至制造了一台逻辑单选计算机。这个小组对真理和上帝的激烈争论，为探索神秘事件和超感官知觉所取代。

斯蒂芬在17岁时进入牛津大学学习物理学。和其他的学生一样，霍金在学校里并不喜欢学习，霍金感兴趣的是成为8人龙舟队的无畏舵手，而不是追求数学和物理学学位。霍金后来也承认，那时的自己平均每天仅花了1个小时学习。在当时，大多数的青年人都处于一种迷惘阶段——他们对一切都感到厌倦，人生中没有任何值得努力追求的目标，霍金也是如此。如果事情这样发展下去，那么他很可能成为一个庸庸碌碌的教师。然而，病魔出现了。

霍金在牛津的最后一年里，突然发现自己的行动越来越笨拙。一次，他竟无缘无故地从楼梯上摔了下来，差一点因此失去了记忆。最终医生诊断他患了卢伽雷病，即运动神经细胞病，并宣判说，这个21岁的青年只能再活两年。

在霍金面对这一致命挑战之时，他一度对人生十分厌倦。尤其是得知自己所患的病症无可救药以后，霍金在医院里经历了难以排遣的梦魇。后来霍金回忆起那段时光时，他说："这对我真是致命的打击。这种事情怎么会发生在我身上呢？为什么我要这样地夭折呢？然而，住院期间，我亲眼看见在我对面床上一个刚刚认识的男孩死于肺炎。这是个令人伤心的场合。很清楚，有些人比我还更惨。以后每当我觉得自哀自怜，我就会想到那个男孩。"

"我出院后不久，就做了一场自己被处死的梦。我突然意识到，如果我被赦免的话，我还能做许多有价值的事。另一场我做了好几次的梦是，我要牺牲自己的生命来拯救其他人。毕竟，如果我早晚要死去，做点善事也是值得的。"

在与疾病对抗的同时，霍金开始陷入对世界的思索中，向爱因斯坦这位前辈伟人的相对论迈出批判的第一步。当然，更为重要的是，他结识了后来的妻子简，在以后的许多日子里，正是她支持霍金顽强地生存与奋斗下去，而且给他带来了正常的家庭快乐——出乎医生意料的是，这个他断言即将死亡的病人不仅活了下来，甚至有了自己的三个孩子。

霍金曾经告诉记者，他比患病前更加快乐，因为他找到了人生的价值所在，找到了生命的成就感，对人类知识作出了适度的并且有意义的贡献。他说："当然，我是幸运的，但是任何人只要足够努力都能有所成就。"

1974年，斯蒂芬·霍金被选入英国皇家学会——卡尔·萨根称之为"我们这颗行星上历史最悠久的学术组织之一"。在传统的授职仪式上，霍金费力地把他的名字添进其光荣榜上有伊萨克·牛顿的签名的书中。观众们屏住声息，直到霍金完成最后一个字母，然后热烈鼓掌。1979年11月16日，霍金被任命为卢卡逊数学讲座教授——这个曾为牛顿获得的荣誉职位。随后，霍金再一次费力地署名。

此后，霍金的病情愈加严重。1984年，霍金失去了讲话的能力——在那段时间里，他飞驰的思想只能被封闭在自己的大脑中。无法与人交流，这使他觉得生不如死。所幸的是，科技的发达最终使他得以借助电脑和语言合成器，重新表达自己的思想，甚至能够在众人面前演讲。在这期间，他的思想在广阔的宇宙中遨游——他指出爱因斯坦的广义相对论将在所谓"大爆炸奇点"失效，因此将量子力学引入对宇宙诞生的探索，并创造出"虚时间"这一概念；他指出"黑洞"事实上一直都在发"光"，只是极其微弱而已。他以幽默的方式证明了上帝的虚无……

霍金曾说过这样一段话："无论生活多么糟糕，人总能有所作为。只要生命还在，希望就在。我的身体虽然残疾，但这并不影响我拥有丰富而充实的人生。我的建议是专注于力所能及的事，别让残疾成为阻碍，并因此后悔。"患病的霍金仅仅依靠三根手指，坚强地活了下来。

霍金力图像普通人一样生活，完成自己所能做的任何事情。他甚至是活泼好动的——这听来有点好笑，在他已经完全无法移动之后，他仍然坚持用唯一可以活动的手指驱动着轮椅在前往办公室的路上"横冲直撞"；在莫斯科的饭店中，他建议大家来跳舞，他在大厅里转动轮椅的身影真是一大奇景；当他与查尔斯王子会晤时，旋转自己的轮椅来炫耀，结果压到了查尔斯王子的脚趾。当然，霍金也尝到过"自由"行动的恶果，这位量子引力的大师级人物，多次在微弱的地球引力左右下，跌下轮椅，甚至身受重创。然而，幸运的是，每一次他都顽强地重新"站"起。

尽管斯蒂芬·霍金永远都不能离开他的轮椅，但他却是我们这个时代最有勇气、最有才智、最有成就的空间旅行者。他是这个时代的英雄，更是这个时代的精神圣徒。

有生命在，就有希望

一个人必须有足够的成长之后才会体认到人生是不公平的，我只不过在人生所处的境况中一定要把自己能够做到最好的作出来而已。

——霍金

一直以来，人们总以为霍金很快就会死去，他的学生伯纳德·卡尔曾持有类似的看法：斯蒂芬永远面临着死亡，他意识到时间可能是短促的，他必须非常快速地工作，所以他决定专心致志地迅速工作。但事实证明他们错了。抗争、抗争、再抗争，生命的奇迹居然在霍金身上发生了——他不仅没有像医生预言那样早早离去，而且还成为科学巨人和思想巨人。

霍金是怎样的一个人？按照他自己的话说："我是一个乐观、浪漫，而且顽固不化的人。"我们所看到的霍金，只是耷拉着脑袋，没有任何的动作和言语，但我们依然能看到他对科学那份发自内心的激情，依然能感觉到他心中闪烁着的不灭的科学探索之火。霍金的人生无可争辩地告诉我们：人是需要一点精神的。

他个性的力量是令人惊叹的——他的身体如此之差，但他非但活了76岁，并在不止一个领域内取得了辉煌成就。他可以说是冷酷的，他直面人生并对生活提出了苛刻要求；他又是一个不讲妥协的人，他的意志力有时会与他自己发生冲突；许多人发现霍金有些生硬，但另外他又以幽默著称。他有许多亲近的朋友和赞赏他的人，他已经证明自己是一个充满爱意和深情的父亲。他与一些冷冰冰的机器紧密地联系着，靠这些机器他才能移动、说话和呼吸，所以人们无法窥知他的内心。他的面部表情比他身体的大多数别的部位都更有表现力，因为除了他的语言简练的天赋外，他的面部表情是唯一能让人窥知他内心的窗户。

无论到什么时候，霍金的故事都可以与人分享——只要有智慧和精神在，没有什么能打倒自己。身体的健康固然重要，心灵的健康也会给你无穷的力量。我们可以相信，当他所热爱的东西都失去时，他不仅坚强地活着，而且伟大地活着，那么他所带给我们的不仅仅是科学的智慧，还有人类最可贵的精神。

肢体的残疾会被有些人认为是一件耻辱的事，但斯蒂芬·霍金却不以为然。他身残志坚的精神和坚强勇敢的意志始终是人类进步的宝贵财富。这种精神形成了巨大的磁场，并且以非常快的速度不断地扩散。

生命从开始孕育诞生以来，就潜藏着不完整与不完美的种种危险，残缺是自有生命以来就伴随着自然界的，也是自人类诞生以来就一直伴随着人类的。当生命还孕育在母体之内时，就已经受到遗传、疾病和外界环境的影响，潜藏着残缺的危险性。当人出生之后，这些因素因为他失去了母体的保护而变得更加直接和明显，残疾的危险性就更大了。因此，生命的美从来就是残缺的。而精神和意志也在脱离母体的瞬间独立了出来，它们让灵魂没有缺憾。

无论是健全人还是残疾人都必须努力克服前进道路上的障碍。一个人尽管有缺陷，但却勇敢地面对并征服了挑战，这就是一件了不起的事，这就是一个了不起的人。身体的残疾不一定会扼杀一个人生活和成就事业的机会，斯蒂芬·霍金的生活就证明了，身体的残疾可以成为不平凡人生的一种鞭策，而不是虚度人生的一个理由。

　　残疾人所面对的异乎寻常的挑战要求他们具有超乎寻常的巨大力量和决心，以完成正常人通常觉得理所当然的事。这就最终促使残疾人无论选择了什么样的追求目标，都必须自始至终全力以赴。这些了不起的人克服了令人生畏的困难而取得了成就，幸运的是我们这些普通人不必经历那种艰难。这些杰出人士之所以崇高和充满活力，是因为他们所面对的巨大挑战。

　　在这个世界上，每个人的一生都会有不同程度和意义上的欠缺，有些人虽然身体强健，但他们精神空虚、意志消沉、不思进取，这才是最可怕的残疾。人生和社会太容易让一些人流于放纵，因为他们从未感到什么不正常。可是对于那些高度残疾的人来说，他们就能深刻地体会到与正常人的巨大差异，然而许许多多的残疾人却作出了正常人无法作出的伟大成就。

　　霍金，一个轮椅上的斗士，他往往会令我们这些"正常"的人感到惭愧。霍金的伟大精神以及所有残疾斗士的顽强意志都将会给我们以激励和鞭策，认识霍金，你将获得巨大的力量，最起码也会使我们掩卷沉思。他活了下来，并且取得了比大多数人所梦想的还要大的成就，这种精神力量是人类的胜利。

　　对于那些想否认这一奇迹和贬低他的成就的人，霍金作出特别谦虚而又非常贴切的反应。他的这段话完全可以作为我们所有人遵循的生活哲学：一个人必须有足够的成长之后才会体认到人生是不公平的，我只不过在人生所处的境况中一定要把自己能够做到最好的作出来而已。

生命本身就是奇迹

今天的霍金已经成为一种精神，成为一面旗帜，成为生命的神奇景观。每
一个了解霍金的人，都会从他那里获得无穷的动力和滋养。霍金的道路和人生，
可以激励世人，昭示来者。每一个生命，都可以创造奇迹。

霍金的奇迹，在某种意义上也是人类意志的胜利。霍金已经成为剑桥的一种精神，成为科学的一面旗帜，成为生命的一道奇观，每一个了解霍金的人，都会从他那里获得无穷的动力和滋养。霍金的道路和人生，可以激励世人，昭示来者。他使我们清楚地认识和深切地领悟到：思想、意志和人格是人的真正存在，它超越个别的、短暂的自我，具有普遍的、永恒的、非私人的生命。

每个人都是一个奇迹，因为生命本身就是奇迹。人，诞生到世间的第一反应就是啼哭，这预示着人要经历种种磨难，这种磨难也将伴随人一生一世。哲学家叔本华认为，人生就是在痛苦和无聊之间摇摆徘徊。威尔·杜兰特则说叔本华看到了黑屋子里的所有东西，唯独没有看到屋顶漏下来的光柱里飞舞着的幸福的尘埃。这种幸福则来自每个人的思想，用意志开创的奇迹。

思想是人与无生命的物体和其他生物的分水岭，是人之为人的鲜明标识。思想是人的尊严，是人类精神的"遗传基因"。霍金的生命虽然时刻都徘徊在地狱的入口，但他的思想却把我们从地狱带进天堂。他用自己的思想证明了哈姆雷特的吟唱："我即使被关在果壳之中，仍自以

为无限空间之王。"

爱尔兰天才作家克里斯蒂·布朗与霍金有着相同的命运，他刚出生不久便患上了严重的大脑瘫痪症，他的脑部控制肌肉的神经受损，因此手臂扭曲软弱，如果没有外力支撑，便无法行动。但他耳聪目明、能思考，他以坚强的毅力，学会用左脚打字，将自己的想法传达给世人。在短暂的48年里，克里斯蒂·布朗靠着顽强的意志，坚持不懈同命运做斗争，创作了5部长篇小说和3本诗集，用一只左脚，把原来暗淡的人生变得绚丽多彩，用残缺的身体，诠释着完整的生命。他的左脚不仅写出了小说，而且写出了人类战胜磨难的力量和精神。

如果说飞向金字塔顶端的雄鹰要经历风雨的洗礼，那么搏击长空的意志就是勇往直前的动力；如果说逆流而上的鲑鱼要经历湍江急流，那么横渡万里的意志就是永不言败的源泉。人，欲己傲立于世，成就一番事业，那坚忍不拔、永不言败的意志就是助人成功的基石。

顽强的霍金担任英国剑桥大学在职教授期间，他依然不要护士帮忙，仅仅依靠自己唯一可以使用的手指，艰难地转动轮椅坚持上班工作。在英国，在剑桥，霍金的任何一次出现，都是一个生命的景观。当霍金的轮椅出现在大学的任何一个地方，人们会默声静息地注视着他，注视着他的每一个艰难的动作，那是对一个正极力挑战生命的人最伟大的敬意。

霍金的成就，不仅对于所有生理上有缺陷的人来说是一种激励，对于正常人来说更是一种巨大鼓舞。无论是一个正常人，还是一个残疾人，只要活着，只要还有生命，就有创造奇迹的可能。像霍金那样，用生命去实现自己的人生价值吧！任何一个人都有活着的价值，任何一个人都可以受到尊重，这些在等待我们用行动去见证！

罗曼·罗兰

ROMAIN ROLLAND

唯其向往崇高，才痛感丑恶渺小

（1866 — 1944）

......

罗曼·罗兰为我们创造了一种信仰——

真正的光明绝不是永没有黑暗的时间，

只是永不被黑暗所遮蔽罢了；

真正的英雄绝不是永没有卑下的崇高，

只是永不被卑下的情操所屈服罢了。

罗曼·罗兰生活在一个阴暗的时代，在那个封建的残余力量和颓废的、灰色的市民庸俗的感情结合起来的年代里，代表着勇壮的、革命的、激情的雨果和法国伟大的批判现实主义作家巴尔扎克已经离世而去，一生都在孜孜不倦地追求幸福的激情主义者福楼拜也已谢世，备受精神疾病折磨的弗里德里希·尼采几乎是带着绝望的心情收拾了人类的丑恶而阴暗的碎片，逐渐走到他人生的终点，而左拉虽然建筑了他的自然主义，但是他所描绘的世界却是纯然丑恶的……庸俗和丑恶席卷了一切。

罗曼·罗兰，这个从未向虚伪的理想主义低头的人，用一生的时间"捍卫着地球上的伟大精神"。他对光荣的梦想和渴望，对英雄的仰慕与追怀，促使着他缔造一个伟大的欧洲。于是，"他从蛰居中走了出来，成为时代精神的代言人。伴着理想，伴着为实现理想而进行的斗争，他不再是一个单纯的作家，不再是一个单纯的诗人，也不再是一个单纯的艺术家，他不只属于他一个人。他在欧洲极痛苦的时候发出了伟大的声音，他成了世界的良心"。

在罗曼·罗兰所处的时代，"世界追求的是利益而不是信仰和精神力量"，在这种独醒与抗争的痛苦中，他依然坚信英雄主义的理想和信念是一个真正活着的人不可缺少的东西。他想以自己长期的努力唤醒"意志薄弱、精神不振、被征服了的一代"，希望通过激发他们的热情来拯救苦难的世界，而这项事业正是一个英雄毕生的梦想。

罗曼·罗兰坚信，"只有经受过苦难的生活才是最伟大、最充实、最幸福的生活。"为此，他在努力寻求一种可以唤起人们英雄梦想的方式，编撰英雄传记的工作成了最终的选择。如今，他的思想早已成为世人强大的精神源泉，无论何时何地，那些肯追求灵魂自由的人都会在他那儿寻求到慰藉。

罗曼·罗兰不仅是法兰西的荣耀，欧罗巴的荣耀，更是全世界、全人类的荣耀。他所描述歌咏的不是人类在物质方面，而是在精神方面所经历的艰险，不是征服外界，而是征服灵魂的战绩。他是一位成功者，一位真正用整个人生来诠释伟大的人，更是一位捍卫伟大的人。

英雄的事业

罗曼·罗兰的毕生成就，完全得益于他广博的知识，得益于他长年累月的孤军奋战。他的思想有着坚实的基础和精神活力，并以其坚忍不拔的英雄主义精神树起了一座丰碑，这座精神丰碑经受了枪林弹雨的洗礼，在唇枪舌剑中升华，傲然屹立在世人面前。

奥地利著名作家斯蒂芬·茨威格曾在《罗曼·罗兰传》中这样写道："罗曼·罗兰坎坷的一生极不寻常，在时代的大潮中，他一次次地立于浪潮的高峰，一次次地沉入低谷，但每一次他都勇敢地在新信仰的高峰上站立起来。从罗兰的宣言中，我们能又一次看到罗兰的确是伟大的失败者的典范。在他的一生中，没有一种理想能完全实现，没有一个希望能得到全面满足，没有一场美梦能如愿以偿。因为他所处的时代，强权就是公理，武力胜过精神，某些个人的意志凌驾于全人类之上"，但他的一生向我们展示的是，"斗争无比伟大。他的存在是独一无二的，他为我们创造了一种信仰……在精神的王国里，一个人的力量可以超过一群人。经过长期思索的孤独思想家的思想才能放出灿烂的光芒，在最黑暗的时刻，我们能从罗兰这位伟人身上获得安慰。一位具有人性的伟人永远会为了一切人救赎出人道主义的永恒信仰"。

1866年1月29日，罗曼·罗兰出生于法国克莱默西城的一个天主教家庭。他的父亲是一名律师，在城里德高望重。母亲虔诚端庄，自从她的一个小女儿夭亡之后，就笼罩在一种淡淡的哀愁中，而把所有的心思都花费在照顾柔弱的儿子和他的另一个妹妹身上。对上帝虔诚且爱好音乐的母亲给罗曼·罗兰以很大的影响，带给他的不仅是探索精神，还有艺术感受力，敏感的罗曼·罗兰还从父亲那里获得法国大革命以来的斗士的精神和信仰。

　　为了保证罗曼·罗兰能够受到良好的教育，他的母亲不惜将家迁至巴黎，在那儿，罗兰进入路易大帝中学。罗曼·罗兰的童年笼罩在1870年普法战争失败的阴影中，青年时代的他被高等师范学校录取，在这里，他表现出在人文科学上的天赋和对音乐的热爱，与此同时，他开始酝酿一个为世界心碎的单纯的艺术家的故事——《约翰·克利斯朵夫》。他是如此感激德国音乐对他的启迪："我们有一些古老的德国音乐书籍。莫扎特、贝多芬的幸福和痛苦、理想和梦想与我融为一体，我就是他们，他们就是我……我多么感激他们呀！我小时候生病，死亡之神已经徘徊在身旁时，一曲莫扎特的优美旋律就像心爱的人一样萦绕在枕边……后来，在我遭受怀疑，将要陷入沉沦的时候，贝多芬的音乐又为我点燃永恒的生命之火……每当我沮丧时，每当我萎靡不振时，我便借助于钢琴，让自己沐浴在音乐中。"罗兰与音乐结为挚友，情感中包容一切的和谐与理解很早就使他超越了地域，超越了时代界限。

　　罗曼·罗兰进入高等师范学校之后，跟随加比里亚·莫诺学习历史。加比里亚·莫诺从他的身上发现其具有描述历史的天赋。这段时间里，罗兰对哲学产生了浓厚的兴趣，他不知疲惫地阅读苏格拉底之前的古希腊哲学、法国的笛卡尔学说和荷兰的斯宾诺莎学说。他又将主修课程增加了历史和地理。

在阅读和思索中，罗曼·罗兰开阔了视野，获得了将生命赋予历史的卓尔不群的能力。尤其是当他第一次接触到托尔斯泰的著作，特别是《战争与和平》时，他的热情被点燃了。在罗兰心中，托尔斯泰是莎士比亚之后世界上最伟大的作家。每当回忆起这段心路历程，罗兰无不充满深情地说："我深深挚爱着，我从来没有停止去爱托尔斯泰。两三年以来，我生活在他的思想氛围中，我同他的作品，同《战争与和平》《安娜·卡列尼娜》和《伊万·伊里奇之死》亲密无间，胜过与任何一位法国作家的重要作品的关系。这个伟人仁慈、睿智、绝对真实，对我来说，他是我们时代的精神、无政府状态最可靠的向导。"

　　然而，让罗兰陷入困惑和迷惘的恰恰也是这位精神导师。就在他进入大学的当年，托尔斯泰出版了震惊整个欧洲的小册子《那么我们该怎么办》。在这本书中，托尔斯泰对代表上流社会的科学与艺术进行了猛烈的抨击。他认为艺术的作用是腐蚀人的心灵，会败坏人心。托尔斯泰的观点不但遭到法国学界的一片奚落，也使年轻的罗兰一头雾水。罗曼·罗兰终于鼓起勇气，给托尔斯泰写了一封信，他在信中表达了自己的困惑与迷惘："我还要向你提出一个我思考得最多的问题，你为什么要非难艺术？……我酷爱艺术，因为艺术能使我可怜和渺小的个性放射光芒……"

　　罗曼·罗兰发出信后，并没指望会收到托尔斯泰的回信。可是，半年后，他竟意外地收到回信。托尔斯泰在信中逐一回答了罗兰提出的问题，字里行间充满着睿智和仁慈，那平等而朴实的对话，字字句句打动着罗兰的心。

　　在高等师范学院学习期间，罗曼·罗兰曾到罗马游学两年，在那里他结识了玛尔维达·冯·迈森布洛。两人身上有着同样的理想主义，不同的是玛尔维达的思维久经考验而纯净，罗曼·罗兰则激烈而狂热。从这样的交往中，罗曼·罗兰得到了他游学两年中最重要的学识。

玛尔维达对罗兰的评价更是令我们感动："与这位年轻人之间的友谊是我极大的乐趣，这不仅局限于音乐，还有其他的方面。对于年逾古稀的我来说，最大的满足莫过于在这个年轻人身上重新发现自己曾拥有的理想，为了达到最高目标所具有的进取心，对浅薄庸俗的鄙弃，还有为了自由而奋斗的勇气。整整两年间，我庆幸自己能与聪慧的小罗兰相处。我想再说一遍，从中所得的乐趣并非只是来自音乐天才，尽管他用音乐填补我生活中的空白。在很多领域，我们俩也志趣相投。他是那么想发挥出他最大的才华，我也因为他的激励，重拾青年时的理想。对于这位年轻朋友的诗才，我是在交往过程中慢慢认识到的，后来读了他写的戏剧诗证实了这一点。"她预言道，罗兰将会带来法国最富有想象力的文学的诞生。

1892年10月，罗兰返回巴黎之际，娶了克罗蒂尔德·布希亚勒——一位著名哲学家之女为妻。这对新人前往罗马，在那儿，罗兰从事他关于早期欧洲戏剧历史的博士论文的研究和写作。1895年，他极其成功地呈交出他的论文，并被高等师范学校聘为讲师，从事艺术史的教学，此后5年他一直在那儿任教。不幸的是，在这期间他的婚姻遇到麻烦，1901年，他痛苦地离了婚。在严谨的学术生活和写作中，罗兰重新找到一份慰藉。

从1903年到1912年的10年间，罗曼·罗兰笔耕不断，他先是成功地写成了一篇关于路德维希·凡·贝多芬抒情生活的文章，1906年和1911年又分别同样成功地写出了关于米开朗琪罗和托尔斯泰的研究文章。这些对他心目中英雄的纪念并非评论性传记，而是为获取这些伟人精神而作的充满诗意的努力。它们同时还是对创造精神的沉思默想，罗兰视这种精神比伟人本身的生活更富意义。也就是说，罗兰在描摹贝多芬的肖像时，同时试图画出20世纪的肖像及其梦想。不仅如此。他还完成了自己最著名的长篇小说《约翰·克利斯朵夫》。随着10卷本的小说逐年问世，他的声名越来越大，小说尚未写完，多种译本就在国外发行。

1914年7月，第一次世界大战爆发，罗兰公开表明了反对这场战争的态度，被国人骂为"卖国贼"。战争期间，罗兰在瑞士流亡生活中继续创作。他沿用阿里斯托芬的文体写了两部小说和一个剧本，但这些作品都没有影响力。

1915年11月，罗曼·罗兰获得诺贝尔文学奖，但遭到法国政府反对。不过，颁奖词简要地说明了委员会的授奖理由："颂扬他文学作品中高尚的理想主义，以及他在描述不同类型的人们中表达出的怜悯心和真理之爱。"罗曼·罗兰最后将全部奖金捐给了难民救济组织和国际红十字会。

1919年，罗曼·罗兰与母亲一起返回巴黎，当时他的母亲已身患重病，不久就在不舍中告别了罗兰。之后，罗兰回到瑞士，自1922年至1938年与父亲和妹妹定居在那里。这期间，他对社会主义和东方宗教产生了兴趣。此后，罗兰前往家乡附近的一个小镇，在那里继续写作，后因反纳粹活动而遭到软禁，于1944年12月30日于家中谢世。

英雄的宣言

罗曼·罗兰的生活是一部真正的英雄史诗，他从黑暗走向光明，从默默无闻走向誉满天下。他的一生与欧洲的命运紧紧相连，他的事业属于全世界，他的人生成为历史的一部分。他担负着具有世界意义的使命，他的每一篇文章，每一封信，对世界来说，都是一篇宣言。

有一种人是不幸的，他们在物欲横流中挣扎，经历着理想与信念缺失的痛苦，过着一种充满隐忧的生活。然而在极度压抑中，有一种声音让他们如沐春风，"把窗子推开吧！让新鲜的空气进来，让英雄们带给我们全新的感触！"发出这个声音的人就是罗曼·罗兰。

人类那追求荣耀和生命永恒不朽的冲动，是强烈的本能。我们可以看出，与那些伟人相比，罗曼·罗兰这位当时的新手从不孤立于时代去创作纯文艺的作品。他总是朝着高尚的道德目标奋进，他的抱负是那么执着，总是力争创造不朽的丰碑。他的目标就是要创作一幅史诗般的壁画，绘出一幅丰富多彩的人类风情图，完成一部全面的史诗般的作品。为了达到这一目标，他选择的榜样不是他同时代的文学同人，而是时代的英雄。他的目光远离当代的生活、无聊的事件。他认为托尔斯泰才是自己真正的导师和文学大师。

虽然他很谦虚，但他仍然能感到自己的作品会类似于莎士比亚的历史剧、托尔斯泰的《战争与和平》，作品中将体现出像歌德一样的知识、才能、广泛的兴趣，还有巴尔扎克的丰富想象力，瓦格纳《普罗米修斯》的反抗精神，而不像同辈作家那样，只关注物质上的成功。

他仔细琢磨了这些榜样的生活，从他们身上汲取勇气。他钻研了他们的作品，使自己能按照那样的一种尺码创作，摆脱平庸。他的热情宛若虔诚的宗教徒。罗曼·罗兰尚不敢将自己与他们相比，他认为他们的作品是那样伟大，宛如中天的太阳，明媚而亘古地闪耀光芒。但他一直梦想着自己有一天能够创造贝多芬式和谐的交响曲，莎士比亚式的历史剧，托尔斯泰式的史诗，而不仅只是写出福楼拜式的长篇小说，或是莫泊桑式的故事。在罗曼·罗兰心中，创作世界是无时间性的，他的创作激情让他去追求永恒。

单靠热情和勤奋绝不能催生出卓越的成果，必须在这其中加入道德作为杠杆，彻底动摇旧世界的精神基础，而罗曼·罗兰具有的道德力量在现代文学史上可说是前无古人、后无来者。早在他成名之前，还默默无闻时，他就在作品中向世人昭示了对战争的态度，并且独树一帜地反对当时的感伤情绪。他这种特立独行的英雄气质、大无畏的精神，明眼人在当时就看得很清楚。为了向世人充分展示罗曼·罗兰的这种崇高精神，茨威格以其如橼之笔描写了一向唯唯诺诺、随波逐流的人绝不会成为英雄。

在同一时代的人当中，罗曼·罗兰一直胆识过人，作品构思宏伟。他也不像那些眼高手低的学生，只是梦想着写出《伊利亚特》式的史诗或几部连续的巨著，他脚踏实地地创作着。在当时火热的世界，他离群索居，以一贯具有的大无畏精神进行创作。当他在经济上捉襟见肘时，依旧提出要重新塑造一代人的精神，这源于他坚定的意志。

罗曼·罗兰不是为了短期目标，而是为了遥远的未来辛勤地工作着。他在工作中宛如宗教信徒般虔诚，就像中世纪建筑师一样，他们在心中抱定为上帝建造教堂的目标，至于自己是否能亲眼看见教堂的完成并不重要。在这当中，勇气是他行为的支柱。罗曼·罗兰的人生格言可以用他给《埃尔特》的题词来概括："我无须嘉许给我以希望，也无须成功激励我坚持。"

罗曼·罗兰从不写孤立的主题，也从不涉及纯感情或纯历史方面。他的创作被社会生活中的基本现象所吸引，被伟大的信仰所吸引。罗兰的创作，让他的思想注入千百万人的脑海里。一个时代、一个国家、一代人都被他的思想点燃。

年轻的罗曼·罗兰时刻都牢记着席勒的那句名言："幸运的时代只为美好效劳，羸弱的时代需要以过去的英雄为榜样。"罗曼·罗兰以虔诚的信仰，以戏剧的形式向世界发出了英勇无畏的呼吁。他热切地呼唤整个民族走向伟大的未来，但是却没有得到任何响应，而他的信仰却仍然坚定。因为他很早就已经知道，真正的英雄的奋斗目标不是为了个人的蝇头小利，不是为了个人的成功，也不是为了人人都有的思想，而是为了整体，为了整个人生。如果因为害怕孤独就放弃斗争，那么他就是一个弱者，一个在困难面前退缩的懦夫。这种人实际上是个骗子，戴着漂亮的假面具，尽力掩饰着普通人的悲剧人生，真正的英雄敢于正视现实。

也许我们不能成为英雄，但我们可以像罗曼·罗兰那样学习英雄，捍卫英雄的精神。在罗曼·罗兰的一生中，我们能看到自己和他的影子，更能体会到一种高于现实生活的富足的精神境界，一种在生活的苦难中永不放弃生命激情的人生哲理！

人生的目标是忠于信仰

在象征的世界里，罗曼·罗兰用浪漫主义的工具，携着理想主义，直至今天，唯一改变的只是我们身处的时代。因此，我们从中可以悟出这样的真谛：做自己的主人，做命运的主人，你必须奋斗。我们为什么活着？罗曼·罗兰已经给了我们答案："是为了更好地征服他，做他的主人。"

当今是一个缺乏英雄的时代。准确地说，这是一个物质生活极度丰富而精神生活相对贫弱的时代，每个人都渐渐远离崇高而自甘平庸。罗曼·罗兰却给了我们最明确的指引，他以其生命的最强音告诉人们，"人类中最优秀的人和你们同在，汲取他们的勇气做我们的养料吧；倘使我们太弱，就把我们的头枕在他们膝上，休息一会儿吧，他们会安慰我们。"

　　罗曼·罗兰不仅劝告不幸的人学会坚强，而且他就站在我们身边，用一种坚定的理想和浪漫英雄主义精神安慰我们走向美好未来。如果我们愿意和罗曼·罗兰同在，我们会发现"一直以来，他似乎凭着直觉察觉出了自己的远大前程，他心潮澎湃，内心奔腾着实现理想的强烈愿望"。这种强烈的愿望正是走向远大前程的精神原动力，激起的不是成功的浮躁，而是一种信念、一种勇气、一种矢志不渝的力量。

　　什么是真正的英雄？罗曼·罗兰说："当今之世，英雄主义之光威复炽，英雄崇拜亦复与之俱盛。唯此光威有时能酿巨灾；故最要莫如将'英雄'二字下一确切之界说"，"我称为英雄的，并非以思想或强力称雄的人，而只是靠心灵而伟大的人。好似他们之中最伟大的一个，就是我们要叙述他的生涯的人所说的：'除了仁慈以外，我不承认还有什么优越的标记。'没有伟大的品格，就没有伟大的人，甚至没有伟大的艺术家，伟大的行动者；所有的只是些空虚的偶像，匹配下贱的群众的；时间会把他们一齐摧毁。成败又有什么相干？主要是成为伟大，而非显得伟大"。

　　可见，罗曼·罗兰眼中的"英雄"，与我们一般所称道的英雄人物不同。那种人凭借强力，在虚荣或个人野心的驱使下，能为人类造成巨大的灾害。而真正的英雄，只不过是"人类的忠仆"，他们之所以伟大，是因为他们能够倾心为公众服务。"世界上只有一种英雄主义，便是注视世界的真面目——并且爱世界。"罗曼·罗兰所说的英雄，就是指那些为社会整体、为生活本身进行不懈斗争的人，一种精神的英雄。他不是靠自己的地位、金钱、权势或功勋成为英雄，而是靠他庄严的激情和崇高的灵魂。

　　他们除了赤手空拳的躯体外，一无所有，所以需要经历非同一般的精神磨难。他们往往胸怀大志却无用武之地，见识高远、追求执着却被看成迂阔酸腐——英雄是那灵魂崇高，具有强大道德力量，为世界担当着苦难，却往往被讥为疯子、魔鬼的"背时"的人。罗曼·罗兰重新定义了"英雄"的概念，让人耳目一新，精神振奋。

我们这个时代、这个民族也是需要英雄的。因为我们的时代并非完美无憾，我们的民族生活，也并非完美无憾。我们也仍旧需要"召唤英雄"，需要"呼吸英雄们的精神"——需要用他们的纯净与崇高，来灌溉我们日渐渴燥坼裂的灵魂；需要用他们的坚韧和清峻，来滋润我们日渐萎靡衰颓的生命，来振奋激荡我们胸中，那一腔日渐沉寂、落寞的英雄热血。

人生是艰苦的，对甘于平庸和琐俗的人来说，那是一潭死水，一潭任何风暴都不能激起一点涟漪的死水，又是一个深渊，为怪兽和野草所充斥的深渊，没有光华，没有幸福，是悲惨的，是沉重的。他们便在命运的桎梏和重压下苟且地存活着。而对于那些不甘于平庸和琐俗的人来说，命运是一把长剑，自己就是剑的主人，能够制服多少敌蛮，完全取决于个人奋斗的程度。

但是，你要记住：不管你显得平庸还是伟大，命运之神绝不会无端给你一顶桂冠，或是一束鲜花。虽然，这不是一个诞生着枭雄和扼杀着冥顽的乱世，但这确实又是一个适者生存和优胜劣汰的、绝对竞争着的世界。如果你读过杰克·伦敦，如果你熟悉斯宾塞，你就会发现，地球上每一个存在生命的角落都是一个纯粹的、每时每刻都在决定着胜与败的战场。要想挣脱失败的压榨，让你的额头燃放出智慧的灵光，做自己的主人，做命运的主人，你必须奋斗。我们为什么活着？罗曼·罗兰说："是为了更好地征服他，做他的主人。"

或许我们没有恺撒凯旋时的光荣与伟大，没有丹桂拢住我们的发髻，玫瑰承住我们的脚踝；或许我们无缘再一次被罗曼·罗兰写进他的《名人传》，或许命运曾是不测的恐怖，征服的背后隐藏着侮辱的狰狞，御座的周遭显现猥犴的幻影。但是，朋友们，我们的追求可以是崇高的，我们的目标可以是伟大的，我们的意志可以是不朽的。在垂暮之年，我们可以自豪地说：我曾经生存过，我曾经奋斗过，我曾经抗争过，我就是时代的骄子，上帝的宠儿。我已经用我一生的奋斗为自己写就一部历史上最辉煌的传记！我生存，因而我奋斗；我奋斗，因而我生存！正如罗曼·罗兰在他的《约翰·克利斯朵夫》里说的那样：他的目标不是成功，而是忠于信仰。

亨利·梭罗

HENRY THOREAU

后世心中的伟大隐者同代人眼里的异端，

（1817 — 1862）

......

梭罗的简单生活，

为我们这个时代生命的和谐选择了方向，

他用自己的方式探索了生命的意义和价值。

不要用世俗的眼光来看待每一件事，

专心致志于你所做的事，

不要忘记生命的本真——这就是梭罗告诉我们的。

亨利・戴维・梭罗，一个朴素的智者，一个勇于坚守自己的理想，并且敢于付诸行动的人。他找到了瓦尔登湖，孑然一身栖居在那里，在那里生活、阅读、倾听，种豆、生火、做饭。他将瓦尔登湖比喻成"大地的眸子""神的眼泪""被搁置在大地上的巨大水晶""帝王王冠上的宝石"，凡是"凝望着它的人可反省自我天性的深度"。

于是，他像湖畔和荒园中的野草一样去生活，像蜥蜴一样在有阳光的墙边沉思，在巨石旁边倾听蟋蟀和螽斯的歌声，以自己亲手种植和收获的庄稼为食物。他宁愿坐在南瓜上劳作，也不愿坐在天鹅绒地毯上空谈。他也垂钓，但他钓的不是瓦尔登湖里的鱼，而是满天的繁星。他将自己的灵魂完全浸入清澈的瓦尔登湖之中，在精神的圣殿里刻苦修行，他付出毕生的心血去探索大自然的真义，去探寻那个"自然的我"，最终在湖边完成了对自身深度的"衡量"。

梭罗并无意做一个苦行僧或隐士，他"要生活得深深地把生命的精髓都吸到"，更要以自己的经历，自己的所悟，告诫那些无忧地生活在钢筋水泥丛林里的世人，简单地生活，依循本性去生活，不要被繁纷复杂的生活所迷惑，从而失去了生活的方向和意义。简单生活本身并不是最终目的，他呼吁人类在尽可能简化物质生活的同时，得到人格的提升，获得精神上最大的滋补。

有人说梭罗是超验主义者，也有人说他是自然主义者，我们更愿意把他看成一个在荒野慢慢寻觅幸福的圣徒。为了得到最直接的体验，或者说超过一般经验意义上的体验，他来到了瓦尔登湖。他讴歌的不仅仅是自然，而是生活，一种简单、独立、高尚、信任的生活。他不主张人们都去找一个湖，然后离群索居，他只是要说明每个人都应该过一种自己"满意"的生活，不受任何阻挠的生活。瓦尔登湖的梭罗，这个为其本性、为了人本身而活的智者，用行动给了我们最好的指引，正如美国著名作家爱默生所说的那样："没有一个人能比他活得更真实。"

幸福生活的导师

> 19世纪中叶的美国,其时正是工业革命如火如荼,殖民主义极尽扩张之时,
> 梭罗违逆西方文明之潮流,选择了过最简朴的生活,"到内心去探险",探寻
> 生命的本质。梭罗的一生为了精神而活,精神是供他自由呼吸的空气,是纯净
> 之源,他因此成为时代的先行者和远行者。

亨利·梭罗是法国人的后裔,而且是他的家族里最后一个男性的后嗣。在性格方面,梭罗继承了祖先撒克逊民族严谨、坚忍不拔的天性。

1817年7月12日,亨利·梭罗生在美国马萨诸塞州康科德镇。他后来把康科德视为"全世界最可敬的地方"。梭罗的父亲是个小业主,他从小就跟着父亲学习过制造石墨芯铅笔、刷油漆、木工和园丁等手艺技能。

虽说梭罗在20岁时顺利地从哈佛大学毕业,但他在学习方面并不是一个特别优秀的学生。当初在申请哈佛大学时,他就差一点没通过入学考试。在学校里,梭罗也只不过是一个中等生,没有过人的天赋,没有优异的成绩。经过几年的学习,他最终毕业了。不过,毕业时因为梭罗参加了一个关于"当代商业精神"的辩论会,他在会上提交一篇关于自然的论文,这倒引起了不小的轰动,而这也恰恰昭示了梭罗此后作品的主题。

毕业后的梭罗还算幸运,他很快就在康科德中心学校谋到了一份教师的工作,年薪500美元,在当时这样的工资水平相当丰厚,完全可以

过上中产阶级的生活。在那段时间，梭罗很快认识了一些杰出的"超验主义者"，其中就包括爱默生和玛格丽特·富勒，富勒与梭罗后来也保持了长期的私人友谊。从那时起，梭罗就开始坚持写日记，之后的25年里大约写了200万字。他还在家族的铅笔制造业务中进行了他的第一次技术革新，他充分利用了自己在图书馆查阅资料的便利，到处查找硬铅笔芯（石墨）的制作方法，从而发明了一种更好地研磨石墨的办法。不过，几个星期后，梭罗辞去了教师的职务，原因是学校一些规定令他无法忍受，比如"鞭打"学生。

如果梭罗没有成为作家，他很有可能成为一个铅笔制造商，或者成为一个教育家。梭罗一直深爱写作，当然教书和写作之间联系更为紧密，二者可以互相促进。所以，梭罗还是选择去教书。他一边在缅因州找工作，一边在家里开办了一所小型私立学校。后来，在爱默生的帮助下，这所学校由康科德专科学校接管。在1838年的春天之前，梭罗一直是康科德学会的秘书和管理员，那年学校的入学学生突然增加，于是他的哥哥也回到这里，兄弟二人一起教书。

然而，好景不长。康科德专科学校于1841年4月关闭，部分原因是梭罗的哥哥生病造成的。学校关门之后，梭罗给爱默生当了两年管家，之后他又在纽约的斯坦顿岛待了半年，给爱默生的弟弟的孩子当家庭教师。这期间，他结识了许多重要人物，如纳撒尼尔、索菲娅·霍桑、贺拉斯·格里利、亨利·詹姆斯等。1842年1月，梭罗的哥哥因为被剃刀划伤而感染了破伤风，不久便离开了人世。亲人的辞世给梭罗造成了极大的痛苦。

1845年，梭罗离开了康科德城的家，前往瓦尔登湖，并在湖畔的树林中住了下来，开始了隐居的生活。梭罗之所以能搬到那儿去居住，间接得益于他和爱默生长期以来的关系。从那年春天开始，梭罗住进了一栋由自己搭盖起来的、简易得不能再简易的小木屋里，开始了他的一段简易生活的实验。他后来这样记录道："1845年3月底，我借来一柄斧头，走到瓦尔登湖边的森林里，到达我预备造房子的地方，开始砍伐一些箭矢似的、高耸入云而还年幼的白松，来做我的建筑材料……那是愉快的春日，人们感到难过的冬天正跟冻土一样地消融，而蛰居的生命开始舒展了。"

在瓦尔登湖畔生活的第一年，梭罗开垦了一公顷的广阔土地，种土豆、玉米、豌豆，还有萝卜，种得最多的还是豆子，吃不掉的就拿去卖。与大多数人想象中的单调生活相反，梭罗常常进城，也经常邀请朋友到他的小屋中参观做客，他甚至还举办过一次大型野餐会以倡导废奴运动。他不懒惰，也不任性。当他需要一点点钱的时候，就做些与他性情相近的体力劳动来赚钱——如造一只小船或是测量土地等。

大多数时候，梭罗都在伏案读书，笔耕不辍。在那里，他将自己所观察到的、感受到的、体验到的、沉思到的，都写了下来。他对自己的所作所为也十分清楚，"我来到这片树林是因为想过一种省察的生活，去面对人生最本质的问题，看看是否有什么东西是生活会教给我，而我却没有领悟到的，想知道假如我不到这里的话，当我临终的时候，会不会对自己没有经历过的生活毫无察觉"。

梭罗的思想不断被瓦尔登湖清澈的湖水冲刷着，他开始思索大多数人的生活，他写道："大多数人，即便是在这个相对自由的国家里，仅仅由于无知和错误，被生活中人为的烦恼和过于粗重的劳动挤得满满的，以致无法摘取人生精美的果实。他们的手指因过度劳作变得太笨拙、颤抖得太厉害而做不到这一点了。实际上，日复一日，劳作的人没有空闲使自己具有真正完整的生活；他难以和他人保持最为高尚的关系；他的劳动在市场会贬值。他除了当一架机器，没有时间当别的。"

梭罗在瓦尔登湖一共生活了两年两个月零两天，在这段时间里，他确定了自己的哲学思想：遵循本性生活，确定什么是生活中真正必不可少的。"身处发达的物质文明中却经营一种原始的流放式生活，这么做也可以有许多收获"。

两年后，也就是1847年梭罗回到康科德城，继续住在他的精神导师爱默生家里。7年后，他写的《瓦尔登湖》正式出版，在当时引起了不小的轰动，并得到许多正面评价，销售量也不断上涨。这进一步证实了他的作家天赋。

向人们积极倡导自然生活，并不是梭罗一生的全部。梭罗生前还曾长期活跃于诸如"地下铁路"之类的废奴运动中，1857年他在康科德认识了激进的废奴主义者、革命党人约翰·布朗。1859年布朗的哈帕斯渡口起义失败之后，梭罗尊他为废奴运动的烈士。那些年，梭罗不仅保持着与文学界人士的关系，与科学界人士也有联系，他和当时美国一流的博物学家路易斯·阿加塞兹一直保持着通信。梭罗还喜欢收集印度工艺品和研究印度的语言，因而作为一个生活得井然有序的自然主义者，他又找到了第二种天赋。

晚年的梭罗患上了肺结核，疾病大大地损害了他的健康。他自知将不久于人世了，便在生命最后的时光里，平静地整理完了他的手稿和日记，他的日记有39卷之多。此后，他微弱的生命只维持了几个月，1862年5月6日，梭罗因肺病医治无效，平静地合上了双眼，结束了自己平淡而短促的一生，时年只有45岁。

作为梭罗一生的精神领袖和"灵魂的朋友"的爱默生，在梭罗的葬礼上致辞说："这个国家现在还不知道，或者仅有极个别人知道，她已失去了一个多么伟大的儿子。"梭罗是另类的，也是不朽的。他的思想和行动至今仍然为身处现代社会里的一些智者和有个性的人所服膺、钦羡和赞叹。

寻找幸福的精神圣徒

梭罗说，任何人都是自己幸福的工匠。人不应过多地追求妨碍人类进步的
奢侈品，应该向生命本质的深层迈进。梭罗找到了瓦尔登湖，瓦尔登湖也成为
梭罗衡量幸福的心湖。与此同时，他也给了我们一个衡量幸福的视角。

美国著名思想家拉尔夫·沃尔多·爱默生曾经对亨利·梭罗有些失
望，因为他所从事的工作并不是什么实用的职业。然而，梭罗的思想却
被延续下来，并影响至今。有人曾评价梭罗是"美国的第欧根尼"，他
的所作所为跟希腊那个伟大的愤世嫉俗者有些相似。更多的人把他看成
一位哲学家，斯坦利·卡维尔就是这样一个人，他曾在《〈瓦尔登湖〉
的意义》一书中将梭罗与维也纳哲学家路德维希·维特根斯坦相比较。
梭罗的思想也对甘地和马丁·路德·金产生了很大的影响。甘地就曾
说："梭罗是一位伟大的作家、哲学家、诗人，而且是一个非常重视实
践的人，也就是说，对于任何东西，如果他没有准备好亲身实践，他就
不会教给别人。他的文章具有永恒的价值。"马丁·路德·金也是如
此，当他读过梭罗的名著《论公民的不服从》后，深受鼓舞。

如果我们非要将梭罗定义为一个哲学家的话，他绝不是一个只将思
想停留在理论上的哲学家，他是一个哲学的实践者。正如他自己所说：
"要做一个哲学家的话，不但要有精美的思想，不但要建立起一个学派
来，而且要这样地爱智慧，从而按照了智慧的指示，过着一种简单、独
立、大度、信任的生活。"

和所有关注内心生活的哲学家一样，梭罗时刻都在警惕着外部世界对心灵的侵袭。他清楚，过分强烈的物质要求会破坏内心生活的安宁，使自己无法老实而自由地生活。因此，他选择了过最简朴的生活，"到内心去探险"，他就是用这种独特的方式来捍卫心灵的完整，探索生活的意义。

梭罗找到了瓦尔登湖，瓦尔登湖也成为梭罗衡量幸福的心湖。梭罗在宁静的瓦尔登湖畔把人类的行为和意识看得极为透彻，他所言的"真理"并不是什么伟大的东西，仅仅是"真诚、简朴"而已。这些才是人类存在的根本，拂去虚伪，让纷扰复杂重归至简单质朴。梭罗的思想代表了一种生存方式，一种对广阔生活的热爱和信仰。他对大自然的留恋，并非是出于对农耕文明的惦念，而是对那种"未开化的诚实"的认同，富有野性的危险之地更加完整地保留了人性的本真。

与此同时，他也给了我们一个衡量幸福的视角。他讴歌的是生活，而不仅仅是自然。梭罗把"简单、独立、高尚、信任"作为自己所追求的生活，只有这种生活才可能是幸福的。他告诉我们，物质富裕和精神困窘并不是一个人曾经"活过"的全部，这不叫生活，"我已经生活过了"的生活。一个人的富裕程度，不能只看他拥有多少财富，还要看他怎样去担负"闲置的东西"。然而，这种"闲置的东西"通常会把人压垮。人只有从物欲的泥淖中挣脱出来，才能保持尊严，获得自由；人要忠于自己，遵从自己心灵的召唤，恪守理性、品德与良知，为此应不惜付出一切代价。生命十分宝贵，不应只为了谋生而无意义地浪费掉。

梭罗所展示出的淡泊的人生态度和超乎寻常的智慧，具有永恒的意义。"任何人都是自己幸福的工匠"是梭罗的一句名言。"我尊重我的信念和渴望。""我不发誓，我对社会——或自然——或上帝没有企图。我就是我，或者说我开始成为我。我生活在现代。我只记得过去——展望未来。我热爱生活，我喜爱变革，而且喜爱的程度超过变革的形式。"

他在多处提醒人们认清人生道路，做重要的事，不要陷入俗务堆里："我确实崇尚简单。有些东西本来无足轻重，但是连最聪明的人也觉得他每天一定要处理，这不仅使人悲哀，也使人震惊……数学家解决难题时，他先要化解等式中的难点，将其分解成最简单的形式，所以说生活问题要简单化，要分清哪些是必要的和真实的，要挖开地表，找到你的根茎所在。"

"只要能摆脱那些无足轻重的杂务——他们此刻就能完成所说的高尚任务，将其他东西放在一边，这做起来很自然，如同呼吸。他们再也不会抱怨，说自己没有时间来做更高的追求，因为连最迟钝的人都知道，这才是要走的正道。凡是有责任感的人，都不会将次要的责任放在重要的责任之上。"如同当年对他的朋友产生的影响一样，直至150多年后的今天，这位寻找幸福的圣徒的话语，仍然会激起我们内心强烈的共鸣。

幸福来自内心的创造力

幸福是一项成就，它依靠的是人内心的创造力，而不是神的恩赐。要拭除人类"心灵上的尘埃"，就必须忠于自己，回归简单，回到自然本身中去，回到事实本身中去。每个人都要努力去发现自己内心这种力量，人生整个的过程就是找到这种力量，利用这种力量去创造幸福。

生活哪里有幸福？那分明是一种困境，一个"永恒的泥坑"，而人就在这中间挣扎。人类寻找幸福就仿佛推石头上山的西西弗斯，石头被推到山顶，又滚落下来，再推，再滚落，再推……生活是苦行，表现为无休止的重复，不可期望的循环。

为了寻找最直接的体验，或者说超过一般经验意义上的体验，为了追求幸福，梭罗在1845年临近3月底的时候，提着一把斧头，走进瓦尔登湖旁的森林，独自在自己造的湖边小木屋里与世隔绝地生活了两年多。梭罗用自己的实际行动揭示了当代人一个最具特征性的生存样态："无尽的苦役。"但最后他为世人给出了一个满意的答案：要拭除人类"心灵上的尘埃"，就必须忠于自己，回归简单。正如他自己所说的那样："如果我们愿意生活得简单而明智，那么，生存在这个地球上就非但不是苦事而且还是一种乐事。"

幸福来自满足，但满足不只是来自物质财富，更来自无所奢求的心灵。心灵的富足是一种美，这种美是一种发自内心的快乐，是一种把生命融入诗意的壮举。富人占有了金钱却感觉不到快乐，原因就是金钱也占有了他们；农夫占有了土地，并不因此变得富有，反而更穷，因为土地也占有了他……我们生活的年代充满了诱惑，在复杂中回归简约，在喧嚣里获得宁静，在淡然里找回安详与自然，不仅会让我们不再为身外之物所累，而且还会带给我们无限的满足。

"不管你的生命多么卑微，你要勇敢地面对生活，不用逃避，更不要用恶语诅咒它，它并不像你想得那么坏。当你最富有之时，却是你最贫瘠之日。喜欢吹毛求疵的人，哪怕在天堂之中他都能找到错误。你纵然是贫穷，也要喜爱你的生活，即使在济贫院里，你依然还拥有喜悦、开心和荣幸的时光。黄昏的霞光照射到济贫院的窗户上，如同照射在富户家的窗上一样耀眼夺目，门前那早春的积雪同在消融。我亲眼看见，一个心静知足的人，在那里生活得宛如皇宫里一样，生活得如此开心而又如此满足。"这就是梭罗倡导的"简单生活"的哲学，他完美地诠释了简朴生活给人们带来的美好的心境，境由心生，有了这种心境，在哪里都像是在天堂一样完美。同时，这也是梭罗所倡导的一种生活方式，一种抛弃奢侈、简单生活的圣经。

梭罗告诉我们，简单生活并不是最终目的，而是一种获得幸福的手段。幸福是一项成就，它依靠的是人内心的创造力，而不是神的恩赐。每个人都要努力去发现自己内心这种力量，人生整个的过程就是找到这种力量，利用这种力量去创造幸福。

人们不幸福的原因，正是源于内心的不安和非创造性所形成的沮丧和不知足。生活中，常有人享有锦衣玉食，却感叹生活的淡而无味，而有的人历经坎坷，却觉得生活耐人寻味。或许正是由于富足让人失去了奋斗的目标，没有了创造的乐趣，才会有不快的喟叹；正是由于挫折使人奋起，发挥了自己内在的潜能，而找到超越、创造的快感！

追求简单生活的品质，是自然诗意的复活与体验，回到自然本身中去，回到事实本身中去……顺其自然的心境，追随自然诗意化的栖居生存所进行的物质生活，注定是以精神品质的提升为目的，却不以纯粹追求物质化的占有为目的，这才是生命的要义。如果我们都能遵循这样的方式来生活，那么每个人都会像海德格尔所说的那样——诗意地栖居于大地上。

（1833 — 1896）

......

科学也许不会因为没有他而停滞不前，

但是绝对是因为出现了他而快速发展。

在科学的发展史上，他是一部发动机，

一道激情澎湃的巨浪，一个硕大的风车，

有了他，科学仿佛找到了捷径，

他是科学发展的阶梯，

他就是阿尔弗雷德·诺贝尔。

诺贝尔

NOBEL

秉承和平主义的「炸药之父」

一提到诺贝尔这个名字，全世界几乎无人不知，无人不晓。他在当今世界的知名度，就好像安徒生童话在孩子世界的知名度。人们不需要一点提醒就能够激起对他的崇拜，他是整个人类最有动力的人，拥有着毁灭性的力量，这力量是在死神的恐吓下从自然界的手里抢过来的。这样的力量足以让人间蒙难，但他不是魔鬼，而更像是一个保护神，一个善良的想要带给整个人类以幸福的科学家。在他一生的350项发明中，有益于"安全"的发明多于"不益于安全"的发明，而人们却误解他是炸药魔鬼，于是他成了恐惧的代名词，但他更是造福人类的伟大功臣。

　　诺贝尔是一个典型的矛盾合体，他一生最反感的事情就是战争，可是他又致力于炸药的研究，并且成了"炸药之父"。他是一个富有的企业家，可是他却没有一个固定的居所，像是一个流浪汉，去到哪里工作，哪里就是他的家，他活得潇洒而毫无顾忌。

　　他本来是一个化学家却致力于文学诗歌和戏剧的创作，也许我们无法在他的成就中去凸显他的文学贡献，但是不可否认的是他因为这个爱好而特意设立了文学奖。诺贝尔从来就是我行我素的，难怪他后来评价自己的时候说："我最大的优点就是保护指甲干净，对任何人都从不构成负担。最大的特点是没有家庭，缺乏欢乐精神和良好的胃口，最大的也是唯一的要求就是别被活埋。最大的罪恶就是不拜财神。"

　　人生最大的快乐不在于占有什么，而是在追求什么。诺贝尔说："我的理想，是为了人类过上更幸福的生活而发挥自己的作用。"他有足够多的钱，不需要在财神那里讨个彩头，所以他不会去拜财神。他一生都在追求美丽的爱情，可每一次爱情都给他当头一棒，他是个富有的单身汉，爱情在他的世界里却是空白。那是因为他忙于自己的事业，他把所有的感情都付诸事业，而孤独一生的另一个美丽的代价是带给人类的财富，带给科学的动力。他承受了一辈子的孤独，一辈子为整个人类的幸福努力。

诺贝尔积极促进人类社会的进步，只要是有利于人类社会发展的，他都予以支持和赞助，最为典型的例子就是把他一生积攒下来的财富，统统献给了人类，由他的名字命名的诺贝尔奖代表了这个世界上最高的荣誉。在当今世界上，没有哪个奖项比诺贝尔奖更能震撼一个民族、一个国家的神经中枢，显示巨大的社会生产力和综合国力，没有哪一位走上领奖台的获奖者比获诺贝尔奖更能体会民族的自豪感和荣誉感。人们在不断感慨自身的力量，他以上帝使者的名义给人类嘉奖，他成了人世间最博爱的信徒。

从"弱小孩"到"工业巨人"

如果你只是知道他是一个富有的单身汉，只是知道他建立了一个庞大的炸药工业托拉斯，只是知道他用一生的财富为人类设立了一个诺贝尔奖项，那么你对他的了解就显得浅薄了。那么诺贝尔是怎样的一个人呢？他在化学化工发展中作出了什么贡献呢？他的人生和他的工业托拉斯又是如何建立起来的？

在不安和贫穷中诞生的诺贝尔天性内向而忧郁，外加体质纤弱多病，所以他既不懂得撒娇，也不知道调皮，最大的快乐就是当伙伴们在嬉戏的时候，做一个安静的旁观者，他喜欢看着伙伴们高兴的样子。诺贝尔从小体弱多病，但意志坚强，不甘落后。他的父亲喜欢化学实验，常常讲科学家的故事给诺贝尔听，鼓励他长大做一个有用的人。

千万不要以为诺贝尔拥有多么高的学历，其实童年在诺贝尔的眼睛里是灰色的，8岁是他进入学校的开始，也是结束，他一生受过的唯一一次正规的学校教育就此一年。然而，生活似乎是一个更大的学校，聪颖好学的诺贝尔在工厂和生活中获得了天才的催化剂。一天，他对工厂里的黑火药产生了兴趣，于是他竟然带着一些黑火药回家，然后把火药放在纸筒里，竖立在草地上，等到点火之后，火药在黑暗的夜空中划出了美丽的火花。谁知道被父亲看见了，老诺贝尔是又气又高兴，气的是这个浑小子居然不顾家庭安危带着火药回家，高兴的则是他看到了诺贝尔在化学上的天分。

如果说兴趣来自父亲的启迪，那么天分必定也是来自家庭的遗传，如同他父亲一样，诺贝尔也醉心于科学发明，在两年的时间内，他完成了三项发明，虽然这些发明并不太重要，但是这激起了他对发明的热情。

当意大利科学家发明烈性炸药"硝化甘油"的时候，全世界的科学家都因为恐惧炸药的不稳定性带给生命的威胁。可是雄心勃勃的诺贝尔哪里管得上这些，死神在他头顶盯着他，时刻相伴。一次他带着12个装着硝化甘油的小瓶子出去演示，不料几个不知情的工人居然随手把瓶子丢在货车的一角，当他得知之后吓青了脸，到了展会现场的时候又发现少了一瓶，当他找到的时候更是吓破了魂———一个工人正在用硝化甘油擦皮鞋……

经过50多次的试验之后，当时只有30岁的诺贝尔，终于在1862年发现了一种非常容易引起爆炸的物质——雷酸汞，他用雷酸汞做成炸药的引爆物，成功地解决了炸药的引爆问题，这就是雷管的发明。这是他第一项划时代的发明，即所谓"诺贝尔专利雷管"，也是诺贝尔在科学道路上的一次重大突破。

机遇就像是天才的情人，诺贝尔发明雷管的时候，恰好是欧洲工业革命的高潮期，开采矿山、挖掘河道、修建铁路以及开凿运河等，都需要大量烈性炸药，这种雷管受到普遍的欢迎，于是诺贝尔父子决心建立一家公司，可是当时严重缺乏资金，于是诺贝尔四处拜访银行，诺贝尔苦口婆心地劝说，希望银行能够提供贷款，可是对于一个新兴事业，银行并没有给予太大的期望，都拒绝了他的贷款请求，事情又走到了一个死角。

诺贝尔并没有放弃，他多次在公开场合表示希望有人提供贷款的意愿。机遇再次出现了，法国国王拿破仑三世对诺贝尔的炸药产生了极大的兴趣，当即给他提供了10万法郎的贷款。于是最初的诺贝尔工厂在瑞典首都斯德哥尔摩郊区建立了。

刚刚建立不久的工厂还没来得及盈利就再次遇到了一个惨烈的打击。1864年9月3日，工厂在一次大爆炸中被夷为平地，包括诺贝尔弟弟在内的五个工厂人员被夺去了性命。这个惊人的消息一方面让诺贝尔的工厂几乎瞬间消失了；另一方面又带给了斯德哥尔摩的人们莫大的恐惧，人们纷纷控告诺贝尔带给这个城市和国家的威胁，政府不得不禁止诺贝尔在市区内进行炸药试验了。

老诺贝尔在悲伤中也去世了，然而诺贝尔依旧没有屈服，眼泪未干的他又突发奇想，在一个湖泊上租了一条船，继续他的工厂和试验，可是只要当这条船漂流到河岸就一定会遭到居民的唾骂和攻击。不久他又和友人争取到在荒郊建厂的权利，设备简陋无比，资金奇缺无比，人员严重不足，外加艰苦的生活环境，但似乎更坚定了他的决心。他用硅藻土吸收了硝化甘油，发明了"黄色炸药"，这次经过改进的火药获得了巨大的成功。

火药生产和销售量以一种发明者无法控制的速度增长，普法战争爆发不久就被广泛应用于战争中，这已经严重超出了诺贝尔发明初期的预想，他希望炸药仅仅用于人类的建设而不是作为人类贪婪的征服工具。但他无力改变，炸药的需求不断增长，工厂也变得越来越大，从1886

年到1896年的10年间，诺贝尔跨国公司已遍及21个国家，拥有90余座工厂，雇工多达万余人，到了20世纪80年代末90年代初，诺贝尔跨国公司实际上已成为一个庞大的工业帝国。

命运是一个令人憎恶的剧作家，当诺贝尔事业蒸蒸日上的时候，他的老母亲和哥哥相继去世了，再接着是公司最为得力的助手也叛逃了，爱慕的女人写信说她已经有了别人的孩子，多年的实验和艰苦的生活也吞噬着诺贝尔的健康，心脏病、风湿病等轮番来打扰，而最为讽刺和戏剧的一幕则是，医生给他开的药物就是他一生在研究的"硝化甘油"，他拒绝了所有的劝告和治疗。

这位超级富豪到了晚年还是独身一人，他将一生都投入科学事业中。这位四处漂泊、四海为家的人在遗嘱中，把他一生积攒的财富全部献给了人类。1896年，爱好文学的诺贝尔在创作中跌倒在书案前，他得了严重的脑出血，病床中的他嘴中还在念着什么，可是谁都听不懂，正像他预料的那样："身边没有一位亲人伏在耳边说一句真诚的安慰话，为我合上眼睛。"然而他在遗嘱中却是那么地深爱着所有的人，他有许多豪宅，却没有一个真正的家，他死的时候也是在朋友的家中。

朴素的灵魂

一百多年过去了，诺贝尔出生地早已变成了繁华的闹市区，没有改变的，依旧是他的坟墓，一块只有两米高的普通石碑，简陋地刻着生卒年，正如他自己说的那样："活人的肚皮比死人的纪念碑更值得我去关心。"这个一辈子投身科学，死后又用毕生财富去为人类照亮光明的灵魂，在人类精神之路上树起了华丽的丰碑。

诺贝尔忙碌的一生积攒下了巨额财富，他是一个名副其实的亿万富翁，他的财产累积达到了30亿瑞典币。这样一个大资本家，大发明家，在繁忙的工作中遗嘱问题并没有成为他考虑的内容。到了垂暮之年，他不得不面临这样的问题，当时富人们对财富的处理大致不过是捐赠和留给家庭继承，可是当时诺贝尔对政府一直保持着批评的态度，所以他绝不甘心把毕生的心血交给政府，同时他又没有子嗣，亲戚倒是不少，可是这样做的话就会滋长他们的懒散情绪，他有些犯难了。

就在这时，法国报界传来了对诺贝尔死讯的报道（其实是把诺贝尔的哥哥去世错说成是诺贝尔去世），里面有这么一句话"甘油炸药大王，靠制造毁灭性武器发大财的大资本家……"，诺贝尔被人概括成这样的形象使他本人很难受，他这才明白自己在人们心目中到底是什么形象。这是他难以接受的。他愤慨自己的炸药变成了杀人的工具，同时又想改变这样的形象，他向世人解释：他最初走上发明炸药的道路是为了帮助父亲，加快苏伊士运河工程的进度和矿山铁路的需要，后来研究无烟炸药投入军事目的是因为他认为武器越先进，就越能使各国政府慎重战争，只是战争狂人并没有像他这样理智，这样的责任怎么能够由发明者担负呢？于是他把所有的财富全部献给了人类事业，表明了他对全人类科学进步、和平以及文学事业的关注。

有人说他是一个企业家，炸药工业托拉斯是他一手建成的；有人说他是一个丑陋的人，一生中遇到的几个女子都因为这个而离他而去；还有人说他其实就是一个假文人，清高、自傲又执拗。忧郁的人总是有着忧郁的眼神和心思，所以他会给他所喜爱的女子写情诗和情书，也因为细腻而对生活中的点点滴滴很在意，他在写完遗嘱之后就写出了一本名叫《复仇的女神》的戏剧，大体是写一个女子遭受其父亲的凌辱，女子央求教会阻止，教会漠视女子的权益，女子后来杀死父亲的故事。诺贝尔描写得非常血腥，女子一刀一刀地折磨死她的父亲，用烧融的铅水一滴一滴地灌进他的耳朵里，还把蒙在他脸上的衣服拿走，看他痛苦的样子，并且得意扬扬地说："进了地狱，我还有权永远地折磨你。"

人们无法理解诺贝尔写出这样的作品有何深意，他的亲属读完这个作品之后就把所有印刷出来的全部销毁了，只留下三本，他们认为这有损诺贝尔的形象。后来一些专家们对这部作品给出了解释：那是因为诺贝尔坎坷的一生中受尽了磨难和曲折，不管是亲情、友情还是爱情，似乎统统都伤害过他，他内心深处却依旧保持着对科学发明的热爱，对人类的热爱，他的苦闷只能通过文学作品来宣泄。而临终时，他把屈辱和折磨统统忘记了，而依旧不舍的是对整个人类最伟大的关怀。

诺贝尔已经离开了一百多年，可是在斯德哥尔摩，无数的街道、基金会、博物馆甚至市政大厅、国家科技博物馆都用诺贝尔的名字命名，还有留在世界各地的雕塑或者文献资料，以及张贴起来的人物画像更是不计其数。每年的12月10日下午4点（诺贝尔逝世的时间）开始的诺贝尔颁奖仪式更是世界人民的盛典。人们以这样的方式来继续他的华丽。而他仅仅被安放在一尊只有两米长的普通坟墓中，坟墓没有奢华的浮雕，没有他一生业绩的赞叹之词，甚至没有一张他的相片，朴素得让瞻仰者的灵魂震撼。

博爱者的担当

人的快乐痛苦都是觉悟，自私和博爱也是觉悟，所以自私的人很懂得维护自己，而博爱的人则会承担对国家或者整个人类的爱。

诺贝尔多病的身体，曾使他成为他那个小世界里的一个陌生人，他的同伴幸福玩耍时的一个忧郁和沉思的小观众，可是他从未对此有过怨言，仿佛他从小体会到了别人活得快乐对自己也是一种奖励。所以他将毕生的财富都献给了人类的科学事业、文学以及和平事业。

诺贝尔是一个博爱主义者，他用一生践行了作为一个博爱者的担当。他为炸药的泛滥而自责，为沦落为战争狂人的工具而揪心地痛恨，以至于后来，他要用他开创的新纪元来鼓励科学的继续发展，他希望越来越多的文学作品来抚慰人类的贪婪和穷凶极恶，他希望用医学和药学来减轻人类身体的苦痛和疾病，他更希望人们幸福而安宁地生活在一个和平的环境中，奢望也好，期待也罢，他为科学付出了一切，又将所得全部交给了人类。他在遗嘱中说："我的全部财产产生的利息要分给对人类作出杰出贡献的人们，不管他是不是瑞典人。"他用条文的形式正面驳斥了"瑞典人才能享有诺贝尔奖奖金"的请求，他关注的是整个人类。

人类是一种自私的动物，博爱便成了一种稀有元素，似乎只有伟大的人物才懂得这份守则。就像本书前面提到过的武训，乞讨了一辈子，却只为了穷人的孩子有地方可以上学，而他行乞得来的所有的财富，他从来没有挪用过。

博爱者给人的感动还表现在面对使命时，甘于舍弃私人的幸福。拿破仑在欧洲不可一世之际，美丽而温柔的约瑟芬进入了拿破仑的生活中，这是一位贤淑、聪颖而又体贴的女子，拿破仑很快就和她成婚了，可是这位女子却失去了生育能力，霸气的拿破仑在欧洲无与争锋的地位和权势，他希望他的基业永存下去，他更希望法国来主导欧洲的命运，拥有孩子成了拿破仑与约瑟芬的爱情最严峻的阻力，因为欧洲教皇给拿破仑加冕称帝了，拥有一个孩子成了一个帝王的责任，深爱着约瑟芬的拿破仑握着约瑟芬的手说："我亲爱的约瑟芬，你知道我爱着你，我在人世得到的仅有的幸福都是你赐给的，但是，我的命运要高过我的意志，我最珍贵的爱情必须让位于法国的利益。"他们还是离婚了，约瑟芬在忧郁中很快就去世了，拿破仑只能在她的坟前痛哭。

当代的人们也许觉得博爱是一件遥不可及的事情，可是你可曾知道，当你回家了能够获得家人的支持，当你碰到亲友能够获得友爱的宽慰，当你拥有爱情又能得到甜蜜，那么当你对亲人嘘寒问暖的时候，当你对友人箴言相告的时候，当你对爱人呵护有加的时候，那个小小的你就得到了升华，你的爱就是博爱。博爱与人的身份地位无关，王侯将相有他们的博爱范围，而平凡的我们同样可以博爱，只是需要我们用心来担当我们所能够承担的范围和程度。如果你心里只有你自己，那么你的博爱当然狭隘到自私的范畴，如果再加上一个人，一群人，一个国家，整个世界，那么你也随着伟大了起来。博爱是自私的诤友，它能够让人懂得关怀，懂得付出，懂得奉献。在地震中的救援者，他的博爱是一份勇敢而温暖的职业操守；在病床前的夫妻，他们的博爱是一份相互守候而永恒的情愫；在工作中的每一个员工，他的博爱是一份尽责而刚毅的坚持；在教室里的每一个老师，他的博爱是一份聪慧而轻柔的呵护；在车水马龙的街头忙碌的交警，他们的博爱是一份有序而安心的维持……每个人都该看护好自己的博爱之心，每个人都会因此为伟大起来。

博爱还能使人懂得宽容，懂得接纳，懂得交流。世界以一种融合的姿态来表达它对地球村的渴望，而匆忙的人们似乎总是沉浸在自己错乱的脚步中，懂得博爱的人才懂得虚心学习和接纳他人。贪婪是一个坏孩子，博爱教给他豁达。在大自然面前，我们人类既要相亲相爱，又要尽心尽力去维护生态与和平。博爱囊括了整个宇宙，而人们为拥有这样的情怀彼此感动着。

（1805 — 1875）

安徒生

ANDERSEN

亿万人童年的筑梦人

……

被称作"童话大王"的安徒生是丹麦王国的荣耀，

也是整个世界文学的骄傲，

他所创作的童话世界赋予了所有的事物以纯真的灵魂，

因此所有的孩子都为那动人的故事痴迷，

所有的成人也为其中的哲理沉思。

人们徘徊在他创造的世界里，

他在人类的文明长河中培养着童心。

安徒生的人生本身就是一部凄美的童话，婉转曲折的情节，让一个自卑而又执拗的灵魂穿上了熠熠生辉的防护衣，那叫坚定。他一生居无定所，他的心灵漂泊无依，他去过的每一个城市都只是过程，他临摹的每一片天空都只是过去，但是他在童话里却对未来的美丽世界充满憧憬，他一直在路上，却到了最远的地方，那是每一颗心灵的最深处。

作为19世纪欧洲到国外旅行最多的作家，安徒生的每一次漂泊都成为刻骨铭心的经历。他看清了穷困与孤独，也经历过奢华和荣耀；他曾身临在失望和自卑的泥潭中，但他的睿智的大脑和坚强的手臂撑起了人生。他曾在冰冷的黑夜里与暴雨对饮着泪水，承受着爱情与友情的失落；也曾在如潮水般的赞美声中找到了喜悦和安慰。

他的人生是如此丰富精彩，于是那些名流对他有无限的兴趣。大仲马对这位丹麦作家充满了敬意，多次邀请安徒生去做客；雨果还专门送票给安徒生去欣赏戏剧；最可爱的巴尔扎克为了体验生活，在大街上装疯卖傻的时候，遇到了安徒生还是会冒着被其他路人认出来的危险去和安徒生打招呼；海涅甚至还专门为安徒生题了一首名叫《生命的航行》的诗。在德国，王公贵族们争相宴请安徒生，莱比锡的出版商在争吵着出版他的作品集，著名的作曲家成了他的知己，把他的诗变成歌曲。

安徒生在他的自传中说："人生就是一个童话，充满了流浪的艰辛和执着追求的曲折，童话是我流浪一生的阿拉丁神灯。"他给世人留下了宝贵的财富，即使是圣诞老人，也不会比他更有名气。"他照亮了丹麦，哥本哈根所有的光辉都聚集到了他的身上"。如果把安徒生这个名字铸刻在人类文学史的殿堂中，把诗歌、传记、童话等一切文学样式当作他的装扮的话，那么童话无疑就是最闪亮的王冠。

世界上有多少种语言，就有多少个版本的安徒生童话。他被称为童话大王、童话大师。一生创作了168部童话作品和故事，所取得的成就至今仍然无人企及。他创建的童话世界对人们具有无比的吸引力，小到六岁，老到六十岁的人，都是他的读者。他自己又何尝不是如此，童话也照亮了他漆黑冷漠的人生旅途，行程中没有友谊，没有爱情，孤清的日子使他伤感而幸福。

从"丑小鸭"到"白天鹅"

出生的时候很用力地哭，好像是要从最开始就让人间记住他；长大了之后又尽心尽力地沉默，又像是要让整个世界都忽略他。他就是自己笔下的丑小鸭，从湖边孤独地飞向蓝天，命运为他加冕。

1805年4月2日，在丹麦的一个小镇欧登塞出生了一位大声啼哭的男婴，他是那么的亢奋，好像他生来就是这个世界的主人。他又像是抗议着什么，原来他躺下的第一张床是由棺材板拼成的，贫穷的家境能有一个地方来迎接他的到来已经算不错了。只是他哭喊得太过尖锐了，作为洗衣匠的母亲胆怯了，找来了教士，教士说："小时候哭声越大，长大了就越聪明。"当鞋匠的父亲听得乐开了花，拿着早就准备好的木偶玩具来逗他，他继续哭他自己的，好像是要完成某个任务。

小镇欧登塞像是一位无力的母亲，轻轻地环抱着一个个穷困的家庭，她能做的好像只是无奈地听着每一个人的叹息。一个春天，当大人们还停留在安徒生降临的那拉得很长的啼哭中的时候，他已经6岁了，院子里的醋栗树又冒出了绿尖尖的叶子来，安徒生的父亲正在收拾去年的树干上的鸟巢，当安徒生得知体弱的小鸟会因为无力飞往埃及过冬而死掉的时候，他着急地对爸爸说："让他们来我们家吧，我会把我的食物分一些给它们的。"可是要知道，安徒生的一家都是勉强才吃饱。他用力地叹了口气，安徒生并没有能够留下小鸟，反倒像是他被南飞的鸟儿们带走了。

虽然安徒生所处的是一个狭小而困苦的家境，但是这个家庭却给足了他富裕的亲情。母亲为了让体弱的小安徒生不受人欺负，就专门央求了一位老师，这位老师时常牵着安徒生的手在校园里散步，并且时不时地回头对另外一群淘气的孩子说："安静点，别把这个孩子推倒了。"作为鞋匠的父亲在闲暇之余，常常做的事情就是给他做木偶玩具，然后还会有意地给这些木偶们编造一些有趣的故事，从这时候起，童话故事就和安徒生结下了不解之缘。

和爱好童话的父亲一样，安徒生也具有天生的浪漫主义精神，所以他会把他喜欢的那个女孩想象成童话里的公主，把他自己当作公爵，有一天，他鼓足勇气把他编织的这个童话讲给了他心仪的女孩听，谁知过了一天，一位磨坊主的儿子跑过来揪着安徒生的头发大声嚷道："公爵大人，请问你漂亮的城堡在哪里，对了，你的公主告诉我说你长得很难看。"围观的人们哄堂大笑，被推倒在地的安徒生看到那个女孩站在一边很开心地笑。从此以后，自卑成了安徒生一生的印迹。然而当老师准备惩罚那个磨坊主的儿子的时候，安徒生却又苦苦哀求放过他，因为他又在幻想中拯救了那个女孩，接受了女孩和男孩的道歉，再以后，磨坊主的儿子成了安徒生最亲近的保镖。

当浪漫成为一种性格，自卑成为一种脾气，那么剩下的就会是选择孤独。安徒生开始在自己的世界里寻找美好的东西，这个时候给他影响最大的就是莎士比亚的作品，他甚至可以整段地背诵其中的片段。这段时间是他出生以来最为闲适的日子，他也学会了编写戏剧，然后讲给那些木偶听。

1813年，为了反抗拿破仑的战争，也是为了获得价值不菲的雇佣兵费用，父亲像卖掉性命一样离开了这个家庭。当时的安徒生正发着高烧，而当时谣传一种非常凶狠的病毒席卷丹麦，很多小孩都被病魔带走了，父亲无奈地亲吻了一下儿子就被迫上了战场。虽然不久之后安徒生就痊愈了，但病后的他一直是一副无精打采的样子，有一次他突然对母亲说："我脑海出现了一个雪白的冰姑娘，她带走了爸爸。"母亲抱着他哭，两年之后，父亲从战场回来不久就一病不起。

母亲骤然间变成了嗜酒如命的妇人，她还是很爱安徒生，却有些力不从心，于是安徒生有了一个同样是手艺人的继父。他与继父始终保持着距离，这个他最暖心的家也渐渐变得陌生起来，镇上的人们嘲笑他是一个"没用的、游手好闲"的人，母亲只好忍痛把他送到工厂里打工。瘦弱的他被繁重的活折磨得身体更加虚弱，而一次休息的时候，他突然唱起歌来了，工人们都被他美妙的歌喉给吸引了，于是大家建议他说："只要你以后为我们唱歌的话，你就可以不用干活了。"安徒生在工厂里继续留了下来，直到有一天，一个工人无比赞叹地说："你应该去当演员，你应该去当歌唱家。"他像是充满了气又被戳破的气球，已经难以控制住自己去实现梦想。他第一次在母亲面前哀求外加哭泣，他选择了流浪。

怀揣着梦想的懵懂少年就这样出门远行了，未知的未来，一切都充满了期待，一切又都是无奈。他去皇家剧院要求做一名戏剧演员，经理打量了一下安徒生说："你太瘦了，会被观众的吼声冲倒的。"安徒生被迫离开了，可是他并不沮丧，幸运之神也似乎撞上了他，偶尔的一次机会，他撞上了意大利歌唱家西博尼教授，教授被这个少年的奋斗和歌喉吸引了，他由此进入了教授的歌唱学校学习声乐。虽然安徒生勤奋好学，但是一场大病加上青春期的变声使他失去了当一个歌唱家的可能。

他渐渐地明白了，他不属于舞台。

　　安徒生接着开始写一些剧本、诗歌，相继在报刊上发表，崭露头角的他开始受到人们的关注，当然也受到批评家的责难。闷闷不乐的安徒生虽然受到读者的追捧，但天性自卑的他还是会怀疑自己的能力，于是他选择了去国外旅行，一是为了躲避谣言，二是为自己寻找一些新鲜的灵感来。从这以后，他开始了他的童话创作的时期，也是这以后，他对旅游的兴趣一发不可收。

　　童话是幻想的孩子，他的幻想从来没有因为那些挫折而消失，于是童话开始了他新的人生。在童话的世界里，他建立了属于他自己的王国，他的喜怒哀乐，他的是非善恶都有了表现。1835年，安徒生第一部童话集问世了，这本名叫《讲给孩子们听的故事》的童话集一经推出就迅速成了孩子们最喜欢的礼物，以后的连续40年，安徒生从未停止过创作。安徒生童话渐渐在西方世界风靡起来。晚年的安徒生接见了许多前来拜访他的人，这些人都是读着他的故事长大的。安徒生就像是个在讲故事的妈妈，给人间讲述了一个又一个美丽的故事。

　　1875年，终生未婚的安徒生因病在朋友家中去世，丹麦国王用国礼的形式厚葬了这位丹麦的儿子。

天真是上帝馈赠的权利

　　他长相丑陋，出身贫寒，一辈子忧郁地活在孤独里，虽然荣耀包围着他，但那只是浮于外表的荣光；他生性怯弱，自卑成瘾，一生闷闷不乐地躲在自己的王国里。他是童话世界的国王，他编织了一个又一个纯真的梦想，这些梦想成了孩子们最珍贵的礼物，这一切的成就来自一个天真的灵魂。

安徒生一生都被人嘲笑，一生都在深深的自卑中徘徊，然而他一声不吭地接受了这个浑噩的世界带给他的伤害，用一颗至纯至善的童心编织了一个又一个童话。敏感而诗性的笔触连接的是一根触摸过悲伤的手指，深邃的眼神透视着一个忧郁的灵魂，他为了孩子的梦想而承受苦难与不公，也为这份承受修筑了一个坚实的梦的模样。他在羞耻感、被羞辱、被拒绝的爱和强烈的感情冲动中成长为一个诗人。他确实是他笔下的丑小鸭，但他是一个懂得爱和成长的天才，他说："如果你是一只天鹅蛋，那么即使出生在养鸭场也无所谓。"的确，卑微的出身并没有成为他臣服于命运的借口，反倒是更加证明了他的不凡的心，一颗天真而坚强的心。

在安徒生去世前一年，他收到一封来自一位美国女孩的来信，随信附有一张一美元的钞票，以及一份登载着安徒生身体病弱及所谓穷困潦倒的报纸剪报。没多久，别的孩子也开始寄来小额钱款，用以偿还费城一家报纸所谓欠这位丹麦作家的"儿童债"。这些孩子觉得，他们应该对这位编造梦工厂的人表示感激，哪怕是一点点言语上的感谢。后来，甚至连美国大使也亲自给他送来了200个丹麦银圆。

安徒生童话对一个孩子而言，那些附在纸张里面的故事所带来的乐趣远远超过了糖果和玩具的乐趣，所以这些可爱的孩子们砸破储钱罐，拿出本要来买玩具和糖果的钱来送给给他们带来快乐的作家。

还没有穷得揭不开锅的安徒生对此加以阻止，他写信给发起这一慈善募捐活动的《费城晚报》发行人吉布森·皮科克。他说他为"以小语种所写的故事能在距祖国如此遥远的地方找到读者"，并且有如此多的美国孩子"打破储蓄罐来帮助他这个老作家"而深深感动，可他确实不需要也不能够接受这些礼物。也许，到现在他才真正了解了这辈子他坚持下来的快乐，那是一种叫天真的权利。

如果说安徒生编织的那些梦是无价的话，那么这些孩子的举动无疑也是无价的。安徒生的伟大不仅仅在于他雕刻出来了一个美轮美奂的童话王国，让人们可以在这个王国里找到真善美的源泉，让孩子可以建立最初美好的记忆和判断标准，更在于他从一个卑微的人生中，建立了一个偌大的思想王国。物质上的贫困使人窘迫，精神上的贫穷使人丑陋。为此，世界上有了富有而丑陋的人，贫穷而美好的人。安徒生就是这样的工厂主，专门制造美好的灵魂。

天真意味着幼稚，也意味着对世俗顾忌的视而不见。失去了天真，就会开始对顾忌胆怯，困住的是思想，流金的岁月捍卫的自由也会随之东流。这里的自由，是指一个孩子幻想的自由，一个少年奔放的自由，一个中年释怀的自由，一个老年悠闲的自由，于是有人说："如果有人5岁了，还没有倾听过安徒生，那么他的童年少了一段温馨；如果有人15岁了还没有阅读安徒生，那么他的少年就少了一道灿烂；如果一个人25岁了，还没有品味过安徒生，那么他的青年就少了一份不羁；如果一个人35岁了还没有了解过安徒生，那么他的壮年少了一份富饶；如果一个人45岁了还没有思索过安徒生，那么他的中年少了一份忧郁；如果一个人55岁还没有复习过安徒生，那么他的晚年少了一份悠远。"因为安徒生童话代表的是人类最纯真的梦想，是最天真的感情，因此只有亲近了他的思想的人才能够拥有这份天真的权利。

天真的爱是一种博大的爱，是最宽容的爱，他的对象是所有的人。安徒生在孤独中不为冷清而愤然，在穷困中不为饥寒而大怒，在坎坷中又不停地寄希望于未来，他从来就没有放弃对此生的关怀，活下去是对自己的尊敬，天真是对未来的倾听。他要把这份爱当作一种权利授予世间的人们。

用天真的灵魂抢救人生

安徒生从不回避死亡，即使在自己的童话世界里也是一样。他所要表达的是，当命运以他强大的力量加之于人的时候，个人应当保持灵魂的清净，坚守种种美德，即人性永不堕落，这就是幸福的真谛。

对于死亡的恐惧与其说是一种怯弱的表现，倒不如说是对生命的热爱。安徒生的一生是曲折而又幸福的，虽然有些片段不堪回首，但是却可以看出他对于生命的这种态度。

在安徒生的纪念馆里放着一根绳子，自从他的好友在海轮上遇难以后，他害怕被烧死在旅馆里，所以他到国外旅行的时候总带着一根很粗的绳子，为的是在遇到旅馆失火时能用它拴住窗栏逃命；他又害怕别人以为他死了而把自己活埋掉，以至于他有时会在床头柜上放一个写着"我并不是真的死掉了"的条子；他坚持要他的朋友在他入棺之前一定要把他的脉管割断，为的是在入土之后再没有醒过来的可能。一根绳子、一张字条并不一定能够让他永远活下去，但是至少会让他记住在活着的时候要竭力活得更好。

安徒生从苦难的人生中抢救出一个天真的灵魂。后来他又似乎想开了，于是他可以在某个大火山爆发的时候去观看岩浆活动。这个时候倒不是因为他贫穷而不堪忍受生活，而是他深刻地明白了：生的本质在于死，只有乐于生的人才能真正不惧怕死亡，才懂得珍爱此生的生命。

人生是一件紧迫的事情，所以一定要从这人生中淘出一些价值来，不管是胆怯还是勇敢，是富裕还是穷困，能在这一生中有所作为，留下一些能够在老的时候可以回忆和值得骄傲的东西。保尔的思索是："人最宝贵的是生命，生命对每一个人只有一次。人的一生应当这样度过，每当回忆往事的时候，不因虚度年华而悔恨，不因碌碌无为而羞愧。"

抢救自己是一种态度。懦弱的人会把此生的希望寄托于来世，糊涂的人会说"明天做完也一样"。懒惰的人会找各种借口来安慰自己，但是不曾想过咆哮着流逝的时间已经听不清楚你昨天的豪言壮志。因此有些人会觉得孤独，觉得这样的人生倒是成了一件苦差，一个累赘。所以一些人的生命就像是被土盖着的火堆，到熄灭的时候也就成为灰烬，却从来未曾有过亮光的火焰。懂得紧迫的人才懂得悠闲，懂得生活的人才懂得成功，而拥有天真的人才懂得知足去生活。

在此生的行程中，我们的生活会提供给我们无穷的欲望和期待，我们常常会被这些欲望扼杀在茫然的一瞬间，因为顾虑得过多，因此失去的也会更多，生命之泉奔涌流逝，我们能做的就是竭力去挽留，当勤劳过的双手触摸了那些流逝的泉水的时候，生命的每一个片段都会固守在记忆里。

"剩下的生命越是短暂，我越要使之过得丰盈充实"。此时的我们，不管是年轻的，是小孩，还是老者，是在为找工作而愁容满面的人，还是在办公室里抱怨工资工时的白领们，也不论你是经理老板还是为人父母，请深深地做一次呼吸，你会发现，阳光在的时候，它为你明媚，雨天的时候，生命如此美好，难道你还会舍得在迷茫中长吁短叹吗？它是一面神奇镜子，你对它微笑，它给你想要的，只是不可以在抱怨中，在不满中去让生命沦陷。好好地抢救自己吧，让此生幸福。命运是个善良而天真的主，它相信童话的结局总是美好的。

老子

LAOZI

古老东方哲学的思想源头

（约前571 — 约前471）

......

老子生逢乱世，

眼看生灵被残杀的惨相和人民受压迫的苦相，

痛心于生命的脆弱。

因而，他关怀生命，

反对人们尤其是统治者一味盲目地"厚生""益生"，

反对强作妄为，主张过一种清净恬淡的生活，

主张"自然"观生死。

可以说，老子的思想为今天陷于迷惘中的一些人，

给出了完美的答案。

老子姓李，名聃，字伯阳，是道家学派的创始人，中国古代最伟大的哲学家和思想家之一。他创建的"道法自然"的阴阳学说所呈现出来的丰富的辩证思想，深深地影响了整个东方乃至世界。

"神人"庄子称赞老子是"古之博大真人"；"圣人"孔子赞叹老子像"龙"；当代教育家胡适说"老子是中国哲学的始祖，是中国哲学史上第一位真正的哲学家"；美国《纽约时报》更将老子评为世界古今十大名作家之首。

也许你会觉得老子哲学总是云里雾里，仿似神龙见首不见尾。但你总能在任何事物上窥见他的思想，好像他是无处不存在，无处不包含的。尽管这位伟大的圣贤生活在2000多年前，但今天只要人们提起他，就什么都明白了，似乎什么都变得容易了。老子在古今中外都有崇高的历史地位，深受世人的尊敬和崇拜。他的崇高而伟大的先哲巨人形象，悠悠两千年，至今仍栩栩如生地活在人类心中。

国学大师钱穆说："庄周是一位玄学家，老子不然，老子乃一实际家，他的一切从人事形势利害得失上做实际打算。"庄子一会儿是鲲鹏，鹏程万里，一会儿又是蝴蝶，蝶恋花舞；而老子尽管看得出飘逸的仙风道骨来，可从他思想深处，从那流芳百世的《道德经》里来看，他依旧是一位小心翼翼、脚踏实地的老者。他的哲学是从自然出发来作用于人，又经过人回归于自然的过程。

老子也凭借其深刻的哲学思辨性被尊称为"中国哲学之父"。因而可以这么说：老子哲学与古希腊哲学共同构成了东西方哲学的两个源头。作为东方哲学思想的开创者，老子哲学又与儒家和佛家学说融会贯通，共同构成了中国传统文化的基因，成了我国2000多年来思想文化发展过程中最浓墨重彩的一笔。

孔子说："我知道鸟能在天上飞，了解鱼能在水里游，兽在地上奔跑，可我不了解龙啊，它能上天入地，老子就如同一条我不了解的龙。"这是一条聪慧、睿智的龙，也是一个浪漫的灵魂，他疏导着匆忙而茫然的人们远离世俗的本性，在最宁静的时刻打开了一个心灵的空间，这里不会嚷闹繁杂，这里是宁静致远，在2000多年的时间里，抚慰着一个又一个受伤的灵魂。谁也别在天地间矫情，一切忙乱和复杂都会在这里得到回旋，一切迷茫和困惑都会在这里得到应和。日本学者卢川芳郎说："他给在世俗世界压迫下疲惫的人们以神奇的力量。"

道 骨 仙 风

他从紫气中来，囊括了上天给予他的一切不凡天资，孔子也曾拜师于其门下；他骑着青牛离开，无声无息却留下几千年的仰望，尼采也为其感慨。他自得自在地打着太极八卦，阴阳天地顿时变幻无常；亘古的道德法则，造就的是道骨仙风。

传奇的人物总是会被冠以难以考证的传奇故事来继续人们的惊奇。关于老子的身世，大多是流于传说之间。一种说法认为，老子的父亲是一位军官，征战沙场的时候还带着怀孕七个月的妻子以示决心，可惜的是兵败被杀。然而命运似乎并没有抛弃这位妇人，兵败的家眷带着她逃过一劫。途中，妇人难以忍受丧夫之痛，加之亡命他乡，以至于腹痛难忍，生下一个早产儿，这个孩子就是老子。老子降生时体弱头大，眉宽耳阔。因为出生于庚寅虎年，邻近的人都称呼他为"小狸儿"，即小老虎的意思，音同"李耳"。随着老子名声不断扩大，老子的小名"狸儿"反倒成了大名"李耳"。

还有一种说法认为，老子的父亲是一位家境宽裕的小官，后来厌倦官场辞官归家，在妻子怀孕期间，一次醉酒之后迷失未归。一心要为李家留后的这位妇人，腹中的胎儿成了她活下去的唯一希望，然而一直盼着，到了怀胎的第十一个月，还是没有动静，妇人哼唱着："今儿也巴，明儿也巴，巴到十一不出家……"这句急不可耐的难过话被传了出去，以至于后来流传说老子在母亲腹中待了81年。一天，只见东方紫气腾绕，妇人肚子剧痛。接生婆说孩子难产，妇人一心要给李家留后，央求接生婆剖腹取出了孩子，自己因失血过多而死。这个从血泊中诞生的孩子就是老子。大家看到老子耳大出奇，就取名叫李耳。据说生下来的时候，老子眉毛就是白色的，一副老成的样子，这或许也暗示了这个孩子不凡的人生。

　　童年是人生的春天，是人生最重要的季节，俗话说"三岁看小，七岁看老"，可见童年时代表现出来的形象，已经为整个人生描出了轨迹。年幼的李耳不仅聪明好学，而且有一股正气。

　　老子幼时所处的年代是一个等级分明的时代，百姓不仅过着饥不择食寒不择衣的日子，还要在官吏过生日的时候前去送礼。一次，正值一老翁和官吏同一天过生日，老翁家的儿子女儿都不来祝寿，却到处借钱给那当官的准备寿礼。老子顿时感到巨大的讽刺，便把准备好的礼物送到了老翁家里。官吏的儿子得知以后，气急败坏地找老子理论，并动起手来了。围观的人都有所顾忌地退后了几步，老子却是义气激昂，他说："你们当官的家里好多东西没地方放，平民百姓穷得揭不开锅，可是这揭不开锅的还得给你们没地方放的祝寿送礼。都去给你们当官的祝寿，谁来给老百姓祝寿？人就知道挖凹地里的土往高坟头上填，就不知道高坟头上的土应该往凹地里补充。"

　　在场的人都被震惊了，一齐把称赞的目光投到李耳身上。与其把这样的义愤填膺归结于孩子的少不更事，出自一种初生牛犊不怕虎的胆气，倒不如说是这个孩子从小就具有了一种对百姓的怜悯之心，一份正义的情怀。

年少时的老子勤奋好学。他四处拜师，如饥似渴地学习各种知识，又勤于思考。一天先生教授他说："天地之间人为贵，众人之中王为本。"老子就问天是何物。先生说："天者，清清者也。"老子又问清清者又是何物。先生回答说："太空之上。"老子又问之上又是何物。先生无奈地说："先贤未传，古籍未载，愚师不敢妄言。"

三年之后，这个先生便与老子结束了师生之缘，先生认为自己已经无法满足老子的知识需求了，让老子出外求学。老子在别离养父母时立誓说会竭力学习，一生都不婚娶。正是凭借这样勤奋好学的精神，老子很快就成名了，并留给人们这样的印象：博学、智慧、贤德。

当时一些人争官抢官，老子却是"三次做官，三次坚辞"。在一个王公大员的推荐下，老子得到了周景王的尊宠，成了一名守藏史吏。老子一下子就在社会上往上翻了好几个等级，已经不再是个平头老百姓了，而是以一个睿智的形象镶嵌到了人们的心目中。

成名后的老子得到了天下人的敬爱，其中圣人孔子对他更是倾慕已久，先后几次特意前去问礼。孔子对老子说："我研究《诗》《书》《礼》《乐》《易》《春秋》六部经典，自己认为很久了，熟知其中的道理了，用这些道理去劝说当今七十二个君主，向他们论说先王的道理，阐明周公、召公的事迹，竟没有一位君主能实际应用！太糟了！这人文的逻辑很难说清楚，天然的规律也是很难弄明白呀！"

老子说："这是你的幸运呀！多亏你没遇上'治世'的君主，你说的'六经'与'六艺'不同，早已是先王陈迹了。我之所以说它是陈迹，因为你今天说的道理都是先王早先实践过的旧理。人的足迹，是人用鞋踩出来的，能说足迹就是鞋吗？白鹭之间，眼睛的视线不变就风化结合；飞虫，雄的在上风叫，雌的在下风应而风化结合。各类动物，自己分化了雌雄。因此说，阴阳雌雄风化的属性不可以对换，使命不可以改变，时间不可以终止，规律不可阻塞。偶然从规律和逻辑中得到好处，没有自己参加是不可能的，而失去这个好处，没有自己参加是完全可以的。"

孔子的问题得到了满意的解决。孔子依依不舍地回到鲁国之后，弟子们纷纷向他询问老子的情况。孔子赞美道："学识渊深而莫测，志趣高邈而难知，如蛇之随时屈伸，如龙之应时变化。老聃，真吾师也！"可见孔子对老子的崇拜已经达到了何种程度。

后来因养母病危，老子辞官归家，一直到养母去世，守孝期满才正式归隐，随后骑一青牛，西游秦国。

传说老子骑牛到了开封，遇到了弟子阳子居，便一同前行。乘船的时候，老子慈容笑貌，与同渡乘客谈笑融融；阳子居昂首挺胸，客人见了给他让座，船主见了给他毛巾。

过河之后，老子叹气说："刚才看你的神态，傲若无人，唯己独尊，不可教也。"阳子居面带愧色说道："弟子习惯成自然，必将改之！"之后阳子居果然不再高傲，举止不矜持不恭维。老子称赞说："你很有长进。每个人都是父母生的，都活在天地之间，都是属于自然的部分。使自己尊贵而使别的东西低贱就是违背自然，一味地抬高别人而作践自己又违背自己的良心。万物都是平等的，顺着自然的规律，就是道。"

晚年的老子乘青牛西行，谁都不知道他去了哪里。到了战国时期，还有人说见过他，也有人说他去了印度，可具体是哪里，却谁都不知道了……

老子一生都在强调"道"，强调道法自然，强调世间万物都应该按照自然的规则来运动。他修身养性，恬淡闲适地过着悠然的生活。道家的与世无争，仙家的飘逸潇洒，统统都在那青牛的犄角上。青牛轻轻地一抬头，就捅破了这天地间的秘密。他懂了天地，天地却找不到他去了哪里。

释怀生死的圣哲

生与死的问题是每个人一生相随而无法逃避的现实问题，人们一方面不得不找寻生存之道；另一方面又胆寒于死亡的威胁。在二者的纠结中，生前死后都成了关怀的重点，然而老子却凭借其洒脱而睿智的思考教会我们如何坦然处之。他就是这样一位超然于生死之外的圣哲。

　　已近中年的老子担任周守藏室史官，已经没有衣食之忧的他便邀请养母来和自己同住。然而养母年事已高，并且在陈国居住了很久，不愿意远迁。直到一天，老子接到养母病危的噩耗。当老子急忙赶到家中的时候，养母已经辞世。老子一边自责没有尽孝赡养养母，一边后悔当初没能陪伴在养母身边。

　　想到养母的慈祥和仁爱，想到养母的养育之恩，老子悲痛欲绝，不食不睡。他席地而坐，陷入了沉思中，不久就如释重负地大吃了一顿，吃完了就蒙头大睡。当老子再次醒来的时候，家眷问他缘故。老子说："人生在世，有情和理。有情所以人们相亲相爱，感受到温暖；有理，则人们通晓道理而不忙乱。情是理的附属，理是情的主体。所以用情来统治理的话，人很容易昏庸而颠倒是非；用理来统治情，则使人聪慧并且合度。母亲养育之恩乃情，人之生必有死乃理。用情来统治理，所以使我悲痛而忙乱；今天我思考到了这样的道理，用理来统治情，所以对于母亲的离世也可以理解了，于是觉得饥饿和困乏，倒头大睡了。"

家眷又问老子说："理又是怎样来统治情呢？"

老子回答说："人的一生，是一个从不存在到存在，再到不存在的过程。没有母亲和我的时候，我们母子之情也不存在；有了母亲和我，才有了母子之情；母亲去世，独留我的时候，母亲已经无情而唯有我有情；当到了母子都不在的时候，母子之情也自然没有了。从最初的母子之情不存在到最后的母子之情不存在，这是一个必然的过程，也就是理。如果我继续沉溺，那就是用情来统治了理，变得消沉、忙乱，这就是背离了自然的道理，岂不是很不明智。"本来悲伤不已的家眷也顿时变得豁达了起来。

老子的豁达在此时得到了淋漓尽致的展现，一个学富五车的文人，一个睿智的学者，将生死之道和自然之道如此完美地诠释，生之于死变成了理所当然的事情，死之于生也变得无所畏惧。在当时王公贵族那么讲求"厚葬"的时代，这样的生死观有着莫大的意义。人们既不必在活着的时候为死去而担心，也不用乞求长生不老的谎言。有生则必有死。生前的一切和死后的一切对于这个人而言并没有什么区别，所以无须厚葬以期盼死后继续享受富贵。

豁达于生死之外，是懂得珍惜此世的生命；懂得了生死是无法逃避的现实，那么就应该更好地珍惜生命。老子讲求"道"，认为天地万物包括人类都是有生有灭的。既然生死是自然的，那么活着的时候就没有必要为必然的死亡而忐忑不安，倒不如珍惜生命。

老子讲求"自然观生死"，所以他反对人们忌讳死而去追求长生不老，他认为一味地追求长生不老就违背了自然的道理，甚至可能产生逆反的效果，以至于加速生命的终结。这一切观点都浓缩进了他那句"道法自然"里。

儒家强调"生"的意义，认为死是不得已的事情，所以儒家人认为要在活着的时候有所作为，而不去考虑死的后果。于是儒者相信"不知生，焉知死"，于是他们说"朝闻道，夕死可矣"。他们的洒脱在于活着的时候，但总体而言是"喜于生，悲于死"，所以儒家更重视丧葬之礼。

相比较而言，老子则认定生与死都是必然的自然法则。这是一种更为豁达和洒脱的生死观，包含了热爱生活、乐观生活、坦然处之的生活态度。当代却有些人，在生的时候还没有什么作为，就开始考虑死后的荣光了。大片的陵园墓地，高谈阔论的风水先生，在老子面前，显得如此轻浮可笑。

知足的人总是演着喜剧的生活

我们每天都在上演着一幕幕生活剧，每一个人都是各自剧目的主角，只是有的人演的是喜剧，有的人演的是悲剧。倒不是因为上帝这个导演有什么偏颇，也不是人们凭兴趣爱好选择喜怒哀乐，区别的原因在于人们是否懂得生活中的哲学，是否体会得到知足常乐。

老子是一位思想上的哲学家，同样是一位生活中的哲学大师。在《老子》第四十六章里留下了关于知足的经典："祸莫大于不知足；咎莫大于欲得。故知足之足，常足矣。"（天下没有哪一种罪恶比贪欲更大，没有哪一种祸患比不知足更大，所以具备了知足之心，就能经常得到满足）关于知足，往往说到比做到容易，老子却拿捏得恰到好处。当年老子官位虽然不高，却受周王恩宠，然而他从来不曾向周王要求过什么，甚至为了自由自在的生活，辞官归家甘愿承受闲适清贫。他的知足是闲适地享受生活。余秋雨评价说："多听听老子的话好处很多。不少人往往伤痕累累之后才能体会老子的话，我们可以少一点伤痕了。"

在希腊流传着这样一句名言："知足是天然的财富。"生活则是一件雕琢天然的刻刀，我们每一个人都是工匠。我们每一个人都有关于幸福的模型，于是我们每一个人都在尽心尽力，以便能成竹在胸。可是生活哪里由得了这样的被动，于是有些捣乱的东西出现了，类似于雕刻时候的力度、心态等。知足的心态是一种心平气和，处事不惊。真正知足的人才会做到"宠辱不惊，闲看庭前花开花落；去留无意，漫随天边云卷云舒"。知足的幸福是一种缓缓地、细水长流的满足感。这种幸福是自己评价得出的判断，而判断的标准也是我们自己的内心。

古时候，有个人一生气就跑回家去，然后绕自己的房子和土地跑三圈。后来，他的房子越来越大，土地也越来越多，而一生气，他仍要绕着房子和土地跑三圈，哪怕累得气喘吁吁，汗流浃背。孙子不解地问："阿公，你生气就绕着房子和土地跑，这里面有什么秘密？"他对孙子说："年轻时，一和人吵架、争论、生气，我就绕着自己的房子和土地跑三圈。边跑边想——自己的房子这么小，土地这么少，哪有时间和精力去跟别人生气呢？一想到这里，我气就消了，也就有了更多的时间和精力来耕作了。"孙子又问："阿公成了富人，您为什么还要绕着房子和土地跑呢？"他笑着说："老了生气时我绕着房子和土地跑三圈，边跑边想——我房子这么大，土地这么多，又何必和人计较呢？一想到这里我的气就消了。"这是一位懂得知足，并且懂得怎么做到知足的老人，他的一生也因为懂得和做到知足而美好。

现实中人们却很难做到知足。工资、职位、地位甚至朋友之间、亲人之间、爱人之间的感情也都因为不懂知足而起起落落。不懂得知足就不懂得洒脱，与之相连的就是困惑，就是失去更多。

正因为知足的难能可贵，历史上不断流传着关于"不知足"的歌谣：终日忙忙只为饥，才得饱来便思衣。衣食两般俱丰足，房中又少美貌妻。娶下娇妻并美妾，出入无轿少马骑。骡马成群轿已备，田地不广用不支。置得良田千万顷，又无官职被人欺。七品五品犹嫌少，四品三品仍嫌低。一品当朝为宰相，又慕称王作帝时。心满意足为天子，更望万世无死期。种种妄想无止境，一棺长盖抱恨归。

也正因为知足的弥足珍贵，有贤人编撰了"知足歌"：世间万事怎能全，少得温饱即感天。我虽淡饭充饱腹，还有饥饿叫可怜。我虽布衣遮身暖，还有露体冷凄然。我虽破屋蔽风雨，还有茅棚常漏天。我虽妻小多负累，还有孤苦独自眠。我虽薄田种几亩，还有地无一垄田。凡事但将下等比，我今所得已多焉。日月两轮悬，乾坤几万年；华屋量人斗，娇妻送客船。良田身外物，儿女眼前冤；世人谁不染，知足是神仙。

知足是一种态度，也是一种境界。故老子说"知足常足，终身不辱；知止常止，终身不耻"。懂得知足的人就会远离耻辱。在如今这个物欲横流的社会里，欲望像巨大的旋涡，吞噬着我们的身体甚至灵魂。懂得满足的人才真正懂得怎么样才叫幸福的生活，不以物喜，不以己悲，不苟求获得。对友情、亲情、爱情，少一些斤斤计较，多一些宽容和大度，用一种满足和享受的心情去面对生活。

图书在版编目（ＣＩＰ）数据

天暗下来，你就是光 / 李鹏著 . — 北京：现代出
版社，2019. 12
ISBN 978-7-5143-6811-6

Ⅰ . ①天… Ⅱ . ①李… Ⅲ . ①人生哲学 – 通俗读物
Ⅳ . ① B821-49

中国版本图书馆 CIP 数据核字（2018）第 302269 号

天暗下来，你就是光

著　　者	李　鹏	
责任编辑	赵海燕　阎　欣	
出版发行	现代出版社	
通信地址	北京市安定门外安华里 504 号	
邮政编码	100011	
电　　话	010-64267325　64245264（传真）	
网　　址	www.1980xd.com	
电子邮箱	xiandai@vip.sina.com	
印　　刷	吉林省吉广国际广告股份有限公司	
开　　本	880×1230　1/32	
字　　数	357 千字	
印　　张	12	
版　　次	2019 年 12 月第 1 版　2019 年 12 月第 1 次印刷	
书　　号	ISBN 978-7-5143-6811-6	
定　　价	49.80 元	